沖喜

1

目次

楔子

七夕。

夜半無人低語時，唯有蛙鳴蟲啾啾。

焚上細檀香，開了綠紗窗，讓皎潔的月光灑進香閨。

年輕女子一身雪白，連如墨的長髮都只用白色絲帶繫上，再配上未施脂粉的雪白小臉，便是俏麗如夏日裡的清水芙蓉，但在這三更半夜看來，也著實有幾分嚇人。

此時，她誠心至極地跪在香案之前，纖手合十，拜月祈禱：「織女仙子在上，小女子為南康國京城人氏，章氏清亭，年方十六。家父官居從三品太僕寺卿，家母……」

說到這兒，女子明顯頓了一下，悲從中來。

若不是她並非「家母」的親生女兒，若不是生她的姨娘早早過世，連個幫她說話的人都沒有，怎會讓貪圖彩禮的嫡母哄著父親，硬是把她許配給臭名昭彰的京城惡少，九門提督家的次子潘雲豹？

念及此，女子不由得芳心含恨，淚盈於睫，如梨花帶雨般楚楚可憐，可俏麗的眉目之間卻又透出一份決絕。

「若真嫁給那種人，不如一死！特稟明仙子，今生無望，但願來生能得配一良人。哪怕是蓬門小戶，荊釵布裙，也勝過在這錦繡堆裡受辱。」

決心已下，檢查周身並無不妥，女子踩著繡墩站到房樑下，拿出早準備好的白綾往上拋去。

一下、兩下、三下、四下……

這房樑怎麼這麼高？

女子拋得胳膊都酸了還沒拋上去，反而累得嬌喘吁吁，坐下休息。

難道要換種死法？她的目光落在了泛著寒光的剪刀上。唔，太痛，血流成河也不好看！

跳樓？可這兒就兩層，萬一摔不死，反而缺個胳膊斷個腿，那還要不要人活了？若是摔得腦漿迸裂……

她做出噁心的表情，一臉嫌棄。

對了，牆角還有包藥老鼠的砒霜！

女子剛想去撿，卻又直起了腰。老鼠啃過的東西，誰還能吃得下去？

思來想去，還是懸樑自盡吧。

不過，這回，她在白綾一端繫上玉環，再扔。

白綾恰恰飛過了橫樑，垂到了她的面前。

緊緊綁上一個結，女子再看周遭一眼，牙一咬，心一橫，將粉頸擱在白綾上，繡墩一踢。

此時，外面的梆子敲過三更。

不知過了多久，女子只覺自己墜進一團漆黑的迷霧裡，耳邊似有個幽幽的聲音不停在叫：「章姑娘，章小姐，章清亭！」

怎麼了？章清亭迷迷糊糊才清醒過來，只聽那個聲音說：「妳陽壽未盡，快還陽去吧！」

不不不！章清亭才心念一動，就又聽到另一個女孩的聲音。

「我偏要死！你們不讓我上吊，我投河去！」

好足的中氣。章清亭雖然沒見到那女孩，卻本能地生出幾分好感。

那幽幽的聲音似是能聽到二人心語，道：「螻蟻尚且偷生，二位芳華正茂，未來還有大好前程，何必因為一點小小的挫折就自尋死路呢？還是回去吧。」

不！章清亭不知哪來的勇氣，忽地開了口：「要我回去也可以，除非你能保證我另嫁一個如意郎君。以後富貴榮華，事事順遂。」

「我跟她一樣！」那女孩立即幫腔。

幽幽的聲音沉默了一下，忽地嘿嘿笑了起來，「二位姑娘，妳們一個生前許願說，只願來生能得配一良人，哪怕是蓬門小戶，荊釵布裙。而一個說，只願生一有錢人家，衣來伸手，飯來張口。現在，我就成全妳們，讓妳們交換魂魄如何？」

不要！章清亭才動了這個念頭，眼前忽地出現十八層地獄的恐怖場景，那幽幽的聲音也變得淩厲起來：「妳們要是不願，就在這地獄裡生受無邊苦楚吧！」

不！章清亭嚇壞了，那女孩應該也是一樣。

只聽她哆嗦著開了口：「那、那我們回去還不行嗎？喂，要不，我們還是換換吧！妳真是有錢人家的小姐嗎？」

章清亭也有些忐忑地問：「妳家窮得厲害嗎？」

要是連飯都沒得吃，她還不如回去嫁給那個臭名昭彰的紈絝。

對面的女孩立即道：「不窮，日子挺好過的。我有爹有娘，還有弟弟妹妹，一家人可聽我的話呢！只不過我爹被個老虔婆給騙……也不能這麼說。那老虔婆有個兒子，是個秀才。算命的說他要中狀元，非娶我才行，可我大字不識一個，生平最煩這些哼哼唧唧的讀書人，怎麼嫁他？我要退親，偏那老虔婆死活不肯，我一氣之下，就上吊了。」

章清亭聽得心中一動，這種寒門學子想來多半是發憤圖強之人，保不定日後飛黃騰達。若是此時做了他的糟糠之妻，日後夫榮妻貴，自己豈不比做那紈絝妻要有前途？

對面的女孩也問了：「那妳呢，妳為什麼尋短見？」

章清亭眼珠一轉，幽幽嘆了口氣，「母親為我訂了一門親事，男方乃是從一品九門提督之子，文武全才，在京中頗有俠名。說來，這親事還是我們高攀了。」

她自幼在深宅大院長大，父親妻妾眾多，家裡姊妹鎮日勾心鬥角，這睜著眼說瞎話的本事便如吃飯睡覺一般，那是信手拈來，做得純熟無比。

看她停住不說，那女孩果然追問：「既是這麼好的人，妳為什麼還想不開，要尋死覓活？」

見她上鉤，章清亭心中竊喜，故作憂傷道：「那潘公子是少年英雄，身邊怎麼缺得了紅粉知己？我縱是嫁去，也沒什麼趣兒。」

這話太過含蓄，那女孩琢磨了一會兒才明白過來，「啊，那妳心地還真不錯！他們家有錢嗎？能頓頓吃得起雞鴨魚肉嗎？」

章清亭有些鄙視，「別說他家從一品了，我爹這個三品官，家裡也是吃得起人參燕窩的。雞鴨魚肉那些膩人的東西，也只好給下人吃了。」

「我們換吧！」對面的女孩不再猶豫了。

可妳家到底怎麼樣？

章清亭遲疑著想再打聽清楚，那幽幽的聲音再度響起：「既然妳們商量好了，那就換吧。」

來不及反駁，章清亭只覺得一股大力牽引著她往一處有亮光的地方走去。

而模模糊糊的，她聽到那幽幽的聲音輕輕笑道：「這兩個丫頭，還真是……」

真是怎麼了？

章清亭還來不及聽清，就已經被推進了那團亮光裡。

壹之章 重生貧寒殺豬女

騙子！

大騙子！

章清亭忿忿地揪著被角，滔滔江水都不足以熄滅她心頭的怒火。

那女鬼還說她家境挺好，可瞧瞧這家，簡直是家徒四壁！好吧，其實連四壁都不全乎。

全家就一間土坯房，不知是哪一朝哪一代傳下來的，已經朽破不堪。兩邊牆上的窗紙破破爛爛地迎風搖擺，隨著搖搖欲墜的窗櫺，隨時都有可能掉下去壽終正寢。

牆角的老鼠洞口積著厚厚的灰塵，估計連牠們都不屑於再來光顧這個窮得一毛不拔的地方。

四面環顧，整個家裡一件像樣的家具都沒有。身下這條烏漆墨黑的長炕，就承載家裡最重要的兩個功能：吃飯、睡覺。

炕蓆爛得只剩二尺來長的一條，正鋪在唯一一床黑棉絮上，墊在自己身下。至於其餘地方，只鋪著稻草，連床被單都沒有。

掩不住的半扇門外，有個乾巴老頭蹲在缺了口的水缸後頭，躲躲閃閃往門裡張望。窗下，還佝僂著個衣衫襤褸的老婦。

再遠一點，兩個五六歲的小男孩，正光著腳在那兒打打鬧鬧，而眼前這兩個大點的孩子，是被那乾巴老頭硬踹進來的。

幸好，那女鬼坦誠了一件事，全家人……都很怕她。

日已正中，陽光從破了洞的屋頂上漏下來，形成幾道天然光柱，恰似柵欄一般，把她與對面那一群人分隔了開來。

頭還有些暈，章清亭只得繼續歪在嫌棄得要死的髒炕上，綳著臉，冷冷地開了口：「說！我是誰？這個家到底是怎麼回事？一五一十全給我說清楚！」

大一點的男孩子張了張嘴，卻戰慄著發不出聲響。
倒是那個女孩兒哆哆嗦嗦地叫了聲：「大、大姊……」她的目光表達了她心中的疑惑。
章清亭沒好氣地白了一眼，勉強解釋了句：「我什麼都不記得了。」
「大姊！」大男孩驚叫一聲，話終於說利索了：「大姊可千萬不能拋下我們不管啊！」
他作勢想撲上來，卻被章清亭眼睛一橫，給生生地釘在了炕沿旁。不過，此時，不用再催促，兩個唯恐被拋棄的弟妹，七嘴八舌把事情交代了明白。
她，叫張蜻蜓。跟自己一樣，年方十六，巧合的是，連生辰八字都是一模一樣。
叫這個名兒，據說是因為她娘，也就是窗下那婦人生她時，有一隻紅色的蜻蜓從她眼前飛過，所以便取了這個名兒。
那要是飛過蒼蠅蚊子什麼的，還要不要人活了？章清亭暗自腹誹，自動忽略了自己的名字，也是她出生時，生母看到池塘裡一朵初綻的小荷所致。
張家一共七口人。
爹，就是門外那乾巴老頭，叫張發財。娘姓羅，便是張羅氏。
張蜻蜓是長女，下面還有四個弟弟妹妹。
眼前這個又黑又瘦的男孩是她的二弟張金寶，十四歲。旁邊枯黃頭髮的是她二妹，張小蝶，十二歲。外面那兩個小的是七歲的四弟張銀寶，以及六歲的五弟張元寶。
雖然家裡一堆寶，可還是掩蓋不了貧窮的真相。
張發財年輕時，家中尚有兩畝薄田，勉強夠一家子溫飽，可隨著子女越來越多，吃用漸大，兩畝田根本支撐不起，這老傢伙便鬼迷心竅地迷上了賭博，還總是輸。
於是家裡的東西一樣一樣地往外賣，如今，除了這四面漏風的破房子，和後邊一小塊菜地，家裡就只剩下這七張嘴了。

「那你們靠什麼生活？」章清亭越聽越心寒，這樣的窮法簡直是她之前十六年的人生裡聞所未聞的！

「大姊，這不……不都是妳養活一家子的嗎？」

「我？」

是啊！十里八鄉，誰不知道張家有個厲害的閨女，能頂別人三個兒！

五六歲就敢隨著大人上山，打蛇抓兔子不在話下。十三歲起，就拿著明晃晃的牛耳尖刀，白刀子進紅刀子出，幹起了殺豬的勾當。

目前，她保持著本地，也就是北安國紮蘭堡的兩項紀錄。

一項是年紀最小的殺豬女，另一項是動作最快的殺豬女。

一隻肥頭大耳活蹦亂跳的豬交到她手裡，變成一堆堆肉和骨頭，心肝肚肺的時間絕對不超過一個時辰，而且絕不浪費一滴豬血。

人家說三百六十行，行行出狀元，她張蜻蜓就是殺豬界響噹噹的女狀元，還是自學成材！

正因為她的過硬技術和俐落作風，在這一帶很是吃香，這一大家子也才總算能活到如今。

窮人的家庭沒那麼多尊卑之分，誰能頂門定居，養家糊口，誰就是一家之主。

所以，張蜻蜓她理所當然占據了家中炕上最好的一塊地盤、唯一的被褥和眾人的臣服。

可是……她要這些幹麼？

章清亭強壓下心頭的火氣，陰森森地說：「聽說，我訂了一門親事，那又是怎麼回事？」

「大姊，妳、妳可千萬不要想不開啊！」張金寶的舌頭又開始打結了，「那個姊夫……雖然病了，可也不一定很嚴重。」

生病？章清亭眉頭一跳。

還是張小蝶痛快，邊哭邊說：「大姊，妳可千萬別尋死！妳要是死了，我們怎麼活？那趙家的聘禮，爹都輸光了，咱們就是扒了房子也還不起啊！」

「你們這群兔崽子！什麼叫我輸光了？吃肉的時候不吭聲，這嘴巴一抹就都來編排老子的不是！」張發財很是不滿地從水缸後站起，跳著腳罵。

張小蝶對這敗家老子，毫不客氣地還以顏色，「二兩銀子你統共就提回來兩斤豬頭肉，剩下的呢？吃到哪個狗肚子裡去了？要不是你，大姊會訂下這麼楕糟心的親事，逼著要上吊嗎？」

「我打死妳這個小蹄子！」張發財作勢衝到門邊，看了冷著臉的大閨女一眼，到底還是不敢進來，縮頭縮腦湊到門前吆喝著：「大閨女，妳別聽她胡說，嫁給老趙家的沒事！要是那秀才真死了，妳也不怕，拿著刀子砍回來，咱們回頭再找個好婆家！」

章清亭氣得臉煞白，額上青筋爆起，太陽穴突突直跳。

年年打蛇，今遭居然被蛇咬！那女鬼好大的膽子，居然敢陰她？

什麼未來的狀元郎？原來是個癆病鬼！

肯定是眼看著快活不下去了，才討個媳婦來沖喜！

而張發財，居然就為了區區二兩銀子的聘禮把親生女兒給賣了，他還有臉說什麼讓她拿著刀子砍回來。怪不得那女鬼要尋死，攤上這樣的破家，是個人都不想活了！

章清亭怒極，被子一掀，坐了起來。

看她四下環顧，張金寶小心地問：「大姊，妳要找什麼？」

「是不是這個？」張小蝶從炕沿抽出一把閃著寒光的殺豬刀。

這是大姊吃飯的傢伙，最寶貝的就是它了。

章清亭一把接過，趿拉著鞋就向外衝了出去，拿著明晃晃的殺豬刀，對著張發財就砍，「你這個喪盡天良的老東西，居然這麼禍害自己的親生女兒，我先殺了你，再抹脖子去！」

這老傢伙活在世上就是個禍害！

章清亭難得正義一把，卻不知這一舉動倒是很符合張蜻蜓平日的剽悍習氣。

這一大家子，瞬間就認定了一個事實。

大姊沒死，只是借死裝瘋，目的是要教訓老爹，出一口惡氣！

所以不僅無人上前阻攔，還都躲在後面看好戲。

張發財這些年賭技沒有長進，但因躲債練出來的腿腳倒是利索得很，抱頭幾個鼠竄之後，哧溜一聲出了院門，然後撒腿狂奔。

紮蘭堡一帶地勢開闊，丘陵起伏，並不如何險峻，跑起來很是容易。

章清亭追了幾步略覺氣喘，只得眼睜睜地看著那乾巴老頭消失無蹤。

「有種你就別回來，讓狼叼了最好！」張小蝶遠遠補上一句，略顯諂媚看向大姊。

章清亭卻懶得廢話，轉身進屋就開始翻箱倒櫃。

張羅氏在屋簷下哼哼，「蜻蜓啊，是娘老子沒用，讓妳受委屈了，可那老東西再怎樣也是妳爹，妳就饒了他吧。這生米已經煮成熟飯了，妳……」

「閉嘴！」章清亭忍不住吼了一聲，張羅氏立即噤口，把頭埋得更低，腰彎得像蝦米似的，縮在那裡不敢動彈了。

眼見大姊滿屋子找東西，張小蝶試探著問：「大姊，妳找什麼？」

「繩子。」張蜻蜓是怎麼上吊的？

張小蝶把門外的張羅氏拉開，將她原本坐在屁股底下的一團麻繩拿了進來，「姊，妳要繩子幹什麼？」

章清亭接了繩子，踩著炕就往房樑上甩，「我上吊！」

「姊，這可萬萬不行啊！」不止張小蝶，一家子人全聚攏來了。

「滾開！」章清亭很快就意識到了，對這一大家子，完全不必客氣，更不用斯文，剽悍才是硬道理。

「大姊……」張金寶才想說什麼，章清亭的繩子就咻地高高飛過了橫樑，看來殺豬女的身體不錯，力氣很大。

只是繩子掃落不少灰塵，嗆得章清亭咳嗽了幾聲，瞇眼等灰塵落下。她迅速打了個結，也不在乎好不好看了，反正這也不是自己的身體，把脖子伸進去就往炕邊一跳。

好了，吊上了。可很快，就聽見樑柱喀喇喇幾聲裂響。

怎麼回事？章清亭勉力扯著繩子往上一瞧。

天！那房樑糟朽，承受不住她的重量，已經裂開，眼看就要砸下來了！

「大姊，我方才就想說，這房樑根本就承不住力！」張金寶終於有機會說出想說的話了，卻也奇怪，為啥大姊之前知道去院子裡那棵棗樹下上吊，此時卻糊塗了呢？

人要自己尋死是一回事，被無妄之災害死又是另一回事。

危難面前，但凡能喘氣的，還是有求生的本能。

章清亭想也不想，腳往旁邊一勾，很容易就踩到炕沿。迅速把腦袋從繩套裡退了出來，跳下炕就往外跑。

「大姊，當心啊！」

隨著驚呼，章清亭猛地回頭，卻來不及了，那斷了的半根房樑不偏不倚正中她的腦門。

章清亭被打懵了，直挺挺向後栽倒。暈過去之前，腦子裡只一個念頭：要是這樣能回去，倒也值了。只可惜，那糟了的房樑打不死人，僅在章清亭的腦門上留下一道長長的紅印。等全家人把她從瓦礫堆裡扒拉出來後，沒一盞茶的工夫，她就醒了。

看著那塌了一半的破房子，還有無頭蒼蠅似的圍著她亂轉的一家人，章清亭暗自運了五口氣後，發出第一個指令：「我要淨面。」

麵？張小蝶怯生生地問：「大姊，咱家今晚吃麵？什麼麵？到哪家鋪子去賒？」

章清亭扶額嘆息，「我是要妳打盆水來給我洗臉。」

啊，明白！張小蝶飛快跑到水缸邊，用葫蘆瓢舀了一瓢水，晃蕩晃蕩地遞過來。

「家裡難道連個盆子帕子都沒有嗎？還有梳子鏡子，難道什麼都要我一樣樣交代下來？」章清亭強自按下去的氣又提起來了。

這家人也太榆木疙瘩了，推一下動一下，怎麼都不動腦子？

可這家人也覺得這個她和從前有些地方不一樣了，當然，除了那股剽悍。

看張小蝶那畏畏縮縮的神色，章清亭忽地睜大眼睛，「妳不會是想告訴我，家裡連這些東西都沒有吧？」

張小蝶怯怯地指著她道：「大姊，妳的汗巾不是在妳腰上嗎？那梳子也是妳自己收著的。」

章清亭低頭一摸，懷裡還真有把斷了兩個齒的小木梳，齒縫裡沾著黑色的頭油，髒兮兮的，想來是那個前任留下的。而腰間所謂的汗巾，舊得比她家以前的抹布還不如。

章清亭暗自抽了抽嘴角，把兩樣東西往水瓢裡一扔，「拿去洗乾淨了再給我。」

張小蝶瞪圓眼睛，明顯很是意外，大姊怎麼捨得把平時像寶貝一樣的東西交給她？不過，大姊的吩咐在這個家就是聖旨，幹活要緊。

見章清亭似乎沒那麼生氣了，張金寶腆著臉湊上前來，就著剛才的話題，「大姊，今晚……那個……吃什麼？」

吃你個頭！這麼大的小夥子還靠姊姊養活，丟不丟人啊？

章清亭翻個大大的白眼，正待斟酌言辭要教訓他一頓，卻不料，教訓她的人先到了。

「老張家的大閨女，張大閨女，妳給我出來！」隨著尖厲的喝罵，一個中年婦人虎虎生風地衝了進來。

章清亭吃了一驚，眨了眨眼才反應過來，她找的人是自己。

幸好多年的官家小姐，訓練得她起碼表面上是處變不驚。她慢條斯理地撣了撣衣裳，撫了撫鬢角，「這位大嬸，請問有何指教？」

她裝作不經意地打量著這老婦人。

一身藍布衣裳，沒有補丁，卻有很深的褶痕，仔細一聞，還有股濃重的樟腦味，想來是壓箱底的唯一好衣裳，平時極少上身。那家境，就可想而知了。

那婦人的個子不高，比自己矮了半個頭，精瘦精瘦的，卻像根竹竿般挺得筆直。花白的頭髮在腦後緊緊綁著個髻，越發顯得兩頰無肉，眼睛凹陷，氣勢凌厲。

一見到她，張家那堆人就像老鼠見了貓似的，都躲了個乾淨。

章清亭心裡納悶，難不成是債主追上門了？

管她是誰，這兩軍對壘，氣勢絕不能輸。

眼見這中年婦人繃得像拉緊的弦，章清亭反而越發隨意。以柔克剛，才是制勝之道。

自瞧見那垮了一半的破房子，這婦人也有些吃驚，隨即鎮定下來，開始近距離打量章清亭。

她的眼神比章清亭要直接得多，上上下下，左左右右，似是做衣裳般將每一處打量個仔細。

想當年，不過就是昨日，自己還在府裡接受母親姨娘、丫鬟婆子們的品頭論足，章清亭鎮定地站在那兒，不急不躁。

見她如此沉著，那婦人倒有些意外，打量完了，終於開了口：「我說媳婦，妳這事可辦得不怎麼道地啊！」

媳婦？章清亭微微色變。

只聽那婦人道：「妳爹前腳收了我家聘禮，妳後腳就給我鬧上這麼一齣，這不成心讓我們老趙家難堪，在鄉親們面前丟臉嗎？」

原來這就是那癆病鬼的娘，張蜻蜓的未來婆婆，趙王氏。

章清亭想她肯定是聽說自己尋短見，來找碴了。

可妳自己的兒子要死，幹麼還要拖別人家的女兒下水？她見這婦人第一眼就沒什麼好感，涼涼地道：「這位大嬸，誰收了妳的錢，妳找誰去啊！我既然還沒過門，要做什麼是我自己的事！要是怕丟臉，就別行那缺德之事！」

趙王氏倒噎了口涼氣，以前只見這小妮子殺豬利索，很有兩把力氣，又生得珠圓玉潤，腰細臀大，是個好生養的料，所以動了心思要娶回家給大兒子沖喜。沒想到這丫頭居然如此伶牙俐齒，這頭一次要是不扳倒她，立下規矩，怕是日後就更不服管教了。

想及此，趙王氏打起十二分的精神，「我說媳婦，有妳這麼跟婆婆說話的嗎？哪家姑娘在收了聘禮之後，還敢說自己跟人家沒關係？我這當婆婆的也不好跟妳這小輩計較，讓妳老子娘出來！」

她扯開喉嚨，滿院子吆喝：「我說親家公、親家母，我這都進門了，你們怎麼也不出來招呼一聲？張發財，你收了我家聘禮就是這麼對待親家的？是不是要我敲鑼打鼓，十里八鄉的去吆喝呀？」

又不是她本尊，難道她怕醜嗎？章清亭掛著淡淡的嘲諷笑意，等她一口氣說完了，才不慌不忙地開了腔：「只要您不嫌累得慌，儘管敲鑼打鼓尋去。趁著現在日頭還沒下山，盡可以多吆喝一陣子，不送了啊！」

她轉頭想走，卻發現無處可去，只好在院中那棵棗樹下站著，拿袖子自扇著涼風，對趙王氏視若無睹。

這趙王氏雖是大字不識一個，卻無師自通，學了一身跳大神驅鬼降妖的好本領。縱橫鄉里幾十年，從來只有她欺負人，沒有人欺負她的。遇到章清亭這樣油鹽不進的厲害角色，倒也躊躇。嘴角抽搐幾下，趙王氏不耍花槍了，「我說趙家閨女，妳是想悔婚嗎？」

「婚既未成，何來悔之？」

「好，算妳狠！」趙王氏將手一伸，「那就還來吧！」

「什麼？」

「少裝糊塗！妳既然要悔婚，總得把我們家的聘禮還來！」趙王氏也不是無能之輩，很快就抓住了問題核心。

張發財好賭，鄉里皆知。張蜻蜓雖然能夠賺錢，但她手裡若是有錢，就不會被二兩銀子逼得懸樑自盡。看這房子都被吊垮了半邊，應該不是作偽。

章清亭一噎，這老虔婆還真不好對付。不過，說來，確實是自家理虧。

見她啞口無言，趙王氏得意了，「我說張大閨女，妳既不承認與我家的婚事，我們老趙家也不能做那強按著牛頭喝水的勾當，但妳爹收了我的錢可是板上釘釘的事實，妳要是沒錢還，就只能等著上我們家的花轎，做我的兒媳婦。」

呸！章清亭心想，若是做了這老虔婆的媳婦，非被她扒掉一層皮不可。

「欠妳錢的是張發財，妳找他要去！」

趙王氏輕哼道：「我不知道你們父女串通了要耍什麼花槍，可妳爹收我的銀子時，說好了把妳嫁給我兒子的。今兒就兩條路，要麼還錢，要麼妳就等著嫁我兒子。走到天邊，也是這個理！」

章清亭撇了撇嘴，「要銀子，我現在是沒有，不過，過幾天，一定如數奉還。」

她已經打定了主意趕緊想辦法脫身，先把這老虔婆打發走了再說。

趙王氏似是看出她的心思，「我說張大閨女，妳可別想著一走了之。要過幾天還錢的話，就把妳家的人口簿子放我這兒押著。咱們再約定個日期，免得妳拖上十年八載的，難道讓我兒子白等著妳？」

章清亭有些無法了，她來到的這個北安國，和原先生活的南康國雖然相隔遙遠，但管理制度大同小異。

家家戶戶都有本人口簿子，記載著人口、田地、服役及繳納官稅的情況。若是沒了人口簿子，便開不出路引，是不能出遠門的。否則途中被抓到，將以流民論處。輕則發配邊疆，重則充作官奴，永世不得翻身。

章清亭想了想，「那就以三個月為限。」

趙王氏存心難為人，「就給妳三天！要是三天內妳還不出銀子，我就抬花轎來接人。妳要是死了，妳那個妹妹小蝶就得代替妳嫁來，還得賠上妳弟弟，就那個叫金寶的，在我家做十年長工。」

她已經將張家的情況摸得透徹，所以談起條件來，自然是遊刃有餘。

章清亭撇撇嘴，「那就一言為定。」

反正又不是她弟妹，她要是死了，還管他們死活？

交出人口簿子，打發走了趙王氏，張金寶哭喪著臉出來了，「姊啊，妳怎麼能這樣就把兄弟我賣了呢？」

張小蝶也淚眼汪汪地撲上來，「那趙大娘是紮蘭堡有名的烈貨，妹子實在招惹不起啊！」

章清亭嫌棄地橫了兩人一眼，這會兒都出來了，方才上哪兒去了？

眼看日薄西山，炊煙裊裊，章清亭肚子餓了，「還不趕緊做飯去？」

一聽到要吃飯，豈止面前的兩人不嚎了，兩個泥猴一樣的四弟、五弟也冒出頭來。

「今晚吃什麼？」

章清亭見不得他們這副嗷嗷待哺般的神情，「家裡還有什麼？」

「家裡什麼都沒有了。」張金寶老實答道，眼睛卻不住往她身上瞄。

就是章清亭昏迷不醒的時候，全家也沒一人敢到她身上掏摸銀錢的。

大姊記性可好得很，若是短了一文，她就能餓全家一天！

「還有半顆老南瓜。」張小蝶記得比二哥要清楚些，「再買一斤粟米就夠熬粥了，再掐點青菜，晚飯就夠了。」

張羅氏嘮嘮叨叨：「妳這個敗家丫頭，成天淨想著吃好的！一斤粟米十文錢，一斤糙米才七文，這裡差著三文呢！」

「我去摘菜！」院牆外，不知何時跑回來的張發財聽得真切，諂媚地去菜地了。

章清亭冷冷地橫了這一家子一眼，看他們這窮樣，也不像有錢的。回手掏摸自己身上，所幸還有一個小錢袋，不過裡面只有可憐的三個銅板。

章清亭氣得差點扔出去，她的小匣子裡可有好幾十兩銀子，可這個死女鬼，怎麼就留這麼點給她？

她哪知道，那女鬼臨死前不想虧待自己，把身上的錢全拿去買了半隻燒雞大快朵頤，餘下這三文不過是不想在黃泉路上當個窮光蛋而已，否則她早全花光了。

把錢全扔給張金寶，那小子還不知死活地問：「姊，買什麼？」

豬腦子啊！章清亭忍無可忍，「揀最便宜的，能秤多少是多少！」

張金寶捧著三文錢狂奔而去。

好不容易買了小半斤糙米，就著那半顆老南瓜和一把蔫頭蔫腦的瘦弱青菜，章清亭吃了生平最簡陋的一碗粥。

雖然她這碗還是全家最濃稠，料最豐富的一碗，可她嘆氣的次數卻超過之前十六年的總和。

比起這個，她忽然覺得，嫁給一個紈絝也沒什麼不好的。最起碼，她不至於連個遮風蔽雨的窩都沒有，就墊著塊門板，睡在星星月亮底下。

還有，那二兩銀子她得上哪兒去賺？

殘月未褪，星光猶在。

可與硌人的床板和頻頻騷擾的蚊子，做了整整一夜的艱苦鬥爭後，章清亭起來了。

打來清水，簡單淨面洗漱，章清亭急不可耐地懷揣牛耳尖刀，帶著金寶出門了。

她這是要開工了吧？一家子興奮莫名。

有豬殺就有錢收，有錢收就有飯吃。再多賺點，就能修房子，重睡進屋子裡了。

可要不是不認得去市集的路，章清亭簡直永世再也不想看到這群光吃不幹的家人。她要是賺了錢，第一件要做的事，就是跑路。就算被當作流民抓起來，也比被這樣一大家子拖累要好。

張家住得離市集並不遠，若是之前的張蜻蜓，走不上一炷香的工夫就能到，可換了如今的章清亭，卻是習慣性的邁著小蓮步，一搖三擺。一時抱怨蚊蟲縈繞，一時抱怨露水濕鞋，這都小半個時辰過去了，還沒走出半里路。張金寶也不敢催，陪著笑臉，頭前引路。

天色將明未明之際，好歹來到了二道溝旁。

名為溝，其實是條不窄的河，源自荷花江，是滋養鄰近幾個村莊的重要水源。在這條溝最窄的地方，用三根粗木並排鎖在一起，造了一座簡易小橋。

橋雖不長，但兩邊無遮無攔的，僅容一人通過。要是趕車走馬的，就得再繞上二里地，才能走大路。過了這道溝，前面就是市集了。

張金寶一馬當先上了橋，雖然年輕無所畏懼，但夏汛時節，河水高漲，湍急迅猛，掉下去可不是好玩的。何況這一大清早，橋上露水未乾，又濕又滑，他加了幾分小心，慢慢走過。

「大姊，沒事了，妳過來吧！」

章清亭往下只瞅一眼，那河水就晃得她開始頭暈了，又不好意思叫張金寶來扶她，只得顫微微邁著小蓮步，小心翼翼上了橋，一寸一寸往前挪。

一向潑辣豪爽的大姊怎麼今日這麼忸怩？張金寶看那樣子覺得有些好笑，又不敢笑，便蹲下扯了草葉編蚱蜢，回去還可以帶給小弟玩。

可一時沒留意，這頭卻也有人著急趕路，埋頭衝上了橋，正好跟章清亭在橋中撞了個正著。

「哎喲！」

「啊！」

二人同時驚呼起來，兩個人趔趄，都差點摔下河去。混亂中的二人本能地就抓到了一起，左搖右擺，晃蕩了幾下，才總算站定。

張金寶一顆提到喉嚨的心，總算是放回了肚子裡，「喂，你快退回去，讓我大姊過來！」

那人沒搭理他，卻對章清亭施了一禮，「這位姑娘，在下有要事在身，可否請妳稍作退讓，容小生先行過去？」

瞧他穿得不怎麼樣，居然還會打官腔，那是讀書人吧？可憑什麼讓我退回去？章清亭不是急公好義的女中丈夫，果斷拒絕了，「對不起，這位相公，妾身也有急事待辦，還是請您行個方便，容我先過去。」

那年輕人是真著急，又深深一揖，「姑娘，我這事實在是十萬火急，還望妳行個方便，讓我先過去吧！」

章清亭不是不講理的人，看人家這樣請求，有心相讓，可回頭瞧見那好不容易走了一半的小木橋，又心生怯意。

「這位相公，不是我不肯相讓，只是你也瞧見了，這橋又窄，水又急，我心驚膽戰地走一遭也不容易。」

後頭張金寶嚷了起來：「姊，別退！是咱們先上的橋，要讓也得他來讓！」

「你們怎麼不講理？」

那年輕人一時情急，跺了下腳，震得那木橋又是一晃，把章清亭嚇得小臉煞白。待穩住身形，火氣一下就上來了。

「我們怎麼不講理了？明明是我先上橋的！瞧你像個讀書人，怎麼卻一點不懂這先來後到的規矩禮儀？」

「若講道理，事有輕重緩急，姑娘何不成人之美，急公好義？」

「你說你著急，我就該相信？瞧你這一大早鬼鬼祟祟，行蹤可疑，幹什麼勾當還不一定！」

這話恰恰說中年輕人的心病，他一下也急了，「妳這姑娘好生無禮！小生光明正大，豈會行那苟且之事？」

哦，這話可有語病！章清亭冷笑兩聲，「既是光明正大，卻為何會和苟且扯上關係？只怕是見不得人，所以著急，等不到天光大明。」

「妳——」年輕人又惱又氣，自悔失言，說起話來也不客氣，「如此牙尖嘴利，嫁到誰家只怕都是個攪家精！」

章清亭氣得不輕，今天這路她要是讓了，她就不叫章清亭！

眼見她邁著小步不緊不慢地往前逼進，年輕人有些撐不住臉皮，步步後退，「妳……妳想幹什麼？」

「過橋！」

「妳讓我先過去。」

章大小姐以實際行動回答，她不同意。

「妳、妳別再過來了！」那年輕人橫下心，立定身形，「我是不會再讓了！」

是嗎？

章清亭稍稍湊近了些，眉毛一挑，似笑非笑，從牙縫裡輕飄飄吐了兩個字：「非禮。」

那年輕人頓時往後退了一大步，好玄沒掉下橋去，惱得臉紅脖子粗，「妳、妳……」

「我怎麼了？反正我要過橋，讓不讓隨你。」章清亭拿衣袖扇著小風得意洋洋，全然忘了之前的恐懼。也不著急，越發慢悠悠，就這麼一步三搖，高昂著小下巴走了過去。

那年輕人鬥不贏她，悻悻退了過去，忽地注意到她這一身衣著，故意以袖掩鼻，「瞧這滿身油膩膩、髒兮兮，真不知是哪家的閨女，如此丟人現眼，也虧妳好意思忸怩作態，東施效顰！」

「你——」這回輪到章清亭抑鬱了。

那年輕人嗤笑一聲，自覺扳回一城，背著手，踱著方步，同樣昂首挺胸，揚長而去。

氣死我了，氣死我了！章清亭怒氣沖沖大步向前，一路在心裡把那年輕人罵了千句萬句，尤其要祝他辦事不利。

張金寶落在後頭，心中卻不住猜疑。

那年輕人說話行事，分明就和教書先生一個德行。在這附近的年輕人中，只有趙家那個癆病鬼秀才符合年齡，可那人不是病得快死了嗎？怎麼還能生龍活虎地一大清早出來趕路？

在怒氣之下，章清亭腳步快了許多，不多時便到了市集。瞧見著名的殺豬女狀元又回來了，街坊熱情打著招呼。

「張家閨女，今天上哪家殺豬啊？」

「聽說妳要嫁人了，那以後還幹這行嗎？」

「肯定還是要幹的吧？要不，咱們家下回殺豬找誰去啊？」

「咦，怎麼訂了親還變害羞，都不搭理人！哈哈，是不是要做秀才娘子，也得裝小姐啊？」

……

章清亭面無表情，一概不理，心裡卻著實生氣，這張蜻蜓也真是的，幹什麼不好，非得去殺豬，丟人至極！

這市集並不大，就兩條街的商鋪。章清亭就算不認識路，也很容易瞧見一個大大的「當」字，在半空中晃來蕩去。

啪！章清亭把牛耳尖刀拍在高高的當鋪櫃檯上，只有一個字：「當！」

「大姊，妳這是要幹什麼？」張金寶臉色變了，這吃飯的傢伙能當嗎？

當鋪老掌櫃從小窗口裡探出花白腦袋，「喲，是張家大閨女啊，妳怎麼連這刀都當了？」

「值多少？」章清亭懶得廢話，這全家看來看去，就這一把刀還值兩個錢。不當它，今天的早餐在哪裡？

當鋪老掌櫃有些猶豫，「妳要當多久？」

「死當！」章清亭答得斬釘截鐵。

張金寶臉都綠了，大姊這是下決心不幹活了呀！連忙從褲腰帶裡摳出三文錢，「大姊，妳別著急，我這兒還有幾文錢，咱家今天還能過，別當這刀啊！」

原來還攢著小私房，我說那個家怎麼窮成這樣！

章清亭不動聲色把錢接了，回頭道：「掌櫃，您快開個價吧！」

老掌櫃見她心意已決，這才拿起刀仔細觀察。刀是好刀，用的人也很愛惜，雖有些舊了，卻連一個缺口也無。這刀市價便是三十文一把，都是街坊，老掌櫃也不開虛價，「死當十五文，活當十文。」

「死當！」章清亭再次重複，毫不猶豫。

老掌櫃也不多言，掏出十五個銅板連同契約遞了出來，「按個手印就行。」

頂著張金寶哭喪的臉，交易完成。

從當鋪出來，終於有了幾個錢的章清亭心情明顯好多了。

「包子饅頭，熱騰騰的肉包子大饅頭！」

夥計賣力地吆喝和香噴噴的味道吸引了章清亭的注意。

一共就十八個銅板，她還不至於好高鶩遠到要下館子的地步。

「這包子多少錢？」

「包了一文錢一個，饅頭一文錢兩個。」

看著那足有家裡三四個小籠包大小的肉包子，章清亭只買了一個。

「大姊……」背後有個跟屁蟲誇張地嚥了嚥口水，見到章清亭冷冷的眼神，忙道：「我吃饅頭就好！」

章清亭不悅歸不悅，到底還是又遞了一個銅板過去。

張金寶歡天喜地拿了兩個大白饅頭，啃得開心。

「大姊……」後頭忽地又冒出一個，是張小蝶，陪著笑臉快步跑上前來，「我怕大姊要幫手，就跟來幫忙了。」

早不出來晚不出來，一有吃的就跳出來，這家子是屬蝗蟲的嗎？

章清亭臉色不善地往她身後瞟了瞟，心想這要出來就一次出來拉倒，別一個個的往外蹦躂了，費勁！

張小蝶會意，忙道：「大姊放心，我出來時很小心，後面沒人。」

章清亭正想扔個銅板給她，忽地想起張金寶偷攢的私房錢，「妳身上就沒錢嗎？」

「當真沒有！」張小蝶連連擺手，又討好邀功地道：「不過爹手裡還藏著一點！」

章清亭賞了一個銅板給她，心裡算計著回頭要怎麼把那乾巴老頭的錢也給摳出來。

張小蝶有樣學樣，買了個大肉包子啃上。只是她可學不來大姊如今的斯文優雅，三兩口便啃了個乾淨，嘴角一抹油，覺得不太飽，暗悔還是應該買兩個大白饅頭才合算。

帶著兩個尾巴，章清亭尋了間客棧打聽。她可不想再睡星星月亮底下了，可最便宜的單間都要十文一晚，一共就剩十五文，這可怎麼住得起？

張金寶積極獻殷勤，「大姊，通鋪便宜，兩文錢一位。咱們一家七口人，可以占半間房，到時把最好的一塊留給妳。」

那還只剩一文錢，再吃個包子？

章清亭無語，「你也老大不小了，有這工夫在我耳邊嘮叨，就不知道到街上找點活幹？」

呃……張金寶縮了縮脖子，低著頭裝聾作啞，旁邊的張小蝶也是一樣的表情。

賺錢？他們可沒大姊的本事！只要有大姊在，總餓不著他們！

章清亭忽地很能體會張蜻蜓要上吊的心情，就像現在，她也很想兩眼一閉，啥事都不管。偏偏身後的人如影隨形，根本不容她走失。

章大小姐深吸一口氣，現在不是抱怨的時候，起碼得先解決自己的溫飽和住宿問題，而想賺錢，當然得在市集上找機會。

北安國是以畜牧為主的國家，紮蘭堡一帶水草豐美，並不算太窮，但普通農戶，都是種田種菜、養豬餵雞。薄有資產的人家才養得幾隻牛羊，只有少數真正富裕人家，才開得起牧場，養得起馬。

馬者，甲兵之首，國之大用也。

這是章清亭從前的父親大人，時常掛在嘴邊的一句話。他那個官兒，管的就是全國的馬政。說白了，那就是一個弼馬溫。不過這也只有嫡母才敢背地裡調笑幾句，但是一家大小耳濡目染，對馬經還是多少有些了解。可再了解，也只是些紙上談兵的東西，章清亭連馬都不會騎，所以雖然看到這街上有一多半的鋪子跟馬有關，卻沒有她的用武之地。

怎麼辦？正在發愁，驀地聽身後一直安安靜靜的張金寶一聲大喝：「站住，別跑！」

說時遲，那時快，兩條尾巴全衝了出去。

張小蝶沒忘記多撂下一句：「爹在那裡，我們去堵他！」

章清亭只覺眼前一花，兩條身影就衝出十幾步外了，這還真是動如脫兔啊！

她忽然想，讓這一家子去逮兔子說不定能行。

眼下，她也跟了上去。

只帶著十五文錢，她有跑路的必要嗎？

張發財雖然老當益壯，畢竟上了年紀，鬥不過兩個小兔崽子，數次逃脫未果，給提溜到了章清亭面前。

「嘿嘿，大閨女，妳也來了？」張發財局促地搓著乾樹皮似的老手，陪著笑臉。

「你身上還藏著多少錢？快交出來！」發話的是張小蝶，搜身的是張金寶，「大姊連殺豬刀都當了，你還有臉來賭錢？回頭就把你的十根手指頭全剁了，看你還拿什麼賭？」

「什麼？閨女，妳當了刀，那要怎麼殺豬？」張發財兩個眼珠子瞪得就快要掉下來了，連被搜身都忘了反抗。

章清亭冷眼睨他，心裡琢磨著這個敗家的根源要怎麼處置才好。

被她那殺豬刀般凜冽的眼光盯著，張發財受不住了，「閨女，妳別老看著我，我真沒錢！」

「沒錢你到賭場來？鬼才相信！」張金寶扒拉著他的衣裳，卻遍尋無果。

章清亭瞧著他們拉拉扯扯甚是不雅，略皺了皺眉，「要是沒錢，就把他全身的衣裳都扒下來，連鞋子也別放過，一把火燒個乾淨，看他以後還怎麼出門。」

哼！在她的眼皮子底下還想藏私房錢？章家也是人多手雜，三不五時就有丟錢丟首飾的。那些大宅門裡的丫鬟婆子可比這一家子精多了，要是沒一點手段對付她們，連主子都敢拿去賣了。

聽了章清亭這話，張發財再怎麼沒臉沒皮也掛不住了，「別！閨女，別呀，我真沒錢！」

張金寶雖得了大姊的雞毛令箭，可對自己的親爹還是不敢太過放肆。

趁他這一分神的工夫，張發財忽地甩了他，掉頭就跑。

兩條小尾巴一驚，可章清亭當即道：「愣著幹什麼？還不快追！小心些，別讓他發現了！」

兩個小探子一前一後派了出去，章清亭冷笑一聲，做那黃雀殿後。

張發財撒腿跑了兩條街，縮頭縮腦地見後面沒了動靜，自以為躲過一劫，狠狠擤一把鼻涕，算是出了一口鳥氣。緊了緊褲腰帶，挺起腰桿，不多時，便進了市集上最大的銀鉤賭坊。

大屋子裡，烏煙瘴氣。

大白天的也不開窗，點著數十盞半明未明的油燈，映得四面牆上人影幢幢，吆五喝六，熱鬧非凡。張發財熟門熟路擠到猜大小的地方，正趕上這一局要下注，莊家大嗓門地吆喝著：「買定離手，要下注的抓緊時間！」

被擠到的賭徒見是張發財，笑嘻嘻地跟他打著招呼，「喲，老張頭，你又來了，你那閨女又殺豬了？」

剛在閨女面前折了面子，張發財悻悻地道：「老子就是不靠她殺豬也有錢花！」

「看把你能的，買大還是買小？」

「你押什麼？」

「我押大。這都連開兩把小了，我不信還能開小。」

「瞧你這倒楣樣兒，我買小！」

「嘖，我不過這兩把手氣不好，小心我轉過運來，殺得你血本無歸！」

說得張發財又有些猶豫起來，這到底是買大還是買小？

「要下注的快點，別磨磨蹭蹭跟個老娘們兒生孩子似的。」莊家拿話激著賭徒們，一時間，賭桌上又放下不少籌碼。

「等等！」見別人都下注了，張發財慌了神，從鞋子裡摳出二錢銀子來。剛往大字堆裡一放，卻橫生出隻又黑又瘦的手來，把銀子給生生劫走了。

「誰？」張發財大怒，「哪個龜兒子敢搶老子的銀子？」

卻見那手的主人不慌不忙地直起腰來，「可不就是你這個老烏龜的兒子嗎？」

旁人先是一愣，隨即哄堂大笑。

張發財惱羞成怒，上前就要捶打張金寶，可瞟見章清亭正好整以暇地站在賭坊門口冷眼旁觀，他又把手縮了回去。

殺豬女威名遠揚，賭徒們瞧見她凜冽的眼神，都不敢調笑，轉頭各玩各的。

張金寶討好地把銀子遞到大姊面前，章清亭立即聞到一股酸臭味，嫌棄地一皺眉，取出小錢袋，讓他放了進去。

錢已到手，此處不宜久留，可才想要離開，卻聽到隔壁傳來一陣熟悉的嘩啦嘩啦聲。

嗯？章清亭停下腳步，往那邊看去。

張金寶告訴她：「那是打馬吊的，可這種玩意兒，除了些大老闆，平常人都不太會玩。」

就見大姊嘴邊勾起一抹奇怪笑意，竟是走了過去。

那間房不大，裡面只擺了兩桌，開了一桌。桌上墊了紅氈，很安靜地摸牌打牌。

「閨女，這東西咱可不會。妳要是想玩兩把，咱們去外面，爹教妳賭大小。」被沒收了家當的張發財沒了賭頭，站在閨女旁邊巴結著。

自己不能賭，能看著別人賭也是一大樂事，這就是無可救藥的賭徒。

章清亭不悅地一皺眉，張小蝶立即把老爹推開半步。現在的大姊越發剽悍了，都省了說話，喜歡用眼神來傳達命令。

章清亭站在旁邊耐心看著，約莫等了差不多小半個時辰，有一位客人嘟囔著起身：「不玩了！今兒手風不順，總是輸，沒意思！」

其他人連連挽留，「正在興頭上，怎麼能撂挑子呢？這三缺一可怎麼辦？」

那人把頭一抬，正好瞧見章清亭，「那不是有人嗎？」

那三人無法，只得朝這邊問道：「喂，你們有會打的嗎？」

章清亭忽然問道：「你們這一局多少錢？」

旁邊伺候的小夥計打著盹，半天不言語，此時冒出頭來，「二十個大錢一局。放槓單賠十文，暗槓三家各賠五文，即打即開，概不賒欠。每局贏家抽臺費五文，有免費茶水。」

章清亭微微頷首，「那這胡牌的規矩是怎樣的？」

「有對子時可以碰，有句子裡也可以吃。這十三張牌，只要妳能加一張組成四個三句和一個對子，就算胡牌。每局還有一張牌做寶，當什麼牌都行。若是沒有吃牌自摸胡牌，那就翻一倍。」

「那要是打了寶再胡呢？」

「再翻一番。」

章清亭微笑著點了點頭，「有點意思，還有沒有其他的規矩？」

「沒有了。我們這小地方，不玩那些亂七八糟的花樣。怎麼樣？姑娘，來玩兩把？」

章清亭微微蹙眉，「我倒是想學著玩兩把，可惜只有這麼點銀子，你們願意嗎？」她一股腦兒把小錢袋裡的銀錢全倒了乾淨。

張家那三口嚇著了，大姊瘋了吧，居然把整個家當都賭上了？

「大姊（閨女），這……」

章清亭回頭掃了一眼，成功地讓三人都閉了嘴。

桌上那三人中也有認得張蜻蜓的，瞧她這爽快勁兒便有了幾分允意。何況新手的錢最好騙，反正現在三缺一，就當消遣時間了，便道：「錢少也沒事，坐吧。」

章清亭欣然坐下，小夥計快手快腳地倒了杯茶葉沫泡的茶來。

看著那帶著細小裂口的瓷杯上還殘留著沒洗淨的茶漬，章清亭腹誹，就這還五文錢一局的抽頭，錢在這兒還真好賺。

有人好心提醒道：「姑娘，妳是新手，可得留點神。若是出牌忘了起牌，那可就做相公了，到時任妳有什麼都不算錢的。要是詐胡，那可要一家包賠八十文的。」

章清亭下巴輕點，「多謝提點。」

嘩啦啦牌局又起，可第一局，章清亭剛碰了個明槓，就忽然發現自己少了一張，做了相公。

「十文錢啊！」張發財拍著大腿心痛不已。

第二局，章清亭終於吃到一個暗槓，可惜沒胡牌，倒付出去五文。

十個饅頭啊！張金寶只覺肚子又餓了。

接下來，章清亭連輸三把，當中還有兩個翻倍的，一下子不多不少，剛好輸了一百文，把一錢銀子輸出去了。

張家三口臉色都不太好看了，張小蝶低低地道：「大姊，咱、咱回去吧！」

章清亭輸了錢，臉上越發寒冷，「再多嘴，就全都給我滾出去！」

「就是就是，這才剛開始，你們急什麼？」三個贏家都沒怎麼輸，自然想打那剩下的一錢銀子的主意。

第六局，章清亭終於有了點起色，雖然沒胡牌，但好歹有了個暗槓。

從這局開始，她似乎慢慢轉運了，也贏了幾把小胡，輸掉的一錢銀子慢慢又回來了。

張家那三張嘴終於合上了，心裡剛略略安定了些，章清亭突然發威，贏了一把大的，這一下，錢還有多的了。

張金寶喜不自勝地數著錢，「大姊，咱回去吧！」

三位賭友不幹了，「哪有贏了錢就跑的？繼續繼續！」

章清亭似是想走，終究有些不好意思，又坐了下來。

可下一局，她又開始走下坡路，沒兩下，就把贏的錢輸了個乾淨。

張家那三人一個勁兒地在後面跺腳嘆氣，章清亭也似有些著急，一個推牌，「胡了！」

眾人一瞧，她卻是記錯了寶，詐胡！

這一下子，錢全輸了個精光。

張發財再也按捺不住，領著頭兒在那兒痛心疾首，跺腳捶胸，其他兩個也是捂著眼不願面對這麼淒涼的現實。

章清亭氣得臉色發青，一拍桌子，回頭怒罵道：「都是你們幾個敗家子！一個勁兒地在後面嘆氣，光知道吃飯不知道賺錢的東西，回頭我就撒手不管了，任你們自生自滅去！」

幾個賭徒贏了錢，開始做好人，「算了算了，張大閨女，妳這也是一時手氣不好，下回有了錢再來翻本就是。」

章清亭似乎輸得興起，越發要孤注一擲，「我現在就要翻本！」

她手指著張發財，「你們瞧這老傢伙能值多少錢？我就拿他當了來賭。」

「這不是開玩笑嗎？」聽裡面吵得熱鬧，外面好些個賭徒進來看笑話，「就這老東西，好賭懶做，吃得還不少，誰家肯要？」

「都給我滾一邊去！」張發財色厲內荏地發著狠，可惜勢單力薄，嗓門又不夠大，根本沒人搭理，很快灰溜溜地縮到牆角埋頭不語。

眾人越發笑得厲害，吸引了更多的人圍觀。

章清亭就勢指著張金寶道：「老傢伙不值錢，這個可正年輕，諸位瞧他值多少銀子？有沒有人肯買了去？」

不會吧？

張金寶張大嘴巴嗷地一聲慘叫，「大姊，妳可不能把我賣了呀！我是妳親弟，親弟弟啊！」

哈哈哈哈！看著這一幕鬧劇，連賭坊掌櫃都出來瞧熱鬧了。

有那好事的，哄抬著氣氛道：「小夥子雖然年輕，可買回去暖不得炕捂不得腳，還得提防著家裡的婆娘看上他，實在令人擔心！」

章清亭微微冷笑，把躲在後頭的張小蝶拽了出來，「那再搭上她如何？買一送一！」

這一下，可真把眾人鎮住了。

賭坊掌櫃收了笑意，插言道：「張大閨女，這玩笑不能開得太過。咱們賭場可有規矩，話一落地就生根的。妳是認真，還是鬧著玩呢？」

章清亭斜睨著弟弟妹妹，「兩個無用的東西，輸出去了乾淨！本小姐現在只問有沒有人敢跟我賭？」

這可真有些誘惑人了。誰不知道張發財家是這大閨女說了算，張金寶和張小蝶年紀正好，雖是吃得厲害，但只要買回家去，也是幹活的兩把好手，當下有人認真相看起這二人來。

「大姊，妳……妳真要拿我去賭啊？」張小蝶急得眼淚都下來了，要是被個糟老頭子或是歪瓜裂棗的領回去，她下半輩子還活不活了？

章清亭眼中射出兩道寒光，「沒出息的東西，都給我老老實實地一邊待著去！」她轉而瞧著眾人，「你們瞧他二人作價幾何？」
「二兩。」有人故意把價開得極低。
「我說一兩還差不多。」那純粹是幫閒的瞎嚷嚷。
章清亭冷哼一聲，「一兩銀子怕是連頭豬都買不起吧？這可是活生生的兩個人！又沒缺胳膊斷腿，若是賣到大戶人家做丫頭小子，起碼也值十兩八兩。兩個人加一起，我就算十五兩銀子，有沒有人敢跟我賭這一局？若是誰胡了，人你們領走。若是輸了，就留十五兩現銀下來！」
嘩！賭徒們都有些怦然心動。
十五兩銀子買兩個活生生的年輕男女，確實不算貴，就是轉手賣掉，最少也可賺上三五兩，絕對是穩賺不賠的買賣。
「此話當真？」有人蠢蠢欲動了。
「自然當真。口說無憑，可以先立下字據。不過，要上桌的人，也得亮出現銀。」
「我算一個！」方才和章清亭打馬吊的一位仁兄發話了。
他今兒贏了不少，數了數，掏了個底兒，又加一只小金戒指，湊足了十五兩。
見有人開了頭，有些手裡有錢的，就開始算計。
賭坊掌櫃也有些動心，正想上前，忽地被人扯了一把。他往後一瞧，眼神微微一變，隱身人群之中，片刻又回來道：「我說各位大老爺們兒，咱們可別被一個大姑娘給比了下去，還有沒有帶種的敢上桌？這局我們銀鉤賭坊不收抽頭，大家儘管放心地賭。」
他這麼一激將，很快又有幾人站了出來。這一下，名額還不夠，得扔骰子比大小，才決定了另兩個幸運兒。
那邊廂，寫好賭契，各人按下手印。

章清亭手指頭一勾，張發財被人推到了桌前。

老傢伙還有些良心，哆嗦著問：「大、大閨女，妳真要賣妳弟弟妹妹啊？」

「怕了？」章清亭冷笑，「那你為了二兩銀子賣你大閨女的時候，怎麼那麼痛快？」

「妳、妳跟他們能一樣嗎？妳多厲害？」

章清亭眉毛一豎，「你連厲害的都敢賣，這兩個不厲害的倒不敢了？少廢話，按手印！」

張發財被她瞪得差點摔一跤，旁邊有那好事的，抓著張發財的手就按上了鮮紅的指印。

張金寶和張小蝶嚇得面如土色，想開口討饒，卻被章清亭用那殺人的目光又給逼了回去。

賭資驗完，賭局已定。

正要開局，章清亭卻又道：「既然這局是我挑的頭，自然該我做莊家，各位有沒有意見？」

沒有。做回莊家又不能把一副牌全都換了，無非先起一張牌，關係不大。

章清亭順勢又道：「我是新人，那什麼寶不寶的太麻煩，要不，咱們乾脆把規矩弄得簡單點，就兩種胡法。一是吃胡，誰要是吃了我的牌胡了，那沒二話，我這倆不成材的弟弟妹妹就任您處置。二是自摸，那就三家包賠。你們看怎樣？」

這個好，簡單明瞭，但又有人提了：「若是不吃妳的牌，吃別人的牌胡了，怎麼算？」

章清亭一聲冷笑，「那輸的人自然該賠，我也照賠！」

這確實無可挑剔了，章清亭若是吃牌胡了，不過贏十五兩銀子，可其他三家不管哪一家贏，都能得到十五兩銀子外加張金寶、張小蝶。就算之前有人對她做莊還心懷芥蒂，此時也沒了二話。

賭坊掌櫃又額外交代了一句：「大夥兒看歸看，可不許出聲，壞了賭場的規矩。」

這是自然，又有人提議：「掌櫃，不如再開一局買馬吧，讓大夥兒也跟著湊湊熱鬧。」

這主意真好！一眾賭徒積極回應。

這還真是狗改不了吃屎，怎樣都能賭一把。

賭坊掌櫃立即從善如流，做了個莊，這一次下注可比之前任何一次都迅猛。一盞茶的時間，就零零散散聚集了上百兩銀子。

其他三人的賠率不相上下，只有章清亭，很是淒涼地開到了一賠三，還無人問津。

賭坊掌櫃微微皺眉，「這張家大閨女就沒人買嗎？那就一賠五。」

一幫賭徒呵呵悶笑，這張大閨女殺豬是一把好手，可打起馬吊卻是新人，誰敢保證她待會兒會不會又來個相公或是詐胡？

忽然，一錠金元寶從人群中飛了出來，砸在章清亭的名下，「我買她贏！」

這一錠元寶不大，但耀眼至極，頓時把那堆銀錢都比了下去，就像這錢的主人般鶴立雞群。

他很年輕，也就二十剛出頭的樣子，但五官英挺，輪廓分明，古銅色的肌膚裡透著健康的紅暈，身形高大，肩寬背厚，極是沉穩帥氣。

他穿一身暗紅色的絲袍，袖子和下襬上拼鑲著彩色條紋織錦，帶出一抹有別於常人的富貴氣。腳上也不是尋常的布鞋，而是小牛皮的馬靴。袍子前襬掀起一半掖在腰裡，似是忘了放下來，腰後斜插著一根鞣得極其精緻的馬鞭。

他斜倚在門邊，一雙深棕的星眸半瞇著，露出似笑非笑的表情，正頗有興趣地打量章清亭。人群中有認得的，便知這位就是紮蘭堡最大的飛馬牧場的牧場少主，賀玉堂。

他家祖傳一手養馬的好技術，選育的馬匹俊朗神逸，很受歡迎。這賀玉堂是家中長男，從小就跟著父輩在馬背上長大，極是精明強幹，近幾年來，把家裡的生意越做越大。賀老爺索性把管家之責全交給了他，自己處於半退休狀態，頤養天年。

這賀玉堂既年少多金，來市集辦事時，自然也免不了出入這些聲色犬馬之所，但他很有節制，從不沉溺其中，風評甚佳。

章清亭不認得他，卻瞧著賭場掌櫃的殷勤樣，有些不喜。心想來賭錢的就沒一個好的，只怕長得再帥，也是金玉其外。

買定離手，賭局開始。

幾十雙眼睛眨也不眨地盯著當中的牌局，張金寶和張小蝶更是手心裡各捏著把冷汗，生怕大姊一個不小心，就把他倆輸出去為奴為婢。

章清亭卻是舉重若輕，扔骰子起牌碼牌，等擺好之後，有站在章清亭身後的，當下就倒吸了一口冷氣。她那牌分明已經滿了，只等一張就可以胡，而且可以胡的牌還不少，細細一數，竟有一四七索，三張之多。

那些人當然沒買章清亭贏，鼻尖開始沁出細汗，只希望其他人的牌也同樣好，能搶先胡牌。

可不料，第一張，有一家就打出了個一索。

她身後的人一片驚呼，章清亭卻似恍若未聞，隨手就將手裡起到的一張東風扔了出去。

這是沒瞧見嗎？無人敢出言提醒，賭坊夥計虎視眈眈，這要是亂講話，會被割掉舌頭的。

其餘三家被她身後人群的一驚一乍弄得心神大亂，額上不覺都開始冒汗，弄不清章清亭打的究竟是什麼主意。一張牌拿起放下，放下拿起，總要掂量個七八遍才敢放下。

滿屋子鴉雀無聲，章清亭也不著急，就這麼慢悠悠等著，輕輕鬆鬆地出牌。

張發財被這沉重的壓力嚇得看都不敢看，轉頭蹲在牆角。張小蝶捂著臉，從指縫裡悄悄張望。張金寶雙拳緊攥，心裡卻急得像熱鍋上的螞蟻，大姊怎麼還不胡牌？

眼見玩得也差不多了，章清亭微微一笑，拿起一張牌，看也不看就吐出兩個字：「自摸！」

此言一出，舉座皆驚。

張金寶更是汗如泉湧，大姊別又來個詐胡吧？

章清亭將牌往前一推，然後緩緩地把掌心裡扣著的那張牌翻了出來。

七索！

「啊啊啊！」張金寶從地上一躍而起，振臂高呼，滿面通紅，激動得不能自已。

張小蝶半天哆嗦著嘴唇說不出話來，贏了？大姊居然贏了？

天啊，四十五兩銀子，他們發財了，發財了！

章清亭優雅地微一欠身，落落大方地衝呆若木雞的三人一笑，「承讓。」

張發財從角落裡迅速竄了出來，直奔銀子而去，夥計們不悅地將他攔住。

「那是我閨女贏的！」他理直氣壯地就想拿錢。

章清亭狠狠甩了兩記眼刀，把他拍熄，準備親自收錢。

「她出老千！」忽地，有個輸家不服，跳出來胡亂咬人。

章清亭微微蹙眉，賭坊掌櫃臉色一沉，「驗牌！」

一百三十六張馬吊牌全部翻開，張張分明，並沒有多出一張或是少出一張。

很快，錢財兩訖。

章大小姐親自從賭坊掌櫃手裡接過裝著四十五兩銀子的小包裹，心滿意足地離去了。

擦身而過時，賀玉堂在她耳邊低低調笑，「貓捉老鼠，好玩嗎？」

章清亭輕輕回了一句：「趁火打劫，有趣吧？」

賀玉堂忍俊不禁，施了一禮，「賀玉堂今日幸會張姑娘。」

章清亭微一斂衽，「小女子他日再會大老爺。」

再不停留，翩然而去。

賀玉堂哈哈大笑，看著她的眼神越發深邃。

塵埃落定，賭徒們議論紛紛，各自散去。多的不提，總之，殺豬女今日一戰成名。

賭場裡有那不懂事的夥計也悄悄咋舌，「那姑娘怎麼會有那麼好的運氣？」

少見人面的賭坊老闆現身出來，頓足嘆息，「都把招子放亮一點，人家是碰運氣嗎？人家玩的是技術，技術！」

章清亭被張家三口前呼後擁著，如女皇般出了銀鉤賭坊。

這幾十兩銀子在她眼裡不過是筆小財，但在百姓心目中可算得上是一筆鉅款了。如果說以前的張蜻蜓是家中的頂樑柱，現在坐擁鉅款的章清亭簡直成了全家的財神奶奶，非得高供起來伺候不可。

「閨女，這錢……」

張發財剛想開口打這筆錢的主意，就被另兩個不孝子女給頂了回去。

「你少動歪腦筋！這是咱們拿自個兒的小命搏回來的，沒你什麼事！」

章清亭聞言，涼涼道：「那是不是說，這錢得算你們倆的？」

一雙弟弟妹妹頓時氣焰全無，點頭哈腰，「哪能呢？大姊，這是妳辛苦賺回來的，當然得妳說了算！」

「可這裡面，最早還是我出的本錢。」張發財很是不甘地嘟囔著。

章清亭笑得更冷，「那請問，你的本錢又是打哪兒來的？」

張發財不敢言語了，如縮頭烏龜般退了回去。

章清亭掃了眾人一眼，「你們都給我聽好了，這錢是我賺回來的，要怎麼用全憑我高興。你們誰不服氣，現就一人領上二錢銀子，自己回賭坊賺去。」

再也無人敢言。
眼皮子特淺，才多點錢就急眉赤眼成這樣？
章清亭從鼻子裡哼了一聲，「這兒最好的裁縫鋪子在哪兒？還不快帶我去！」
這小地方當然不能跟南康京城比，但章清亭也知自己並非昔日的官家千金，所以只幫自己買了兩身布衣。雖不是綢緞，卻是最上等的細布，穿著非常舒服。接著，置一套梳洗用具，算是解了燃眉之急。
看著張小蝶拿著塊俗豔的土布在身上左比右劃，捨不得放下，再看看她身上那補丁疊補丁的舊衣裳，瞅瞅張發財父子腳上破爛得全是窟窿的布鞋，章清亭到底不是那等狠心之人，索性為全家都買了內外一身新衣，和必要的梳子鏡子等物。
當然沒她的精貴，但張家人已是如獲至寶。
採買完畢，章清亭讓他們拎著大包小包，直奔客棧投宿。
她要了個單間，又幫他們包了個大房，好歹把今晚的住宿問題解決了，章清亭便把那三人打發回去，讓把餘下的三人接來。這邊讓夥計準備了浴桶熱水，要把這個身體好好清洗乾淨。
粗糙！這是泡在熱水裡的章清亭，為前任下的第一定義。
指甲太短，胳膊太粗，頭髮太黃，臉太黑，處處都留著風吹日曬、長年勞作的痕跡，一點也不精緻細膩。不過也不是沒有優點，起碼皮膚還算年輕細膩，呈現出一種健康的淺蜜色，勻稱有力，沒有一處多餘的贅肉，尤其那胸……
那樣的飽滿豐盈，可比她從前大了許多。
章清亭有些心虛地紅了臉，像是在偷摸別的女子。
梳洗完畢，換了身新衣裳，章清亭只覺渾身上下都輕鬆了一截，慢慢地擦乾頭髮，開始對著菱花鏡端詳起自己的眉目。

這是一張鵝蛋臉，富態圓潤。五官周正，一雙大眼睛很是精神，透著靈氣，只是眉毛又濃又粗，又沒有修飾，所以不大顯得出來。

這個簡單。章清亭拿起小刀，三兩下就修了個精緻的眉型出來，瞬間像是拉開窗簾的屋子一般，整張臉都亮了起來。

滿意地左右端詳一番，先在臉上抹上蜜脂，她開始用新梳子蘸上桂花油，細細地把擦乾的頭髮梳通，配合著這臉型，挽了一個簡單又俏皮的墜馬髻。又拿脂粉淡淡地化了個妝，塗上胭脂，五官立刻就精緻嫵媚了起來。

照照鏡子，清新的妝容配合著身上這套絳紅色的衣裳，整個女孩感覺都明朗活潑起來，章大小姐終於滿意了。

唯一的遺憾是牙齒太黃。想起方才她花十文錢買了一個馬尾牙刷之時，那家人活像吞了個鴨蛋似的表情，就知道他們肯定從來沒有刷牙的習慣。

慢慢來吧！章清亭安慰著自己。如果她一直換不回去，把這副身子好好保養個兩三年，也會慢慢漂亮起來的。

要知道章清亭做千金小姐之時，鎮日吃飽了沒事，除了修習必要的功課，就是研究如何穿衣打扮。深宅大院裡，一堆女人無事可幹，成天就是在這些細枝末節上攀比，這本領就跟打馬吊似的，早融進血脈裡了。

想起方才自己大殺四方那場戲，章清亭也不禁露出幾分狡黠的笑意。

南康國的官家女眷，幾乎是從落娘胎起，就在牌桌邊長大。婦人交際應酬，喝完茶，吃完點心，就在牌桌上聯絡感情了。

那一百多張馬吊牌，章清亭熟得就跟自己的手指頭一樣，閉著眼睛也從不會出錯。今天那夥人，也合該他們倒楣，撞上了自己。不過願賭服輸，要不是他們貪心，至於如此嗎？所以章清亭贏得沒有絲毫心理負擔。

只是雖有了這點小錢，可接下來要怎麼辦呢？坐吃山空是不行的，再去賭，估計也沒人跟她玩了，況且不是正道，章清亭也不屑為之。正盤算接下來要怎麼辦，忽地房門被敲響了。

門一打開，外面的人就傻掉了。

張金寶似是不認得般，上上下下、左左右右來回打量了她十幾圈，還有些不敢確信。

章清亭不悅地微一皺眉，「人都接來了？」

「來……來了。」聽到那熟悉的聲音，張金寶才回過神來。

「那就去吃飯吧。」章清亭也餓了。

張金寶瞬間精神了，「吃什麼？」

可章清亭說：「到外面點幾個菜，吃飯吧。」

張金寶眼睛瞪得比銅鈴還大，這是要下館子？可憐他長這麼大，還沒正兒八經下過一次館子。原本以為能有幾個肉包子就很美了，沒想到大姊居然這麼好，要帶他們下館子，這實在是太令人感動並激動了。

章清亭可不知這一家子如此沒見過世面，要不，她怎麼也不會帶他們到酒樓大堂丟人現眼。

她一共點了八個菜、兩個湯，按理說應該是很豐盛了，可她碗裡的米飯才下去個尖兒，那一家子就如蝗蟲過境般，把那六菜兩湯吃得乾乾淨淨，連盤子和碗都舔得光可鑒人，簡直不用清洗，就能重新上菜了。

唯二剩下的，是章清亭面前的兩個菜。

一大家子齊刷刷地看著她，眼睛裡傳達著一個訊息：沒吃飽啊沒吃飽，要繼續啊要繼續！

章清亭簡直無語，要不是她親眼看到夥計上了兩大桶飯來，她簡直要以為這家人吃的全是西北風了。

招手叫來了小二，一人再上一大碗公湯麵，雞湯還是肉絲隨他們自選。

到底是湯水東西塞肚子，這家子直吃得肚子溜圓，實在是撐不下去了，才抹抹油嘴，意猶未盡地放下了筷子。

旁邊客人瞧見這一家子的吃相，難免有些指指點點，章清亭如坐針氈，勉強吃下那碗飯，迅速結帳回房。可她吃剩下的那兩個菜被張羅氏端回了房，此時是吃不下了，但待會兒還是能裝的。花了錢的，不能浪費。

章清亭眼不見為淨，隨她去了。

飯後，張小蝶想借她的房間洗澡，到底是年輕女孩，也想早些換上乾淨新衣。章清亭很能理解，反正她有飯後散步的習慣，便從客棧後門出去，順便接著去想今後的日子該怎麼過。

市集不大，客棧外頭就連著民居。住在這兒的，多半是做買賣的人，手頭自然比普通百姓寬裕，房子也看著整齊些。

到底是無商不富！章清亭心中感慨，雖說商人地位不高，但日子確實滋潤多了。

像她章家，表面上是仰仗著父親的官威，但內裡卻是靠富商出身的嫡母所帶來的大量陪嫁才能過得體面，所以章清亭從不歧視商人，可問題是她又沒經商過，就算有幾個銀子，能做什麼呢？

月兒初升，照在二道溝上，水面上波光粼粼，一地碎銀，一路往東，匯入荷花江去。

真是流水不知章女恨，嘩啦啦的這麼大聲做什麼？

章清亭小孩氣地將一顆小石子踢入江中，卻只濺起小小水花，很快便湮沒無聲了。

以前那個家，雖然窒息得像牢籠，卻能替她遮風擋雨，如今，自己是徹底自由了，卻也失去了一切屏障，要自力更生了。而當務之急的幾件事，頭一件，就是趙家的親事。

不過，現在有了錢，自不用愁，明兒就去把婚事退掉，把人口簿子拿回來。

想著拿銀子砸在那老虔婆面前，讓她震驚又無語的樣子，章清亭心中湧出一陣快意，心情不覺也好了許多。

隨後？隨後就是跑路！

此章清亭可非彼張蜻蜓，她章大小姐沒那個義務，也沒那個本事養活張家那六張嘴。光方才那頓飯，就吃掉了她一兩二錢銀子。照這麼個吃法，她手上那剩下的三十多兩銀子不到一個月就會吃光。乾脆出點錢，全打發掉得了。

只是她忽又想到，不知那個張蜻蜓到了自家是不是也是這副吃相？她剛想發笑，卻又想起她用的可是自己的臉，但轉念一想，如此更好，就讓母親大人煩惱去。

哼，那樣一個殺豬女，若是嫁入潘家，丟的可是章家的顏面。說起來，也是嫡母管教無方。

章清亭一時心情大好，興致勃勃地琢磨起自己未來的出路，可做什麼好呢？

章大小姐會的不少，琴棋書畫、女紅刺繡，不敢說無一不精，起碼樣樣都會。可這些都只能作為消遣之計，要以此謀生卻不太現實。真要靠那些，她還不如去找人打兩圈馬吊。

貴族女子的培養，都是為了嫁人準備的，但以她現在的平民身分，怎麼嫁個如意郎君？

想及此，章清亭又恨起趙家那個秀才來。還以為是塊璞玉，沒想到是塊爛石頭。看他那個娘，就知道本人好不到哪兒去。

「哥？哥！」旁邊小樹林裡，驀地過來一個年輕後生，輕輕喊著，似是怕人聽見。

章清亭心下狐疑，趕緊躲到樹後。

又一道黑影迎上來，「在呢！怎樣？銀子給了沒？」

這聲音怎麼這麼耳熟？章清亭想起來了，這是一早在橋上遇到的那個酸秀才。

弟弟道：「銀子給了。我照你說的，都問清楚了，確認是她爹我才給的。他也應承了，回頭就來把親事退了。」

「這就好，這就好！」哥哥似是鬆了口氣，轉而誇讚著：「這次辛苦你了。」

「哥，你把月錢提前支了出來，過不了幾天娘肯定就會知道，那還不得鬧翻了天啊？」

「管不了這麼多了，先把親事退了再說，頂多拚著被娘打一頓。」

弟弟笑了，「你現在可是有功名的人了，哪能隨便挨打？不過娘也真是小氣，就為了三兩銀子，硬是不肯成全你和桃子姊。」

章清亭聽明白了，這是對婚事不滿，自作主張要退親啊。

「唉，娘也不是不肯，只是摳慣了，家裡又窮，才什麼都要省。」哥哥倒是不刻薄，「算了算了，反正這事也了了。到時你再幫我好好勸勸娘，娘最疼你，必是肯聽的。」

弟弟道：「我幫你們這麼大的忙，你回頭打算怎麼謝我？」

「你這小子，辦點芝麻綠豆大的事都要好處！當你哥是大財主啊？快走吧，趕緊回去，省得被娘發現了！」

這哥倆一轉身，竟是直奔章清亭的藏身之處而來，待要避讓卻是來不及了，她索性大大方方迎了出去。那哥倆嚇了一跳，夜色昏暗，也瞧不清章清亭的面目，只依稀是個陌生女子，略放下些心來。

「妳這姑娘，三更半夜的，躲在此處做什麼？」發問的是哥哥，越是心虛的人嗓門越大。

「散步！」章清亭答得理直氣壯。本來就不是她主動來聽牆根的，是這兩人說到她面前來。她又不是聾子，關她什麼事？

可那哥哥聽她這麼一說，又聞到她身上的脂粉香氣，不由得想歪了，語氣頓時嫌惡起來，「天色既暗，不安於室，定非良家女子，咱們快走。」

「喂，你這人怎麼淨喜歡含血噴人？」章清亭不幹了，冷笑著道：「你清高？你清高躲在這裡私自毀婚？還與女子暗通款曲，私相授受！幸虧早上沒讓路給你，原來竟是這般不知廉恥之人！」

一聽這話，哥哥也認出來了，這分明就是早上遇到的那名刁蠻女子。

這一早一晚的，雖然都沒看清面目，但光聞她身上的味道，這變化還真大。新仇舊恨一併激發了出來，頓時鬥志昂揚，挖苦道：「這位姑娘，妳可真有本事啊，朝貧而夕富，這是不是堵路堵出來的？」

章清亭聽出話裡的隱晦意思，頓時色變，「嘴巴放乾淨點！早上明明是你無理取鬧在先，現在又是你偷雞摸狗在後！我朝貧而夕富，也是我憑本事賺回來的，關你什麼事？」

「當然不關我的事！」哥哥嗤笑，「以妳的本事，在這暗巷之中再多走上幾個來回，肯定還能賺得更多。」

「你——」章清亭一氣之下差點脫口而出，這是本小姐靠打馬吊贏來的，可想想賭博之事到底不雅，硬是嚥了回去，「你枉讀聖賢之書，濫逞口舌之欲！到底是何家豎子，無端毀人清譽，報上名來，與我同去見官！」

哥哥越發氣她道：「好男不跟女鬥，賤名無須掛齒！不耽誤妳發財了，再會無期！」

他拉著弟弟揚長而去，把章大小姐獨自扔在那裡氣得跳腳，卻無計可施。

以致於都沒有留意到，張發財的異樣神情。

好歹一夜過去，到了天明，章清亭心中的不快終於散去一些。

也不必問，讓夥計給隔壁那屋送去二十個大饅頭、兩碟鹹菜，她自在屋裡喝了碗粳米粥，用了兩樣細緻點心，這才召集這一大家子過來，宣布她的決定。

「桌上一共有十二兩銀子，你們每人拿二兩去。」

「哎！」應得最痛快的就數張發財了，抓起一錠小銀子喜笑顏開地揣進懷裡。

掃一眼都換上新衣新鞋，吃得肚飽的眾人，章清亭慢啟朱唇，吐出句話：「拿了錢，從今往後，咱們再無瓜葛。你們不要來找我，我也不會管你們，從此一刀兩斷，一拍兩散！」

聽她這麼一說，本來還高高興興要拿錢的眾人又把手縮回來，你望著我，我望著你，懵了。

「這好好的，妳一大早發的又是什麼脾氣？」張發財老乾巴臉上擠出笑來，討好地問。

章清亭斜睨了他一眼，「你給我結門親事也不過是二兩銀子，我現在給你們每人二兩，還添置了這些東西，也算是對得起你們了。趁著天兒早，各自該幹什麼幹什麼去！」

她……她這分明是想甩包袱！

短暫的沉默後，是驚天動地的呼號。

「大姊（閨女），妳不能這麼對我們呀！我們要跟妳在一起，死也要在一起！」

這回章清亭甩再多的白眼也沒用了，被拋棄的恐懼讓這一大家子齊心協力起來，團團把她圍住，乾嚎不止，震得人腦仁都疼。

「走開，走開！」章清亭嫌惡地想要把這群乾打雷不下雨，意圖在她身上抹鼻涕流口水的一家子給推開，奈何虎落平陽被犬欺，任她怎麼叫喚，這一家子抓著她，像抓著根救命稻草般，愣是不撒手。

「夠了！」章清亭迫於無奈，嗓門提高了八度，重重地把兩手一甩，暫時掙脫了束縛，「有什麼話好好說！」
「大姊，那錢我們不要！妳留著，咱們還跟妳一塊兒過！」這是張金寶。
「就是，閨女啊，妳別走。妳一個大姑娘家的，上哪兒去呢？」像蚊子哼哼的是張羅氏。
「姊，妳就是生爹的氣，不管他也行，可別不管我們呀？」這是張小蝶。
「喂，這話怎麼說的？」張發財不樂意了，理直氣壯地道：「閨女，我可是妳親爹！妳可以不管他們，但就是不能不管我！」
「跟著大姊有肉吃，我們都要跟著妳！」張銀寶和張元寶這兩小弟弟倒是直白得很。
章清亭被吵得頭疼，把桌子重重一拍，一一駁斥。
「你們是我什麼人啊？」她率先指著眾弟妹，「是我兒子還是閨女？我憑什麼養活你們？」再指向爹娘，「再說你倆，是我親爹親娘不是？要是的話，以後就由你倆養活我！」
「妳現在不是大了嗎？」張發財昧著良心分辯，「我把妳拉扯這麼大，現不該妳養活我？」
「我養活你的日子還短了嗎？你們自己摸摸良心問問，這些年都吃誰的喝誰的用誰的？」章清亭把目光移到了張金寶三兄弟身上，「你又不是沒兒子，這不站著三個嗎？你既然會生，就讓他們養活你啊！這天底下哪有閨女出去拋頭露臉，頂門定居的道理？」
「可是，妳之前……」
「那是之前，現在本姑娘不樂意，不高興，不肯了！你們要是覺得冤屈，儘管去街上打聽，或是上衙門告我去！」
章清亭越說越窩火，瞧瞧這一家子，也不是缺胳膊少腿，老弱病殘不能動，個頂個的好逸惡勞，懶惰成性。也不知張蜻蜓是怎麼想的，怎麼肯養活這樣的一家人？
瞧瞧他們現在的態度，不說感恩戴德，還把她的付出視為理所當然，簡直豈有此理！

「閨女，妳要不想嫁那秀才就不嫁唄！反正咱們有錢了，把親事退了就是！」張發財始終迴避問題重點，就是不想把理由往自己身上扯。

他這麼一說，倒給章清亭又提了個醒，「這門親事我當然會去退，不過我日後總要嫁人的吧？難道我嫁了人，你們還要跟著我一輩子？」

對！張發財一拍大腿，「下回幫妳說親，老子一定要提前說清楚，娶妳就必須帶上我們！」

章清亭嘔得快吐血了，這都是些什麼人啊？合著吃了秤砣鐵了心，要賴她一輩子嗎？這絕對不行！

無法溝通，章清亭也懶得再費那個唇舌了，「隨你們怎麼想，總之，我是再也不會管你們了。這錢我是給了，你們愛拿不拿。現在我去退婚，回頭別讓我再瞧見你們！」

章清亭扔下這一家子，自出門去也。

只要閨女不離此處，還是他女兒，張發財並不追趕，反而自有去處。可張金寶揪著他不放，非讓他把拿了的銀子交回來，這才放他離開。

章清亭出了客棧，正尋思著找個人打聽去趙家的路，張小蝶和張金寶一前一後追了上來。表面上是要陪她去退親，實則一左一右，生怕她跑了。

章清亭懶得搭理，本想雇個轎子，沒想到這小地方還沒這麼高檔的玩意兒。

看她怕曬，張金寶便問要不要買把傘替她擋一擋，張小蝶就說要買把扇子替她扇一扇。可看著那清一色的桐油大傘和農家大蒲扇，再想想這對狗腿弟弟妹妹殷勤服侍著自己走在中間的模樣，章清亭忍俊不禁，噗哧笑了。

這一家子活寶，怎麼就給她攤上了呢？

見她臉上終於露出了笑容，那對弟妹鬆了口氣，心裡感覺踏實不少。

這馬屁雖然沒拍上，但撓在路肢窩裡，起到效果就行。

不過，就算沒傘沒蒲扇，煥然一新的她，加一對煥然一新的狗腿弟妹，也夠引人注目了。

路人莫不側目，議論紛紛。

這不是張家那大閨女嗎？怎麼像變了個人似的？

不知道吧？人家可發大財了，昨兒在銀鉤賭坊裡打馬吊，一下就贏了四十五兩銀子！

這麼厲害？那她豈不是這一年都不用幹了？

當鋪裡的掌櫃說，她連殺豬刀都賣了，這肯定是不會幹了。人家現在全家都搬到客棧裡，頓頓大魚大肉，還有人伺候著呢！

嘖嘖，真沒看出來，原來她還有這本事。這一天四十五兩，十天就是四百五十兩！我的乖乖，那她往後一年得賺多少錢啊！

……

八卦的流傳速度總是最快的，不到半日工夫，章清亭的豐功偉績已經傳遍半個紮蘭堡了。

而她此時，也來到趙家門前。

暗自磨了磨牙，瞇了瞇眼，期待著把那二兩銀子狠狠砸在趙王氏臉上。

趙家就在集市邊緣，一個小小的四合院，青磚黑瓦，極是樸素，只站在院外，就能聞到裡面濃濃的草藥味，讓人不禁暗自惋惜。農家供出一個秀才不容易，可這才考取了功名卻病倒了，合該他家沒福啊。

同情歸同情，章大小姐還是抖擻了精神準備迎戰，卻很令人遺憾地被告知，趙王氏被人請去「降妖捉怪」了，不在。

期待中的銀子砸臉沒能實現，章清亭頗為失落。拿出二兩銀子，要贖自家的人口簿子，可趙家的大女兒趙玉蘭不敢答應。她今年也有十六了，全不似她娘，倒似她爹趙老實，極為淳樸本分。

張小蝶見這家中無主，開始欺軟怕硬了，「那要等到幾時？咱們大老遠的拿著銀子過來，可沒那閒工夫等來等去的！我大姊還忙著呢，這銀子妳收下，把我家的人口簿子還來就是！」

趙玉蘭還猶豫著，忽地聽到東屋有個氣若游絲的聲音說：「強、強扭的瓜不甜……玉蘭，給……給她們。」

章清亭忽覺那聲音有些耳熟，卻又聽不清，不過趙玉蘭拿出張家的人口簿子，她就不管了。驗明無誤，章清亭滿意地微微頷首，撤！

親事順利解決了，章清亭放下心中一塊大石，可回到客棧，看到守著銀子的張羅氏，和在院中打鬧嬉戲兩個小弟弟，她的心裡又開始犯堵，故意當著他們的面，要了一盤溜魚片、一個油淋青菜、一盅雞湯和一碗粳米飯，然後望著他們道：「你們要麼各自拿二兩銀子走人，要麼就空著手走人，反正我是不會再管你們了。何去何從，請自便。」

這一家子你望望我，我望望你，都沒了主意。

章清亭也不理，自關了門，用飯是也，可飯吃完了，她又有些不忍心了。

要不，買幾個饅頭給他們？

不行！這口一開，不又得賴上自己？

她可不是那個殺豬女，跟他們一點關係也沒有，操那麼多心幹什麼？

但他們身上沒錢，這樣餓著人家不太好吧？

餓肚子的滋味章清亭嘗過一次，就再也不想有第二回了。

自己的魂魄是和他們沒關係，但這個身體卻還是人家的閨女。可要是沒有魂魄，身體只是行屍走肉，哪能管得了他們？可要是沒有身體，我也是無主孤魂，哪能坐下來享用這人間煙火？

章大小姐在那裡糾結來糾結去，糾結了半天，罷罷，反正也費不了幾個錢，就當發發善心，打發幾個叫花子吧。

她剛想要叫夥計送些飯菜過去，卻見隔壁房門大開，張家五口人圍坐一圈，桌上擺著一筐熱氣騰騰的白麵饅頭。

瞧瞧他們，哪會餓著自己？我這操的是哪門子閒心？章清亭暗自生著悶氣。

可張金寶立即跳了出來，把嘴裡的饅頭使勁嚥了下去，「大姊，我們，呃……沒點菜，就要了，呃……饅頭！」

見他噎得這難受樣，章清亭倒是有些好笑。雖然仍是冷著臉，但話到嘴邊卻變了模樣：「我那兒還有沒吃完的菜，來端吧。也不知道要點鹹菜，蠢材！」

就知道大姊沒這麼狠心。張金寶呵呵一笑，把啃了一半的饅頭叼在嘴裡，將她那邊的剩飯剩菜又端了過來，蘸著點湯水就這麼吃了。

想想還是不甘心，章清亭轉身特意道：「別以為我這就是要管你們了，我最多再管今天一天。從明兒起，咱們還是各走各的路。」

張家那五口誰也不應，明兒的事明兒再說，總之，今天是跟定了章清亭。

章清亭看這不是辦法，還得拿人口簿子開出路引，早些離開，方可脫身。

才散了會兒步，準備歇午覺，房門猛地被砸響，「大姊，大姊，不好了！」

猝不及防間，章大小姐的小心肝嚇得一通亂跳，頓時火就上來了，「這又是怎麼了？」

啪的將新梳子一拍，頂著拆了一半的頭髮衝了出去。

門外，站著一群凶神惡煞的彪形大漢。張家五口人都被圍在了院中，瑟瑟發抖。

為首的一個滿臉橫肉、膀闊腰圓的打手往她一指，「妳就是張蜻蜓？」

章清亭戒備地退了半步，「你們想幹麼？」

「不想幹麼，不過是妳老子在我們賭坊輸了二百兩銀子，要妳還債！」

章清亭眼睛瞪得溜圓，簡直不敢相信自己的耳朵，「你說他輸了多少？」

「不多不少，就二百兩。」

「他哪來那麼多錢輸？」

「他是沒有啊，身上一共就二兩銀，可他輸光以後非要賭，還說妳一盤馬吊就能賺四十五兩，硬是在我們那兒前前後後一共借了二百兩，全輸光了。這是借據，上面可按著他的手印。妳要是不信，跟我去賭坊，與他當面對質。」

這個敗家子！

章清亭恨得咬牙切齒，她這回是下定決心撂挑子了。攤上這樣一個爛賭的爹，要怎麼管？

「他輸他的，與我無關，你們要殺要剮就衝他去！」

「大閨女！」張羅氏哼唧開了，「他怎麼著也是妳爹呀……」

「他還是妳相公呢！妳怎麼不去管？」章清亭惱火至極，「你們誰有本事誰管，別煩我！」

想求情的一家子都老實了下來，噤若寒蟬。

「他是指著妳打的欠條。張大姑娘，要不是看在妳的面子上，誰肯賒那老東西這些銀子？」

章清亭冷冷道：「那就是你們的事了！輸錢的人是他，立下字據的人也是他，你們自己想法子討要去！」

那打手眼睛一瞪，居高臨下地衝她晃了晃碩大的拳頭，「我說姑娘，這欠債還錢、父債子償是天經地義！妳不要敬酒不吃吃罰酒，就是鬧到衙門裡去，這筆錢妳也得還！」

「說的好，父債確該子償！」章清亭往張金寶等人一指，「瞧見沒？那是他兒子，一共三個，你們帶走吧！我是閨女，日後總是外姓人，沒個說哪家老子欠了債，做兒子的不管，偏追著閨女要的！要不，咱們現在就一起上衙門，讓縣官來評評這個理兒！」

那打手被噎得無話可說，章清亭越發篤定他們是有預謀地陷害張發財，目的就是要引自己上鉤，冷冷一笑，「話我已經說得很明白了，你們想怎麼做請隨意！本姑娘現在要休息，恕不奉陪！」

她轉手砰的一聲，把門給門上了。

那打手愣了，老闆可是點名要帶章清亭回去的，可人家根本不搭理，這可怎麼辦？想想，留幾個人看著章清亭，他把哭天喊地的張家五口抓走了。抓不到大魚，先抓幾個蝦兵蟹將也好交差。

回了房，章清亭才把所有的怒氣展露出來。

二百兩？整整二百兩，那老東西他也真敢輸！

他怎麼就那麼肯定自己能替他還錢？當她是什麼人了？

章大小姐火大得直想摔東西，卻想到砸壞還得賠錢，只好捶著棉被出氣。

反正不關我的事，愛怎麼辦就怎麼辦去！可真能不關她的事嗎？章清亭有些拿不準。

倒了杯茶給自己，勉強喝了兩口。冷靜，一定要冷靜！

時候不長，人又來了，又是砰砰砰把門砸得響。

章清亭真是火大，「我沒錢也沒本事幫那老東西還帳，你們不要再來煩我了！」

她呼地一下把門拉開，正待發火，看清之後卻愣住了。

這……這是個什麼妖怪？

外面站著一人，穿一身五彩斑斕的奇裝異服，像隻大公雞似的。一手執著晃魂鈴，一手執著桃木劍，臉上還戴著一張青面獠牙的鬼面具，殺氣騰騰。

那妖怪瞧見章清亭，也有些眨巴眼。

前幾天分明還是個又窮又破的殺豬女，怎麼一下變成美麗的小淑女？

看來坊間傳言非虛，這張家大閨女，真是發財了！

「妳走錯門了吧？」章清亭實在認不出這是何方神聖。

可那妖怪聞言，拿劍指著她，氣勢洶洶直逼進來，「我就找妳！」

這一開口，章清亭立即聽出來了，這不是那趙王氏嗎？

早上專程去會她沒遇上，這會兒倒找上門來了？

章清亭全身的汗毛立即豎起，「妳來幹什麼？」

趙王氏一把揭下臉上的面具，連同手上的東西一塊扔到桌子上，「我說，媳婦，妳這事兒可辦得不怎麼道地啊！」

「誰是妳媳婦？沒事可別亂認親戚！」章清亭昂起小下巴，「我剛上妳家還了二兩銀子，可是妳女兒趙玉蘭……」

「啊呸！」章清亭話音未落，趙王氏就插著腰，重重往地下吐了口唾沫，「妳還好意思說？想忽悠人也不打聽打聽老娘到底是什麼人！」

章清亭不悅皺眉，「誰忽悠妳了？妳自己明明答應了，三日之內我若是還出二兩銀子，我們兩家就再無瓜葛。現在錢既還出，妳還想抵賴不成？」

「想抵賴的明明是妳才對！」趙王氏膽子比她還足，指著她的鼻子追問：「妳那二兩銀子從哪兒來的？明明就是從我家拿去的。拿了我家的銀子，再轉個手來還給我，妳還真打的好算盤啊！」

「妳胡說什麼？」章清亭也怒了。罵她不要緊，可沒有這麼冤枉人的。

「銀子明明是我自己賺來的，我什麼時候拿妳家的銀子了？」

「想不認帳？叫妳老子出來對質！張發財，你到底有沒有拿我家的銀子，出來說個清楚！」

章清亭心裡立即咯噔一下，忽地想起，之前追債的可說過，他在那裡先輸了二兩。再看桌上，並沒有動過的痕跡。章清亭心中暗恨，原來如此。

「甭嚷嚷了，他不在！」章清亭沒好氣地又取出二兩銀子放在桌上，「我再給妳二兩銀子，咱們就算兩不相欠了！請吧，大嬸！」

趙王氏盯著那白花花的銀子，眼睛明顯的有些挪不開，卻很是硬氣地不去接，「媳婦，妳家既不守信用，那我們之前的約定便不能作數。」

章清亭聽著這話風不對，心想這老虔婆又想搞什麼鬼？

趙王氏清咳一聲，終於點明來意：「來前我已經挑好了日子，後日便是黃道吉日，妳既賺了點小錢，就給自己添點嫁妝，準備一下，等著我家上門來迎娶吧。」

四十五兩啊！這個兒媳婦還真不含糊，趙王氏心中暗喜，就衝著這銀子，這殺豬女她家是非娶不可。若非如此，她為何一早聽到消息，連妖也不捉就趕回來了？

嘿嘿，四十五兩銀子，這要是帶進門來可以添上幾畝地、幾頭牛羊，再修幾間房……

趙王氏算得好好的，只沒想到，剛進家門就聽說人家來還了銀子，把人口簿子領了去。趙王氏氣極，當即就提著劍滿院子追打女兒，卻讓小兒子誤會，以為事情敗露，索性向母親承認，預支了秀才大哥四個月的縣學補助，湊了二兩銀，給了張發財，讓他們來退親。

聽說其中鬧了這麼一齣烏龍，趙王氏不僅不惱，反而暗暗歡喜。如此一來，她不僅有理由賴帳，更有理由逼著章清亭趕緊嫁過來了，所以連衣裳都來不及收拾，火急火燎地趕了過來。

至於大兒子想娶的啟蒙恩師之女，青梅竹馬的小桃妹子，趙王氏是半點也看不上眼。

楊小桃她爹是個不事生產的老秀才，家中有祖傳的幾畝薄田，再加上在村裡設帳授徒，日子倒是比尋常人家好過一些。不過他也因此覺得高人一等，不大瞧得起他們這些土裡刨食的莊稼人。

這老楊秀才只養了一兒一女，對倆孩子甚是嬌慣。

那楊小桃雖然識文斷字，長相清麗，卻成天嬌滴滴地拿捏著一個小姐做派，除了做做針線，燒點飯菜，什麼都指望不上，而且她還是老大，弟弟才八九歲，若是爹娘日後有個病痛，少不得要女兒回去伺候，而那份家私，卻又全是弟弟的。

趙王氏的如意算盤打來打去，也覺不划算，這樣一個中看不中用的繡花枕頭，娶回來搞不好還要她多番遷就，哪有殺豬女實用？但這份私心卻不能明著跟大兒子說，她就故意扯了個嫌聘禮貴的由頭，把這門親事給攪黃掉了。畢竟，讓兒子覺得自己小氣，也比覺得自己自私要好得多。

這邊章清亭雖不知趙家這些亂七八糟的事，卻知道趙王氏也眼紅自己那四十五銀子了。才想把實話告訴她，又有人來了。

不過，這回來人倒是文雅多了，輕輕叩了三下房門，「張姑娘，妳在嗎？」

廢話！屋裡屋外都有人守著，她還能插上翅膀飛了天不成？

「進來。」反正蝨子多了不愁，債多了不癢，要來的就都來吧！

重又將門打開，卻瞧見另一張熟悉面孔，「賭坊掌櫃？」

「在下姓于，張姑娘，妳叫我一聲于掌櫃，或是老于都可以。」于掌櫃笑咪咪地進來，瞧見屋子裡劍拔弩張的趙王氏，愣了一下。

「喲，趙大嬸也在啊！我這……不耽誤妳們吧？」

要耽誤不也來了嗎？瞧院子裡那些打手對他的恭敬勁兒，章清亭立即明白了，恐怕這才是幕後主使。譏諷一笑，章大小姐落落大方回屋中落座，「于掌櫃，您有何指教，就儘管明言吧。」

于掌櫃呵呵一笑，「指教就不敢當，上門請賢倒是真的。」

章清亭冷冷瞧著他，「于掌櫃，有您這請法的嗎？您該知道張家有幾斤幾兩，卻還由著我爹在那兒使勁輸，這不是把我們一家子往死路上逼嗎？」

于掌櫃一笑，振振有詞道：「張大姑娘，妳也知道我們賭坊是打開門來做生意的，哪有客人要下注，我們卻攔著不讓的道理？況且，我們也估算過，一個張發財當然一文不值，但是姑娘就不一樣了，只要妳願意，這二百兩銀子還不是手到擒來的事？」

趙王氏聽得嚇了一跳，「張老頭在你們那兒輸了二百兩？」

「是啊，人家現在要逼債，妳家還要娶我嗎？」章清亭斜睨著她，怕了吧？

趙王氏噎住了，可恨那張家老貨，居然敢輸去二百兩，要是她爹，她早把他手剁了。

于掌櫃轉回他的正題：「咱們接著說。張姑娘，妳昨日在我們賭坊一戰成名，這十里八鄉想跟姑娘過招的人可著實不少，所以就想請姑娘在我們賭坊裡擺一個擂臺，專門跟人打馬吊。不僅不需要妳出一文錢，妳打一天馬吊，我們還倒付妳工錢。當然，妳爹那賭債還是得還。什麼時候等這筆債還清了，你們一家就都自由了，怎麼樣，不錯吧？」

不錯才怪！這要真去的，毀名聲不說，只怕這輩子就得陷在賭坊裡，永世不得翻身了！

章清亭懶得指出這其中的漏洞，只道：「不去！」

「我也不同意！」趙王氏忽然跟她同仇敵愾起來，「張老頭可早把這閨女許給我家大兒子了，她現是算我家的媳婦。她要下了賭場，我兒子的名聲還要不要了？她爹欠的債，跟她沒關係。媳婦，收拾東西，走！」

章清亭忽地覺得，這婆婆還挺聰明的。她把自己撇開，肯定是知道自己身上有幾個銀子，又在危難關頭拉她一把，這種順水人情要是個不怎麼機靈，一準兒就死心塌地了，可要不要藉機離開呢？

看她猶豫，于掌櫃摸摸小鬍子，對著外頭吩咐：「把人帶進來。」

被拖進院來的是張家六口，像一根長繩上串著的六隻蚱蜢。想是受了些教訓，一個個鼻青臉腫，蔫頭蔫腦的，無比順從。為首一人，正是那讓人恨得牙根都癢的張發財。

他一見到章清亭就像是見到救星，哭喪著臉，扯著嗓子嚎：「閨女，妳救救妳爹吧！」

章清亭乾脆別過了頭去，卻瞥見趙王氏對這一家子也滿是鄙夷的神情。

雖然自己對張家人也很不滿，但看到旁人對他們的不屑，章清亭還是覺得不舒服。畢竟名義上，這些還是她的家人，她不可能做到完全的無動於衷。

趙王氏瞧著笑話，還在一旁說著風涼話：「我說張老頭，你昨兒是不是又收了我家老二送來的二兩銀子？這話你可得當著你閨女面前說清楚，要不，還顯得我冤枉你似的。」

「都怪妳家那倒楣兒子，幹麼送銀子給我？」張發財迅速為自己輸錢找到開脫的理由，「要不是他給我錢，我怎麼會去輸？肯定是妳家的風水不好帶累我！」

這人真是無可救藥了！章清亭真心覺得，不把此人狠狠教訓一頓，根本不足以讓他警醒，所以她一言不發，只當沒看見。

趙王氏可不是省油的燈，當即回敬道：「嫌我家風水不好，你風水好，怎麼沒瞧見你贏點錢回來？瞧瞧你那倒楣樣兒，就是給座金山，也會被你敗光！」

「妳這個臭婆娘，我打死妳這烏鴉嘴！」張發財想動手，可手被綁著，各種不便。

趙王氏越發得意，「瞧瞧你這慫樣兒！還敢和老娘叫板？有種你就過來，老娘就站在這兒等著你！」

于掌櫃把人綁來，可不是為了瞧這樣的鬧劇，他高聲道：「張發財，你閨女可說了，她不願意幫你還債！既然沒錢還，那就按我們賭場的規矩，把他的手指頭給我剁下來！」

「閨女，蜻蜓，救命啊，妳快答應替妳爹還債呀！」張發財嚇得臉煞白，叫得像殺豬似的。腿軟得根本邁不動步子，被打手們架到院中的石桌旁。

章清亭冷冷瞧著，一言不發。

這份氣度倒讓人著實有些震驚，趙王氏雖然不希望媳婦過多關注娘家，但這丫頭的表現，也太狠心了吧？

那群打手是幹慣這事的，把張發財的左手掰開五指按在桌上，拿著明晃晃的刀對著他的手就是一通比劃。幾次欲砍未砍的，旨在嚇唬賭徒的家人。

張家五口嚇得都哭了，張發財更是叫得撕心裂肺，聲音都變了調，眼淚鼻涕一起往下掉，渾身抖得跟篩糠似的，「爹錯了，閨女，爹真的知道錯了！我再也不賭了，我發誓真的再也不賭了！妳救救爹，救爹這最後一回吧！」

章清亭臉上依舊沒有表情，于掌櫃臉色一冷，「剁！」

趙王氏饒是膽大，也嚇得一閉眼。只聽張發財一聲慘叫，那左手小指當真被連根切斷。一道殷紅的血線噴起，濺了一地。

十指連心，這疼痛不是假的。那幫打手剛鬆了手，張發財立即疼得倒在地下打起了滾，弄得四下血跡斑斑，更是觸目驚心。

于掌櫃再看章清亭一眼，起身走到張家一眾人跟前，「既然她不想管你們，那就沒辦法了。回頭該賣窯子的進窯子，該做苦役的做苦役，誰叫你們攤上那樣一個爹。」

張家五口真嚇壞了，全都朝章清亭跪下，哭得一片稀里嘩啦。

「大姊（閨女），妳救救我們，救救我們吧！」

……

「夠了！」章清亭白著小臉站起身來，竭力隱忍著自己顫抖的雙手，「于掌櫃，你要請我去打馬吊，得讓我跟你老闆談一談。光憑你那幾句話，我可不信。」

見她態度鬆動，于掌櫃當即換了副嘴臉，呵呵一笑，「好，那我先回去問問我們老闆何時有空，再來接姑娘前去詳談，如何？」

肉都在砧板上了，還問什麼如不如何？

「不行，我不同意！」趙王氏跳出來反對，「媳婦，妳馬上就要嫁到我們家去了，怎麼能去賭坊拋頭露面？我不許妳去！」

于掌櫃聽了這話可不高興了，不待章清亭搭腔，先站出來，「我說趙大嬸，這張姑娘還沒嫁進妳家去吧？妳未免管得也太寬了些。妳要是有什麼不滿意，要不，咱們先談談？」

看他身後打手一擁而上，隱隱有威脅之意，趙王氏黑著臉不再吱聲。

于掌櫃一夥人走了，張家人才把張發財從地上扶起來，請了大夫過來包紮。傷不算重，只是這痛卻是免不了的。

「這回您可賭得痛快嗎？我這兒還有三十多兩呢，要不要再拿去賭賭？」見張發財緩過了勁兒來，章清亭冷言譏諷。

張發財哎喲哎喲地叫喚著，不敢應聲。

章清亭微微冷笑，「這事我是替你擔下來了，但你可別指望還有下一回。你若是再敢去賭，也不用旁人，我發現一次就剁你一根手指頭，等到把你十根手指頭全剁完了，我瞧你還拿什麼去賭！」

這回張發財確實賭得狠了些，全家都差點被他輸掉，是以無人出面為他說情，還同仇敵愾，表示要協同監督。

趙王氏也該走了，不過自覺方才失了面子，現在要扳回來，「媳婦，我可說了，不同意妳去。妳準備準備嫁妝，我明兒就來接妳過門。」

「好啊！」章清亭指著張家一眾人冷笑道：「那就麻煩您準備一輛大點的車，好拖嫁妝。」

「妳這是何意？」

「也沒別的意思，您不是要我準備嫁妝嗎？我家這六口人就是我的嫁妝，你們說是不是？」

「是！」張家六口答得氣壯山河。

這真是天下奇聞，哪家兒媳婦將一屋子娘家人當陪嫁帶過來的？

再看這一家子懶蟲，趙王氏忽地不寒而慄。

「請問，您還要我做您兒媳婦嗎？」章清亭皮笑肉不笑地將了趙王氏一軍。

娶一個章清亭當然是穩賺不賠，可加上那六口人呢？

一貫算盤打得叮噹響的趙王氏有些不能肯定，滿腹糾結地回去了。

有章清亭答應出頭，張家六口又安心過起豬玀般的生活。

章清亭也不言語，只靜靜想著心事。

貳之章 高超牌技惹凶機

翌日天明，于掌櫃打發了一乘小轎來接章清亭過去。

章清亭捎上張金寶，跟人走了。到了銀鉤賭坊，裡面已有一老一少正在等候了。一進門，于掌櫃的神色就恭敬起來，斂氣屏聲地上前介紹。那相貌威嚴、錦衣華服坐在上首的長者便是東家薛三爺。而侍立一旁，年紀輕輕，眉清目秀的那位是師爺。

不知為什麼，章清亭一打眼，總覺得這兩人有說不出的古怪。心裡存了三分疑惑，仍大大方方見了禮，分賓主落座。

僮兒奉上香茶，器具乾淨精美，微揭開蓋，便聞到一股清香，這是上好的雨前龍井。這是章清亭來到此地後，喝到最好的一杯茶了，臉上不覺露出幾分滿意之色。

落在旁人眼裡，卻有些訝異。這姑娘還懂品茶？

那薛三爺也不客套，開門見山談起了正事：「張姑娘，今日請妳大駕光臨，是何來意，于掌櫃已經跟妳說過了。妳有什麼要求，盡可以提。」

「昨日于掌櫃只是匆匆說了個大概，什麼都沒有定例，還是請薛三爺再做個介紹吧。」章清亭可沒那麼快亮出自己的底牌。

薛三爺一怔，他身後的師爺卻輕笑著解釋：「張姑娘，我們的想法是這樣的。妳自登上擂臺那日起，每日付妳一錢銀子的工錢。妳若是贏了錢，其中的一成也抽作妳的花紅。待還清那二百兩的賭債之後，再贏的全都歸妳。」

章清亭心中冷哼，這樣漏洞百出，滿是陷阱的條件，她會答應才有鬼。

「小女子有以下幾點疑問，請薛三爺指教。」

「姑娘請講。」

「每一局的賭注多少，本錢誰出？若是贏了，我有花紅抽。若是輸了，是否還得在我那帳上扣？還有這每日一錢銀子的工錢按說也不算少，但要打幾局？若是從早到晚，我可吃不消。」

章清亭抿了口茶，斜睨著眼前二人，悠悠道：「貴寶號既然請了我來，真正東家卻又故弄玄虛，不肯以真面目示人，這實在是讓小女子心存疑慮，有些不敢與你們合作。」

靜了一靜，那師爺忽地哈哈大笑，施禮賠罪道：「姑娘真是好眼力，薛三佩服。失禮之處，還望海涵，只不知姑娘是如何瞧出破綻的？」

他這麼一來，等於承認自己才是真正的老闆了。

章清亭的理由很簡單。

官宦人家，從來最是注重儀表，連細微末節都不會放過。這位年輕師爺身上的衣裳雖然沒有中年大叔的華麗，但他腳上卻穿著一雙錦面厚底的新靴，連鞋幫都很乾淨，一瞧就是富貴人家，出入有車馬代步。反觀那位中年大叔，腳上只穿一雙半舊的普通布鞋，邊緣還有不少污漬，倒像是個跑腿的管事。

章大小姐十六年的千金小姐可不是白當的，一眾妻妾站成一堆，哪怕衣著打扮得一模一樣，她也能從細微處分辨出孰高孰低。

「薛老闆神采飛揚，當然與眾不同。」章清亭不願被瞧出底細，隨口奉承，意圖矇混過關。

那薛三爺實不是普通的市井之徒。他本名薛紹安，因在家中排行老三，所以人稱一聲三爺。

薛家是靠撈偏門起的家，在紮蘭堡一帶頗有勢力。他家自知做這一行，得罪的人實在不少，故此都極其低調，甚少在人前露臉。

薛紹安那日在賭場上見章清亭得打一手好馬吊，便動了心思要把她挖來當棵搖錢樹。今日見章清亭換了裝束，竟是容顏俏麗，談吐不俗，心中驚喜之餘，卻也難免生出些疑惑來。

「張姑娘，妳真的是之前那位張蜻蜓嗎？」

像那樣一個貧苦女子，怎麼會懂得品茶打馬吊？還能從神采上就認出自己？

章清亭被問得心中一驚，暗悔自己有些大意了。

張金寶聽薛三問得古怪，倒是替她解了圍：「這當然是我家大姊！天天跟咱們在一起，哪裡能是假冒的？」

薛紹安呵呵一笑，也不追究，「是在下失言了。張姑娘既然有這些疑問，想來是有備而來，妳想怎麼辦呢？」

章清亭輕笑，「三爺，您是債主，又是大老闆，小女子何德何能，敢跟您談條件？您若要我說，那我希望您大人不計小人過，把那帳一筆勾銷，您會同意嗎？」

薛紹安合掌笑道：「姑娘真是快人快語，那我們也別兜圈子了，大家開誠布公地談一談。我每日會給妳一百兩銀子的本錢，上午下午，妳各打兩個時辰就行。每日等妳贏夠了二百兩，再有多的全算妳的，但若是輸了，還是要記在姑娘帳上。」

這回連張金寶都聽懂了，「這不公平！你只給了一百兩，憑什麼要贏二百兩才有得分？」

于掌櫃臉一沉，「這有你說話的份嗎？再說，不是還有給你姊工錢嗎？每天一錢銀子，上哪兒找去？」

章清亭一笑，「小孩子，跟他計較什麼？三爺，要我說，你這法子不好，賺錢既慢且費精神，不如我替你獻一計可好？金寶，你先出去。」

薛紹安會意地也讓自己人離開了。

等到再開門時，薛紹安已是笑容滿面，「來人，好好送張姑娘回去。」

回去的路上，張金寶忍不住問：「大姊，你們最後說了什麼？」

章清亭白他一眼，「不該你知道的事情少打聽！」

當時把他叫出去，一是怕他少不更事，洩露了祕密。二是章大小姐心中，可還另有盤算。

接下來的幾天，章清亭在客棧裡過得風平浪靜。

張家那六口雖然能吃，但並不挑食，章清亭對他們也不苛刻，每日早上發饅頭包子，中午晚上還有一頓熱呼呼的肉湯麵加幾碟小菜，並不算虧待他們。

張家六口子就安心地繼續混吃等喝，連張發財都安安分分待在家裡養傷，可他那顆好賭的賊心，真的從此就死了嗎？

章清亭覺得未必，不過那也不是她要操心的事，她若得空，只跟店裡的夥計閒話，聊聊這兒的風土人情、交通水陌，甚至美食八卦。張家六口要來旁聽，她也不攔著。

客棧裡面還算平靜，可客棧外面卻是鬧翻了天。

銀鉤賭坊擺出擂臺，把章大小姐即將登擂臺打馬吊，替父還債之事在十里八鄉傳的是沸沸揚揚，街知巷聞。這讓人們獵奇之餘，又多了一分同情。

只是這張家大閨女真的能有這麼好的運氣，贏到二百兩銀子？那丫頭上回顯了靈，難道回回都能這麼靈？

眾說紛紜，莫衷一是，倒是有一點可以肯定，那就是來賭坊打馬吊的人多了起來，不少人都暗暗期待著自己能和張家閨女一般，有那麼好的運氣。喜得于掌櫃趕緊又增設了幾間房，那嘩啦嘩啦的洗牌聲終日不絕於耳。

主角還沒粉墨登場，這戲已經熱鬧上演。

於此同時，趙家也展開了一場史無前例的「倒戈」運動。

被倒的是趙王氏，被聲援的是趙家老大。

連幾十年的老妻管嚴，趙老實都忍不住磕磕巴巴地幫腔，那樣一個拋頭露面去賭博的女子，怎麼配得上自家品行端正的大兒子？

趙王氏難得的什麼都沒說，因為她要睜大眼睛，看清情形再說。

若是章清亭真的輸得一塌糊塗，那自不用說，這門親事就算黃了。若是章清亭僥倖贏了，那這個兒媳婦她可是娶定了。至於兒子的心意，趙王氏覺得沒啥要緊的，等小倆口上了炕生了娃兒，哪還顧得上從前那些哼哼唧唧？

所以趙王氏暗地裡已經訂好了大紅花轎和嫁衣，到時就是搶，她也要把那媳婦搶回去。

賭坊行事很是俐落，沒幾日便把馬吊擂臺之事炒得火熱。

萬事俱備，好戲開鑼。

這日一早，于掌櫃親自帶著披紅挂綵的八抬大轎，吹吹打打，上門迎接臺主。

惡俗！章清亭瞧得直皺眉，可這畢竟是人家給的體面，再不甘願，也只好勉為其難地上了轎。依舊讓張金寶跟著，任由他們抬著自己在城裡兜了大半個圈，弄得全城皆知，這才去了賭坊。

那邊早已是人山人海，水洩不通。

擂臺四周擺滿了絹花，當中一張嶄新的八仙桌，擦得光閃閃亮晶晶，門樓上還貼著一副大大的對聯。上聯是「馬到功成大四喜」，下聯為「吊兵遣將槓上花」，橫批最絕，是「胡牌為上」。

噗！章清亭想笑又不敢笑，強忍著一口氣憋在喉嚨裡，嗆得她悶咳連連。

不知道的還以為她是緊張了，于掌櫃很體貼地道：「張姑娘，妳要不要歇一會兒？」

章清亭很快就恢復了鎮定，「不必。若是人已齊了，我們這就開始吧。」

于掌櫃點頭，笑容可掬地親自將她引上臺去，公布規則。

臺主一天只打三場，要跟她過招，先得交十兩銀子的上臺費，然後拿十兩銀子作賭本。允許吃牌碰牌，沒有寶，但自摸才能贏，所以即便是輸，也就是那十兩銀子。不過，誰要是贏了章清亭，除了可以得到一百兩銀子的獎金之外，還能繼續擔當下一任臺主，同樣可以在這裡打牌賺錢。

這樣寬鬆的條件，讓更多的賭徒想來報名碰碰運氣，可這頭一局，卻是早就跟賭坊說好的幾個熟客。

「張姑娘，終於又到『他日』了，我可盼了好久。」

再次看見賀玉堂，章清亭心神微微動了一下。他今天顯然是刻意打扮過，更加的英氣逼人，實在讓人很難抗拒。

心中默念著非禮勿視，章清亭盡量端莊地跟他打招呼：「還請賀大爺手下留情。」

「是我該請姑娘手下留情才對，不要讓我輸得太難看喔！」他略湊近了些，低聲道：「今日之事畢後，可否請姑娘賞臉吃個便飯？我在福興樓等妳。」

這、這算不算暗通款曲？章清亭不知怎地，忽然想起那天罵那哥哥的話，微有些赧顏。便覺賀玉堂此舉有些輕佻，於是心中另生了個主意。

四人到齊，賭局開始。

下面依舊設了買馬，許多排不上隊的賭徒，便爭先恐後來押寶，銀兩很快就堆滿了一大桌子，可比臺上的多了數倍。

在于掌櫃的授意下，章清亭刻意把第一局打得很是冗長，幾乎快把牌打光了，她才險險勝出。

三十兩銀子用個大紅托盤裝著晃了一圈，歸進了賭坊。

趙王氏擠在人群裡，看著那白花花的銀子就這麼還了債，恨得是直咬牙。

接下來的兩盤，章清亭依然跟走鋼絲似的，似乎隨時要輸，可偏偏她就能險險獲勝，看得眾人眼紅之餘，未免心生不服，這丫頭難道盤盤運氣都這麼好？

不少人開始摩拳擦掌，第二日三局的九個名額很快就被搶完。

擂臺一散，章清亭去了賭坊後臺。

薛紹安現身出來，對她今天的表現非常滿意，「姑娘今日做得好極了，明日卻不用客氣，三局速戰速決，讓人看不出妳的真正實力。」

這個容易，章清亭應下。

薛紹安遞上銀票，「這九十兩銀子，已經按姑娘的要求，存入亨通錢莊了，整個北安國暢行無阻。」

章清亭接過，心中總算踏實了幾分。

早在她跟薛三獻計之時，便已經說妥，將張發財那筆賭債給一筆勾銷了。眼下每局贏的，都是她該拿的。只是章清亭不欲人知，所以私下交易。

其實就算賭馬那兒不說，光是一天九個名額，薛三都能淨賺九十兩了，而且張發財那債說白了，賭坊又何曾真正給過一文？人家才是真正的無本生意，一本萬利，可這種人你能講道理嗎？

章清亭拿了錢，不想在這種地方久留，可薛紹安卻道：「時候也差不多了，我想請姑娘一同用個便飯，不知是否有這個榮幸？」

今天什麼日子，怎麼都想請她吃飯？比起薛三，那還是賀玉堂安全多了。

章清亭故作抱歉道：「不好意思，有人邀約在先，只怕要讓三爺掃興了。」

「哦？請問是哪位有這個榮幸捷足先登？」

章清亭索性實話實說：「是賀家大爺。」

薛紹安笑容微微一頓，隨即重又展開，「那就不耽誤姑娘了，我派轎子送妳一程。」

「三爺太客氣了，我自己走就好。」章清亭果斷謝絕，跟張金寶說了兩句，獨自去了酒樓。

凝望著她的背影，薛紹安默默出了會兒神，卻又忽地露出志在必得的微笑。

福興樓的包廂裡，賀玉堂已經恭候多時了。

冷靜下來之後，他也覺得自己對章清亭的邀約太唐突了，完全像個登徒子，可當時的他，卻像是被迷惑了一般，完全不受控制。這是因為對那個聞名遐邇的殺豬女實在太好奇了吧？

原以為是個剽悍粗俗的男人婆，卻沒想到那天在賭場上初相遇，竟是那樣一個聰慧機敏的女孩子。那天的她，雖然蓬頭垢面，並不美麗，但那雙假癡扮呆，暗藏慧黠的眼睛，卻足以吸引他全部的注意。

而今日的再次相見，章清亭又一次給了他驚喜。在那一瞬間，他幾乎都認不出來她來了。雖然沒有華麗的新衣，可簡單打扮的她，卻高貴得像是哪家的千金小姐。

賀玉堂困惑了，也越發著迷了。

這是怎樣一個女子，才會擁有這樣的特質？

章清亭來了，出乎他意料的只有一個人。

雖然告誡過自己要表現得正經一點，可賀玉堂就是管不住自己的嘴巴：「居然敢一個人來，不怕我把妳吃了？」

這樣明顯調戲的話，讓章清亭耳根微紅，小臉板得更緊，「我骨頭硬，只怕會把人噎死！」

賀玉堂笑了，露出滿口潔白的牙，「難道妳沒聽說過，牡丹花下死，做鬼也風流？」

章清亭氣得臉通紅，「賀大爺，要是你請我來，就為了說這些話，那只怕是找錯人了！」

看著她淺嗔薄怒的小模樣，賀玉堂竟然有一種莫名的歡喜和縱容。他覺得自己似是生病了，不受控制地說：「張姑娘，妳別生氣，我、我是真的很喜歡妳！」

轟！對面姑娘的小臉紅得快要滴血了。

章大小姐書是讀了不少，風花雪月、才子佳人的故事知道不少，偶爾也動過幾回小春心，發過一些白日夢，可是，她從來沒有在現實生活中遇到陌生異性的表白。

當紙上談兵遇到真刀實槍，章清亭的腦子瞬間化成一團漿糊了，心也跳得像小鹿亂撞似的，滿腦子只想著——該怎麼辦？

賀玉堂就見她紅著臉沉默了一會兒，忽地站了起來，結結巴巴，卻拚命大聲地說：「你、你這是不合禮數的！男女、男女授受不親！」

她的聲音都打著顫了，可這樣語無倫次的話聽進賀玉堂耳朵裡，卻是無比的可愛。

他幾乎瞬間就肯定了，這個女孩很單純，她也是第一次遇到這樣的事。然後，出於男人某種隱祕的劣根性，他更想占有她了。

才想說點什麼，讓她放鬆下來，忽地呼啦啦走進一屋子人。

為首的一個男孩困惑地問：「大姊，妳怎麼了？臉怎麼這麼紅？」

看到張家六口來了，章清亭才似逃難一般，鬆了口氣，挑眉再看賀玉堂，裝作若無其事的樣子道：「我沒事。賀大爺，你不是要請我吃飯嗎？我家人都到了，可以上菜了吧？」

賀玉堂笑意更深，只覺章清亭更加可愛了。

吩咐夥計滿滿當當的擺上一大桌珍饈美味，然後看著張家人拚命嚥口水，而章清亭又丟臉，又想讓他們嚇退的樣子，非常識趣地作了個自我介紹，然後「突然」想起家中還有要事沒辦，告辭了。

到了家，活潑的小妹迎上來，「大哥，你怎麼笑得這麼開心？」

賀玉堂摸摸嘴角，「有嗎？」

等他回了房，賀夫人才自一笑，「妳大哥這樣，像是要給妳娶大嫂了。」

而那邊，吃得滿嘴流油、肚滿腸肥的張家人，被章清亭打發回去了。怕他們不放心，還把自己鎖錢的小鑰匙給了張金寶。

這個弟弟別的不行，但老實聽話，可以信任。

知她身上沒錢跑不了，一家人放心回去了，章清亭一個人拿著銀票悄悄進了銀樓，打了幾樣低調樸素的銀首飾。這種東西，戴著既不招搖，著急的時候還可以當錢用，正是出門必備，跑路佳品。

因沒了旁人，章清亭一人挑挑揀揀起東西來，未免犯了女孩子的通病，略糾結了些。等回客棧時，已是黃昏。未到客棧，卻見張金寶蹲在路口等著她了。

「怕天黑不安全，就來接妳了。」

章清亭不覺心中一軟，這家人雖又懶又饞，心眼倒還不壞，「你們晚上吃了嗎？」

「正準備吃呢，已經叫了二十個饅頭，還要了兩碟小菜。」

章清亭想想，又拿些錢給他，「我剛才回來時，看見街口那家有新做好的燒雞和豬蹄，你去買一些回來，多的錢自己收著，要用什麼就用，不用跟我說了。」

張金寶高高興興地應著，卻又忽地想起一事，「方才有個夥計送來一份禮物，說是給妳的。我們都沒敢動，在妳屋裡擱著呢。」

難道又是賀玉堂？章清亭想著臉又有些發燒，趕緊藉著暮色掩護進了屋。

就見桌上放著一只很精巧的小盒子，盒子裡裝著柄香羅絹面的團扇，繡著蝶戲牡丹，旁邊還題著一行小字：「眾裡尋她千百度，驀然回首，那人卻在燈火闌珊處。」

裡面還放了個灑金短箋：「區區玩物，聊贈佳人，萬勿見棄。」

落款處卻是一個「薛」字。

章清亭心頭一沉，薛紹安送來的？還題這樣的詩句，他是什麼意思？

跟賀玉堂不同，章清亭對薛紹安的每一分示好都極其敏感。

這不是她多心，而是薛紹安這個人，雖然表面上看起來斯文儒雅，可章清亭卻深知，這樣混黑道的人，可不是什麼善男信女。這點，光看他怎麼誘騙張發財欠下賭債，逼自己出手打擂臺就知道了。

如今的章清亭既沒有傾城傾國的美貌，又沒有過人的背景，這個男人為什麼會對她獻殷勤？

章清亭收起宮扇，心裡有些恐慌。或許，她可以試著答應賀玉堂？

就算賀玉堂會跟她說那些調笑的話，可他畢竟是做正經生意的人，身上的氣息跟薛紹安就大不一樣。可就算人家表示喜歡自己，又沒有說要娶她，就算他願意，他家裡會同意嗎？

在章清亭過去十六年接受的教育中，男婚女嫁，是非常理性和現實的一件事。

首先要的是門當戶對，然後看雙方家族有無感興趣的利益交換，而她如今家境貧寒，賀玉堂明顯算得上是本地的富紳一族，這親事怎麼能成？

章清亭嘆了口氣，準備睡覺了，不過，她還是忍不住想入非非。

要是賀玉堂是個多情種子，非她不娶，自己嫁了他，也算是釣得金龜婿，從此又過上養尊處優的大小姐生活了……

二更天的梆子不合時宜地響起，敲碎了章清亭的美夢。

唉！嘆一口氣，還是老老實實想法子跑路吧！

次日，章清亭繼續去打擂臺。

今天來瞧熱鬧的比昨天的人更多些，賀玉堂也依舊來了。

騎在高頭大馬上，如鶴立雞群一般。遠遠地瞧見她，含笑示意，笑得章大小姐的小心肝撲通撲通亂跳一氣，只想速戰速決，趕緊逃離那灼人的視線。

反正昨天也得了薛紹安的吩咐，所以三局牌都是一兩盞茶的時間，章清亭就推倒胡牌，打得眾人措手不及。

趙王氏也來觀戰了，看著那白花花的九十兩銀子又進了賭坊，捂著心口，疼得不輕。

二九一十八，這已經是一百八十兩了，要是給她，能做多少事啊！全怪那個挨千刀的張發財，要不是他，這些錢可全是她的啊！

不過，沒關係，若是明兒這丫頭再贏三局，那就能多出七十兩了。趙王氏已經做好決定，等她一下擂臺，立即連人帶銀子一起搶上花轎抬回家去。至於張家那六口，趙王氏這兩日已經想了一個好主意。

嘿嘿，要作嫁妝也不是不可以，老娘可也不是吃素的！

打完三局，章清亭照例到後院去領銀票，可薛紹安拿著銀票卻不給她，只笑咪咪瞧著她空著的兩手，「怎麼？對那扇子不滿意？」

「三爺說的哪裡話？只是那樣精緻之物，我可不敢妄動。」章清亭客套地敷衍。

薛紹安卻偏偏不如她的意，「不過是件東西，姑娘既喜歡，就該拿著用才是。若是舊了，再換就是。若是束之高閣，豈不辜負了送禮之人的一番美意？」

哪有送禮之人還非逼著收禮之人用禮物的道理？

章清亭也不跟他爭辯，只說：「三爺教訓的是。」

薛紹安被她敷衍得有些不爽了，卻仍笑道：「蜻蜓姑娘，何必總是這麼見外？我比妳虛長幾歲，莫若以後我叫妳一聲蜻蜓，妳叫我一聲三哥可好？」

不好！章清亭也有些不耐煩了。

女子閨名怎能讓人輕易呼來喚去？還哥啊妹的，未免也太瞧不起人了。

她當即正色道：「三爺抬愛，我卻愧不敢當。小女子雖出身貧賤，可這點禮數還是懂的。如今拋頭露面也是逼不得已，請您自重，切勿拿小女子玩笑。」

喲，還挺貞烈的！薛紹安出身異常複雜，在風月場中不知見過多少風浪，知她是真的惱了，立即收了調笑，主動遞上銀票，換上了彬彬有禮的表情，「是我冒昧了，請姑娘勿怪。」

章清亭微微頷首告退，對此人又多了三分戒心，暗想，待明日打完那三場牌，還是再不要來這是非之地才是。

因她出來時，眼神有些陰鬱，張金寶見了，嘴邊的話也嚥了回去，只默默地跟在她後面。

沒多遠，賀玉堂忽從斜刺裡陪著笑臉出來，「張姑娘，可否賞臉，一起用個便飯？」

這人是怎麼了，當人家是飯桶還是什麼？回回請吃飯，真是一點創意都沒有！

章清亭正沒好氣地待要拒絕，卻聽賀玉堂又道：「在下已經得到張大叔、張大嬸的首肯，也難得請到了府上其他幾位哥兒姐兒，現已在酒樓中等候了。」

大叔大嬸？哥兒姐兒？章清亭愣了一下才反應過來，是張家那六口。

張金寶這才上前小聲道：「大姊，還是昨天那地兒，他們都去了。」

張家人沒多少心眼，只覺得有人請吃飯，便是不吃白不吃。

章清亭卻知殷勤背後定有陷阱，若是平常倒也罷了，可這會兒正趕上她大小姐心情不爽，很不喜歡這種被人牽著鼻子走的感覺，冷冷道：「多謝賀大爺抬舉，你們去吧，我還有事，先走一步。」

張金寶不知大姊是發的哪門子脾氣，正要去追，卻被賀玉堂攔住，「張小哥，你先去酒樓吧。

菜已點好，不用等我們，吩咐夥計們開席就是。」

正主兒不去，賀玉堂有必要對著那一家子應酬嗎？

「那我姊？」張金寶還傻乎乎地問，一點都不識趣。

「沒關係，我一會兒就送她回客棧。」

「哦，好吧。」張金寶突然想到，若是大姊和賀大爺都不去，那他們一家子便可以痛痛快快大吃一頓了。想起昨天那頓美味，他就忍不住嚥了嚥口水。

「那你記得送我大姊回來啊！」

自覺很有姊弟情地交代了一句，張金寶為了一頓飯，把自己的姊姊拋棄了。

章清亭走出一段路，看到後面追來的賀玉堂，頓時心裡就冒起了火。

那個蠢材，知不知道誰才是他的衣食父母？

賀玉堂看她的臉色，直言道：「妳不高興。是否遇上什麼為難之事？是賭坊裡的？薛三爺為難妳了？」

章清亭想發脾氣，可此人實在聰明，又知情識趣，沒得罪她，她憑什麼在人家面前耍任性？

「算了。對不起，賀大爺，剛才是我不好，謝謝你又請我家人吃飯。」

賀玉堂輕笑，跟她一起往前走，「我其實是想請妳吃飯，可妳似乎裝了一肚子氣，估計一時之間也是吃不下去的，不如跟我說說，到底是誰把妳氣成這樣可好？」

章清亭搖了搖頭，卻不知不覺說了出來：「你既然都猜到了，還問我做什麼？」

賀玉堂點了點頭，「薛家財大氣粗，確實連我也不敢輕易得罪。如果我猜得不錯，為薛三爺出這打擂臺主意賺錢的，應該是妳吧？他現在是不是胃口變大，要加條件了？」

章清亭默不作聲，可那鬱悶又生氣的表情卻表明他猜中了。

賀玉堂想了想，忽地道：「要不，我去幫妳解決這件事情？我跟他多少有些交情，妳也替他賺了不少銀子了，該知足了。」

章清亭聽得一愣，隨即搖了搖頭，「多謝賀大爺的好意，但我若不欠他，便又欠你，終歸是一樣的。」

「那怎麼一樣？」賀玉堂笑得別有深意，「妳若嫁了我，我替妳解決這事不是天經地義？」

章清亭被這句話嚇著了，連臉都忘了紅。她沒聽錯吧？他在向自己求親？

賀玉堂真不像是開玩笑，「若是妳也不反對，我可以馬上找媒人向妳正式提親。」

章清亭的臉似是這才反應過來，騰地一下燒了起來，跟熟透的柿子似的，呼呼冒著熱氣，「這……這是怎麼說的？」

看她又是這麼兵荒馬亂的呆樣，賀玉堂又笑出一口白牙，「我是認真的。張姑娘，相信我，我會給妳幸福安定的生活。」

「可……可我還不、不了解你……」章大小姐結結巴巴，終於恢復一絲理智，問出最關鍵的一句：「你為什麼要娶我？」

賀玉堂微笑地告訴她：「我的名字妳已經知曉，我今年二十有一，父母俱在，下有一弟一妹，家裡是開馬場的，也算小有資財。我們成親之後，妳不用侍奉雙親、照顧弟妹，專心幫我打理馬場生意即可。我想娶妳，是瞧妳聰明能幹，學上幾日，定能做我的好幫手。至於妳的父母弟妹，待我們成婚後，我可以幫他們建個新房，再置些田地牛羊，只要好生耕種，生活便無須多慮了。只是妳爹，一定得管著，再不許他去賭了。唔，若是妳家兄弟將來想來馬場做事，也不是不可以。不過若是來了，就得和夥計們一視同仁，不能仗著妳的關係就另眼相待……」

停！先停一下！

章清亭在賀玉堂滔滔不絕描述的美好藍圖中發覺有些不對勁，什麼叫不用侍奉雙親？什麼叫好幫手？他這是娶妻，還是請帳房先生？

章大小姐顧不得害臊，問：「你確定……是要娶我為妻？」

賀玉堂反倒怔了一下，「呃，我沒跟妳說清楚嗎？不是妻，是妾。不過妳放心，我也會對妳很好的。只是……在我正式娶妻之前，咱們最好不要有孩子。」

他覺得，這樣已經很合情合理了，章清亭沒有拒絕的理由。

賀家的馬匹生意是做得不錯，可各大馬場之間的競爭也相當激烈。就算一擲千金，誰家也不會把自家最優良的種馬拿出來配種。唯一的例外，就是姻親。

像賀夫人就是另一位馬場主的女兒，進門時為賀家帶了不少好馬，所以賀玉堂很早就想好了，將來要迎娶另一位馬場主的千金，所以他一直很愛惜自己的名聲，娶妻前從未想過納妾的問題。可天下憑空掉下來的章清亭，卻讓他像著了魔般動了心。

男人總是想三妻四妾，坐享齊人之福的，所以他方才驀地就生出這個念頭，先納了章清亭回來打理生意，再娶個正妻侍奉雙親。一內一外，這是多麼完美的搭配？

賀玉堂想得很是理所當然，繁花似錦，偏偏觸到了章大小姐的逆鱗。

女孩的臉上迅速結了冰，「對不起，我雖身分卑微，卻絕不給人做小！」

她一語畢，賀玉堂還沒表態，後面忽地傳來輕輕一聲嗤笑，有人在說風涼話。

「有人要就不錯了，別這麼挑三揀四，不識抬舉！」

誰這麼缺德，偷聽人牆角？

章清亭又羞又惱地轉過頭來，頓時火冒三丈。

怎麼走到哪兒都會遇到這個缺德倒楣又討厭的傢伙？簡直就是陰魂不散！

方才二人說著話，不知不覺走到了二道溝邊的白楊樹林裡，這裡很是清幽雅靜，卻也容易藏匿形跡。

「別誤會啊，千萬別誤會！」那個幾次三番遇到的秀才，一臉幸災樂禍地指著河裡的游魚，「我罵的是牠，可不是妳！」

這大白天，兩人終於對上眼，能夠清楚地看見彼此的容顏。

章清亭心想，怪不得此人一貫刻薄。瞧瞧他，蒼白文弱，尖嘴猴腮，肯定是把腦子都用到怎麼害人上去了，一看就是個斯文敗類！

秀才也想，看這姑娘雖然改了裝扮，仍掩不住那……目光從她豐滿的胸部迅速移開，嗯，他想到了一個詞兒，膀闊腰圓。當然，塗脂抹粉也蓋不住她的刁蠻潑辣，活該要她當小妾！

反正，這二位是怎麼看，怎麼不順眼。

章清亭深吸一口氣，臉上泛起了甜甜笑意，眼裡卻抑制不住騰騰殺氣，往前逼近，「公子是知書識禮之人，怎麼會幹偷聽人說話之事？小女子不管誤會誰，也不會誤會您啊！」

秀才被章清亭逼得連連後退，伸手在前虛擋著，「妳……妳別過來啊，這大白天的，可沒人信妳喊什麼非禮！」

「怎麼會呢？」章大小姐臉上繼續堆著笑，絲毫不肯放過他，「我不過是想上前跟您賠個不是，像我這等粗俗女子怎能未經您的通傳，就冒昧地出現在這大街上？更不該出現在您的眼前，最最不該就是打擾您捉魚了！」

聽她一口一個您，秀才知道她沒安好心，一面退卻，一面猶自嘴硬：「妳知道就好！那還不速速退去？」

「小女子當然要退，只不過，總得先向您賠個不是。」

「那、那倒不必了……」被逼得已站在河堤邊緣的秀才，還不知自己即將面臨的危險處境。再有一步，這討厭的傢伙就會落水了！章清亭眼含森森笑意，正欲再向前踏出關鍵一步。

「小虎哥！」後面有個姑娘忽然出現，嬌滴滴地喚了一聲，止住了秀才後退的步伐。

那姑娘生得二八年紀，粉面桃腮，長著一張瓜子臉，身材纖細，穿一身銀紅衫子，竟有幾分似真正的章清亭。

「小桃妹妹！」秀才叫得親熱，眼見就要迎上前去。

章清亭怎肯放過如此機會？側身在他面前一擋，手在袖裡暗地向前一推。

這時卻要感謝張蜻蜓，因她長年勞作，力氣較平常女子大上許多，何況面對的是一個長年不事勞作的弱雞秀才。

只見他猝不及防，往後退了半步，一腳踏空，整個身子向後傾斜，兩手跟划槳似的向後快速揮舞著，「噯……噯噯噯！」

慌亂之間，竟抓住了章清亭。

「你快放手！」

他肯放手才有鬼，死也要抓個墊背的！

章清亭再有力氣，也禁不住一個大男人拖著她，兼之河邊青苔黏膩，掙扎中腳下一滑……

撲通！撲通！

兩人雙雙掉進了河裡。

這一下，大大出乎眾人意料之外。來不及打探誰是誰非，先救人要緊。

賀玉堂三步兩步搶上前去，卻喜這河沿甚淺，沒到胸口。

那兩人落水之後，慌亂了一下，不用人救，都站了起來，可都弄得像落湯雞似的，狼狽萬分。

面子裡子，全跌了個乾乾淨淨。

秀才在水中站定，抹一把臉上的水，顧不得斯文有禮，破口大罵：「妳到底是哪家的臭ㄚ頭，我是哪裡招妳惹妳了？妳居然下此毒手？妳這是要謀害人命啊！我、我要到官府去告妳！」

「你又是哪家的臭小子，自己站不穩跌進水裡，還要拉我墊背，我又是哪裡招你惹你了？說我謀害你，明明是你要謀害我！你要告我是不是？那好啊，本姑娘還就陪你走一遭，讓縣官來評評理！」

「妳……妳顛倒黑白，倒打一耙，方才明明就是妳推我！」

「就算是我推你又怎麼了？你一個大男人被我這小女子輕輕一推就倒了，你好意思嗎？」

「妳──誰像妳這麼、這麼五大三粗，一個女孩兒家一身蠻力，妳也不覺得羞恥！」

「你怎麼不說你這虛弱無力，還算男人嗎？我今天非得好好教訓教訓你！」

章大小姐真是氣急了，在水裡向前張牙舞爪，就要開戰。

「難道我還怕妳不成？」

兩人袖子一挽，準備展開水中大戰。

賀玉堂和小桃姑娘甚覺丟臉，不住勸解：「行了行了，快上來吧，看把旁人都招來了！」

聽著岸上傳來哈哈笑聲，兩個幾乎喪失理智的人終於恢復了幾分清明，也顧不得有仇，爭先恐後往岸上爬。

賀玉堂一手一個給拖了上來，「都快些回家換衣裳吧。」

還用他多說？章大小姐已經以袖掩面，奪路而逃，賀玉堂忙追了上去。

另一邊，美麗的小桃姑娘亦嗔亦怨：「小虎哥！」

秀才也只來得及說一句：「妳放心，諸事有我。」便快快逃回家去。

今日真是流年不利，出門不吉！章大小姐從落娘胎到現在從未如此狼狽過，只覺這短短的一路幾乎把一生的臉面都丟盡了。

幸喜，她回到客棧時，張家那六口還在酒樓大快朵頤，未曾瞧見。

賀玉堂很知趣地送她進了門，吩咐夥計送上熱水，多的一字不說便告辭離去。

待章清亭收拾乾淨，怒火在心頭熊熊燃燒，把那秀才罵上了千遍萬遍。

與此同時，秀才也在家中詛咒章清亭。

許是兩人的怨念都太強烈了，總之，都是一個勁兒地打噴嚏。

張家六口又吃得滿嘴流油、肚滿腸肥回來時，就聽見隔壁不停的噴嚏聲。

「閨女，妳怎麼著涼了？」張發財有些納悶，那個賀大爺領她上哪兒去了？

張小蝶壯著膽子，關心了一句：「大姊，要不，讓夥計燒碗薑湯來吧？」

章清亭也覺得有些鼻塞眼澀，想著明日事多，也不逞強了，「那還不快去？」

不一會兒，燒得滾滾的濃薑湯奉上，還放了不少紅糖。

章清亭一面喝一面罵，下回她要再見到那個秀才，非把他扒皮抽筋不可。怒極之下，倒賀玉堂求婚帶來的不快，給扔到了九霄雲外。

第三日上擂臺，張家閨女的狀態有些欠佳。鼻塞眼慢，精神萎靡，分明是生病之兆，讓本來已經一邊倒，要買她獲勝的盤口有些猶豫。

于掌櫃看著卻是大好，還以為這是章清亭故意演的一場戲。因為她這幾日連贏，買她贏的人特別多，可章清亭早就說好，今日最後會翻盤輸掉，好讓賭場大賺一筆。

要不是如此，薛紹安又豈肯聽她的計策，只讓她打三天九場？

于掌櫃賞識之餘，也不忘去東家面前拍拍馬屁：「這張姑娘確實是個人才，不過也得三爺您慧眼識美人。要是咱們賭坊將來有了她，那可當真是如虎添翼。」

薛紹安得意一笑，刷的一聲甩開灑金摺扇，半掩了面問：「我讓你準備之事，可是都準備妥當了？」

「三爺放心，這前後左右都準備妥當了，到時任她插上翅膀也飛不出您的手掌心。」

薛紹安滿意地點了點頭，「讓夥計們都打起精神來！傳我的話，就說事成之後，爺有重賞！」

于掌櫃諂媚地一笑，「那就先多謝三爺了。只是咱們這邊好辦，您家裡頭……可得留著神。」

薛紹安臉上微有幾分不自然，「這個我心裡有數，到時過上一半半載，生米煮成熟飯，也不怕家裡不信。只是在這之前，可一點風聲不能漏出去，知道嗎？」

「您放心，我就是個沒嘴的葫蘆，包管半個字也不會洩露出去。」

薛紹安微微一笑，再投向章清亭身上的目光，多了一份淫邪之意。

這些陰謀，章清亭全然不知。她只是懊惱，昨日那一場突如其來的變故，讓她忘了一樁原本極其重要之事，今日少不得要添點麻煩。

她心裡著急，偏偏面上還不能顯出來，兼之確實有些不舒服，未免精神不濟，這一開局，險險讓人搶先胡了去，可把章大小姐差點嚇出一身冷汗。

回過神來，暫時屏棄那些雜念，全力以赴應對面前的牌局。

七局過後，她已經贏了二百一十兩紋銀。章清亭故意起身，說債務已清，現又生病，不願再打下去，而早已報名預約了後兩局的人當然不依。

雖有前七局失敗的例子，但賭徒們的心理就是這麼奇怪，總以為自己會是最後那個幸運的傢伙，沒有正式交手過，誰也不肯服輸。現在章清亭又表現得體力不支，這現成的便宜不占白不占。誰都想用十兩銀子搏那一百兩，順便也一戰成名。

章清亭推脫了半天，還是被人強按著坐上了莊家之位，可這麼一番折騰，下面壓寶的人都有些猶豫，是到底是買誰呢？

但凡賭徒，不僅愚昧，還很迷信，就有賭坊請來的暗樁在人群中散布謠言，說什麼張家閨女已經怯戰，下一局必輸無疑。那人還故意主動押了旁人贏，引得賭徒們個個意志不定，跟風亂押一氣。

等真正開了局，章清亭卻打得輕鬆隨意，三招兩式便又贏一局。

這一下，可讓人群炸開了鍋，第三局的人還沒上場，就紛紛倒戈投向了章清亭，幾乎是一面倒的壓她獲勝。甚至有一個本來報名上場的賭徒臨陣逃脫，想要以十八兩銀子的價格轉讓上場的資格，引得眾人哄堂大笑。

「你們笑啥？這擺明了上去就是個輸局，有種你們就接了去！」

人群裡的暗樁在賣力吆喝：「話可不能這麼說，興許這一把贏的就是你呢！」

「這張家閨女怕是得了財神奶奶的護持，要不，怎麼這麼邪門？怎麼打怎麼贏，擺明是要送錢的，我為什麼要去？」

「你可真沒出息！」人群中還當真出來一人，拿著銀子接了這賭局，「這話聽著就沒志氣，早知如此，你報個鳥的名？白占著茅坑不拉屎！便是輸了，不過二十兩銀子，值得這麼丟人現眼？」

章清亭定睛一瞧，不是旁人，正是那天第一個願意出十五兩銀和她打馬吊的周大叔。他昨日也上了這個賭局，輸了二十兩。

這人雖好賭，但賭品卻不錯。章清亭心中暗道，今日這最後一戰就便宜你了。

四人落座，擲骰開局。

章清亭有心要做成別人贏，倒比平常更加緊張刺激。

見她皺眉苦思，每一張牌都出得異常謹慎，眾人還以為是她體力不濟，支撐不住，未免有些忐忑。她的勝負不僅關乎場上眾人，還關係到場下大多數賭徒的輸贏。

章清亭知道這一局後，許多賭徒要輸大發了，但她並不同情。願賭服輸，想不勞而獲總是要付出代價的，今天縱是自己不設這賭局，他們只要還賭一日，就留不住自己手裡的銀子。

看著這群賭徒，章清亭不由得又想起了張發財，心中又是生氣又是嘆息。他現在暫時是老實了，但依他那性子，恐怕日後還是忍不住會來賭的。要是不能把他這個惡習給滅掉，張家日後永無出頭之日。

可就算是把他這惡習滅掉了，張家那幾人就會奮發向上？恐怕未必。

兩個小的不算，張羅氏懦弱無能，張金寶和張小蝶兩個沒一技之長，只會狐假虎威，裝腔作勢，正經事情一點也幹不好。

一家人都是依賴慣了，又懶又饞，簡直就是爛泥糊不上牆。這一家子，若是離了自己，怕是日後真得沿街行乞吧？不過，那也是他們自己咎由自取，根本不值得同情。

「張姑娘，該妳了。」見她遲遲沒有出牌，牌友出言催促。

章清亭一下子驚醒，看也沒看就隨手將手裡的牌打了出去。牌剛出手，她就暗叫不妙。

果然……

「碰！」對家立即吃了她這張牌去，改變了起牌的次序。

這一下，她辛辛苦苦做好的牌局又亂了。章清亭迅速算出，下一輪牌又該她胡。

這可真是麻煩！胡牌是萬萬不能的，但要是不胡，一會兒被人複牌，非被揪出來造假不可。

這可怎麼辦？章清亭扶額暗自頭痛，這想輸個牌，怎麼就這麼不容易？

很快，牌已入手，她卻如拿著燙手山芋。饒是章清亭智計百出，一時也想不出好招，急得汗都下來了。

周大叔見她神色不好，關切地問了句：「張姑娘，妳這是怎麼了？莫非是病了不舒服？」

病？這真是一語驚醒夢中人！

章大小姐迅速鎮定下來，眼神一閃，就勢以袖掩面，假意打了個噴嚏。

啊啾！隨著響亮的一聲，纖手一抖，把那張要命的牌給翻到了桌上。

落子無悔，縱是事後翻盤也不關她的事了。章清亭心中暗笑，很是感激周大叔，心想，我今日要不成全你贏，也算不得本事。

牌一落地，她還故作悔色，瞧著那張牌心疼不已，讓其他幾人暗自疑猜，出牌更加謹慎了。

牌至終局，周大叔起到一張牌後，似有些不敢置信，連手都開始哆嗦了。

章清亭斜睨著他，心中好笑，這是輸怕了，連胡牌都不敢了，且讓他多想一會兒。

她心裡像明鏡似的，旁人卻不知情，還催促著：「老周，快點！」

章清亭溫言相勸：「這局就快了了，周大叔不妨仔細瞧瞧，可別出了錯。」

周大叔額上的熱汗嘩嘩往下淌，把自個兒面前的馬吊牌一墩一墩挪開，將最後一張牌加進去，從左數到右，又從右數到左，來來回回瞧了三遍。

連章清亭都替他著急了，他才終於抖著聲音道：「我這、這好像是……胡了吧？」

章清亭湊過去一看，故作驚訝，隨即黯然，「周大叔，您真的胡了。」

她率先把牌推倒，示意完局。

這一變數，可讓臺下的賭徒們始料未及。

于掌櫃早在旁邊候著，當場宣布比賽結果，周大叔可以領走紋銀一百兩。

而張家大閨女，辛辛苦苦打了三天九局，結果也只落得三十兩，然後人家姑娘當場宣布，舊債已清，她再不踏足賭局。

「可妳怎麼會輸？」臺下輸急了眼的賭徒們，把矛頭對準了她，「明明前八局都在贏，這最後一局，妳怎麼就能輸？」

這話別說章清亭不愛聽，連于掌櫃都聽不下去，「這話是怎麼說的？她是人又不是神仙，怎麼能保證盤盤都贏？你不能因為前幾局都買她贏賺了錢，就不許她也輸一場吧？這還講不講道理了？」

「我不信她真會輸，我要複盤！對，要複盤！」

複盤當然是沒問題的，只是看章清亭就輸在那一張牌上，眾人無不扼腕嘆息。

這一個嘖嘖，堪稱紮蘭堡史上最昂貴的嘖嘖。若干年後，還為人「津津樂道」，成為傳奇。

牌局已了，章大小姐也該功成身退。

薛紹安笑咪咪地問：「張姑娘還是要銀票嗎？」

「不必。今兒就三十兩，我拿現銀。麻煩給我一錠二兩的黃金，和十兩碎銀。」

薛紹安微微挑了挑眉，讓帳房如數取錢給她。

章清亭把錢裝進荷包，重施了一禮，「三爺，這些天多謝您的照拂，小女子感激不盡。唯願您生意興隆，財源滾滾。」

雖然這人不怎麼樣，但都要走了，還是說兩句吉祥話，算是彼此留個再見面的餘地。

薛紹安呵呵一笑，拱手回禮，「多謝張姑娘美言。他日姑娘有空，也可來尋我小坐。放心，不過是清茶一杯，朋友敘舊而已。」

章清亭虛應下來，「那便後會有期。」

再拜一拜，正要告退，薛紹安卻藉口她身子不好，一定要派轎子送她回去。

「雖說才過了處暑，但日頭仍大，若是又中了暑氣，反倒不好，張姑娘可千萬不要推辭。」

章清亭只得謝過。薛紹安親自把她送了出來，眼看著她上了轎，這才對旁邊一使眼色，兩個夥計遠遠的就尾隨了上去。章清亭不知這些，在轎中飛快地算計。

加上今日這三十兩，這三天一共進帳二百一十兩了。這筆資財，只要省著點用，足夠自己兩三年內衣食無憂。至於客棧裡剩下的那三十多兩銀子，就留給張家那六口吧，也算是自己最後幫他們一把。

昨日因為生氣，什麼事情都沒安排，現回客棧去交代一番，自己走了也算是仁至義盡。不是章清亭狠心，是這張家這六口太惡劣。她又不是救苦救難的觀世音，沒那個心思，也沒那個精力去教導他們一家走上正途。

這一點，她在答應幫張發財還債時就已經想得很清楚了。對於這家人，絕對再不能這麼無條件地扶持。幫他們了卻債務，並留下銀錢已經是極大的恩義了。未來的日子，章清亭要為自己好好考慮。

前幾日在客棧裡，她看似和夥計們漫無邊際地閒侃，其實她已經細細打聽了這紮蘭堡周邊的情形。紮蘭堡位於北安國的右上角，也是一個大鎮，水陸交通都還算是便利。不過走陸路得租用馬車，這對於章清亭一個單身女子來說太不方便了。

萬一那車夫或是同路人起了黑心，走到哪個荒郊野嶺或是劫財，或是劫色，再狠一點，來個殺人滅口什麼的，她可是叫天不應，叫地不靈。

相對來說，還是坐船安全點。

就在客棧不遠的碼頭上，每日早晚各有一趟客船從二道溝入荷花江，順江而下，只要半日工夫，便能到一個叫永和鎮的大碼頭。那兒轉車轉船都極是便利，四通八達，想去哪裡都可以。

章清亭可是在大地方住慣的人，就算做了北安國的臣民，她還是認準了一個理，不論嫁人還是謀生，越是大城市，機會越多。而等她去了永和鎮，人海茫茫，張家人上哪兒去找她？章大小姐從此就天高海闊，自由自在。

按章清亭原本的計畫，昨晚便該安排好一切，今日牌局之後，直接把張家六口甩掉，去碼頭搭船。至於路引，她前幾日就使了幾個錢，偷偷哄著客棧裡的一個小夥計，拿著人口簿子去找保甲給張家每人都開了一個。保甲還以為張家要遠行，也沒多疑，辦得非常順利。

這憑證有了，錢財也有了，章大小姐已是萬事俱備，只欠東風。甚至連行李也不帶，以免招人懷疑。

回了客棧，賭坊夥計自抬著空轎子回去。

一直跟在旁邊的張金寶羨慕地問：「大姊，這坐轎子到底是個什麼滋味？」

章清亭看他一眼，「你坐一回不就知道了？」

張金寶開始遐想，而張家五口也知道章清亭贏了三十兩，堆在門口迎接財神歸來。

張小蝶喜孜孜地道：「大姊，咱們現在一共有五十多兩銀子了，是把家裡的房子修一修回去住，還是繼續住客棧裡？」

張發財傷養得差不多了，嗓門也洪亮了起來：「當然是回去。這兒再好，畢竟也不是咱們自己的家，還得費房錢。」

張金寶道：「我說不如住這兒，咱那破家，有什麼好回去的？不如住著客棧，乾乾淨淨，有人打掃，還管著一日三餐，什麼都不用操心。」

這話得到所有小一輩的支持。

張羅氏在一旁哼哼唧唧：「金窩銀窩不如自家的狗窩，那可是祖上傳下來的地方，怎麼能不回去呢？」

「妳捨不得，那妳自己回去呀！」張金寶不客氣地反將她一軍。

張羅氏不高興地嘟囔：「俺大閨女在哪兒，我就在哪兒。」

這也代表了張家所有人的心聲。

章清亭想著要走，難得好心地出言提醒：「住這客棧也不是不可以，可你們有沒有想過，若是銀子用完了怎麼辦？」

六口人都看著她，章清亭沒好氣地道：「你們看我做什麼？我又不是神仙，總有辦法變出銀子來。要是哪天我賺不到銀子了，你們打算怎麼辦？」

六口人上下左右各自移開目光，都不吭氣。

「難道都準備喝西北風去？還是蹲在街邊做叫花子？」章清亭先把矛頭指向大弟弟，「金寶，你今年也有十四了。沒幾年，就是要娶媳婦的人了，到時你要怎樣才能養活妻兒？總不能成天這麼遊手好閒，無所事事吧？」

「就是！」張發財見有了攻擊目標，以為是大閨女要整治這大兒子，立即跳出來幫腔，擺出做家長的款兒，「那個，金寶啊，你也老大不小了，下回跟著你姊，好好學學殺豬去。」

張金寶應得倒很是痛快，「大姊，以後妳幹什麼，我都跟著去！」

哈！章清亭給氣得樂了，這一家子，敢情還是把希望寄託在自己身上？

罷罷罷，也不用浪費唇舌了，這完全是雞同鴨講！

「小蝶，妳跟我來一下。」

張小蝶見她臉色不好，怕要挨罵，瑟縮著往後退，「大姊……我、我往後一定學針線。」

章清亭剜了她一眼，「妳愛學不學！過來，難道我還能吃了妳？」

張小蝶扁了扁嘴，還是老老實實跟過來了。

「把門關上。」章清亭從袖中拿鑰匙把那梳妝匣子打開了。

原來是要用錢呀！張小蝶心裡一塊石頭立即落了地，麻利地關了門，小跑到大姊身邊諂媚地問：「大姊，這是要幹麼？」

章清亭拿起匣子上頭一格的胭脂水粉，指著下面的銀錢道：「這裡一共還有二十多兩銀子，省著點用，一家子在這客棧住上半年都是夠的。人口簿子也在這兒，我現在把這鑰匙交給妳，妳把這匣子收好，千萬別給人摸了去，尤其是妳爹，一定得防著他！」

張小蝶驚著了，「大姊，妳把這……這麼多銀子給我保管？」

真沒出息！章清亭怕她生疑，故意板著臉道：「我是瞧妳腦子不笨，想著萬一我有事不在，才交給妳保管。我這兒也有一把鑰匙，妳就是個備用。當然，妳要支取了什麼，用在哪裡，可得一一向我報帳，若是想私自昧下錢來，小心我揭了妳的皮！」

這樣說話，對張家人奏效多了，張小蝶立即接了鑰匙，嚴肅保證：「姊，妳放心，我一定不會亂花一文。」

章清亭心事已了，「行了，妳出去吧，我想歇會兒。」

張小蝶將那鑰匙很小心地捧在掌心出去了。

重又閂了門，章清亭把貼身藏的銀票取了出來，把自己荷包裡的金銀也全部倒了出來清點一番。銀票和金子都不用動，身上留十幾兩銀子，這一路足夠花用了。想了想，她又丟了幾個小銀錠子進匣子，多留了一點給他們。

只是自己要上路了，這銀票和金子到底藏在哪裡好呢？

章清亭看著那胭脂和頭油，忽地有了主意。

小心翼翼地把胭脂盒裡的胭脂塊倒了出來，正好把摺好的銀票藏了進去，再壓上原先的油紙，放上胭脂，什麼也看不出來。至於那二兩小金錠，直接扔進裝桂花油的小瓶裡。桂花油本就甚是黏膩，搖了幾下，讓它沉到底，就是晃動也發不出一點聲響了。

章清亭很是滿意，把這兩樣東西貼身藏進懷裡，順手拿了梳子，對鏡整了整妝容。想想，還是拿著那描眉的炭筆，找了張紙，寫了個字條。這一家子雖不識字，總可以拿去問人，到時知道她是自己走的，也免得報上官府，引來麻煩。

一切搞定，章大小姐拿出見貴客的技術，躡手躡腳把那腳步放得比貓還輕。

剛走過直道，再一轉彎，眼看就能溜之大吉，忽聽背後有人在問：「大姊，妳要去哪兒？」是張銀寶和張元寶在院裡玩耍，人小個矮，她沒看見。

章清亭沒好氣地道：「我出去逛逛。」

兩個小弟弟也不敢多問，只是飛快地叫嚷：「哥，大姊說要出去！」意思就是，你這跟班快點跟上。

章清亭心裡氣極，可也來不及阻止，這麼一嚷嚷開，一家子都出來了。

張金寶一面提鞋，一面道：「大姊，妳要出去怎麼不叫我一聲？」

章清亭索性大大方方承認，「我不過有些悶，想出去走走，你們都不用跟著了。」

「那怎麼行？」張金寶很狗腿地獻著殷勤，「大姊出門怎麼能沒人跟著呢？到時妳想辦什麼事，總得有個人跑腿不是？」

章清亭心中拿著把小刀對準他使勁戳，使勁戳，面上卻淡淡的，「我想逛逛街，帶著你個男孩子不倫不類的。要不，這樣吧，小蝶陪我去。」

「好啊！」張小蝶樂開了花，迅速來到她身邊。

張金寶很是不悅地瞪了妹子一眼，不甘心自己的跟班地位被人代替。

「走吧。」章清亭可沒工夫多停留，心中開始盤算一會兒要怎麼把這丫頭給打發走。

這集市統共就這麼巴掌大的地方，章清亭想想，直接就把小蝶帶進銀樓裡，亮出票據，「我來取前兒訂的東西。」

張小蝶很是訝異，大姊難道打了首飾？這可是全家都沒見過的高檔事。

夥計接過票據，核對好後馬上陪笑道：「姑娘請坐，昨兒就弄好了，我拿給妳。」

他進了裡間，很快取出一個小木盒子，裡面有五件銀首飾。

一對小手指頭粗細的絞絲銀鐲子、一支細細梅花銀簪、一對海棠花鈿，加上同花型的耳墜和項鍊，上面吊著一枚雞蛋大小的蝶戀花的吊墜。

章清亭細細瞧了，很是滿意，當即把鐲子戴上，簪子別上，再取出耳洞裡的茶葉枝，換上耳墜，又把花鈿戴在頭上，整個人頓時增色不少。

「真漂亮！」愛美是女孩子的天性，尤其是漂亮的首飾。

張小蝶連眼睛都挪不開了，滿臉羨慕。

章清亭瞧著倒有幾分憐惘，只怕這丫頭日後出嫁也沒件像樣的首飾。

算了，姊妹一場，也是緣分。

她把那根蝴蝶銀鏈揀了出來，「這個送妳，好生收著，藏在衣裳裡頭，別讓人瞧見。」

張小蝶喜不自禁，拿著項鍊對著鏡子照了又照。

章清亭轉頭去和夥計結帳，順便又習慣性的討價還價了一回，到底要了一只刻有蝴蝶的銀鎏鐵頂針，戴在手上。

該辦的事都已辦妥，章清亭再無牽掛，剛出了銀鋪，假意皺眉哎喲叫了一聲。

「怎麼了？」張小蝶收了項鍊，此刻對大姊是十二分的感念，狗腿指數飆升，忙來扶她。

章清亭假作頭痛，「我今兒還是不太舒服，晚上想喝碗雞湯發一發汗。」

「那咱回去就讓客棧燉。」

「他們燉的也不知是什麼雞，畢竟又貴些。」章清亭拿了錢給她，「妳去集市上挑隻母雞，回去借個瓦罐和爐子，放上薑片，濃濃地燉上一大鍋，一家子也都能喝上一碗。」

對付張家六口，除了恐嚇，就得用吃的，那是百試百靈。

張小蝶痛快應了，卻又關心地問她：「大姊，我若去了，那妳怎麼辦？」

章清亭道：「我不就是在妳後頭慢慢走著嗎？妳可快著些，別弄得我到了家，妳還沒回。」

「不會！」張小蝶到底沒有戒心，立即一溜煙跑了。

章清亭抿嘴一笑，轉身就往碼頭方向而去。

夕陽西下，涼風習習，遠遠的便瞧見一艘客船停泊在碼頭邊上，已經有些要出行的旅客在那兒等候上船了。章大小姐長舒了一口氣，心情大好，連步伐都變得輕盈起來。

再見吧，紮蘭堡！

再見吧，張家人！

從今往後，她章大小姐再不做那殺豬女，她要打造一個全新的張蜻蜓。

章清亭走上碼頭，剛到那舢板處，要交錢上船，旁邊忽地衝出兩個大漢，一左一右伸出兩條粗壯胳膊，攔住她的去路。

章清亭一愣，「你們要幹什麼？」

兩人猙獰一笑，「不幹什麼，我們三爺請妳去做客！」

章清亭一驚，「薛三爺？」

兩人點了點頭。

章清亭暗叫不妙，「我替三爺做的事已經做完了，他找我還有何事？」

兩人猥瑣地一笑，「我們三爺找妳，當然是好事。走吧，張姑娘。」

章清亭心中警鈴大作，冷著臉道：「對不起，我這會兒有事，改日必當登門致歉。」

她想從這兩人身邊繞過去，他們卻直接伸手按住她的肩頭，「對不起，張姑娘，恐怕妳答應也得答應，不答應也得答應了。」

章清亭背上的冷汗刷的就下來了，這樣的架勢，真要去了，定是凶多吉少。

周圍還有不少圍觀的百姓，她故意提高嗓門：「青天白日的，難道你們還敢強搶民女嗎？」

兩人冷笑，「妳欠了我們爺的錢，難道就想這麼跑了不成？」

他們是幹慣這些勾當的，冤枉起人來，那是駕輕就熟。

旁人一聽，也不知誰真誰假，當然不好出言相幫。

「你胡說！我什麼時候欠你們錢了？」

「既然不欠，那就跟我們回去說清楚。」

「我又沒欠錢，為什麼要跟你們去？我不去！」

「那可由不得妳。張姑娘，不要敬酒不吃吃罰酒。」

「你們又不是官府衙役，憑什麼擅自拘人？說我欠錢，也得有欠錢的憑證！」

「憑證就在我們家裡！走，跟我們回去！」

兩人再不客氣，直接動手推搡起來。

「來人呀，救命呀！」章清亭嚇得臉都白了，焦急而無助地看向旁邊的百姓。

有個忠厚長者看不下去了，仗義地站了出來，「二位，你們就這麼抓這姑娘回去怕是不妥。她要真欠了你們的錢，你們也得拿了憑證再來找她。」

大漢一揚拳頭，露出臂上的凶猛刺青，「警告你們，少管閒事！大爺我們可是道上混的，哪個再敢多管閒事，當心你們一家子雞犬不寧！」

這一耍橫，可把人都嚇住了，眾人又退了回去，低下頭不敢言語。

章清亭又慌又怕，又氣又急，正被那兩人推搡著離開，忽地衝出一人，「你們放開她！」

英雄終於出現了，章清亭回頭一瞧，卻極是詫異。來的不是別人，正是她的狗腿弟弟。

原來張金寶自大姊帶了張小蝶出門後，很有些抑鬱。張發財又在那兒取笑他，說他肯定是活沒幹好，被踢下來了。張金寶聽得一肚子氣，為了證明自己不是那麼沒用，他隨後也出了門，悄悄跟在二人身後，暗中保護。

等到張小蝶離開，他還攔著問了兩句，知道她是去買雞，便繼續跟隨大姊到了碼頭。心中正覺奇怪，就見兩個男人圍攏了上去。聽他們那麼一嚷嚷，張金寶明白了，這些人想對大姊不利。

那兩人體壯如牛，張金寶自知不是對手，趕緊從地上揀了一根粗如臂膀的大樹枝作武器，這才衝了出來。

趁那兩人錯愕，章清亭一下甩脫了他們，躲到弟弟身後。這個時候，有親人還是安全的。

「你這小子是哪根蔥，管的哪門子閒事？」一個漢子凶神惡煞地問。

張金寶比章清亭還緊張，抓著那樹枝的手都在抖，抖著聲音道：「她、她是我大姊，不許你們……你們欺負她！」

既然如此，那兩人也不多話了，彼此交換一個眼神，直接動手。

張金寶豁出去了，揮舞著樹枝對著那兩人抽打了過去。他打得雖然全無章法，但勝在年輕，有股愣頭青的衝勁。那樹枝舞起來呼呼帶風，那兩人赤手空拳，一下子不防，倒被刮了好幾下，打得生疼，動作上自然有些畏懼，退卻了兩步。

張金寶一擊得手，勇氣大增，更加賣力地揮舞著樹枝，亂打一氣。

那兩人卻是練家子，很快就找到破綻，分別抓住樹枝兩頭進行爭奪。他二人力大，張金寶這一下可就毫無辦法了。他也是急中生智，乾脆用力往前一推，「去你的吧！」

那兩人猝不及防，來不及收力，雙雙摔倒在地。

趁這空檔，張金寶回身抓著大姊的手，拉著她就玩命地飛奔。

張家這幾口別的本事沒有，唯有跑路的本事深得其父張發財的真傳。這一跑起來，章清亭只覺得耳畔生風，呼呼作響，什麼淑女風範全不顧了，眼前只有路，目標只有逃。

逃到哪裡去？當然是市集客棧。

薛紹安即使有再大的膽子也不敢犯眾人之怒，在眾人面前強搶章清亭。只要到了熱鬧場所，他就沒法下手了。危急之中，章清亭體內原來屬於張蜻蜓的潛能爆發了出來，居然跟得上張金寶的腳步，一口氣衝了回去。

那兩個打手追了一時，眼見他們入了人群，只得折回去覆命。

姊弟二人一口氣跑回客棧，剛進院門，不料裡面還有人。章清亭也沒看清，更收不住腳，一下撞到了某人背後，把那人撞得一個趔趄，差點摔倒。

旁邊一人忙扶住他，「爹，你沒事吧？」

章清亭聽這聲音熟悉，立定身形，抬頭一瞧，旁邊這位是賀玉堂，而被她撞上的中年長者，面貌與賀玉堂有六七分相似，卻更見威嚴與世故。

章大小姐當即心想，這下壞了，撞上人家的爹了，趕緊賠禮：「對、對不起！」這不是她故意結巴，實在是氣還沒喘勻。

賀敬忠這一下可被撞得不輕，差點閃了老腰，半晌才緩過勁來。皺眉打量眼前這位鬢歪髻斜、狼狽不堪的年輕女子，第一印象肯定好不到哪兒去。

賀玉堂心中又是納悶又是著急，「爹，你沒事吧？」見他老爹擺了擺手，這才略帶嗔怪地道：「張姑娘，妳怎麼弄得如此模樣？」

章清亭還奇怪呢，你沒事帶你爹來做什麼？

再瞧旁邊，還站著不少僕役，手裡捧著禮物，而張家四口，除了張小蝶，都在院中站成一排，臉上表情僵硬至極，像是想笑又笑不出來。

驀地，章大小姐靈光一閃，想到了一種微乎其微的可能性。她騰地一下紅了臉，腦子裡有個聲音不斷催促：快解釋，展現出妳應有的氣質水準！

無奈人就是這樣，越著急反而不會說話，全然失去了平日的神采，木訥得如同少見世面的村姑。賀敬忠等了一會兒，也不見她說話，眼中的嫌棄之意更重，略帶責備地看了賀玉堂一眼，就這樣一個毫無氣質修養的農家女，你還要娶作平妻？

賀玉堂也覺無語。他昨日回去之後，思之再三，章清亭拒絕做妾雖然讓他有些意外，但她的骨氣又讓他多了幾分敬重之意。琢磨來琢磨去，他就琢磨出一個好主意。

古有三妻四妾，北安國男子也可以娶一正妻兩平妻。雖然平妻到底比不上正妻地位尊崇，但比妾還是好聽多了。

賀玉堂自覺找到了解決之道，又費盡唇舌說動了父母，讓賀敬忠答應來親自相看章清亭。他原以為，憑章清亭的聰慧，定能輕易博得父親的歡心，所以急急忙忙連招呼也沒打就來了，可沒想著，卻遇上這樣一個尷尬的處境。

賀敬忠雖然對章清亭的第一印象不甚滿意，但想到兒子那麼喜歡，他也沒有急著下決定，反而耐著性子，和顏悅色地開了口：「妳……」

「張蜻蜓！」院外驀地傳來一聲尖銳高亢的暴喝，嚇得眾人膽戰心驚。

此次來的，卻是趙王氏。

她氣勢洶洶地進來，身後還跟著一群頭綁紅帶，腰繫紅布，拿著鑼鼓樂器的漢子。

進院後，趙王氏兩手插腰，雙腳分八字站定，別看她個子瘦小，但也頗有一夫當關，萬夫莫開的氣勢。

這老虔婆來湊什麼熱鬧？

章清亭當然不知，趙王氏的大兒子昨日突然風寒加重，病情惡化得已經「奄奄一息」，要不，趙王氏怎會不去瞧她輸贏？忙活了大半日把兒子安頓好了，聽說媳婦贏了三十兩，趙王氏再也顧不得許多，現下就要來……搶親。

她伸手往章清亭一指，「媳婦，走吧，跟我回去成親。」

「憑什麼？」章清亭火了，今兒這是怎麼了？人人都跟她過不去！

趙王氏梗著脖子晃了一下腦袋，很是張揚地道：「咱們兩家本來就有婚約，這成親是早晚的事。我說媳婦兒，妳相公現在病著，妳就乖乖跟我回去沖喜吧。」

章清亭氣得說不出話來，旁邊賀家父子更是傻了眼。

賀敬忠嘴唇動了動，到底一個字也沒說出來，只是鐵青著臉，一甩袖子，大步離去。

賀玉堂知道，這門親事無論如何算是黃了。

看看他爹，又看看章清亭，他肚子裡也憋著一肚子的火，「妳有婚約，怎不早說？」

章清亭滿心委屈，待要解釋，可看著他那責備的眼神，忽然也使起了小性子，「難道賀大爺要三媒六聘娶我做正妻嗎？如果不是，我又憑什麼要跟你交代？」

賀玉堂噎得臉紅脖子粗，心想幸好還沒說要她做平妻的話，否則再給人駁回，賀家這份臉面可全都要丟盡了。

罷罷罷，只當自己幹了回蠢事。他重重一頓足，追隨他爹而去。

賀家人眨眼工夫走了乾淨，趙王氏越發得意，「我說媳婦兒，妳可不要一家女想嫁兩家郎，我們家對妳可是明媒正娶，快換了鳳冠霞帔，跟我走吧。」

章清亭一腔怒火無處可出，她這一來，更加火上澆油，「做夢！不過是二兩銀子，我憑什麼要嫁給妳那病鬼兒子去沖喜？妳那兒子要死就死去，別連累無辜！」

趙王氏也火了，差點破口大罵，可想想今日到底是兒子的大喜之日，不宜說這些不吉利的話，她把那滿肚子的罵詞又生生嚥了回去，冷著臉道：「我兒子吉人自有天相，妳相公將來一定平安富貴！妳再這樣亂說，小心我縫上妳的嘴！」

章清亭輕蔑地冷哼一聲，「妳不就是想要錢嗎？我給！不過二兩銀子，值得妳這麼大呼小叫的？二兩不夠是不是？那就二十兩。」

「誰要妳的臭錢了？要是有錢就能隨意毀婚，那還有沒有天理？」趙王氏算盤打得精，只要把章清亭抓到，她身上的錢不全是自己的，「少說廢話，妳可別逼著我親自動手！」

章清亭怒道：「這強扭的瓜不甜，妳何必一定要強人所難？若是日後夫妻不和，家宅不寧，又有什麼意思？」

「那我也樂意！」趙王氏硬是跟她槓上了，「妳若是不好，我這個做婆婆的自會管教。若是教不好，再給張休書打發妳回去！」反正他們家左右吃不了虧。

章清亭被這強盜邏輯氣得無語，「總之，我是不會嫁妳兒子的！」

她轉身想溜，趙王氏卻眼睛一瞪，指著她道：「搶！」

那幫鼓樂手頓時興高采烈，上前抓人了。這是民俗允許的，只要雙方有婚約，不管婚期聘禮談沒談妥，只要能把人搶到手，回家拜了天地入了洞房，那就算是夫妻。而趙王氏也答應了他們，搶到人，今天的工錢就翻倍。

章大小姐見勢不妙，這是又要逼她跑路？

眼見一群人如狼似虎的圍了上來，她當即高呼張家幾口：「你們傻站著幹麼？快過來呀！」

這一訓斥，張家幾人如夢初醒，立即衝上前來。

趙王氏道：「我說親家，只要你閨女嫁進我家，我就分你們家一畝田耕種。」

她以為自己已經極其大方了，可張家六口哪裡稀罕？

章清亭指天誓日：「我若嫁了去，必再不管你們死活！」

這才更具威懾性！

趙王氏眼神一瞇，再不客氣，「給我上！」

張家幾人奮力抵抗，可這些老弱殘兵怎麼對付得了一群壯年漢子？

形勢無比嚴峻，章清亭步步後退，又慌又急。

此時張小蝶端著一個大瓦罐過來，她還不知發生了何事，只擔心這一大鍋香噴噴的雞湯。

「讓開讓開，小心燙！」

章清亭一見有了主意，三兩步搶上前去，把那燙手的蓋子抓起一扔，舀起滾燙的雞湯就往人身上潑。雞湯上面一層厚厚的黃油，一絲熱氣都不透，那溫度可不是一般的高。鼓樂手們被濺到都覺得疼，誰還敢往前湊？

趁這空檔，章清亭扔下湯勺，果斷衝出包圍圈，開始今天的第二輪逃跑行動。

「大姊，快跑！」

會過意來的張小蝶端著半鍋湯，顧不得心疼，在後面跟張金寶一起替她打掩護。

趙王氏急得直跳腳，一面閃躲著四處飛濺的雞湯，一面眼睜睜地看著章清亭在她眼皮子底下跑了個無影無蹤。

出了巷子，章清亭慌亂中卻不失理智，拐彎向東，直奔車馬行而去。事到如今，也顧不得危不危險的，趕緊租輛馬車離開這個是非之地，有多遠走多遠。

張發財覷空追了出來，他還想跟女兒商議商議對策。可誰也沒想到後頭被逼急了的趙王氏大發雌威，尋了個石頭，把張小蝶的瓦罐打碎，失了利器，那夥鼓樂手又追了上來。

章清亭一頭衝進車馬行，上氣不接下氣地道：「快快……快馬車！」

偏那掌櫃是個好玩笑的，一聽就樂了，「姑娘，我們這兒可沒有快快快馬車。」

這都什麼節骨眼了，章大小姐哪有心情和人耍嘴皮？

她掏出一錠銀子，「去永和鎮，立即就走！」

冷不丁後頭張發財追上來問：「那其他人怎麼辦？」

章清亭嚇一跳，敷衍道：「我先躲一陣子再說。」

張發財拉著她不放，「那我們怎麼辦？」

章大小姐心說，我管你們怎麼辦，嘴上卻道：「錢我放在小蝶那兒了，餓不著你們。」又催促掌櫃：「快給我備車呀！」

張發財不放心，才說要不他跟著一起去得了，沒想到追兵到了。

張發財趕緊把她往後門一推，「快跑！」

章清亭跺足暗恨，三度開跑。

等鼓樂手們追到後門，卻見是一個雙向胡同。兵分兩路，繼續追去，可一口氣跑出二里地，不止章清亭，連張發財也消失了蹤跡。

這可就怪了，這對父女躲到哪兒去了？

集市上遍尋無著，他們只好回客棧覆命。

趙王氏氣得不輕，這麼多大男人，連一個大姑娘也逮不住，真是沒用透頂。她撂下狠話：「若是尋不回我媳婦，錢我也不付了，你們自己瞧著辦吧！」

可憐這夥鼓樂手，折騰了半天，一文錢沒掙上，還累個半死。萬般無奈，只得自認倒楣，各自回家。

而看著張家剩下的四口人，張金寶那小兔崽子也不知什麼時候跑不見了，趙王氏心中怒火難平。難道今日就這麼無功而返嗎？那不是她的風格！

不過這幾個好像也榨不出什麼油水，咦，趙王氏忽地往對面房間一看，那殺豬女跑得匆忙，她的東西可還全在這裡。

「妳看什麼？」張小蝶戒備起來，大姊交代的那個梳妝匣子可還在屋裡。

趙王氏看她著急，越發肯定了，颼颼上前，衝進屋子，「既然媳婦還沒回來，我先去幫她收拾收拾東西。」

「不行！」張小蝶撲了上去，又叫家裡人：「快呀，別讓她搶到大姊的梳妝匣子！」

這一句話，反而點亮了趙王氏的目光，以迅雷不及掩耳之勢將那梳妝匣子搶到懷裡，就要奪路而逃。

「妳放下，放下，那是我家的錢，不許妳碰！」張小蝶是真急了，張羅氏和張銀寶、張元寶聽說裡面裝著自家家當，也上來阻攔。

可她們這幫老弱殘兵，哪是身經百戰、老練潑辣的趙王氏的對手？

雖然被抓散了頭髮，撕破了外衣，添了幾道血印，更兼沾染了無數的口水鼻涕，但趙王氏依然強悍地護衛住了寶貴的梳妝匣子，三兩下就從混戰中殺出一條血路，衝出客棧。

頂著旁人驚疑的目光，她還振振有詞：「這家閨女是我兒媳婦，我這做婆婆的替兒媳婦收拾嫁妝，有什麼不行？這錢又不是你們賺的，也好意思搶，真不要臉！」

罵完之後，她才得意洋洋迅速跑路。

張小蝶眼見追上無望，氣得哇哇大哭。她們家的銀子啊，大姊，我對不起妳！

誰也沒有留意到，章大小姐那張留言條就這麼飄啊飄的飄到了地下。

別說一家人都不識字，就算識字，現在誰又在意這些呢？

而最悲催的是，趙王氏離開一時之後，她居然又殺回來了。

帶了一把碩大鐵鎖，趁著張小蝶一家都在房中，心情低落，未曾防備，她把這家四口人鎖在了房裡，大搖大擺住進了隔壁章清亭的房間，並跟客棧夥計說：「誰也不許放他們出來，否則就得賠我一個媳婦！」

這趙王氏可是十里八鄉有名的潑辣貨，誰也惹不起，兼之又是婚事，更無人敢上前多管閒事。而那趙王氏關了門，卻是喜笑顏開。

她剛剛已經把那梳妝匣子送回家去了，裡面可有二十多兩白花花、亮閃閃的銀子，正是趙王氏心頭最愛。這麼會賺錢的媳婦，她怎能放過？只要關著她娘和弟弟妹妹，還怕她不回來？

趙王氏打著如意算盤，簡直笑得合不攏嘴。而此刻，深覺流年不利的章清亭卻是欲哭無淚。

此刻，她正在銀鉤賭坊後院，一所布置精緻又奢靡的臥室角落裡，拚命摳著自己的喉嚨乾嘔著，卻是什麼也吐不出來。

「我的小蜻蜓，妳就別白廢力氣了。」薛紹安邪笑著坐在桌邊慢慢飲著手中的酒，好整以暇地瞧著她，「剛才給妳灌的那可是青樓裡上好的合歡散，費了我二兩銀子一副，藥性可強著呢。過不了一會兒，就算我想走，妳也捨不得了。」

章清亭心急如焚，恨不得掐死那混蛋。

那會兒她才從車馬行後門溜出來，就被人拿破布塞住嘴，用麻袋套上，扛起來就跑，等把她放下來，就到了這個院子。

賀玉堂能看出章大小姐潛在的商業價值，不惜紆尊降貴想娶她為平妻，薛紹安這麼個聰明人，當然也想得到這一層。可他卻不比賀玉堂，賀玉堂尚未娶妻，家中做的也是明堂正道的生意，行事自然也是光明磊落。薛紹安卻別說早已成親，兒女都成雙了。

他那妻子何氏也非常人，娘家背景甚大，連薛紹安也不敢招惹。這何氏自小也是嬌生慣養，極為善妒。他們成親六七年，別說妾室，就是家中哪個婢女被他多瞧兩眼，何氏頓時就能打成豬頭，趕出門去。

薛紹安看上章清亭，無非是想讓她待在賭坊，幫他出謀劃策，多賺銀子，做個姘頭而已。他原本以為，像章清亭這樣的農家女孩，只要稍稍動點手腕，就可以手到擒來，不想章清亭極是剛烈，金銀財帛一概免疫。薛紹安想讓她死心塌地，便只能用強的。

先做了自己的人，還怕她飛天嗎？

所以在第一撥人沒抓到她之後，他馬上又派出第二撥，在客棧外頭埋伏，只等到章清亭落單，正好一網成擒。

來到這裡，薛紹安二話不說，就讓人先給她灌了一碗合歡散。

章清亭心知不妙，可她今日跑了一天，口渴得厲害，水一入肚，竟是怎麼也嘔不出來。此刻聽得薛紹安這麼一說，章大小姐簡直猶如五雷轟頂，連腸子都悔青了。

果然不義之財不是那麼好賺的，早知今日，打死她也不去賭坊打那場該死的馬吊，現在真是讓人欲哭無淚。

「你、你快給我解藥！你不就是想讓我幫你打馬吊賺錢嗎？我、我答應就是！」

看她臉色燒紅，藥性發作，薛紹安慢慢上前，輕佻地伸手一捏她的下巴。

章清亭想躲，卻被他更加用力地扳到自己面前。

「妳要是早這麼聽話該有多好？我也不必這麼大費周章地把妳弄來。不過妳這人這麼機靈，又會演戲，我還真怕眨眨眼妳就飛不見了，還是做了夫妻比較讓人放心。妳若伺候得好，日後生下一兒半女的，我也不會虧待你們母子。」

「你……你別亂來……」章清亭是真的嚇壞了，牙齒都開始格格打架。她已經感覺到了，身體裡好像有把火在燒，熱得她全身軟綿綿的，沒有一絲力氣，臉上也越來越燙。不用摸，就知道紅得嚇人。

「我就要亂來，怎樣？」薛紹安強行在她面上親了一下，然後色瞇瞇地看著她，像盯著小白兔的毒蛇，「說來，妳長得很不錯哩，只要好好打扮打扮，也是個小美人。」

章清亭被他親得快吐了，偏偏反抗不了，只能任他將自己從地上打橫抱起，放到了床上。

床很乾淨，下面的褥子也很軟和，還帶著濃濃的熏香，比這些天她在北安國睡過的所有床都好，可章清亭卻覺得無比害怕。陷進這柔軟的床褥裡，就像落進毒蛇的毒液裡，讓人又恐懼又絕望。她很想跳起來一巴掌把這傢伙拍死過去，偏偏使不出半分力氣。

「我求你，不要這樣……你讓我做別的，別的什麼都可以……」章清亭真的快哭了，眼淚漫上眼眶，全身緊繃，像輕輕一碰就會碎的瓷。

「別怕，爺會疼妳的。」薛紹安看著她驚恐害怕的樣子，越發興趣濃厚，像是貓戲老鼠一般，開始慢條斯理地解她衣裳的扣子，一顆、兩顆……手也開始不老實地順著漸漸裸露出來的頸項，一路往下揉搓著，「看不出來，妳的皮膚還不錯呢！尤其是這對奶子，又大又香，哦哦，爺好喜歡！」

聽著這些不堪入耳的話，感受著身體在他那雙骯髒的手下激起的顫抖，章清亭雙眼一閉，落下淚來。難道真的要被這個禽獸給糟蹋了嗎？她的人生才剛剛開始，她還有很多美好的嚮往，她不甘心，不甘心啊！

就在章清亭快要絕望之時，她忽地感覺到被什麼東西硌得生疼，是頭上的新簪子。

不行，就是死也不能便宜這畜生！

章清亭把心一橫，死死咬住舌根，拚盡全力把那根簪子慢慢拔了下來，握在手裡。

如果殺不了這個畜生，她就咬舌自盡！

就在這千鈞一髮之際，砰的一聲，門被人從外面撞開了。

章清亭原本對著薛紹安的眼睛刺去，可他頭一偏，只在他臉上劃了一道血口。

「你這個畜生，放開我閨女！」張發財是真的發了狠，拿著一根門閂劈頭蓋臉的就朝薛紹安打去，「金寶，快救你姊！」

薛紹安也嚇了一跳，一時躲閃不及，挨了兩下，捂著臉開始叫嚷：「來人啊，快來人啊！」

與此同時，張金寶也衝了進來，「大姊，妳怎麼了？」

見章清亭流著淚說不出話來，他忙把大姊的衣襟掩上，背起她就往外跑。

眼見張金寶已經背著人跑了，賭坊的夥計們才匆匆趕了過來。看他們人多勢眾，張發財又慫了，拿著門閂色厲內荏地道：「我、我也叫了人來的，你要敢動我，人家去報官！」

人都跑了，他抓這老頭還有個屁用啊！

薛紹安也怕事情鬧了出來面上不好看，尤其家中那隻母老虎不好對付，強自一笑，「張大叔恐怕是誤會了，我請張大姑娘來，不過是喝茶聊天，並沒有做別的。您這麼一嚷嚷，倒像是有什麼似的，我倒沒什麼，只怕於張大姑娘名聲不利。」

這麼明顯想息事寧人的意思，張發財當然也聽得清，「如此、如此就最好不過。」

他轉身就走，出了門口，才意識到手裡還拿著人家的門閂，當即往旁邊一扔，撒腿跑了。

眼見煮熟的鴨子又飛了，薛紹安氣得暴跳如雷，「一群飯桶，連個院門都看不住！」

夥計們面面相覷，心說之前不是你要辦好事，把我們打發走的嗎？眼下又怪誰來？

于掌櫃上前解圍，「三爺，您別生氣了，趕緊請個大夫來瞧瞧吧，這臉上可別落了疤。」

薛紹安也只得悻悻作罷。

而張家爺倆怎會及時出現呢？回頭章清亭問起來，還真得感謝難得清醒一回的張發財和忠心耿耿的狗腿弟弟。

她不是一出車馬行就被人擄走了嗎？當時跟出來的張發財眼見不對，就退了回去。躲在後面一看，他認出了其中一個是賭坊夥計。他雖然好賭，好歹也活了這麼大把年紀，見勢不妙，立即尾隨而去。

見他們把閨女送進賭坊後面的小院子，張發財一想壞了，得趕緊去報官，可剛跑到大街上，正好碰到趁亂也跑出來尋人的大兒子。

兩人一合計，報官太慢，萬一姓薛的有歹心，章清亭可就麻煩了。於是便在街上找了個閒漢，許以酬勞，若是他們父子進去之後出不來，就勞煩他去報官或者告訴張小蝶一聲，免得死了都沒人理。

這邊父子二人就翻牆進了賭坊後院，也幸好薛紹安把人都打發走了，他們才得以順利進來。

待到窗前，舔濕了窗紙，捅開一看，可讓父子倆倒吸一口涼氣。

他們平時再怎麼沒用，總也是大老爺們兒，骨子裡多少總帶幾分血性，更何況裡面那個被糟蹋的還是自己的骨肉至親，這讓他們如何忍得？

張金寶只覺血氣上湧，差點就直接破門而入了。張發財卻留了個心眼，示意自己先進去，讓張金寶抽空搶了人就跑，

這才鬧出方才那一幕，也正是這樣，才有驚無險地救回了章清亭。

看章清亭那臉紅的樣子不對勁，張發財果斷決定去找個大夫看看。

等章清亭含羞忍辱地吐露出合歡散三個字，那大夫一聽，就大罵：「真是喪盡天良！不過姑娘也不必擔心，這藥不必解藥，妳只把那清水多多喝上幾大碗就是，然後好好睡一覺就沒事了。」

章清亭依言灌了一肚子清水，果然覺得體內的燥熱漸漸消了下去。

大夫還很仗義地主動表示，絕不會說出今晚之事，章清亭一家才千恩萬謝地離開了。

因天色漸暗，客棧那邊又不知是何情況，幸而章清亭身上有錢，另尋一家客棧住下，暫時安頓了下來。

要了浴桶熱水，又買了身新衣，章清亭把自己泡在裡面搓了又搓，洗了又洗，把那薛紹安罵得狗血淋頭，也立誓此生再不也踏入賭坊半步。

待清洗乾淨，換了新衣，章清亭休整了一回，被驚嚇過度的腦子也漸漸回復了清明。

叫了幾碗湯麵，和張家父子填飽肚子。章清亭拿了些錢，讓他們先睡一覺，等夜深了，再回客棧打探消息。如果可以，就悄悄把帳結了，把張小蝶她們帶過來，明早就離開這裡。

遠走高飛的話往後再提，光憑張家人今日仗義相救的情意，就不能丟下他們一走了之。

三更過後，張家父子出動了。

重回客棧倒是不難，難的是救人。誰都沒想到趙王氏來了，還把門上了鎖。

張羅氏年紀大了，夜裡睡得沒孩子們踏實，張金寶輕輕敲了一會兒門，她就醒了。反正她嗓門天生小，隔著門哼哼唧唧把大致情形說清楚了。

張家父子無計可施，只得暫且退了回去。

章清亭聽此情形，也是犯難。

張金寶年輕氣盛，道：「實在不行，咱們跟她打官司去。這也太狠了，把咱們的銀子都拿走，這叫咱們往後怎麼過？」

章清亭擺了擺手，「錢財是小，打官司也太不現實。」

這件事本來就是張家理虧，要是鬧到官府去，也是趙王氏占理。

苦無良策，一旁張金寶又開始埋怨上他爹了：「你瞧你，給大姊弄的這門什麼破親事？」

張發財也很鬱悶，「我怎知那趙家婆子如此難纏，非你大姊不可？」

章清亭腦子裡忽地靈光一現，只見她胸有成竹地道：「明兒天一亮，金寶你就去跟那趙王氏說，讓她放人，我同意成親。」

啊？這對父子大眼瞪小眼地瞧著她，同樣的丈二金剛摸不著頭腦。

「姊，妳真的要嫁啊？」

「你就別問那麼多了，讓你去你就去。跟她說，她要誠心娶媳，就讓她先把咱家人放了。後日準備了大紅花轎、鳳冠霞帔送到這兒來。她要是不放心，隨她扣下哪個做人質，只要把小蝶放回來給我做伴娘就行。」

父子倆面面相覷，不知她葫蘆裡賣的是什麼藥，可章清亭卻眯著眼微微冷笑。

老虔婆，以為這樣就能讓本姑娘束手就擒？哼，那也太小瞧她了，等到後日，本姑娘就讓妳看場好戲！

只是等到張家父子先去休息，章清亭一人躺在床上時，卻是翻來覆去睡不著。

經歷了今天這樣一場險惡，她心裡也開始懷疑，離開了張家人，她一個單身女子，到底能不能安全地照顧好自己？張家這幾人再無用，但關鍵時刻卻還是能挺身而出保護自己的，否則再出現今天的事情，她根本不敢想像下去。

然而，真要繼續跟這一家子混在一起，日後的日子怎麼過？得操多少心，費多少力，才能讓他們悔過自新，自食其力？

章大小姐真是犯了難，輾轉反側，遲遲下不了決心。

參之章 冤家路窄假沖喜

天光大亮，另一間客棧。

趙王氏霍地站了起來，「你說什麼？你姊回來了？她同意嫁了？」

張金寶沒好氣地道：「是啊，我大姊說了，只要妳再準備好大紅花轎、鳳冠霞帔，明兒來接人就是，快放人吧！」

趙王氏防備地上下打量著他，「我怎麼知道你姊又要耍什麼花槍？她既同意嫁了，那放人的事，就等成了親再說。」

這還真讓大姊給料中了，張金寶不屑地道：「我姊說了，隨妳扣下誰當人質，讓小蝶去給她當個伴娘就行。哼，真沒見過妳這樣的，誰家閨女願意給妳當媳婦？也就我姊倒楣！」

趙王氏臉頓時沉了，「你嘟嘟囔囔說什麼呢？」

「好話不說二遍。」張金寶兩眼望天翻白眼。

「算了，我不跟你個小毛孩子一般見識。」

趙王氏其實半點都不信章清亭真肯嫁了，那丫頭，如此潑辣刁鑽，怎麼會這麼爽快地就同意了？這其中必有文章。那她到底打的什麼鬼主意？

饒是趙王氏活了半輩子，還真沒遇過像章清亭這樣的對手，真不太好琢磨。

張金寶不耐煩地催促著：「喂，妳到底想好了沒有？妳要是不樂意，那就正好退親，妳還得把我家的銀子還來！」

收進趙王氏腰包的銀子，還有退出來的嗎？趙王氏的好勝心也被激發了出來，那丫頭既然敢闖她的龍門陣，她就能把她鎮下自己的五指山。

「好，就依她了！不過也別拖到明日，今晚酉時，我就讓人來接她回去拜堂成親！」

她要速戰速決，打那丫頭一個措手不及。

這麼急？張金寶不敢答應，「我得回去問問我大姊。」

「去吧。」

「那我家人呢？」

趙王氏想了想，張羅氏畢竟是章清亭的親娘，哪有扣了親家母逼人家閨女成親的？這委實有點說不過去。

「你妹子和你娘可以回去，不過你得留下給我當人質。你姊要是跑了，你們哥仨就留下給我當一輩子長工。你要是不樂意，先回去問問你姊，我才放心。」

張金寶無法，氣得走了。

不多時又來了，拉長著臉告訴趙王氏，章清亭全答應了。他和兩個弟弟留下做了人質，換了張小蝶母女回去。

趙王氏人質在手，心中無憂，當下把客棧的帳一結，將小哥仨的手一綁，像串蚱蜢似的，把三人帶回了家。等進了趙家大門，張金寶鼻子都差點氣歪了。

這趙王氏鬧得響要娶親，家裡卻什麼都沒準備，只在堂屋上方貼了一張自剪的大紅喜字，掛一根紅綢，香案上擺兩根紅燭，就算完事。

那東廂房據說是那癆病鬼秀才所居，至今門窗緊閉，還瀰漫著濃濃的藥味。搞不好這天地拜完，大姊就得做寡婦，這樣的婚事怎能答應？

張金寶不幹了，站在院子中間就開罵：「老太婆，你們家就是這樣操辦喜事的？那要成親的是妳親生兒子嗎？是妳撿回來的吧？妳就是看在剛從我家搶去二十多兩銀子的分上，也不能幹這樣的事吧？」

趙家老二趙成棟比張金寶略大，頓時跳出來理論：「你說什麼呢？嘴巴放乾淨點！」

嘖！張金寶翻個大大白眼，陰陽怪氣道：「十里八鄉的瞧一瞧，哪家喜事辦得這麼寒磣人的？還秀才呢！我呸，比個叫花子都不如！是不是妳兒子真的快要死了，所以才連這點錢都想省下來？」

趙王氏臉上掛不住了，「你這小兔崽子什麼都不懂，別瞎說！」

看張金寶猶不服氣的還想說，她索性把這小哥仨鎖進了後院的柴房裡。

可轉過身來，女兒玉蘭卻道：「娘，要不，還是去訂一桌酒席回來吧……」

張金寶的話雖然無禮，倒也不失幾分道理。

可趙王氏不幹，「不當家不知柴米貴的！還訂酒席，那要多少錢妳知道嗎？」

趙成棟也幫腔：「可您不是拿了人家不少銀子嗎？這也實在太難看了。要是哥哥晚上真的成親，難道您連鄰居也不請？傳出去讓人家怎麼看啊？」

「你們別管，我心裡有數！」趙王氏把自家孩子應付了過去，又不爽地補上一句：「你們以為那錢是誰的？本來就是該咱們家的。要是那張家閨女嫁進來，這錢就是她的嫁妝，要是她不肯嫁，那就是罰她賠咱們家的聘禮。」

這可真有點強詞奪理了，連趙老實都聽不下去，「妳這罰得，未免也太重了些吧？」

趙王氏火了，厲聲道：「你們一個兩個都是怎麼了？都覺得我不對？我搶了張家的銀子？你們有本事，也給我賺去，別讓老娘丟這個臉呀！既然沒本事就不要在這裡囉嗦，我把這銀子拿回來，是我自己吃了還是喝了，還不是一個個的貼補到你們身上！」

她說著說著還真生出幾分委屈，索性站在堂屋口，意思就是要讓一家人全部聽見，「我成天累死累活、掏心掏肺的是為了誰？還不是為了你們這群不爭氣的東西！你們現在大了，一個個翅膀硬了，都有自己的主意了，都不把我放在眼裡了是不是？還敢給我臉色瞧，成天跟我唱反調！我怎麼這麼命苦啊，養了你們這群不成器的東西？」

見她這一哭二鬧的，一家人全都沒了脾氣，各自悄悄躲回屋裡，該幹麼幹麼去。

趙王氏見降伏了一家子，重又精神抖擻地站了起來，現在離酉時尚早，她還得抽空好好琢磨那丫頭到底會玩出什麼花招？至於這親事為什麼會辦得如此簡陋，趙王氏當然有她的理由。

首當其衝，就是窮。

趙家是真窮，本來底子就薄，這些年為了供大兒子讀書，整個家基本上是一窮二白。好不容易考中秀才，可那也就是去年秋天的事。唯一的好處是替家裡省了賦稅，然後縣學裡每月多了補助五百文。可這筆錢對於趙家多年的付出，卻是杯水車薪，要是給他置件好些的衫子，去兩次師友間的應酬，就什麼也剩不下了。

而後面的弟弟妹妹都大了，馬上也要說親。女兒的嫁妝怎麼辦？小兒子的聘禮從哪來？

這些擔子，全壓在趙王氏的心頭，她哪裡敢亂花一文錢？

眼下有了章清亭這二十多兩，算是解決了趙王氏的心頭大患，所以她才看得格外緊。

這麼做，確實是有些對不住老大，可家裡供了他那麼多年，他就算為弟弟妹妹犧牲一下又怎樣了？

趙王氏覺得，自己這個當娘的得一碗水端平。供出了大兒子，往後經濟上就得偏向小兒子。當然，就算窮，成親這麼大的事，也不至於辦得如此潦草。其中的第二個原因就是，母子倆在賭氣。

趙王氏真是沒想到，大兒子會鬧得這麼凶，不僅預支了自己的補助，私自退親，還口口聲聲說，要是逼著他娶了殺豬女，他就讓人守一輩子活寡。

這樣的威脅實在是太挑釁趙王氏的權威了。

這還沒成親呢，就為了個姑娘跟她這麼對著幹，真要等人進了門，還不得把自己踩到腳下去？所以她堅決不肯答應這門婚事，還藉口兒子生病，果斷地要將人搶回來沖喜。等木已成舟，容不得他反悔。

當然，最後還有一個原因，在章清亭身上。

這丫頭實在是太鬼靈精了，趙王氏也很怕花了錢卻中途生變，弄得雞飛蛋打一場空，因此一應親朋好友、街坊鄰居通通不請，連酒席都不準備，就是一句話，她是不見兔子不撒鷹。

那邊客棧，章清亭也沒閒著。先拿些錢給張發財，讓他領著張羅氏不拘上哪個親朋好友家先躲一陣子，省得到時跑路礙手礙腳。

可張發財耷拉著腦袋半天不吭聲，還是張小蝶一語道破天機：「這些年，他天天賭，親戚朋友家也不知騙了多少，早和咱們家斷絕了來往。如今有難，誰肯收留？」

章清亭無語，只問：「那這附近，你有沒有什麼地方相熟一點，可以容身的地方？」

這個有！張發財立即道：「我從前到二十里外的夏木堡住過一個客棧，就在運來賭坊旁邊，好像叫什麼興隆還是昌隆來著。」

「原來你那回騙我們去跟人做生意，也是去賭錢啊？」

現在可不是翻舊帳的時候，章清亭當機立斷，「就是那兒了。大家都記好地名，爹，你現在去車馬行包輛車，等晚上天一黑，我們上了花轎，你們就去找車夫，趕了車在二道溝邊的樹林裡等著。等著我們從趙家出來，一起上車去那個地方。我現在給你們每人發點錢，萬一途中走散了，也到那兒去集合，記住了嗎？」

記住了，只張發財還有些疑慮，「閨女，妳上了花轎，還有法子脫身？還有金寶他們三個在趙家婆娘手裡捏著呢！」

「這個你甭管了，我自有辦法。」

張小蝶忽地想起一事，「大姊，就算不要銀子了，可咱們家的人口簿子還在那老虔婆手裡呢，連那匣子一起被她搶去的。」

這個不怕，章清亭道：「妳趕緊再回一趟原先那客棧，在我房間褥子底下，藏著給全家人開的路引，妳瞧那上面有紅戳的就是。咱們有那個，就是沒了人口簿子也不怕。快去，萬一遲了，被人發現拿去扔了，倒是麻煩了。」

張發財驚奇了，「妳什麼時候給我們開路引的？」

章清亭難得心虛了一回，支吾道：「這是我想著恐怕要用，提前備下了的。」

真是有先見之明啊！張小蝶心中只剩嘆服，撩起裙子就跑，張發財也自去租車了。

張小蝶到了客棧，果然尋到了路引。她不識字，那小夥計卻識得幾個，一看就明白了。把路引給了她，怕還有遺漏，順便又把這屋子清理了一遍，就瞧見桌底下那張紙了。

「這是什麼？」它認得張小蝶，張小蝶不認得它。

小夥計好心幫她翻譯了一回：「『我是自己走的，你們不用報官，也不用找我了。各自保重，都去找份正經差事，別再這麼混日子了。張蜻蜓留。』就這些了。」

張小蝶懵懵懂懂接了紙條，卻越想越不對勁。

大姊是什麼時候留這個紙條的？

模糊印象裡，好像是趙王氏進來搶匣子的時候。

而那時，大姊把銀子交給自己，說要省著度日，然後悄悄出去，卻被弟弟們發現。她說要喝雞湯，讓自己先走。她說要回家，卻去了碼頭……

把這前後聯繫起來，張小蝶漸漸明白過來了。

大姊這是要甩了他們獨自離開，她是真的再也不想管他們了。

可剛剛大姊卻說，要租了馬車一起離開。

當時她也沒說要管著他們呀？或許，到了半路上，她還是會甩下他們的。

張小蝶不敢去求證，更不敢想像未來的生活裡沒有大姊的日子。

就憑那樣不靠譜的爹娘，他們真的會流落街頭，沒吃沒喝，甚至做乞丐的。

可、可現在怎麼辦？張小蝶只覺呼吸困難，喉嚨乾澀，心都快從胸腔裡跳出來了。長這麼大，她還從沒遇過這麼重大的事情，一瞬間，竟是覺得天都塌了。

「姑娘，姑娘，妳怎麼了？」小夥計拍了拍她。

張小蝶一下子回過神來，把這張要命的紙條塞進衣裡，又把路引收好，回去了。

這一路，她都在不停發著抖。她只知道，這個家失去誰都不能失去大姊，無論如何，得把大姊留下，可這事得跟誰商量呢？現在這狀況，肯定不能說，萬一大姊一聽就跑了，那該怎麼辦？還是等一家人都齊全了再說。

笨人也有閃靈光的時候，張小蝶自認做了一個最正確的決定。

章清亭要是早知道自己會留下這麼個要命的紕漏，打死她也不寫那張紙條了，可此時，她卻有更加要緊的事做。

清點了路引讓他們各自帶上，張發財還有些奇怪，「閨女，妳啥時候學認字的？」

章清亭隨口又是一句：「這你就甭管了。」

張發財心想，我這個閨女可以啊，還真是多才多藝，無師自通都會認字了，把她許給趙家二兩銀子，確實太虧了點，下回起碼得二十，不，二百兩！

準備妥當，各自行動。天色漸暗，酉時將至。為防意外，趙王氏親自過來壓陣了。

章大小姐房裡燈明燭亮，打開了大門歡迎她。

燭光下，趙王氏首先瞧見她那幾件明晃晃亮閃閃的銀首飾了。真好看，哼，等她進了門，立即收來歸自己了！

「怎麼樣，看清楚了嗎？」章清亭留意到她的目光，挑眉發問。

趙王氏露出一絲滿意笑容，「媳婦，妳可快著些！」

章清亭示意張小蝶接過鳳冠霞帔，「請到廳中稍坐，我收拾妥當自會下來。」

都這節骨眼兒，趙王氏也不怕她飛了，就到廳中喝茶等候。

待門了門，章清亭才低聲道：「快，換衣服！」

張小蝶一時未明，還想幫她換衣服，卻被大姊一手拍開，「不是我，是妳！」

啊？張小蝶傻眼了。

章清亭一著急，麻利地把她的外衣扒下，拿著那大紅喜服就往她身上套。

張小蝶驚得像被踩了尾巴的貓，渾身汗毛都炸起來，「不是妳嫁人嗎？給我穿做什麼？」

「噓，小點聲，別驚動了人！妳聽我的就是，我不會害妳的！」

若是之前的張小蝶，對於大姊當然是言聽計從，可自從看到了那個紙條，她不敢了。

萬一大姊把她嫁過去，自己跑了怎麼辦？她的頭搖得像波浪鼓，緊貼牆壁，堅決不配合。

章清亭又急又惱，「這都火燒眉毛了，妳還給我鬧什麼彆扭？」

張小蝶不敢真的反抗，急得都快哭了，「我、我不嫁……我不嫁！」她貼著牆根坐下去，像小刺蝟似的緊緊縮成一團，死活不肯換衣裳。

章清亭見她如此模樣，只得耐下性子解釋：「妳說，那老虔婆要娶的媳婦是誰？」

張小蝶吸吸鼻子，「妳……」

就是啊！章清亭橫了她一眼，「妳就是嫁去，她會要嗎？」那婆娘異常凶悍，似乎看不上自己，可那也說不好，萬一抓不到大姊，抓她頂缸怎麼辦？

「妳聽著，這就是一個李代桃僵之計。」

看張小蝶一臉茫然的樣子，章清亭無奈，只好附在她耳邊，把自己的計畫和盤托出：「……明白沒有？」

哦，原來是這麼回事！張小蝶臉上和緩了許多，「可、可我還是怕……」

「妳怕什麼？再說了，我們又不是扔下妳不管。一家子都在，難道還帶不走妳？不過，到時妳也得機靈點，我一聲令下，妳可得跑快點。若是那老虔婆擒住妳，妳也不用怕，妳就使勁跟她鬧，撒潑打滾都可以，她不敢把妳怎麼樣的。」

張小蝶有點動搖，可還是畏畏縮縮。

章清亭決定再給她一點甜頭，「事成之後，我給妳也打套新首飾，做衣服也行。」

張小蝶癟著嘴問：「大姊，妳、妳真的不會丟下我？」

「放心好啦！」

「那、那妳得發個誓。」

章清亭心中惱火，這丫頭反了天了，居然學會這一套了，瞧我回頭怎麼治妳！這會兒卻不得不服軟道：「好好好，我發誓，我若是今晚丟下張小蝶，就罰我被天打雷劈，這總行了吧？」

張小蝶安心不少，卻又補了一句：「不止今晚，以後也不許丟！」

章清亭聽出一絲訝異，這丫頭是怎麼了，居然會說出這種話來？不過現在時間緊迫，可容不得她多想，敷衍著應下，迅速幫小蝶換上新娘喜服，再把張小蝶的衣裳套上。

張小蝶雖然比她矮了不少，不過戴上鳳冠，再蒙上蓋頭就不大顯了。

然後章清亭梳了她原先的髮型，又故意濃妝豔抹一番，就看不清眉目了。況且天色已黑，她們姊妹倆長得本有六七分相似，章清亭略彎腰駝背，裝矮了幾分，就是張小蝶自己看著，也覺不大顯了。

外面趙王氏等得有些不耐煩了，「媳婦，時辰差不多了，妳也快著些！」

「催什麼催？」回話的是張發財，他和張羅氏早租了車回來，也不招呼那位親家，做出一副心不甘情不願的樣子，卻讓趙王氏信了三分。

章清亭最後再在鏡子面前將二人細細檢查一遍，忽地瞧見自己手上的銀鐲子一閃。她想起趙王氏方才的眼神，忙把那鐲子摘下給小蝶戴上，確認沒有破綻了，又把該注意的事情交代了一遍，這才拿了大紅蓋頭給小蝶蒙上，將房裡的蠟燭吹熄，開了門。

張小蝶又膽怯起來，手心裡冷汗直冒，「大姊……我、我怕……」

章清亭用力推了她一把，「放心，有我，沒事！」

張小蝶鼓足勇氣，在大姊的攙扶下，跨出了門檻。

燈光幽暗，趙王氏只見「張小蝶」這丫頭也新梳了頭，又抹了脂粉，微怔了一下，然後大大咧咧走到新娘子面前，伸手就要掀蓋頭，「媳婦，讓婆婆瞧瞧妳打扮得怎麼樣了？」

這一下，可把張小蝶嚇得不輕。

章清亭扶著她後退了兩步，避到陰影裡，低著頭嘲諷：「怎麼？難道妳兒子病得連揭蓋頭的力氣都沒了，還要婆婆代勞？」

這話說得後頭請來的那班鼓樂手哄堂大笑，有那嫌趙王氏多事又摳門的，便促狹地戲謔道：「趙嬸子，那妳是不是還要尋個人替妳兒子洞房？」

趙王氏被嗆得臉上一陣紅一陣白，「哪個王八羔子胡說八道呢？老娘我撕了他的嘴！」

張發財趁機鬧道：「妳兒子要是真不行了，別禍害我女兒。現在我女兒肯嫁了，妳把我們家的銀子還來。」

趙王氏振振有辭道：「那是你女兒的嫁妝，難道你好意思讓她光著身子嫁進來嗎？」

「那妳好意思光著手來娶媳婦嗎？」

「我可是出了聘禮的。」

「哎，我可告訴大夥兒，她就給了我二兩銀子的聘禮，卻從我們家搶了二十多兩銀子的嫁妝！你們說，有這樣不講道理的親家嗎？」

趙王氏明顯理虧，卻狡辯道：「那銀子又不是你賺的，是你女兒賺的！她現在是我的媳婦，賺的錢當然歸我！」

章清亭聽得刺耳，心說這老虔婆比張家人還狠。在張家賺了錢她還可以自由支配，到她家就全成她的了。這種婆婆，誰願意伺候？一定要跑！

有那想息事寧人的便勸和著：「快走吧，耽誤了吉時就不好了。」

這麼一插科打諢，就沒人關注她倆了。一夥人簇擁著新娘子上了花轎，章清亭眼見這喜事用的八抬大轎甚是寬敞，眼見不錯，也坐了進去，能少走幾步，她幹麼要受累？

那群鼓樂手被折騰了幾日，只想快點收錢完事，不就是多抬個人嗎？他們也不計較了，抬起轎子，大步流星就往趙家趕。

張家二老假惺惺擠出兩滴眼淚，鬼哭狼嚎一陣之後，見那隊伍遠去，他們也就鳴金收兵，轉頭火速結了帳，直奔車馬行找車夫。

話說這邊，張家姊妹已經坐著花轎來到趙家大門口。趙家不請客，但街坊鄰居聽到動靜，來看熱鬧的卻是不少。

轎子落地，新娘子卻不肯出來。

章清亭在轎中慢悠悠地道：「怎麼沒見我那三位兄弟出來迎接？」

趙王氏心說，妳都到我家門口了，難道我還怕妳跑了？便讓趙老實去柴房把張金寶三兄弟放了出來。

張金寶出來，瞧見花轎就嚎開了：「大姊，妳可千萬不能嫁啊！這老虔婆不是好人，那秀才不是她親生的，瞧這親事辦得多寒酸？妳要是嫁了，以後的日子怎麼過啊？」

旁人聽得哄堂大笑，趙王氏老臉微紅，高聲打斷了他的話：「媳婦，妳兄弟已經來了，妳快出來！」

章清亭對張小蝶耳語幾句，只聽張小蝶在轎中道：「大姊，我先出去了。照規矩，該娘家兄弟背您下轎的。哥，你過來。」

章清亭下轎出來，張金寶以為是張小蝶，兀自埋怨著：「妳怎麼能幫著外人說話呢？」

章清亭踩了他一腳，張金寶正覺得奇怪，章清亭揪著他的耳朵，壓低了聲音：「別耽誤大姊的好事。」

這不是大姊嗎？張金寶隱約明白了，之前大姊就說了要演場好戲的，難道是換了人？他假作不知，來到轎前背對著門蹲下，「大姊，妳出來吧。」

趙王氏瞧出些古怪來了，正待細看，旁邊鼓樂手卻纏著她討要工錢，干擾了她的視線。

張小蝶緊張得手都在發抖，推那轎門時力氣大了些，張金寶又靠後了些，差點沒摔了個狗吃屎，引來眾人陣陣發笑。

章清亭趁機走到兩個小弟弟身邊，「快悄悄地走掉，去河邊找馬車！」

張銀寶、張元寶抬頭一瞧，這不是大姊嗎？愣了一下，被章清亭一推搡，馬上行動起來。兩個孩子身形瘦小，章清亭又在前邊遮著，他們貼著牆根在黑暗裡悄悄往後退，根本無人注意。

那邊，金寶重又站好，張小蝶藉著伏在他背上的機會耳語：「我是小蝶，咱們等她喊一聲就往河邊跑，那兒有馬車。」

此時，見兩個小弟已經出了人群，開始撒腿跑，章清亭自己也不動聲色退到了人群邊上。

趙王氏眼尖，猛地注意到她往後退，喊了一嗓子：「哎，張家二丫頭，妳這是去哪兒？」

章清亭心中嘿嘿冷笑，老虔婆，再見吧！

她大喊一聲：「快跑！」

張金寶得到號令，背著張小蝶就外衝。

這兩個傻子！

章清亭來不及提醒，從袖裡抓了一把早準備好的銅錢扔出去，「撿錢啦，撿錢啦！」

錢可真是個好東西，當即不管是看熱鬧的，還是鼓樂手們，全都低頭開始撿錢。

趙王氏恍然大悟，原來這丫頭才是章清亭，不由氣得直跳腳，「快抓住她！」

可惜已經來不及了，章清亭一面撒錢還一面提醒：「金寶，快把小蝶放下來！」

那兩人這才反應過來，張小蝶迅速甩掉蓋頭，跳了下來，可就是這麼一停頓的工夫，卻被八步趕蟬追上來的趙王氏給牢牢抓住了，「你們倆給我回來！」

這姊弟倆對視一眼，心有靈犀地乾脆拖著趙王氏一起跑。

場面大亂，搶錢的、叫娘的，在中間打太平拳看笑話的，鬧成一鍋粥。

黑燈瞎火中，趙家人也只聽見趙王氏在嚷嚷，轉瞬就不見了人影，天知道上哪兒去了？

而張家人擅長跑步的優勢充分展現了出來，就算是拖著一個趙王氏，步履絲毫不慢。

趙王氏身形瘦小，敵不過兩個年輕人，被拖了一陣，到底上了年紀，累得上氣不接下氣。

「你們兩個小混蛋，快，快停下……」

「妳這個老虔婆，快放手！」

結果就是小混蛋不肯停，老虔婆也不肯放，一路拉拉扯扯到了湖邊。兩個小的已經到了，也上了車，只章清亭轉頭一看，天！怎麼把那個老虔婆也帶來了？

眼看後面還有追兵，趙王氏邊喘邊道：「你們、你們跑不了的！」她死死攥著兩人不撒手。

章清亭當機立斷，「把她一起拖上來！」

「你們要幹什麼？」趙王氏身不由己地被拖上了車。

「走！」章大小姐一聲令下，那車夫也不知何事，反正收人錢財，替人辦事，駕起馬車，就歡快地跑開了。

馬車很快就消失在了夜幕裡，後頭人追了一時，看不清他們到底跑去哪個方向，轉頭又去找趙家要工錢。離了趙王氏的一家，哪能架得住這幫漢哄鬧？硬被他們要走了兩回出工的錢才作罷。

北安國以遊牧為主，地勢開闊，鄉下地方，更連個城牆也無，從紮蘭堡到二十里地外的夏木堡，一家人跑得極其順暢，就算車上多了個喋喋不休、漫罵不止的趙王氏，也絲毫不影響全家人勝利會師的歡樂心情。

二更時分，進了市鎮。

既然沒落下人，也不用找客棧，就在街上瞧見一家門面還算乾淨的停下，打發車夫離去。

章清亭卻不進去投宿，她想得細緻，怕那車夫回去通風報信，在街上走了半天，另尋了一家客棧住下。打算明兒一早就把趙王氏扔下，他們一家離開便是。

趙王氏罵得累了，也沒精神了，被張家兄妹架進了房。

這麼晚了，客棧也沒什麼可挑揀的，章清亭讓人家下了一大鍋麵，一家人分著吃了。那趙王氏卻水米不給，故意餓著她。

「臭……臭ㄚ頭，妳快給我……倒杯水去！」餓還好說，趙王氏又跑又罵的，喉嚨都快乾得冒煙了，連罵出來的話都跟破鑼似的，有氣無力。

章清亭冷笑，「既然是臭ㄚ頭，當然沒那麼好心！」

趙王氏恨得直咬牙，只得不吭聲，節省力氣。

章清亭也累壞了，自回房去休息，讓他們將趙王氏手腳捆了，輪班看守。

她這邊睡下了，那邊張小蝶卻睡不著。那張紙條擱在她懷裡，像揣著二十五隻小兔子似的，百爪撓心。

現在一家人都齊全了，她也沒什麼好怕的了。張羅氏和兩個弟弟已經打起了呼嚕，反正他們也不管事，張小蝶只把張發財和張金寶偷偷叫了起來，圍在一角，把這事跟他們說了。

這父子倆聽完，全傻了眼，「真的假的？」

張小蝶指著紙條，「這上面都寫得明明白白，可不是我胡謅的。你們要是不信，再找個識字的念給你們聽。」

「大姊真要離開我們？」張金寶還是有些難以置信，「可她最近對咱們挺好的。」

張小蝶道：「你沒發現？大姊最近都不罵咱們了，每餐還總給咱們肉吃，她以前可從來沒這麼好過。」

這倒也是。前後一對照，大家都想清楚了，章清亭是真的不想管他們了。

「那可怎麼辦？」張發財也犯愁了。

可黑暗中，有人出聲了：「我有辦法！」

沖喜
琴棋書畫樣樣精通的大家閨秀，淪落為寒門小戶的殺豬女
卻因此與斯文俊逸的貧寒秀才做起了假夫妻，
誰知做著做著，竟做出了生死不渝的真感情來……
桂仁／著
畫措／繪
晴空

聲稱自己有辦法的是趙王氏。她被綁著，自是沒法子好好睡覺，一直靠在屋角椅子上半瞇半醒。張家父子一個不留神，卻讓她聽見這樣一樁大機密。

趙王氏是什麼人？那是見縫插針、無孔不入，連銀子掉進油鍋裡都要想法撈出來花的人。如此良機，怎能錯過？

她略一思忖，當即覺得機會來了。章清亭如此有心機，實在大大出乎她的意料之外，雖然生氣，但也不得不佩服她的應變之策，以及敢作敢當的魄力。

這樣一個既能做事，又有擔當的女子，若是真做了自己的媳婦，日後受益的，還是自家兒孫，所以她更加堅定了信心，無論如何要把這丫頭娶回家去。

「你們倒杯水來，且聽我說幾句。若是不對，你們不聽就是。」趙王氏休息了半天，說話仍有些費力。

張小蝶猶豫了一下，見其他兩人都點了點頭，這才起身倒了碗水給她。

趙王氏一口氣喝了個乾淨，這才道：「也不是我瞧不起你們，就憑你們幾個，根本不是那丫頭的對手，也留她不住。」

這話說得雖狠，卻是實情。以前的張蜻蜓就夠潑辣刁鑽的，現在的章清亭更是高深莫測，無人能敵。

張發財道：「妳既然這麼說，可是有了主意？」

趙王氏的解決之道很簡單，「讓她嫁給我兒子就行了。」

嗤！張家三口同時嗤之以鼻。

張小蝶道：「妳少做夢了，我大姊不可能嫁給妳兒子的！」

趙王氏既不惱來也不急，「你們且聽我說。」

張家三口反正也沒啥好主意，且聽她來剖析。

「首先，我得申明，我兒子並沒有什麼大病。他不過是身子弱些，受了風寒，並不十分打緊。只要調養幾日，保證生龍活虎，這個你們絕對不用擔心。我要有半句虛言，讓我天打雷劈！」

趙王氏賭咒發誓，爭取了信任，接著就說到了章清亭。

「我承認，你們家大閨女確實能幹，但我兒子也是有功名的秀才，配你家閨女也不算委屈。何況我兒子還上進，咱們兩家若是結親，日後誰沾誰的光還真不一定。你們說，是不是這個理？」

這話說得也是，若那秀才真的無病無災，說起來也算是一樁體面親事，張家三口有些動心。

一家人都聽住了，等趙王氏往下說，她卻對張小蝶道：「好閨女，麻煩妳再倒碗水給我。」

張小蝶又去倒了碗水，趙王氏趁機提出要求：「能把我的手解開嗎？妳這麼端著我喝著也不得勁兒，反正我腳也綁著，這黑燈瞎火的，你們都在，我能跑得到哪兒去？」

張發財點頭同意，趙王氏的雙手很快被解放了出來。她活動活動手腕，又喝了口水，就把碗擱旁邊桌上，繼續跟他們講道理。

「你家閨女想走，理由無非這麼幾個。一來是姑娘年紀大了，有自己的心思。二來是仗著有幾分本事，想甩開你們自去尋個好婆家。我說這話，你們可別嫌不中聽。你們好生想想，自己可有什麼本事？這些年是不是都在指望她養活？她若是一個掙了一人花豈不痛快，何必非得分給你們？」

「可大姊……她以前也這樣，對我們也挺好的！」張金寶被說得有些不大高興。

「所以說你還年輕，不懂姑娘家的心思。她從前還小，自然不會想這些，可她如今也大了，總得為自己打算吧？對女人來說，是兄弟親，還是日後的相公兒女親？她若是拖著你們，哪個好人家肯和她結親？但要是甩了你們，單身出去，像她這麼一個又會賺錢，模樣又好的姑娘，哪家會不願娶她為媳？」

對哦！張家三口都在想，說不定章清亭還真是因為如此，才一而再，再而三鬧著要單飛。

見他們心動，趙王氏打鐵趁熱，「我呢，大的話不敢說，但若是咱們兩家結了親，只要有我一口吃的，就餓不著你們家的人。」

她這可是話中有話，餓不著和吃什麼那是兩碼事，不過以張家三口的智慧怎能聽得出來？

「你家閨女有十六了吧？她就算是不嫁給我們老趙家，也是很快要嫁人的。既然遲早要嫁人，你們看看十里八鄉，有哪家肯像我們家似的，白養活你們？哦，對了，我兒子有功名，還能省了家裡的賦稅徭役。」

這說得有點吸引力了。

趙王氏想了想，再接再厲，「你家那丫頭既然想走，肯定是早開好路引了吧？若我猜的不錯，她是不是把自己的路引隨身帶在身上了？你們是不是打算等天一亮就把我甩下離開？但再去哪裡，她有跟你們說嗎？」

張家三人面面相覷，沉默無語。

趙王氏越發得意，「瞧瞧我說的是不是？她肯定是拿好了主意要撇下你們，所以遲遲不肯說要到哪裡去。」

張發財忽地道：「她那天租車，倒說了句要去永和鎮的。」

「哈！張老頭，永和鎮是什麼地方還用我說嗎？看來那丫頭是真想好了，到那樣的大地方，轉個背，她就能走得無蹤無影，你們還做夢哩！反正路引在她身上，她哪兒去不成？你們又得上哪兒找去？」

這話說得張家三口都緊張起來，張小蝶不小心透了個底：「大姊身上可還有三十兩銀子，她連盤纏都是有的。」

「我說的是吧？你們到時身上錢也沒有，恐怕連棨蘭堡都回不了，難道還在外頭當乞丐？」趙王氏兩手一攤，心中卻在暗喜。原來那三十兩還藏在那丫頭身上，這可更不能放過她了。

「我們家那錢，還不都被妳搶去了？」張小蝶總算不太糊塗，還記得此事。

趙王氏有些尷尬，須臾鎮定下來，「那還不是為了逼妳家大姊嫁進來嗎？那錢我可一文都沒使，若是咱們真的結了親，妳家的錢我家的錢，又有什麼區別？」

張小蝶立即道：「那妳怎麼不把妳家的錢給我收著？」

「這個咱們回去再議，現在最重要的是想法把妳大姊留下。」趙王氏打個哈哈掩飾過去，繼續巧舌如簧：「你們想啊，她要是跑了，你們就無依無靠了。我們家鬧這麼大的動靜也沒娶到媳婦，怪沒意思的。這女人啊，只有真正成了親，她才能定下心來好好過日子。你們要是信我呢，咱們兩家現在就馬上回去成親，妳大姊這輩子也就跑不了了。你們要是不信，我也沒轍，只希望你們行行好，留幾個錢給我，讓我能搭個車回去就成。」

最後，趙王氏故意重重嘆了口氣，「最後，我再勸你們一句，若是她真的甩了你們，你們也別回棨蘭堡了，將來混不下去，沒得讓鄉親們笑話。」

張家三口一聽，頓時想像出他們一家失了章清亭，離鄉背井，在淒風苦雨中艱難前行，缺衣少食的乞丐樣子。彼此對望一眼，心裡都是那個涼颼颼的……

不行！張金寶跳了起來，紅著眼睛說：「絕不能讓大姊離開我們！」

張小蝶也重重點了點頭。

張發財一拍大腿，下了狠心，「就算是現在讓她嫁得不高興，也好過咱們日後沒個依靠！」

行了！趙王氏心裡極是得意，她這些年走街串巷，忽悠人的本事沒白練。就憑這三寸不爛之舌，不僅白撿了個有錢又有本事的媳婦，還可以添幾個免費勞力。等進了她家門，那可是她說了算。

可張發財也提出來：「咱家大閨女可不好惹，怎麼才能讓她回去成親呢？」

「這個簡單。」趙王氏從袖子裡掏摸出一小截香來，現在大局已定，她連稱呼也改了，「親家，這個是迷魂香，你在她房中點上，包管她睡得實沉。到時把人一綁，等明早回了家，拜了堂成了親，等她醒來，已經生米煮成熟飯，由不得她不依。」

「妳身上怎麼有這種東西？」

趙王氏嘿嘿一笑，「我這成天降妖捉怪的，怎麼能沒點法寶呢？」

「有沒有毒？」張家三口還有點猶豫。

「你們放心。」趙王氏拍著胸脯打包票，「我人都在你們手上，怎麼可能下毒害她？再說，我還要她做兒媳婦呢，害了她，對我有什麼好處？」

張家三口想想，覺得有理，就偷偷把章清亭房間的窗戶捅開，將那迷魂香點著伸進去。果然，不多時，章清亭就睡得人事不省了。

膽戰心驚進了她的房間，把她手腳給捆了起來。趙王氏還想親自動手，綁結實一點，張家三口卻不依。趙王氏怕他們反悔，也不好表現得太明顯，如此也就罷了。

只是心中得意，這個媳婦，到底落到了她的手裡。

等到章大小姐清醒過來，已經又回到了馬車之中。

她還有些暈，再看看四周，天啊，自己怎麼成了階下囚？

趙王氏很是得意，「媳婦，妳家已經答應，咱們這就回去拜堂成親。」

什麼？章清亭嚇得不輕，怎麼一夜之間就變天了？

她看向旁邊張家幾口，厲聲道：「這到底是怎麼回事？」

幾個人都低著頭，你推我，我推你，不敢吱聲。

還是趙王氏接過話去：「媳婦，妳甭不樂意。妳家都知道妳要甩下他們，自個兒跑了，所以不如把妳嫁給我兒子，日後就老老實實在家過日子吧。」

「妳胡說什麼？」章清亭被說中心事，頓時有些慌了，他們怎麼可能猜出自己的心事？她還以為張家人是被趙王氏挑唆，忙道：「你們別聽她胡說，趕緊把我放了，把她扔下去！」

可張小蝶從懷裡取出那張紙條，顫巍巍地道：「大姊，妳、妳就別再騙我們了，我們已經找了好幾個人問過了，上面都寫著妳要離開我們。」

章清亭目瞪口呆地看著那張紙條，大意啊，大意了！她怎麼忘了這個要命的把柄？

張發財道：「閨女，妳也別生氣，趙大嬸說，她兒子沒什麼大病。妳好生嫁了去，咱們兩家併在一起，往後好好過日子吧。」

跟她過日子，這不是送羊入虎口嗎？

章清亭道：「你們上當了，她哪有這麼好心？」

趙王氏恐防生變，緊緊抓著她道：「媳婦，話可不能這麼說，只要妳好生嫁給我兒過日子，我保管照顧你們一家子！」

還沒等章清亭反駁，外面車夫道：「到了。」

趙王氏心中略定，猶自抓著章清亭不放，大聲嚷道：「孩子他爹、成棟、玉蘭，快出來！」

掀開車簾，張家人下來，抬頭一瞧，愣住了。

只見趙家張燈結綵，布置得比昨日更加喜慶，像是早就準備要辦喜事似的。

聽見娘的聲音，趙玉蘭手裡還拿著大紅綢帶，就忙忙地出來瞧，結果一見趙王氏手裡還抓著章清亭，頓時呆掉了，連手裡的綢帶掉到地上也沒發現。

趙王氏瞧著不對勁，也不多問，喝罵道：「妳是木頭人啊，還不快把妳大嫂一家請進去？」

「可、可……」趙玉蘭結結巴巴的，完全不知道該怎麼反應。

此時趙老實也出來了，瞧這場面，也是乾張著嘴，似乎想說什麼又不敢說。

趙王氏把眼一瞪，「怎麼？我不在家，你們一個兩個都吃了迷心散了？我說話沒聽見嗎？」

「我們……」趙老實剛想說些什麼，卻被趙王氏打斷，「我們這就準備給老大拜堂成親！」

「我不嫁！」章清亭可真著急了，這要是當真成了親，她這輩子不就葬送在這裡了？

知道求趙王氏沒用，她轉頭望著張家六口道：「我保證不丟下你們，咱們快走！」

趙王氏讓她跑了幾回了，這眼看肉要下鍋，怎麼能讓她再跑？使勁掐了章清亭一把，疼得章大小姐直叫喚。

趙王氏轉頭高聲對張家人道：「她哄你們呢，等出了這門，她指定會跑，你們還是跟著我妥當！再說，你們已經把她綁這兒來了，她能不生你們的氣？這開弓沒有回頭的箭，就是後悔也晚了！」

章清亭急得不行，指天誓日道：「我對天發誓，絕對……」

趙王氏捂住她的嘴，拖著她就往屋裡走，一面吩咐趙玉蘭：「快去請妳大哥出來拜堂！」

等進了院門，她更是詫異，竟然連辦喜事的人都請全了，正張羅著準備不知往哪兒送嫁衣。

那些人見她們進來，全都愣了。

趙王氏心中猜出七八分了，定是老大趁自己不在，想先斬後奏，偷偷成親。

這死小子，讀書讀出一肚子的鬼主意！

還真是知子莫若母，趙秀才經昨晚那麼一鬧騰之後，徹底跟他娘賭上這口氣了。

你讓我娶那殺豬女，我偏不娶！你不讓我娶小桃，我偏娶她！如此一來，明明只是情愫暗生的幾分好感，迅速演變成非卿不娶的星火燎原。

昨晚章清亭那麼一鬧，他確實暗自慶幸，但章清亭跑了，又讓他覺得難以言說的羞恥。男女之間，誰甩誰的先後次序是非常重要的面子問題。

不管地位高低，誰先轉身走開，誰才是勝利者，而留下的那個，毫無疑問，將遭到世俗的嘲笑。趙秀才一向瞧不起那殺豬女，卻沒想到這殺豬女居然敢不要他，還在他甩她之前把他給甩了，這可讓趙秀才難得的怒髮衝冠了一回。

他料定以他老娘的潑辣精明，就算丟了，也絕對出不了事，所以他就攛掇著一家人幫著自己，從趙王氏的錢匣子取了二十兩銀子，送到楊家去下聘，約好中午就來接人。

這麼一份重禮，就算是倉促了些，楊家也無說可說了。

可沒想到，人算不如天算，誰知道趙王氏在這個關鍵時候偏偏又帶著章清亭殺回來了，只要晚幾個時辰就能塵埃落定了啊！

眼看婚事搞得這麼鋪張，趙王氏心疼不已，卻處變不驚，迅速主持大局，「既然都準備好了，就準備拜堂吧。玉蘭，快帶妳大嫂進屋把喜服換了。」

先安置了章清亭，又把趙老實一推，「快招呼親家到屋裡坐。準備席面了嗎？要是沒有，趕緊去打兩斤酒，訂一桌回來。」

趙老實囁嚅道：「成棟……已經去了。」

你們倒想得周全啊！趙王氏暗自磨牙，面上卻笑如春風，對院子裡忙活的眾人道：「你們該幹什麼還幹什麼，馬上準備成親。」

然後她一頭衝進東廂房，揪住正準備逃婚的大兒子，厲聲訓斥：「你這是要去哪裡？」

趙秀才早撤了房裡的藥爐，喜孜孜地穿了大紅喜服準備做他的新郎官，卻不料天降奇兵，一下子被打懵了。

長這麼大，趙秀才從未被母親如此嚴厲地訓斥過，很是吃了一驚，定定神，橫下心道：「娘，您別逼我了，我已經下了聘禮到楊家，通知小桃過來成親了！」

趙王氏氣得渾身發抖，努力克制住嗓門，「你是成心要氣死我是不是？再說，你哪來的銀子？該不是、你該不是動了張家的錢吧？」

趙秀才索性全部招認，「是，那錢我全用了。二十兩做了聘禮，其他的都準備了婚事。」

「你……你還真有本事啊！」趙王氏惱羞成怒，劈手打了兒子一巴掌，「二十兩銀子，那是多少錢啊，你就這麼全送了那小妖精？」

趙秀才這麼大的人了，一下子被打得火起，「她不是小妖精，我喜歡小桃，我要娶她！」

「你再嚷，再嚷試試！」趙王氏瞧瞧門窗緊閉，追上前又咬牙切齒地狠命打了兒子幾下，「我拚著老命把張家閨女弄來給你，你倒好，拿著人家的銀子又去娶別人，你讓人家怎麼想？若是張家反過來告咱們一狀，你小心被革了秀才功名！」

「那張家閨女根本就不願意嫁過來，要不，她昨天怎麼跑了？娘，您不過收了她二兩銀子，把這親事退了便是。」

「你說得倒輕巧，你現在把人家的銀子全用盡了，你拿什麼去退？」

「這錢，我慢慢還她就是！」

「你怎麼還？難道還得再賣你一個妹妹？」提起家裡的傷心往事，趙王氏氣得落下淚來。

趙秀才的氣焰也矮了半截，他辦這喜事也是有些衝動了，如今想想，確實是自己理虧。

「可是，娘，我真的真的不願娶她。要不，咱們出去商量商量，我明兒起就出去幹活，就算十年八年的，也一定把這筆債還清。」

「我的傻兒子啊，你能幹什麼？肩不能挑，手不能提，你是打算上街賣字，還是打卦算命？你真以為靠那些就可以養家糊口？」趙王氏抹著眼淚道：「不是做娘的瞧不起你，你讀這麼多年的書，考中秀才是給咱家爭了氣，可那也只是一口氣，多的，什麼都沒有！」

趙秀才被罵得怔了，卻認準死理，「我就是不懂生計，可為什麼一定要娶那個殺豬女？」

「因為她能養活你！」趙王氏一針見血，道出深藏在心底的深意，「我辛辛苦苦供你讀書是為了什麼？不是讓你像我們似的出去看人眼色，辛苦賺錢，是讓你做咱家的一口氣，讓咱家不讓別人瞧不起！你要是真又下地幹起了農活，那成什麼了？那你當年讀那麼多書又有什麼用？」

她越說越生氣，「你要娶那小桃，她有什麼好？不就是會拿著腔調擺個小姐款兒嗎？她能下地幹活嗎？能做飯洗衣、餵豬養雞，撐起門戶嗎？不說別的，就是放你倆出去單過，是你能養活她，還是她能養活你？你倆準備做什麼生計？能混到一口飯吃嗎？」

趙秀才想反駁，卻發現自己張口結舌，無從說起。

趙王氏冷冷道：「不能！除非咱家有上百畝的良田，給你倆收租子去，那你們盡可以成天去說些書本上的那些東西，可咱家沒有，所以你不能娶她。這張家閨女雖不如小桃合你心意，可她既能做事又會賺錢，你瞧她就能養活那一大家子，這才是真本事。娘跟你說句掏心窩的話，你要是真能收伏了她做你媳婦，一心跟著你，那才是你的福氣。娘就是現在閉了眼，我都走得放心。」

趙秀才想了半天，「可我、我都不認識她，她也不想嫁我，這以後的日子怎麼過？就算我和小桃再沒用，我們也可以慢慢學……」

「娘，妳快來呀！」對面廂房裡，趙玉蘭費了九牛二虎之力也搞不定章清亭，急得直叫。

趙王氏應了那邊，這邊也不多勸，直接甩下一句狠話：「娘知道你現在大了，有自己的主意了，娘也管不了你，娘只一句話，你要是不肯成這個親，你娘也就不活了！你去找你的小桃，然後回來給你娘收屍吧！你是知道娘的，我說得出，做得到！」

「娘啊！」趙秀才真是要被逼瘋了。

趙王氏頭也不回地走了。

趙秀才可真是沒轍了，這個老娘生性剛烈，要是當真惹惱了她，還真有可能鬧出人命，但他真的要就此屈服，娶那個殺豬女嗎？還有沒有其他的辦法？

婚事已經迫在眉睫，留給趙秀才思考的時間已經不多了。

西廂房裡，章清亭應付一個趙玉蘭是綽綽有餘，再加上一個趙王氏就搞不定了。

在強大的武力面前，再靈巧的言語也顯得蒼白無力。章大小姐再不甘願，也被套上了新娘嫁衣，倒綁著雙手，堵著嘴，蒙著大紅蓋頭，押上了喜堂。

當「一拜天地」的唱和聲響起時，章大小姐心中悲憤莫名。

什麼世道啊？想她好端端的千金小姐，居然就這麼嫁了個凡夫俗子，要在這窮鄉僻壤了此一生？那還不如當日沒有鬧著上吊，閉著眼睛嫁給那個紈絝公子！至少是門當戶對，衣食無虞，哪像今日這麼憋屈？

可章清亭服氣嗎？

不，她絕不服氣！

老天，你耍我是不是？我還偏不服這口氣！拜堂就拜堂，成親就成親，就當現在的人不是自己，是張蜻蜓那丫頭就算了！

往後日子還長著呢，趙王氏，妳別以為這樣就能降伏我章清亭！

章大小姐既然想開了，當然也能說服自己好女不吃眼前虧，暫且與敵人們虛與委蛇，甚至配合地入了洞房。

那癆病鬼秀才敢碰她一下試試？她章大小姐不把他打成豬頭，她就枉叫章清亭！

因為沒請什麼外人，這鬧洞房自然也就省了。章清亭氣勢洶洶坐在新床上，無人敢來招惹。

趙玉蘭倒是溫厚又體貼，眼見章清亭這一天水米未進，特意煮了一碗麵給她，怯怯地送進來，「大嫂，妳吃點東西吧！」

章清亭肚子確實餓了，可她手還被捆著呢，要怎麼吃？

還來不及叫住趙玉蘭，她卻放下碗筷跑了。

章大小姐也不等新郎官來揭蓋頭了，自己左搖右擺了一會兒，把蓋頭給弄了下來。

看看這間新房，寒酸至極。

和西廂房一樣，東廂房也是一個兩進的小小套間，外間空著，只在一角堆放了些雜物。裡外兩間懸著道青布簾子隔開，裡面便是趙秀才讀書起居之處。

空蕩蕩的房間一目了然，就炕上一副大紅的新鋪蓋和床頭貼的喜字沾著點喜氣。

房裡沒什麼家具，除了炕頭上立著個小炕櫃收著不多的衣物，就一張漆都快掉光了的木桌和木椅，連個書架也沒有，要不是桌上擺著筆墨紙硯，還有牆上供奉著文曲星君，哪裡像個讀書人的房間？

章清亭用舌頭頂著，先把嘴裡那團破布吐了出來。起身尋了半天，卻連把剪刀都找不到。又不屑於出言求助，就在那桌角磨蹭著，蹭得那年久失修的桌子吱吱嘎嘎地響了半天，才好不容易將繩索蹭鬆了一點。

那個老虔婆，還真有力氣！

章清亭忿忿想著，幾番掙脫終於解放了雙手，當即甩下鳳冠，坐下吃麵。

還沒吃兩口，只聽「吱」的一聲，門一下子開了，渾身酒氣的新郎官被人推了進來。

章清亭探頭一瞧，那門砰的一聲又關上了，還落了鎖。

嘖！章大小姐嗤之以鼻，理都不理那個新郎官，繼續吃她的麵條去。不管是要吵架，還是要打架，都得吃飽了才有力氣。

不過，真別說，這趙玉蘭的手藝很不錯，雖是一碗素麵，她也很是用心。裡面有切細的酸蘿蔔、新鮮的菜心，還特意打了兩顆雞蛋，連一貫挑剔的章清亭也吃得很滿意。

那個新郎官真的醉了嗎？

當然沒有！可不裝醉他沒法面對這個悲催的洞房，所以只好藉酒壯膽，才敢進來。

進來之後，卻怎麼半天毫無動靜？覷著眼偷偷一瞧，那新娘子正動作優雅地吃著麵條。

嘖！新郎官當即又多一分鄙視，動作再優雅的吃貨也是吃貨。

外面張家六口的吃相他已經領教過了，既是一家人，德行自然差不多。

跟這種俗女溝通起來，估計難度不小，趙秀才心裡琢磨，要怎麼才能勸說著她同意離去？

察覺到他的注視，章大小姐也沒搭理，仍專心吃著麵條，但她全身上下每一根寒毛都豎了起來，耳朵支得老高，聽著他的動靜。

在薛紹安那裡受過一回驚嚇，對男人，章清亭有著本能的畏懼。

腦子也沒閒著，開始琢磨，這癆病鬼秀才，也是讀過書的人，應該講幾分道理。要怎麼跟他說，才能讓他快點休了自己？

雖然頂著個休棄婦人的名頭不大好聽，但總好過真做夫妻吧？何況，一想起趙王氏那淩厲得猶如刮骨鋼刀般的目光，章清亭就不寒而慄。

至於張家六口，打死她也不管了，實在是太可惡了，居然敢出賣她？雖然明知是自己留下的紕漏，還有受趙王氏的矇騙，但章清亭還是不原諒他們。連錢也不給了，活該他們餓死去！

想到錢財，章清亭不自覺摸上腰際。那裡硬鼓鼓的，胭脂仍在，頭油也沒丟。幸好她事先把這兩件用荷包裝了，牢牢在裙下繫定，一路這麼折騰也沒掉。還有首飾和碎銀，也都好端端地藏在袖裡。那趙王氏雖然貪財，對她也有三分顧忌，還沒有搜過她的身。

手中有糧，心中不慌。

章大小姐開始在洞房花燭夜裡考慮要怎樣被休，比照著七出之條，章大小姐再一次肯定了自己身體健康、品貌端莊，又賢淑有禮，簡直是女性的楷模，無可挑剔。

如果一定要毀一樣，那就不事舅姑吧。

這死秀才要是休我便罷，要是不休，我就不伺候公婆和這一家老小，看你們拿我怎麼辦！

章清亭拿定了主意，繼續優雅地，不發出一點聲響地把這碗麵條吃了乾乾淨淨，然後抽出袖中的帕子，揩了揩嘴角，理理鬢髮，打算和這個秀才先講講道理。

「你……」章大小姐剛轉身過來準備開口，卻見那秀才正好也對著她開了口。

兩人一照面，頓時全都打了個激靈，不敢置信地瞪大了眼睛。

章清亭騰地一下子站了起來，那秀才也是三步兩步走到她近前。

兩人左左右右，前前後後轉了三圈，同時指著對方發出一聲驚呼：「原來是你（妳）！」

這還真應了那句老話，不是冤家不聚頭。

章清亭怎麼也沒想到，她要嫁的人，居然就是那個好死不死的讀書人。

這下不用談了，快拿休書來了事。

「原來妳就是那個殺豬女！」趙秀才也不禁感嘆造化弄人，還說這到底是哪家的女子如此潑辣，原來是他幾次三番遇到的極品。

章清亭嘿嘿冷笑，「我道是什麼正人君子？原來是裝神弄鬼、勾三搭四的下作小人，真是可惜了你這身功名！」

「妳又好得到哪裡去？」趙秀才嗤之以鼻，「拋頭露面，公然聚賭，和男人拉拉扯扯，怎麼？不做小妾，人家就不要妳了？」

「是啊！」章清亭辛辣地予以還擊，「那還不是因為你們家用大紅花轎幾次三番的要求我過門做正妻？」

「誰求妳來的？」趙秀才似是被踩了尾巴的貓，一蹦三尺高，「這親事全是我娘做主的！走，妳現在跟我見她去，咱們把話說清楚，我可不要妳這來路不明的妻子！」

「求之不得！像你這樣鬼鬼祟祟、小肚雞腸的男人，我若嫁你，那才是倒了八輩子的楣！」話不投機半句多。

砰砰砰！趙秀才在裡面大力捶門，「娘，娘，妳快來開門啊！這個女人我堅決不能娶，妳來聽我說，她根本就有問題！」

章清亭站在一旁，拿袖子扇著小風兒斜睨著他，「別光說我。公道自在人心，你又能好得到哪裡去？」

趙王氏正張羅著讓原本住西廂房的兒子和女兒騰出地方來，安頓張家六口住下，聽到兒子中氣十足的叫嚷，倒是笑了，「你們聽，我就說我兒子壓根兒沒病，這一沖喜，便將他的病根連根拔去。日後必定夫妻和順，兒孫滿堂。」

張家六口卻沒有這麼樂觀，趙秀才那小身板他們方才都瞧見了，聽他越叫越淒厲，倒是心生同情。會不會是章清亭把一腔怨氣全發洩到他的身上，把他揍得嗷嗷叫？

待要叫趙王氏看看去，轉念一想，今兒已經得罪了章清亭，還是讓她打打人出出氣，日後就不至於難為他們了。

張家幾口裝聾作啞，至於趙家人，皆在趙王氏的威懾之下，也只好左耳進來右耳出去。

趙秀才喊得一時，喉嚨都快啞了也無人搭理，實在累得不輕，倚著門呼呼地喘著粗氣。

章清亭鄙夷地道：「才喊這麼兩下就喘成這樣？我瞧某些人啊，鬧不好還真是命不久矣！」

趙秀才抬手拭去額上的汗跡，「有本事，妳來把這門叫開。」

章大小姐卻不中他的激將計，好整以暇地重又坐下，「我著什麼急？」

「妳、妳怎麼能不著急呢？」趙秀才衝上前來跟她講理，「妳不是也不願意結這門親？咱們孤男寡女共處一室，這要是傳出去，可就是跳進黃河也洗不清了！」

「什麼孤男寡女？咱們可是拜了天地的夫妻。我就是現在走出這門去，你以為我就能洗刷得清？」章清亭譏誚地一笑，「你不是說我是沒人要的？那我還在乎什麼？我可不像某些人，還有個什麼桃啊李的在等著你的佳音。」

這句話，還當真提醒了趙秀才。今早送了聘禮，約好午時就送花轎去迎娶，可這日頭都偏西了，自己在這頭成了親，也不知有沒有人過去遞個信？且不說會讓小桃傷心，光這失信於人，就不是君子所為。

趙秀才急得無法，這回乾脆直接拿身體撞門，扯著喉嚨喊：「娘，娘，我求求妳了，妳過來聽我說幾句話行嗎？成棟、玉蘭，你們……咳咳，幫我叫叫娘，咳咳！」

聽大哥叫得聲嘶力竭，趙成棟忍不住了，「娘，您就去聽聽大哥說些什麼吧？」

「我不聽！」趙王氏斷然拒絕。她此時已經回了堂屋，手上繼續鋪著床。

西廂房讓了出來，一雙兒女只好暫住在他們這正屋外的客廳裡，分兩邊搭了鋪。都這麼大的人了，住一間屋實在不雅，趙王氏便將自己床上唯一的一副帳子拆了下來，給女兒掛上。

「那我去。」趙成棟到底還講幾分兄弟情義，他轉頭出去，趙玉蘭也跟著過去了。

趙老實求著老婆，「妳就去聽聽孩子說什麼吧。」

「他能有什麼好話？總歸是那一套。我是不會再聽了，你們要去就去，但誰要是敢放他出來，我可不依！」

趙老實見多說無益，只得嘆了口氣，重又坐下，愁容滿面地編著手裡的竹筐。孩子們都不在跟前了，趙王氏才低聲道：「難道你也怨我？」

趙老實依舊沉默不語，這一種無聲的指責倒是比大吼大叫更讓人難以抵擋。

趙王氏一屁股坐在床上，忿忿又委屈地道：「我知道你們都怨我，可事已至此，能有什麼法子？我不在家，你們也太大膽了，竟把人家的錢都用光了。剛才張家小丫頭可又管我要錢來著，被我暫且支應了過去，可日子久了，人家總會知道的。若不是親家，咱們就得賠個傾家蕩產去，還別說讓十里八鄉的鄉親們怎麼笑話咱們老趙家了。就算是去楊秀才家把聘銀要回來，退了這邊的親事，那小桃就是真嫁進來，那樣的媳婦，咱們也養不起。」

趙老實半天才擠出一句話來：「我知道妳也是為了家好，可這事……唉！」

正說著，趙玉蘭回來了，在門口瑟縮著道：「娘，哥在裡面說，那張、張家姑娘也同意退親的，她不要咱家賠那些銀子。」

這一下趙王氏可是始料未及，略一思忖立即道：「她此時說不賠，回頭說要賠怎麼辦？就是她依了，她家還那麼多人呢！妳去告訴妳哥……算了算了，還是我自己去說，讓妳哥趁早死了這條心！」

她起身來到院裡，趙成棟正踩著梯子開窗戶呢，意思是想讓大哥爬出來。這北安國因為冬季又長又冷，為了防風擋雪，窗戶都建得又高又小，上來下去的著實不易。

「幹麼呢？這是幹麼呢？」趙王氏一見就急了，衝上前把梯子一推。趙成棟倒是身手敏捷地一下子跳了下來，趙王氏順手就賞了二兒子一巴掌，把他拍開，自己蹭蹭蹭爬上去，又把正想從窗戶裡爬出來的大兒子給推了進去。

趙秀才一個不穩，咕咚踢倒了凳子，結結實實摔了個屁墩。

章大小姐瞧著噗哧樂了，笑得前仰後合。

趙秀才心裡氣極，臉漲得通紅，痛得半天起不了身。

趙王氏爬在梯上可看得真切，既生兒子的氣，可也心疼他跌跤，張嘴就罵起了章清亭：「媳婦，妳相公跌了，妳不知道去扶一把，還拍著手看笑話，這是妳做媳婦的規矩嗎？」

章清亭一聽可不樂意了，「他有這爬窗子的愛好，關我什麼事？再說了，您兒子可不願意當我相公，正著急出去跟您商量，跟我退了親，好去另娶他人呢！」

她又朝趙秀才道：「我說，秀才，你娘就在這上頭呢，你倒是趕緊和她說一聲，這屋裡不是有現成的筆墨嗎？你大筆一揮，寫封休書不就得了？我呀，還樂得早點離開，免得多沾染上你這一身的窮酸氣！」

「妳說什麼呢？有妳這麼跟婆婆說話的嗎？」趙王氏不高興了，這才進門就給她臉色瞧，這還了得？

章清亭也不動氣，冷嘲熱諷著，「您是我婆婆嗎？大嬸，可別沒事亂認親戚。這位秀才可沒承認我是他媳婦，我連個相公都沒有，又來的哪門子婆婆？」

趙王氏站在梯子上氣得臉發黃，指著秀才大罵：「成材，這媳婦兒已經被你娶進門了，你別再想那些有的沒的，以後就好好過日子！」

原來這秀才叫成材？章清亭涼涼地在心裡吐槽，看起來倒一點都不成材！

趙成材終於疼得緩過勁來，扶著腰慢慢站起身來，「娘，您不知道，這丫頭根本是個攪家精。她要是進了家門，恐怕是家無寧日了。」

章清亭笑得更歡，「聽見沒？大孃，您就別強按著牛頭喝水了，我們早些一拍兩散得了。」

「成材，你別胡說！」趙王氏氣得在梯子上直跺腳，慌得下面的趙玉蘭連聲道：「娘，您別亂動！」卻不防趙王氏跺下灰來，迷了她的眼睛，一時也就鬆了手，在那兒揉搓。

章清亭見趙王氏氣急，更是得意，拿言語挑撥著趙成材道：「我說秀才，你多大了，斷奶了嗎？怎麼還什麼事都要問你娘？這到底是你娶媳婦，還是你娘娶媳婦？」

「妳——」趙成材氣得渾身哆嗦，「娘，妳瞧瞧她，這什麼樣子？」

章清亭笑意更深，「怎麼，受了欺負就要找你娘告狀，讓你娘來幫著教訓我？哎喲，人家好怕喔！」

趙氏母子氣得簡直怒髮衝冠。

趙王氏若是再出言管教，就落了她的口實，若是不管，心裡這口氣更是難平。

「這樣的媳婦，打死我也不要！」趙成材當真火氣上來了，轉身就找紙筆去，「我要休了妳，現在就給妳休書！」

見趙成材當真著急，要寫休書，章清亭心中竊喜，面上卻不露半點痕跡，還刻意挖苦，催促進度：「有人似乎講了半天了，也沒見個動靜。請問你是不是一時忘了怎麼寫字？若是真的忘記了，也不要緊，小女子粗通文墨，想來寫封休書還不成問題。」

可惜章大小姐這把火燒得太過了些，趙成材正提著筆，被她這麼一激，氣得手直哆嗦，連筆都拿不穩了，這字還怎麼寫下去？

他啪的一把摔下筆，「妳、妳不要欺人太甚！」

章清亭挑眉冷笑，「欺人太甚的是你家才對！不過是二兩銀子，就死賴著這婚事不肯退，幾次三番為難人！哼，圖的是什麼，還不就是銀子？」

「妳胡說！」趙王氏被說中了心病，在上面跳著腳罵，卻不料情緒激動，那梯子一滑，竟摔了下去。幸好並不算高，跌得也不重。

「娘，娘，妳怎麼了？」趙玉蘭顧不得揉眼睛，趕緊把她扶了起來。

趙王氏藉機轉移話題：「成材，你要還是我兒，就好好收伏了你媳婦，讓她老老實實地過日子，否則、否則我跟你斷絕母子關係！」

她也不停留，扶著女兒自回房去。

趙成材在裡面是左右為難。

章清亭提到錢財，確實是個既現實又窘迫的難題。

就算這個殺豬女肯把這帳一筆勾銷，但他卻拉不下臉來領這份情。若是收了，他豈不真成了貪圖錢財才強娶此女？可若是想要骨氣，他拿什麼來還這筆帳？就是靠他那縣學裡的補助，也得不吃不喝地攢上三年零四個月才行。

這提起筆的休書，卻是怎麼也無法繼續下去。

章清亭可不知他心裡的煩惱，還一個勁兒地催促：「喂，你娘都走了，你快點把休書寫了，只要這門一開，我就出門去。」

「妳就這麼想離開？」趙成材心神大亂，索性擱下筆，「難道外面還有相好的等著妳？」

章清亭臉色一變，「你管外面有誰等著我？快寫休書！」

「我還就不寫了！」趙成材心中鬼火直冒，耍起了無賴，「母命難違！」

這下該章清亭著急了，「你、你還是不是男人？居然怕你娘！」

「怕又怎麼了？百善孝為先，我是讀書人，怎能做忤逆不孝之事？」

「你還真夠迂腐的！」章清亭反過來勸道：「你不是還有那桃子李子等著你去迎娶嗎？你怎麼

這麼快就變心了？」

「兒女私情怎可與父母恩義相提並論？再說，我和她也是清清白白的，妳莫要冤枉人！」趙成材一氣之下，說出這話來，也是下狠心絕了自己的念頭。

與其讓母親鎮日吵吵嚷嚷，尋死覓活，倒不如就成全她的心意，娶了這房媳婦。再有，瞧著這殺豬女不痛快，他也開心。

章大小姐倒吸一口冷氣，這秀才怎麼一下子變了？

你若真是如此孝順，早幹麼去了？這……這可害死她了！若是這死秀才不寫休書，那她可就毫無辦法，走到天涯海角也是他的媳婦。

「你到底寫不寫？」

「男子漢大丈夫，說不寫就是不寫！」

趙成材是吃了秤砣鐵了心。

妳這個臭丫頭！把我的人生攪得一團亂，那麼妳就留下來，咱們是騎驢看唱本，走著瞧！

眼見章清亭吃癟，他心下痛快，就往炕上一坐，「娘子，妳還不過來伺候為夫就寢？」

美死你！章清亭上前一掌把他推了下去，柳眉倒豎，杏眼圓睜，就一個字：「滾！」

趙成材這下可不依了，「我可是妳相公，妳的三從四德學到哪裡去了？」

「對不起，本姑娘壓根兒就沒學過，你休了我啊！」

趙成材輕蔑地掃她一眼，「既然沒學過，那為夫就來教妳。這出嫁須從夫，妳從今以後可要謹記。」

「做你的千秋大夢去！我說姓趙的，你到底寫不寫休書？」

「當然不寫。妳是我娶回來的媳婦，雖然本性惡劣，蠻橫無禮，但我可是讀書人，就勉為其難，發發善心收留妳了。日後可要好好聽話，為夫會隨時教導妳的。」

「好好好！」章清亭也被激起了鬥志，「你既要做初一，就別怪我做十五！你要做這個夫妻是不是？那就別怪本姑娘擾得你家雞犬不寧！」

誰怕誰啊？

新婚的小倆口，背對著背，各自生氣。

再說楊秀才一家，左等趙家的花轎也不來，右等趙家的花轎也不到，後來著人一打聽，原來還是娶了張家那殺豬女，這一家人簡直氣得快背過氣去。

楊小桃哭了一夜，可想來也非她的虎子哥薄情，只是天意弄人而已。

好歹自家收了二十兩銀子，也不算虧了。只是怕村裡人笑話，只得委委屈屈收拾了行李，到親戚家去暫避風頭。

趙家老大的這個洞房，一夜無語。

兩人都是讀書人，信奉君子（淑女）動口不動手，各自占據了半邊炕頭，背對背地睡了一夜，就這麼度過了他們的洞房花燭夜。

次日清早，張小蝶被推搡了出來，到他們門外輕輕撓著門，「大姊？大姊？」

「別叫了，把門打開，打水進來給我洗漱。」雖然很生這家人的氣，可日子總要過的。一碼歸一碼，章大小姐分得很清楚。

聽她這語氣，張小蝶還以為大姊氣消了，頓時放下大半心來。正準備去找趙王氏來開鎖，卻見好脾氣的趙玉蘭猶猶豫豫地站在後頭。

「妳來幹麼？」

趙玉蘭沒有計較她的出言不遜，訥訥地道：「娘讓我來看看，若是……若是哥嫂起了，就讓他們過去磕頭敬茶，再讓……大嫂燒飯去。」

趙成材在房內聽見，忙道：「玉蘭，妳開門吧。」

門一開，趙成材出來也不多話，自去後面打水洗漱。

章清亭略整整衣冠，站到門前，頤指氣使道：「還不去拿鏡子和面盆來給我？」

問妳呢！張小蝶看向趙玉蘭，只聽她道：「我去娘那裡拿鏡子，嫂子要不用我的帕子和面盆吧？還是用哥哥的？」

誰要用那個酸秀才的東西？不過章清亭對這個老實的姑娘還是有幾分好感，也不想為難她。

張小蝶卻先叫了起來：「那還不趕緊買去？我們家每人要一份新帕子和新面盆，鏡子就兩面好了。大姊一面，我和我娘共用一面，否則，就叫妳娘把錢還給我們！」

趙王氏早在屋裡聽見了，心想這一進門就想作威作福，美得你們！

趙玉蘭剛一進門，就聽她道：「去告訴她們，什麼都沒有。讓妳大嫂用妳哥的東西，張家用妳的，妳以後用我的。這鏡子倒是可以借她們使使，不過使完了得還回來。」

趙玉蘭硬著頭皮出去回話了。

張小蝶頓時不幹了，半是邀功半是撒潑地站在院中就吵鬧起來，「這話也虧你們家說得出來！讓我們用妳家的舊東西，憑什麼？我大姊好歹還是新媳婦呢！」

趙王氏挑開門簾，出來親自應戰，「有錢你們自個兒買去！我是沒有多的，這麼一大家子，還要吃要喝的，哪有閒錢弄那些玩意兒？」

「我們哪用妳的錢了？就是我們自家的錢也夠我們用的了！妳先前說好要把我家的錢還來的，快還錢！」

現在媳婦進了門，趙王氏頓時翻臉不認帳，「用掉了！昨兒辦喜事，你們吃的雞鴨魚肉，哪一樣不是要用錢的？」

「好哇，原來妳想賴帳！」

「什麼賴不賴的？那錢是你們賺來的嗎？要算也只能算是妳姊的嫁妝！小丫頭片子，以後少胡說！」

張家幾口聽見可不依了，張發財領頭衝了出來，「親家母，話可不能這麼說，妳明明答應過了，我閨女嫁進來，就把錢還來的！」

趙王氏耍起了無賴，「你有憑據嗎？」

張發財氣得張口結舌，轉頭向章清亭求援，「閨女，去把錢要回來！」

嘖！章清亭翻個白眼，心中暗罵活該。

趙王氏見此，更加得意，心想，果然進了門就不一樣，這胳膊肘馬上就往自家拐了。

可章清亭隨後就攔住提了半桶水，想進屋洗漱的趙成材，面無表情地道：「我要新盆子、新帕子和新鏡子。」

這家就那麼大，趙成材早聽到那番吵鬧了，他可不想引火自焚，果斷回兩字：「沒有。」

章清亭堵著門不讓他進，「去買。」

趙成材手上還拎著水呢，晃來晃去，甚是費勁不說，還濺濕了衣襬，索性放下，依舊兩字：「不去。」

章清亭守著門，斜睨著他，「相公，你要是養不活我，還娶的什麼媳婦？」

趙成材臉面掛不住了，白皙的臉一下子漲得通紅，「妳說話別這麼夾槍帶棒的。」

章清亭不依不饒，「你沒聽婆婆說嗎？那二十多兩銀子算我的嫁妝，既是嫁妝，怎麼這點東西都買不得？你要是真沒錢，也沒關係，做我的上門女婿，隨我姓，我來養活你，買新東西給你，可好？」

這話太誅心了，連趙王氏也承受不住，「不就是買點東西嗎？至於這麼多話？成棟，你去跑一趟。」

章清亭不看她，依舊瞅著趙成材，「既然要買，我就一次說完吧。面盆我不要木的，要銅的，省得扎手。腳盆和浴桶倒可以是木的，帕子要四塊，兩塊洗臉，兩塊洗澡。還要皂角香胰子、青鹽刷牙子，漱口的杯子、喝茶的壺，茶葉就隨便買點毛尖香片好了。然後再要一面小圓鏡、一面大穿衣鏡，再有一個梳妝檯、兩套換洗衣裳也就差不多，其餘的我想著再慢慢添置吧。」

趙成材聽得眼都直了，這丫頭哪來這麼多講究？這些東西，沒有十幾兩銀子如何辦得下來？

趙王氏老臉變了幾變，「我說，媳婦，妳既然嫁了來，凡事還是收斂著點好。我瞧妳家也不是什麼大戶人家，這些窮規矩有什麼好講究的？」

「就是以前沒講究，所以嫁了你們家才得講究啊！這才配得上秀才娘子的身分不是嗎？」

「沒有！」趙王氏斬釘截鐵地回絕，「再者說，我這做婆婆的都沒用過這些東西，妳做媳婦的好意思用？」

章清亭倒是奇了，「我用自己的嫁妝，有什麼不好意思的？」

她望著趙成材笑得很甜，「相公，要不要再給你添個書櫃？你瞧瞧你，一個讀書人連個書櫃都沒有，也太寒酸了。」

趙成材被她笑得直發毛，連連擺手說不用。

章清亭接著笑，「那就麻煩你把為妻我之前說的東西先買回來吧。你要是記不住，可以先列個單子。唉，我這儀容未整的，也不好見人，多有失禮之處，還望海涵。」

她砰的一下把門關上，差點把人鼻子撞扁。

意思很明顯，趙成材買不來東西，就別想進門。

趙王氏很火大，可仔細想想，這媳婦進門，什麼東西都沒有，確實有些不像話。

想了半天，忍著肉痛，開箱取了銀錢交給趙成棟，「就買一個木盆和一塊帕子回來就行了，哪那麼多講究？我還不信她一輩子躲在屋裡不出來見人。」

章清亭還就是不見人了。

盆子和帕子買回來她是用了，可用完就沒動靜了。

趙王氏又喚趙玉蘭：「去催催妳哥，問他這書是怎麼讀的？難道連個進門的新媳婦茶飯也不讓老娘吃上？」

趙玉蘭說，要不，我去燒了得了，卻被趙王氏嚴令禁止。多年的媳婦熬成婆，她拿的就是這個款兒。

趙成材企圖矇混過關，「要不，這樣得了，趕緊行了禮，做飯去吧。」

章大小姐輕哼一聲，「你家就拿這破盆子爛帕子來打發我，也就別想挑剔我這做媳婦的。」

趙成材無法，氣悶得坐下看書，可眼看太陽一點一點地升起來，肚子卻一點一點地扁下去，越發飢餓難耐，看得進去才有鬼。

趙老實也坐不住了，他心裡還惦記著家裡的那幾畝地，「要不，我先下地去吧，可別耽誤了澆水。」

趙王氏也急，新媳婦進門第一仗，猶如春天裡的第一場勞作，她要打不贏，往後怎麼辦？

「回去坐著，不耽誤這一天的工夫！」

趙老實重重嘆口氣，又坐下了。趙成棟見吃飯無望，乾脆躺在床上悶頭睡大覺。趙玉蘭則躲到後院，餵雞澆菜去了。

趙家人懾於趙王氏的威勢不敢動彈，張家那六口可不怕。他們近日跟著大姊吃喝慣了，可禁不起餓。

張金寶道：「要不，咱們自己去買點吃的？」反正他們身上還有點錢，那是章清亭預備給眾人跑路的，租馬車、結住宿費，用掉了一部分，如今還剩好幾十文。

張發財一指對面，「金寶，去問問你大姊要吃什麼。」

他們還指望章清亭養活，不敢得罪這尊大神。

張金寶很快過來，章清亭心想他們可算開竅了，就道：「三鮮小籠包一份、甜豆漿一碗。」

假意看書的趙成材聽得偷偷嚥口水，暗道這丫頭還真會享受，一點兒都不虧待自己。

張金寶應下，想想又問了一句：「那姊夫呢？」

章清亭嗤笑，「他正刻苦用功呢！書中自有黃金屋，哪用人間五穀糧？」

趙成材氣壞了，偏偏又不能開口跟她要吃的，只得悶頭繼續看書。

不多時，張金寶兄妹端著吃食回來了，先把豆漿包子送到大姊面前，這才回屋去分他們的饅頭包子。

章清亭咬一口小籠包，喝一口甜豆漿。唔……熱騰騰的早點下了肚，咕嚕叫的五臟廟終於老實下來，人也精神了幾分。

趙成材卻受不了了，聞著那豆漿的甜、包子的香，口水氾濫成災。他想躲出去，卻不料一出門就被他老娘逮個正著。

趙王氏可是密切監視著外面的一舉一動，張家人如何買來吃的，如何在房間裡大嚼，她是看在眼裡，氣在心頭。

雖說張家人住在她家，到底是親家，又吃的是自己的錢，她也不好過去說什麼，可眼見著自己的兒媳婦遲遲不來行禮，還躲在屋裡有滋有味地吃吃喝喝，她就忍無可忍了。

一見兒子出來，就衝上去質問：「成材，你媳婦到底是什麼意思？這太陽都多高了，也不來見禮，也不去下廚！公公婆婆、小姑小叔都餓著肚子呢，她倒好意思一個人躲在屋裡吃香的喝辣的，你怎麼也不管管？」

趙成材餓了半天，又受了一早上的夾心氣，也不耐煩了，「我管不了。反正這媳婦是您相中的，您愛管您自管去。玉蘭呢？讓她做飯。」

趙王氏氣得直跺腳，「你還是不是男人？你怎麼就不拿出點氣魄來鎮住她？你也是有媳婦的人了，怎麼還想著支使你妹子？你要吃飯，讓你媳婦兒做去！」

章清亭正慢條斯理吞下最後一口小包子，母子倆的爭吵是一字不落地聽進耳朵裡，便如上好的小菜，聽得她心情舒暢，連喝進嘴裡的豆漿都分外香甜起來。

「你這個沒用的東西，跟我進去！」趙王氏氣得不輕，把要逃脫的兒子又推進房來。

章清亭吃飽喝足，拿帕子擦擦嘴角，裝腔作勢地站起身來，「喲，婆婆來了，請坐。」

坐個屁！看她一副吃飽喝足的樣子，趙王氏兩眼都快冒出火來，伸手將桌上吃空的碗碟全都拂在地下，噹啷跌個粉碎。

章清亭假裝害怕，躲到了趙成材身後，想吵架？本姑娘正好有力氣，奉陪到底。

趙王氏指著她的鼻子罵道：「妳這一上午也不來拜見公婆行禮，也不去下灶燒飯，我們都還餓著肚子，妳還有臉吃東西？虧妳嚥得下去！」

章清亭頓時扮委屈扮柔弱，「媳婦早想拜見公婆，可相公不肯買東西給媳婦整理儀容，如此失禮，要怎麼拜見二老，下灶做飯？況且我雖在婆家，可剛剛吃的是娘家的飯，還沒要相公出錢呢，婆婆，您又為何生氣？」

這連損帶削的，聽得趙成材先自紅了臉。

可趙王氏卻不是那麼講道理的，「甭跟我說那些有的沒的，妳既嫁進我家，就得守我家的規矩！少廢話，去給我倒茶磕頭，然後下廚燒飯去！」

章清亭故作無辜，「媳婦倒是不知家裡有什麼規矩，還望婆婆不吝賜教。相公將規矩一一寫明，教媳婦早晚誦讀，等都記下了，才好依著那規矩行事。」

趙王氏當即道：「趙家家規就一條，媳婦得聽婆婆的話！」

章清亭故作為難，「這不太妥當吧？從來只聽說出嫁從夫的，還沒聽說要出嫁從婆呢！」

趙成材被她二人吵得頭昏腦脹，只想快點息事寧人，就接她的話道：「那為夫我就命妳聽婆婆的話，這總行了吧？」

趙王氏才覺順了口氣，不料章清亭又皺眉道：「還是不妥。若是婆婆存心刁難，刻薄苛刻，難道我也要聽？若是婆婆無理取鬧，讓我去殺人放火，難道我也要去？若婆婆和相公意見相左，我那時又要聽誰的？」

然後，她自己下了結論：「這人立於天地之間，當明辨是非。若是有理，當然要聽，若是無理，那就不能聽。相公，你說是嗎？」

趙成材哪裡敢說是？可也不能說不是。章清亭說的還挺有道理的，他乾脆裝聾作啞當鴕鳥，沉默是金，可他想置身事外，哪是那麼容易？

趙王氏一把揪住兒子，「你也是讀過聖賢書的，有這樣的道理嗎？婆婆說一句，她能頂十句，像放鞭炮似的劈里啪啦一大堆，這麼多話，她怎麼不去說書！」

趙成材只得接著老娘的話，一本正經地問：「聽見沒，娘問妳呢？」

章清亭撫著心口道：「若是家裡真窮得揭不開鍋，非得要我去說書了，相公，你發個話，我立刻就去。」

趙王氏氣得倒仰，誰知趙成材瞧著章清亭那促狹的小樣兒，既惱人，卻又有三分可愛之處，一下子沒忍住，噗哧笑了出來。

這下可真是捅了馬蜂窩了。

趙王氏氣得直哆嗦，「好好好，你這還真是娶了媳婦忘了娘！行，你既然這麼向著你媳婦，就別找你娘！」她出門便道：「玉蘭，燒飯去！就咱們四人，不算妳哥！我呀，就當沒這個媳婦，沒這個兒子！」

這話可說得太重了。

趙成材忙不迭地跟上去賠罪，「娘，我只是一時沒忍住才笑了一下，絕對沒有別的意思，您可千萬別誤會！」

趙王氏拉長著老臉，等下文。

趙成材懂了，回頭叫道：「喂，快出來向婆婆賠禮道歉！」

章清亭置若罔聞，兩眼望天。

「我叫妳呢！」

繼續望天。

對面張家幾口填飽了肚子也在看戲，他們可不擔心大姊吃虧。大姊不給別人虧吃就算好的，哪裡輪得到別人給她虧吃？

趙成材只得第三次走到章清亭的面前，「我叫妳，妳沒聽見嗎？」

章清亭一臉無辜，「相公，你有叫我嗎？我只聽到你在叫喂。我可不叫喂，我有名字的。」

這話刺得趙成材有些赧顏，這麼呼來喝去，確實失禮。

他的眼珠一轉，假惺惺地施了一禮，文縐縐地道：「娘子這廂有禮了，現在為夫可以請妳一同去向父親和母親行禮了嗎？」

章清亭對趙成材斂衽還禮，「相公無須多禮，等您準備好了為妻早上要的那些，為妻梳洗打扮好了，自當和您一同去拜見公婆。」

噗！張金寶正喝著水，一下子就噴了，「哈哈，大姊，妳和姊夫怎麼跟唱戲的一樣？」

張家那幾口還跟著一起笑。

章清亭臉上發熱，也覺不好意思，冷冷地甩去幾把眼刀，張家幾口立時收聲，捂著嘴悶笑。

章清亭砰的一聲摔門進屋，不丟人現眼了。

趙王氏鬧了一場，沒討到半分便宜，也恨恨地一跺腳，自回房去了。

只可憐趙成材，腹背受氣。

不多時，趙玉蘭燒了飯，還果真沒有他的份，趙成材是受氣又受餓，心裡冤屈沒處訴。

這一番折騰，就過了晌午。

趙王氏眼見這樣僵持下去也不是個事兒，帶著趙老實、趙成棟下地去了。臨走時，把裡屋的門鎖上，自拿著鑰匙，囑咐女兒一定要看好門戶，千萬不能讓張家人進來占便宜。

趙成材覷著她娘走了，趕緊叫妹子：「玉蘭，快弄點吃的來給我。」

趙玉蘭放下手裡的針線，端出偷偷留給他的飯，摸著有些涼了，「哥，要不你等一會兒，我幫你熱熱？」

「不用不用，快拿來吧，都快餓死了！」趙成材可真是餓得不輕，捧著飯狼吞虎嚥，吃得急了還直打嗝。

趙玉蘭去倒水給他，才發現水壺空了，想去燒水，又發現鬧了一早上，水也忘了挑，加上多了幾人洗漱，缸都空了。

「哥，你等著，我去挑水。」

章清亭早也口渴了，卻連個得用的杯子也找不到，此刻聽趙玉蘭要去挑水，瞪著趙成材，「喂，你怎麼讓你妹子去挑水？」

趙成材記性可不差，當即回了一句：「我也是有名字的。」

章清亭懶得跟他一般見識，「相公，請你去挑水吧，哪有讓女孩子幹這些粗活的？」

趙成材卻大大咧咧地道：「這有什麼好奇怪的？家裡一直是她挑水，娘也挑過。我說媳婦，以後就該輪到妳挑了。啊，不，現在就該妳去！」

章大小姐是會去挑水的人嗎？做夢吧！

趙玉蘭已經從屋裡挑了扁擔空桶出來，聽見他們說話，憨憨一笑，「大嫂不用去了。哥哥要讀書，我一人就行。」

「慢著！」章清亭還是有正義感的，尤其見不得一堆男人閒著，卻讓女孩子幹這些粗活。瞧趙成材這輕飄飄的小身板，要挑水確實夠嗆，章清亭朝西廂房喊道：「金寶，出來。」

張金寶從炕上一個鯉魚打挺起來，小跑而來，「大姊，什麼事？」

章清亭手一指，「去挑水。」

張金寶脖子一縮，不樂意道：「憑什麼呀？」

哪那麼多話？章清亭不悅道：「你不吃不喝不用水的？」

「可我也用不了這麼多啊！」

「沒事，我去就行了。」趙玉蘭挑著桶子就要出門。

章清亭攔著她，狠狠盯著金寶，「你去不去？」

「人家都說不用了……」

章清亭不跟他廢話，直接提高了嗓門：「小蝶，今天中午起，不用管妳哥的飯了。」

張小蝶得令，反正不用她幹活，當然應得清脆。

張金寶還是很識時務，接過扁擔水桶，小聲嘟囔：「去就去。」

趙玉蘭不放心地道：「你知道地方嗎？出門右拐得走上一會兒，那口水井才是吃的水。前面近的那口是渾水，只能洗衣服澆地的。」

「知道知道，我又不是外鄉人！」張金寶不耐煩地應著，沒留神，腿絆在桶上，差點摔跤。

看這樣子，就是個不幹活的。章清亭越發覺得讓他去是對的，冷著臉道：「你要是打回來的水不乾淨，可別進這個門。」

趙成材瞧見殺豬女居然指揮兄弟幫著自家妹子幹活，很是詫異。再看她拉著妹子邊做針線邊斯文文地說閒話，更加納悶，這潑辣娘子居然也有這樣一面？太神奇了！

章清亭不管他如何想，只拉著趙玉蘭，了解了一下趙家的情況。

可等趙玉蘭一五一十說出實情，章大小姐卻是膽戰心驚。

這趙家雖有兩畝薄田，還有趙王氏裝神弄鬼，但一家子累死累活，也只能勉強混個不餓。

若說張家是一窮二白，那趙家便是一貧如洗。半斤八兩，兩個都強不到哪裡去。

趙玉蘭呵呵笑道：「自大哥考上秀才後，每月有五百文補貼，家中生計就好多了，再怎麼也有飯吃的。娘還說大嫂妳……」

「她說我什麼？」

「娘說妳特別有本事，能幹活又會賺錢，只要有了妳，咱家的日子以後會越來越好的。」

章清亭這下徹底懂了，為什麼趙王氏死活非要她做媳婦。

她不光是看上了自己的錢，還看上了自己的人。

這是該誇她有眼光呢，還是誇她太聰明？

若是她鼠目寸光，那章清亭倒好打發了，給點銀子，說不定就能了結親事，可那老虔婆目標太過遠大，她就是把身上的錢全給她，只怕也填不滿這個無底洞，那該怎麼辦？

張家身上那點小錢頂不了幾天，到時這日子要怎麼過？

章清亭思前想後，覺得還是得從趙秀才身上下功夫。

如果他肯寫休書，就什麼問題都沒有了，但要怎麼樣才能讓他心甘情願寫下休書呢？

章清亭費腦筋了。

忽地院門一響，是張金寶終於挑水回來了。剛進門就把桶撂下，大聲嚷嚷：「累死我了！水缸在哪兒？快拿了倒去！」

趙玉蘭趕緊迎了上來，一瞧那水桶，無語了。

水是乾淨的井水，卻只挑了小半桶，燒兩壺就沒了。她也不好多說，趕緊把水挑到廚房，都不好意思傾進水缸，先灌了一壺，擱爐上燒著，剩下的那半桶倒進盆裡也就沒了。

這一回她也不聲張，自挑著水桶悄悄出了門，想想，火上還燒著水，便回頭囑咐了一句：「大嫂，那火上燒了水，妳留神看著。要泡茶的話，哥知道哪裡有茶葉。」

章清亭以為水不夠，她再去挑，於是也沒多想，正好藉這個機會去找趙成材說話了，「請問你家茶葉在哪兒，茶杯又在哪兒？」

趙成材正好也有話想跟她說，起身讓她等著，進屋尋出茶葉罐，又拿出一個待客用的茶杯來，「我家最好的也就這個了，妳別嫌棄。」

怕章清亭不信，他還特意把自己那個用了十多年，口都缺了的茶杯亮出來給她看，「喏，我也只用這個。要是讓娘現買，那是不可能的。妳先湊合著用吧，茶壺我桌上倒有一個。」

章清亭聞聞那茶葉，雖不新鮮，到底沒壞，叫張小蝶來洗了茶杯，湊合著泡了壺茶。

這是小事，張小蝶順便也拿了個大碗，討了半碗。

趙成材看章清亭泡茶還挺講究，又洗茶又沏茶的，原本普普通通的茶葉在她手上泡出來似乎格外香一些，便腆著臉，把自己的杯子也推了上去。

章清亭沒吭聲，倒了一杯給自己，把壺放下了。趙成材有些訕訕，自己動手，倒了一杯。

對面張家那幾口知道這邊泡了茶，一個個都把碗伸了過來。這大半天的沒喝水，都口渴呢。要是自己不泡，難道都等著渴死不成？章清亭暗自腹誹，一滴不給，「想喝水，自己燒。」

張小蝶反正有茶喝了，她不著急，可張羅氏去廚房一瞧，「哪有水？水缸都是空的。」

章清亭心下生疑，張金寶還有臉問：「我打的那水呢？水呢？」

張小蝶甩個白眼道：「你打的那水給貓洗臉都不夠，等著人家擔水回來吧！」

張金寶雖有些鬱悶，可看大姊從屋子那邊冷冷看過來，到底不敢作聲了。

趙成材見此，才想讚一句妳家弟妹真聽話，跟章清亭搭個話，張小蝶卻過來請人了。

章清亭不肯過去，「有什麼事就在這兒說，否則就別說。」

張小蝶猶豫地看了新姊夫一回，才低聲道：「咱們身上快沒錢了，那個……是不是要姊夫他娘把錢還給咱們？妳瞧咱們住在這裡，也處處不便，不如、不如回客棧的好。」

趙成材赧顏低了頭，旁人不知，難道他還能裝作不知嗎？錢早被他花完了，讓娘怎麼還？

章清亭卻是冷笑連連，看張金寶挑一回水，她就猜到了。這家人看趙王氏不好說話，又沒人伺候，所以想回客棧去繼續過好吃懶做的生活。別說她現在不方便拿錢出來，就是方便拿錢，也堅決不給。

「我早讓你們聽我的時候，你們在幹麼？如今竟還有臉來說？再往後，各自的日子各自過。那筆錢反正我是不要了，你們有本事，自己要去。」

原來大姊不是不記仇，只是沒發作而已。張小蝶碰了一鼻子灰，灰溜溜地走了。

趙成材一聽，卻有了說話的契機，結巴了半天，才彆彆扭扭地喊了聲，「娘子……那個，岳父，你們這一家子，這麼下去，也不是個長久之計吧？」

章清亭冷冷地瞅了他一眼，「什麼意思就直說。」

趙成材被她那目光看得如芒在背，努力地道：「我、我是覺得，唔……是不是該給他們謀個生計？」

廢話！章大小姐耐著性子吐出四個字：「願聞其詳。」

趙成材有些訝異，「妳沒打算？」

章清亭冷笑，「婆婆不是說要養活我這一家子嗎？若非如此，他們又怎肯串通婆婆，把我綁進你家的門？如今我還操的哪門子心？」

這話說得趙成材臉面有些掛不住了，「這個親，也不是我願意的。」

章清亭等的就是這句話，眼珠一轉，忽地熱絡起來，「既然你不情我不願，又何必大家為難？事到如今，我也不想追究誰對誰錯了。」

章大小姐覺得自己很是寬宏大量，「你寫份休書給我，大家一了百了。」

趙成材低頭想半天，才支吾著道：「這親都結了，想反悔也沒這麼容易吧？」

難不成他還真想做夫妻？

章清亭瞪大眼睛，「你不是有心上人了嗎？你難道不想和她雙宿雙棲？」

趙成材有些赧顏，「這不是已經娶妳過門了嗎？」

他一早上思來想去，雖然這個殺豬女不甚如他的意，但畢竟也是他明媒正娶的媳婦，要是就這麼休棄，是不是也太不仁義了？何況，從章清亭剛剛對趙玉蘭的一番維護，他也看出來了，這姑娘心地挺好的，也明白事理，就是脾氣有點壞。

不過，既然娶都娶回來了，就這麼湊合著過吧。說不定，日子長了，好生把這姑娘教化教化，也能成個體統。

如此一想，趙成材還很為自己的責任感而動容，問題是，人家章大小姐根本不稀罕他的這份責任感啊！

聽了趙成材的一席話，章大小姐瞠目結舌，「你……你不會打算就這麼過吧？」

趙成材勉為其難地點頭，「只是，那個，我家實在窮了點，妳早上要的那些東西，娘她實在置辦不起，可妳畢竟是晚輩，好歹也得給她個面子不是？晚上等她回來，咱們還是一起去行個禮吧。」

章清亭當即拍案而起，「你怎麼能這樣？那個桃子李子怎麼辦？你怎麼能這麼負心薄幸？」

趙成材被罵得一愣一愣的，半晌才道：「這個……其實我跟小桃沒什麼的，她日後肯定也能找著好歸宿。我如今都娶了妳了，要是再跟她……豈不是對不起妳？」

章清亭為之氣結，「你就對不起我吧！趕緊把我休掉，再回頭找她去！」

「那……那怎麼行？」趙成材頭搖得像波浪鼓似的，「這也太不仁義了！哪有剛娶了結髮妻子，就休掉的道理？」

章清亭這下可當真無語了，遇到這麼個書呆子，還真是有理說不清。

趙成材鼓起勇氣又對她說：「我、我以後會對妳好，從前的事……大家都別計較了好嗎？」

他說這話的時候，是帶著誠意的，是真的打算認命，好好跟章清亭過日子了。

「不好！」章清亭氣急敗壞道：「且不提之前了，你也睜大眼睛瞧瞧，看看你這破屋子，看看這些破家具，連好一點的茶葉都喝不起，你憑什麼娶媳婦？娶了媳婦你要怎麼養活？你不要以為我不知道你們家娶我打的是什麼主意，無非就是看中了我會賺錢，想指著我去替你們家做牛做馬去！可你一個男人，也好意思嗎？」

她只想著快點解決這場糾紛，說話也就沒了顧忌，看著趙成材越來越白的臉，還變本加厲道：「人家娶妻，是男人在外面養家糊口，而你呢？說得好聽是個秀才，說得難聽就是個廢才！你想湊合著過，我還不稀罕呢！老實告訴你，你最好立即寫下休書，否則的話，我是什麼都不會做的，有本事，你來養活我！」

男人的自尊其實是很脆弱的，尤其趙成材還是個讀過書，又明白事理的讀書人，所以面子更薄，自尊心更強。對章清亭這些犀利如刀，直戳內心的話，也更加沒有抵抗力，傷得更加鮮血淋漓，銘心刻骨。

因為她的話是對的。

養妻活兒，不正是男人的責任嗎？他連自己都養不起，憑什麼養活別人？

見他沉默，章大小姐索性再激了他一把，「說吧，你們家到底要多少錢才肯放過我？開個價出來，本姑娘接著就是！」

她是想著自己身上還有二百兩銀子，乾脆捨些出來，一勞永逸解決問題算了，否則等趙王氏回來，更加麻煩。

趙成材的臉已然鐵青，抬起頭來，從牙縫裡一字一句擠出話來：「妳說妳自己值多少錢？」

章清亭被他受傷而憤怒的眼神嚇了一跳，想想也覺自己似乎有些逼人太甚了，可眼下正是最好的解決之機，容不得自己心軟。

她略一思忖，便昂著小下巴道：「本姑娘千金之軀，當然無法估量，只不過……」

「只不過妳這千金之軀，也拿不出千金來匹配！」趙成材打斷了她的話，隱忍著熊熊怒火，指著她的鼻子道：「要我看來，妳也就是個嫌貧愛富的惡俗女子！像你這種人，連父母兄弟都可以輕易拋棄，結髮之情也毫不顧惜，在我眼裡，根本就一錢不值！」

他走到桌前，提筆刷刷寫下休書，「拿去！妳不就是嫌我家窮，不願跟著我過苦日子嗎？幹麼說那麼多為自己臉上貼金？還有一件事我要告訴妳，我娘拿了妳那二十多兩銀子，已經被我用了，不過，妳放心，我就是砸鍋賣鐵，賣身為奴也會還妳！」

章清亭長這麼大，還沒被人這麼教訓過，此時她也是氣糊塗了，沒有把握這個千載難逢的良機離去，卻將桌子一拍，「你敢說我一錢不值？」

趙成材輕蔑地掃她一眼，將休書拍在她的跟前，「在我眼裡，就是！我也不要妳的一文錢，千金之軀，滾吧！」

章清亭臉都氣黃了，「我……我還非拿千金自贖不可了，讓你這沒開眼的人見識見識！」

「妳唬誰呢？妳要是真有千金，我就八抬大轎、敲鑼打鼓地把妳送出去！」

「一言為定！」章清亭真是氣瘋了，看他另一隻手上還提著筆呢，當即就道：「口說無憑，落字為據！」

搶過筆來，刷刷刷又立了一份字據，拍到秀才跟前，傲氣十足道：「收好了！準備好你的八抬大轎，送本姑娘出門吧！」

趙成材依舊不信，「妳還是拿著妳的休書出門吧。」

章清亭反而不走了，抬眼瞧見牆上供著的文曲星，將休書和字據都塞進神像中空的肚腹裡，「舉頭三尺有神明，等本姑娘拿了千金自贖，必會離開，到時誰若是違約，必遭報應！」

嘖！趙成材擺明不信，翻個大大的白眼，拂袖而去。

肆之章 陰錯陽差做夫妻

章清亭和趙成材小倆口在房中的這番爭吵，無人得知。冷靜下來想一想，這事說出來對誰的名聲都不太好聽。一個傻到要拿千金自贖，一個給才進門的媳婦寫休書，於是兩人很有默契地同時保持緘默，絕口不提。

當趙玉蘭往返三趟，終於挑滿了一大缸水時，正值夕陽西下，趙王氏幾人從田地裡回來了。看女兒累得一頭汗，還要忙著生火做飯，而西廂房那張家六口卻東倒西歪哼著小曲，趙王氏頓時垮下老臉。想想，卻也不言語，臉色如常地進屋收拾，吩咐閨女做飯依舊只管他們四人，連趙成材的份都沒有。

趙成材覺得，這樣下去不是辦法，主動走到章清亭跟前，「我知道妳不樂意，可妳若是一時半會兒的還不想走，總得去向我爹娘見個禮吧？就算只是鄰居，也該點個頭打聲招呼。」

章大小姐嗤笑，「那鄰居見面，要磕頭奉茶嗎？」

趙成材無法了。

章清亭又道：「其實要我過去也行，不過有個條件。」她下午已經想過了，如果還得在一個屋簷下過日子，這個禮必須要行，所以不如趁機為自己要點好處。

「妳說。」眼下只要她肯去，趙成材對她行個禮都行。

章清亭道：「你若是要我去，那往後你住外間，我住裡間。咱們人前可以裝裝樣子，不過人後你卻得對我循規蹈矩，不得亂來。」

這個容易！趙成材為表誠意，道：「那要現在就搬嗎？妳幫我把書桌抬到外頭去，往後只說裡頭作臥室，外頭作書房。」

這個可以！章清亭幫他抬了桌子，趙成材又把筆墨紙硯、兩箱子書收拾了過去。

這一下，裡屋空空蕩蕩，就剩下條炕和小炕櫃了。章清亭心裡琢磨著，既然要在這兒住下，怎麼著也得為自己添置一張梳妝檯、衣箱還有衣物才是。

而搬出去的秀才也發現問題來了，他睡哪兒呢？就一桌一凳，又高矮不齊。想打地鋪，連副多餘的鋪蓋都沒有。算了，反正現在夜裡還不冷，拿件舊衣披披，往桌上趴著就完了，反正明兒他就出去找事做，到時還不一定住家裡。

趙成材著實被那句廢才刺激到了，痛定思痛，下決心要發奮圖強。他就不信，自己堂堂男子漢，會被章清亭看扁，他還惦記著要還章清亭那二十多兩銀子呢。

「我已經收拾完了，咱們走吧。」

章清亭暗嘆口氣，這真是人在屋簷下，不得不低頭。想她章大小姐這麼多年，跪天跪地跪祖宗，何曾跪過這樣一個老虔婆？算了，一會兒就當跪在那裡的不是自己，是那個張蜻蜓吧。

「不過，我還有個條件。」章大小姐微噘著小嘴，不甘不願地道：「我去拜她，可不表示以後什麼都得聽她的，這點你得弄明白。再有，我只要賺到銀子就會離開，這日常生活，你家不管我也行，但我也不會管你們的。」

趙成材為難道：「這個恐怕不妥吧？妳家還有這麼多人呢！」

章清亭冷笑，「他們是你娘招回來的，與我無關！」

趙成材看她一肚子怨氣，心說這個問題先放放吧，「那個隨妳。不過咱們既然要裝夫妻，總不能連飯也不一起吃吧？妳放心，不會讓妳做的，我和娘說妳要賺錢，娘不會讓妳管的。」

章清亭想想，點頭同意了。

兩人整了整衣裳，一前一後的出來。來到堂屋，正趕上開飯。

見他二人進來，大家都有些局促，只有趙王氏猜到幾分來意，坐在上首，微有得色。

趙成材清清喉嚨，「爹、娘，請上坐，待兒子和媳婦敬茶。玉蘭，倒兩碗茶來。」

趙玉蘭抿嘴一笑，趕緊去倒茶了。

趙王氏心中舒坦，心說總算這個兒子沒白養，不過這個媳婦的威風還得再滅一下。瞟一眼章清亭，拿腔作勢地道：「這樣從早等到晚的媳婦茶，我還真怕喝了塞牙。」

章清亭心中暗罵，老虔婆，別給臉不要臉，面上卻笑靨如花，「婆婆，您要怕塞牙，要不要媳婦去幫您準備個牙籤？」

這怎麼又掐起來了？改天找本《周易》批一下，這婆媳倆是不是天生犯沖，八字不和？

趙成材把章清亭的袖子扯住，「妳就少說一句吧。」

趙老實也勸：「算了，別難為孩子了。」

趙王氏也不想弄得太僵，藉著臺階就下來了。很快兩杯茶端來，章清亭跟著趙成材先向趙老實磕了頭。趙老實立刻把茶接過喝了，呵呵的連聲叫他們快起來。

等到趙王氏這兒，趙成材遞上去的茶水，趙王氏很快接過喝了，讓兒子起來，可到了章清亭這兒，卻故意端著那碗，半天不作聲。

趙成材看得著急，章大小姐卻早料到有此一招，心中好笑，嘴上嬌滴滴地道：「婆婆，您是不是沒準備好打賞的紅包啊？也不必太多，隨便包個幾兩銀子意思意思就行。」

她雖不是七尺男兒，但膝下一樣有黃金，想白喝她的茶？做夢！

趙成材頭上冷汗快下來了，章清亭這話沒錯，新媳婦敬茶是得給紅包的，可他娘哪會準備這個閒錢？

果然，趙王氏的臉色陰沉下來，她本想多刁難章清亭一會兒，沒想到反被刁難了。她冷著臉一言不發地進去，一邊暗罵一邊包了個紅包出來，這才接了媳婦茶，「媳婦，妳既進了我家門，可別嫌我這個做婆婆的嘮叨。日後有什麼管著妳的地方，也是為了妳好。」

章清亭掂掂手裡的紅包，不過就是幾文錢，她自然不放在眼裡，但是能從這老虔婆手裡拔出一根毛來，瞧著她那副肉痛的表情也是令人愉悅的。

「媳婦雖然不才，但三從四德還是謹記於心的。」這裡頭，可沒一樣是從婆婆的。

趙成材怕她們又掐起來，趕緊和稀泥，「那就吃飯吧，吃飯！」

婆媳眼神暗自交了回手，都暫且鳴金收兵了。

入席前，章清亭問：「哪裡有水？我要淨手。」

這是她自小養成的習慣，略嫌惡地瞟一眼趙家眾人黑著手就上桌抓碗筷，實在不敢苟同。

趙王氏不悅地皺眉，「我家沒這規矩！」

章清亭原本無心，此時倒有意了，「那媳婦自己去洗洗手，總不影響你們家的規矩吧？」又望著趙成材笑得很甜，「相公，你不去洗洗嗎？瞧你那手髒得……剛才還搬了東西，不洗洗你也吃得下去？」

趙成材看看自己兩手，不由得跟她走了，「我帶妳去洗。」

這話說得趙玉蘭和趙成棟也看向自己的手，「那，我們也去洗洗吧。」

趙王氏啪的把筷子一拍，「這還讓不讓人吃飯了？」

趙老實本想去的，被嚇回來了，囁嚅道：「不過是洗個手……」

趙王氏卻更加火冒三丈，「洗什麼洗？多少年都沒這毛病，難道就不活了？洗吧洗吧，看你們洗了，是不是能多長兩斤肉！」

這話有點無理取鬧了，可趙老實什麼也不敢說，只得坐在那裡陪著趙王氏。

其實如果換個人來說，趙王氏也沒這麼不講理，可偏偏是章清亭，就讓她很不爽了。憑什麼她的家要由個外人說了算？可她卻忘了，這個外人可是她一手弄回來的。

氣是要生的，但飯還是要吃的。

很快，洗了手的章清亭和趙成材回來了，可剛要進這堂屋的門，張家六口卻把她攔住了，「大姊，吃飯呀？」

章清亭眼皮都不抬，若有若無地嗯了一聲，就和趙成材一起進了屋。

張家六口尾隨而入，那桌上卻沒有多餘的碗筷。

章清亭端坐一旁，拿定了主意不張口。

張發財被張家人推了出來，腆著老臉道：「親家，吃飯啊？」

趙王氏眼見章清亭默然不語，心裡便有了三分成算，「粗茶淡飯的……」

「我們不嫌棄！」張發財接得倒快。

趙王氏卻道：「雖然親家不嫌棄，我卻不好意思，就沒預備下你們的份。」

這下張發財再厚的臉皮也撐不住了。

張小蝶快人快語：「那妳把我家的銀子還給我們！」

張金寶道：「就是！大姊，妳瞧這也沒什麼好吃的，我們一起出去吃吧！」

趙王氏冷笑，「你們大姊現在可是我家的兒媳婦，這嫁出去的姑娘潑出去的水。她以後吃好吃壞自然是跟我們一起，不勞你們操心。」

張發財索性把話點明：「噯，親家母，妳可是說過要管我們吃喝的，妳不能娶了我家閨女就賴帳了呀！」

趙王氏奇道：「我何曾說過不管你們了？是你們瞧不上我家的粗茶淡飯。既然如此，便請自吃去。吃完了，咱們再談談日後的生計，可好？」

她這又打的什麼鬼主意？張家幾人面面相覷，一時都猜不出她的用意。

不過肯談也是好事，張發財道：「那行，咱們走，吃了再來談。妳把錢準備好，一會兒可得還給我們。」

章清亭心道，這群傻子，別說趙家已經把錢用盡，就是一文沒動，這趙王氏如此刁鑽，吃到她嘴裡的肉又豈肯還給你們？

走之前，張小蝶問章清亭，「大姊，妳不去，要不要我們帶點什麼回來給妳？」

這話還算識趣，所以章清亭給了她一個讚許的眼神。

張小蝶這些天跟著大姊，倒也認得她的眉高眼低，心下會意，自跟家人走了。

趙王氏見章清亭始終保持沉默，心裡多少覺得扳回幾分顏面，再喊起吃飯來，也甚有氣勢。只是趙玉蘭那傻丫頭，想著大嫂初來，生怕怠慢，把她的飯碗壓了又壓，用這種樸素的方式表達著熱情，奈何遇上了章大小姐，可是拍錯了馬屁。

這一大碗公，章清亭端著都費勁，挑幾粒米入口，只覺粗糙，更是皺起了眉。再看面前的菜色，無非是自家菜地裡的一盤青菜、一盤老南瓜、一個豆腐和一碗鹹菜，再加一碗香蔥蛋花湯，沒了。

這讓人怎麼吃得下去？也不知趙家幾人怎麼長的胃口，居然還吃得這麼歡。章清亭懶洋洋地挑著菜，有一筷沒一筷地胡亂吃了幾口，放下筷子就想走人。

「各位慢用。」

趙成材眼見她一碗飯根本沒動，不覺奇道：「妳這就飽了？」早上明明吃挺多的。

章清亭心說，本小姐金貴著呢，可沒你們這麼好養活！橫他一眼，算是默認。

趙王氏喝住了她：「媳婦，妳等一會兒收了筷子和碗去洗！以後這家裡做飯洗碗、洗衣種菜、挑水餵雞、掃地抹桌的活就全歸妳了！」

章清亭自袖中掏出手絹拭了拭嘴角，「不好意思，婆婆，可媳婦沒時間幹這些了，是不是啊？相公！」

趙成材心中抱怨，妳就不能讓我吃完了飯再說嗎？

章清亭猜出他的心思，又笑著道：「婆婆，這食不言飯不語，相公是君子，要講禮儀的。還是等他吃完了，再慢慢向您回稟吧。」

這解釋還不如不解釋，趙成材差點把自己噎死，趕緊灌口湯，囫圇把飯嚥下去，「娘，這個事啊，是這樣的……」

瞧兒子使勁捶著胸口的難受勁兒，趙王氏皺眉心疼道：「算了算了，吃完再說。媳婦，妳也不給妳相公揉揉？」

算了吧，趙成材哪敢讓她伺候，「不用了，妳先回房，那個……」

還是章清亭自己道：「我先回房幫你磨墨，一會兒相公還要讀書的，是不是？」

趙成材拚命點頭，巴不得她趕緊消失，只要婆媳不同時出現在他眼前，世界就天下太平。

章清亭起身微微一笑，「婆婆，不好意思，相公有命，不敢不從，媳婦告退。」

看她邁著小蓮步，趾高氣揚地離去，趙王氏恨得直磨牙，「成材，有你這麼慣著媳婦的嗎？你們兩口子成天關在屋裡躲清閒，讓你爹娘弟妹反過來伺候你們不成？」

趙成材道：「娘，我這不是慣著她，是……是她要想法賺錢的。」

賺錢？趙王氏頓時提起十二分精神，「賺什麼錢？怎麼賺？」

趙成材哪知道，只得搪塞道：「這不正想著嗎？」

趙王氏本來還有些興頭，聽著這話又生氣了，「就為了想賺錢就什麼都不做？她要是一天想不出來那就歇一天，要是一年想不出來豈不得歇一年？你也太會護著你媳婦了吧！」

趙成材急得面紅脖子粗，「不是這樣！」

「那到底是怎樣？你倒是痛痛快快地說啊！吞吞吐吐的，難道還怕咱們沾了你的好處？」思及此，趙王氏可不幹了，「我說成材，你做人可得有良心，難道你忘了這些年咱們一家是怎麼縮衣節食供你讀書的？娘知道你媳婦有錢有本事，但你可不能成了家就不顧咱們了，要是有什麼好處就想著獨吞，那可是會遭天打雷劈的！」

「就是！大哥、大嫂打算做什麼買賣？」趙成棟也兩眼放光。

趙玉蘭人老實，說的話也最實在，「大哥、大嫂真要是做什麼，你們要是不嫌棄，我就給她打下手幫幫忙。」

趙成材很無語，「這八字還沒有一撇的事，你們怎麼這麼興奮？」

「那是你不知道你媳婦的本事！」趙王氏嗔了一句，忽地又想起一件要事，「她身上應該還有三十兩銀子呢，成材，讓她交出來。」

趙成材可沒臉去要，急中生智，忽地就扯了一個由頭：「她身上的銀子呀，就是準備拿著去做小生意的。嗯，就是這樣，所以不能交出來了。」

「那她到底要做什麼？」趙王氏步步緊逼。

趙成材頭一次發現老娘實在難纏，搜腸刮肚地想半天，「她這不才剛進門嗎？怎能一下想得齊全？那個，我們明日打算上集市看看有什麼能做的。」

這麼一說，一家人很快就七嘴八舌議論開了，到底做什麼好呢？

趙王氏嗔了大兒子一眼，「你們既有這心思，那是好事，可你瞞著別人，能瞞著娘嗎？去！叫你媳婦把錢交來，我幫她收著，真要做什麼，從我這兒拿！你們年輕人大手大腳的，別沒一會兒就敗光了！」

「娘，咱家已經拿她二十多兩銀子了，這錢啊，我是沒臉去要的！」見娘死鑽錢眼裡，趙成材索性把話說開了。

趙王氏瞪了兒子一眼，「什麼你的我的，她是你媳婦兒，她的錢就是你的，你娘找你要點錢，不行嗎？」

「娘，我也是這麼大的男人，跟自己媳婦要錢，這說出去好聽嗎？」

「娘，哥說的對。」趙成棟也不小了，理解他哥的心思，「別說哥還讀過書的，就是我這沒讀過書的，想來也不好意思跟自己的媳婦要錢花，這不成吃軟飯的嗎？」

趙老實也幫著說話：「我說孩子他娘，你別逼老大了。錢在媳婦手上，不也是在咱家手裡？你瞧這媳婦一進門就想法子賺錢，不會是個亂花錢的主兒。」

這話說得趙王氏反而笑了起來，「哈！我一早說要接這個媳婦，你們個個像烏眼雞似的，好像跟我有仇，現在又幫著她說起話來，怎麼樣，我這媳婦沒找錯吧？」

見她得意，趙成材也不好潑冷水，心想這媳婦是能幹啊，就是太能幹了，你們家的廟小，可容不下那尊大佛！趕明兒人家拿一千兩銀子贖身，那才有得瞧呢！

趙王氏心裡美滋滋的，在那兒憧憬著，「你瞧她打盤馬吊就賺三十兩，當然，我也不指望她去賭博了，要是能做點什麼小生意，一個月能賺上、賺上二兩銀子，我就心滿意足了！」

「二兩銀子？」趙成棟瞪大眼睛，「那可比哥哥的月錢還高了四倍哩！這樣咱家是不是也能天天吃上肉了？」

「你這個沒出息的東西！你那大嫂厲害著呢，說不定一天就能賺回二兩給你，到時只怕那肉，吃得叫你膩味！」

趙成棟故意賣乖，「就是要膩味，也得天天買娘最愛的豬腳，讓妳先膩味。」

「臭小子！」趙王氏嘴裡罵著，眼睛卻笑成縫，「還是成棟心疼我，記得我愛吃什麼！」

趙成材對弟弟這些甜言蜜語卻不以為然，這紙上畫餅的東西，有什麼可樂呵的？有本事真真正正買回豬腳來，才算數。

趁趙王氏心情好，他也提出要求：「娘，我打算明兒去趟縣衙，拜會一下婁大人，打聽打聽有什麼事可以舉薦我去做的。」

趙王氏點頭，「這是正經事，你既然已成親，是該謀個正經差事，好歹有個進益。回頭讓你媳婦把你那長衫拿出來掛著，明早好穿。」

「是。娘，那……」趙成材無言地暗示，出門交際要錢啊！

趙王氏臉上笑容頓時收了三分，「你怎麼還跟你娘要錢？你媳婦可是大財主，跟她要去。」

趙成材陪著笑臉，「這哪好意思？」

「你娘手上有多少錢你又不是不知道，我就是全給你，也不夠人家一根手指頭的，找她去！你可別聽她調唆，淨知道算計你娘！」

這到底誰算計誰呢？可憐的趙秀才，半文錢沒討到，反落得一身騷。

此時，院門響動，張家六口吃飽喝足地回來了。

張小蝶見東廂房亮著燈，先過去討好賣乖，「大姊，這是新鮮蒸出來的桂花糕，還熱騰騰的呢，妳嘗嘗！」

章大小姐正好沒吃飽，見她拎著東西進來，露出三分笑意，「放下吧。」

張小蝶見她心情不錯，這才舊事重提：「大姊，我們想去找那老……姊夫他娘要銀子，妳去幫幫咱們說說吧。」

章清亭伸出一根細指，勾起那包桂花糕上的細線，斜睨著她冷笑，「你們若是為了這個，才買糕給我，那就請拿回去吧。」

「不是不是！」張小蝶急急辯解著，「咱們身上的錢不都是大姊的嗎？那錢也是大姊賺回來的，難道就這麼白白便宜了她？」

這番話是張家幾口在外面商議半天後得出來的，原以為一定能說服章清亭，卻不料只換來她的哂然一笑。

「是啊，是白白便宜她了！本來我是想便宜你們的，誰叫你們自己不爭氣，硬把我綁到這兒來了？」章清亭徒然提高了嗓門，望著門外的倒影罵道：「有什麼話咱們當面說，我就見不得這裝神弄鬼的小家子氣！」

門外偷聽的張發財父子知道被發現，訕訕地進來了。

張發財擠出笑臉道：「閨女，怎麼說咱們不都是一家人嗎？」

呸！章清亭眼神更冷，「一家人你們還把我往火坑裡推？我婆婆別的沒說對，有一句話說得好極了，這嫁出去的女兒潑出去的水，從此以後，我跟你們再無瓜葛，滾！」

張家幾口面面相覷，呆了半晌，到底還是退了出來。

張小蝶有些底氣不足，「那咱們，還去要銀子嗎？」

「必須得去！妳身上也沒錢了，不找她要，咱們明天吃什麼？」張發財指指東廂，壓低聲音：「妳大姊嘴上說不管我們，若是看我們吃虧，多半還是會來管的。」

這是一個最誘人的前景，兩個兒女點了點頭，下決心跟他一起進了正屋。

「親家，我回來了！」張發財粗聲粗氣壯著聲勢，「咱們來談談吧！」

沒了章清亭撐腰的張家，趙王氏可半點都不怕。

「正好，我也有事要和親家商議呢！」看張家人剛在章清亭那裡吃了癟，她還故意提出：「成材，要不，去把你媳婦也叫過來。」

趙成材去了，章清亭剛吃完桂花糕，就過來了，只拿定了主意坐一旁看戲，半聲不吭。

趙王氏很得意地獨撐大局，「親家，咱們兩家既然已結親，往後的日子要怎麼過，確實得理個章法出來。我現在跟你交個底，我們家一共兩畝地，分一畝給你們耕種。只要勤快些，你們家一年的嚼用就有了。閒時再開些荒地養雞種菜，還能有富餘換些錢花。這頭一年呢，我就不收你們的費用了。從明年起，你每年就交給我七擔糧食就行。」

張發財不是沒幹過農活，當即就道：「妳這話說得好聽，可今年已經過去一半，種上秋糧也得等明年收了，哪有富餘糧食可交？還好意思說免了？我們不要！」

他看向章清亭，「閨女，妳來評評理。妳這婆婆，要我們幫她種了地，既不付工錢，還白得利息，這也太欺負人了不是？」

可章清亭好像沒聽到，半字不語。

趙王氏心中高興，她也早知這家人不會願意，故作無奈道：「你們實在不願意，我也沒法子，反正辦法我已經想了，總不能白養活你們一家人。往後你們要住我家也可以，但這吃吃喝喝的費用都要另算。要不，咱們就分灶單過？」

「妳不是說要養活我們？」張小蝶急了，跳出來據理力爭，「大人難道也能說話不算數？」

「我沒說不養活你們啊？」趙王氏兩手一攤，「我這把地都分給你們種了，是你們自己不願意，我有什麼辦法？實在不行，我再減減，只收你們三擔糧食可好？」

不好！張家人這些年可閒散慣了，就算全免，他們也不肯下地勞作。

「那妳這養活人，還要我們幹活呀？」

「那當然！我說了養活，又不是說白養活。」

「妳這分明就是不講理！」

「我看你們才是不講理！」趙王氏沉下臉道：「瞧瞧你們這一家子，一個個好手好腳的，憑什麼坐在家裡等人伺候？」

這話說得在理，章清亭也覺得張家幾口實在是懶惰成性，不下狠心收拾他們絕對不行。

「算了算了。」張發財把手一伸，「妳把銀子還給我們，咱們就兩不相欠。」

趙王氏翻個白眼，「銀子沒有！」覷見章清亭那事不關己的神色，她放心大膽地道：「再說了，我就是拿了，也是拿了我媳婦的銀子，該她跟我要才是，憑什麼你們一個兩個急眉赤眼地跳出來？裡頭有你們賺的一文錢嗎？」

張金寶立即拉著章清亭，「大姊，妳瞧，她賴帳，妳找她要去！」

章清亭微微冷笑，「我記得我是給了一筆錢，小蝶，妳弄哪兒去了？」

張小蝶莫名其妙，往趙王氏一指，「她搶去了呀！」

章清亭左看右看，「那就是你們之間的事了。我最後說一次，這錢給出去時，我就沒打算要回來，所以誰拿去了，都不關我的事。」她慢慢起身，對張家人道：「我要是你們啊，就接了那塊地，好好耕種去，還不至於連口飯都混不上。天晚了，我言盡於此，你們自己看著辦吧。」

接著，她頭也不回地走了。

趙王氏心中竊喜，這媳婦還真給面子，越發趾高氣揚道：「聽見沒？媳婦都說了，以後再不管這銀子的事了，你們也少來我這兒糾纏！」

張家人無法，只得暫時撤離，回去抓耳撓腮地想辦法。

章清亭回了屋，卻見趙成材也是滿腹心事。見她回來，瞅了一眼，又別過頭去。

小樣兒！你不想見我，我還不想見你呢！章大小姐柳腰款擺，下巴朝天地進了屋。

不過細想想，那秀才長得其實不醜，挺像趙王氏的。也是個尖臉，不過眉目之間卻比趙王氏明朗溫和多了，人還帶著幾分書卷氣，很有幾分儒雅的味道。

可那又怎樣，又不跟他過日子，管他長得好壞。

窗外已是月上中天，一瀉如銀，灑在雕樑畫棟上，也照進這寒門小戶裡，也不知那南康國的張蜻蜓過得可曾如意？

章清亭忽覺有些疲憊，來了北安國之後，好像一直疲於奔命，鎮日不是愁這個，就是煩那個，哪裡有閒情逸致欣賞這春花秋月？

她忽地想起，為何從前彈琴作畫賞月聽雨時，那些丫頭婆子一個兩個都是無精打彩，哈欠連天的模樣。是，她們是俗，但要為生計奔波，誰能不俗？

一千兩銀子啊！說起來容易，要怎麼賺？自己身上一共才二百多兩，還有八百兩的缺呢！若是不限時間，大可以買上幾畝地或是鋪子收租，興許十幾二十幾年，也能翻出數倍來，可她哪有那麼多的時間耗費？

如今想想真有些後悔，下午若不逞強，便收了那秀才的一紙休書又如何？雖說名聲不大好聽，但此刻自己卻是海闊憑魚躍，天高任鳥飛了。

不行，士可殺不可辱！

章清亭可不願被人戳著脊樑骨罵一文不值，不就是一千兩嗎？她就不信，以她的聰明才智會賺不來。

咳咳，門口有人清咳了兩聲，「在嗎？」

這不是廢話？章清亭忽覺好笑，「進來吧。」

趙成材挪著腳進來，低著頭，很是忸怩，「妳……妳還沒歇著呢？」

「有事就直說！」章清亭雖說從前也是慣會忸怩的千金小姐，可自從到了北安國，這身分翻天覆地的變化之後，性格也開始悄然如從前的張蜻蜓一般，變得豪爽潑辣起來。

趙成材快速瞟她一眼，這才似賭氣般遞上一張紙。

章清亭接過瞧了一瞧，好玄沒樂出聲來，這書呆子打了個三十兩銀子的欠條給她，想來是為了之前那二十多兩寫的。

「你沒欠這麼多，這筆錢我也不打算要了。」

趙成材有些赧顏，卻堅定地說：「這筆錢，我是一定要還給妳的，不過，現在……妳現在能不能……」他的聲音明顯弱了下去，「能不能再借我一吊半吊的？」

章清亭有些詫異了，「你要錢做什麼？你怎麼不去找你娘要？」

趙成材臉一紅，局促地道：「娘那兒……不肯。這錢，我不是自己要用，我是想明兒去趟縣衙，縣太爺妻大人平素對我不錯，我想問問他能不能薦個差使給我。等我賺了錢，一定會還給妳的。」

章清亭明白了，肯定是婆婆讓他來要錢的，「你真的打算出去做事啊？那你不再進學了嗎？」

趙成材沒料到她居然有此一問，心想也別藏著掖著了，乾脆實話實話：「我家這情形妳也看到了，哪裡還供得起我讀書？還是去謀個差使，分擔些家計才是正經。」

章清亭卻不以為然，「話雖沒錯，但你這十年寒窗，難道就為了考個秀才免個賦稅？這也太不合算了吧？你有去參加過鄉試嗎？」

「呃，去年秋天本來可以去的，但籌措不到路費……」趙成材有些臉紅地推搪著，「等日後再說吧。」

章清亭哪裡是好糊弄的，當即搖頭惋惜道：「沒錢也該借錢去的。便是不中，去認得幾個老師同學也好啊。有了關係，你便是尋個差使，不也多幾條路子？」

趙成材從未想過還有這一層，倒是愣了。

看他這傻樣，章清亭忍不住多說了幾句：「你如今還年輕，正是應該用功的時候，豈可輕言放棄？等到中了舉，再謀個官，就算是個清水衙門的芝麻小官，好歹身分就不一樣了。到時不說光宗耀祖，你一家老小的生計還用發愁嗎？哪像現在，就憑個秀才身分，到哪裡無非都是混個師爺，做個教書先生，一輩子看人眼色，有意思嗎？」

趙成材猶如醍醐灌頂般，一下子呆在那兒，半晌不能動彈。

細想想，這殺豬女分析得入情入理，他瞠目結舌地問：「妳怎麼懂這些？」

啊喲，不好意思，章大小姐一時賣弄，言多有失了。

瞟了趙成材一眼，章清亭反而傲氣道：「這些道理很難懂嗎？雖然我沒當過官，可天天在市集上走動，多聽多看，自然知道了。」

那妳可真是個天才！

趙成材不太相信，卻又不得不信。

他開始有一點理解為什麼精明厲害的老娘會如此推崇這個媳婦了，她一個殺豬女走街串巷都能長出這等見識來，若是讓她投個好胎，那還了得？

但章清亭的話雖然有理，可趙成材也要面對現實的生活，「我還是先找份事做吧，晚上回來再讀書，反正去年已經錯過了，就是三年後去應考，也得自己攢出盤纏來。」

還算有點志氣！章清亭想了想，拿了二兩銀子給他，「喏，借你的。多拿著點，官場上應酬，可別那麼小裡小氣，人家會看不起的。」

趙成材一愣，沒想到她這麼痛快就答應了，還給了這麼多，心中實在感激，半晌深施一禮，「多謝妳了。」

章清亭揚一揚借據，歪頭一笑，「反正你也是要還的。」

趙成材心中溫暖，瞧著殺豬女也覺好看起來。雖然不是他從前喜歡的那種纖秀嬌柔的女孩子，卻別有一種爽朗嫵媚的韻味，讓他也願意跟她多說幾句了。

「那個，我方才跟我娘說了，妳身上的錢是要拿去做生意的，娘應該不會找妳要了。只是她若問起，妳可得想好怎麼答她。」

章清亭略一思忖，「那我出門沒問題吧？」

「這個沒事。我都說了，妳要做生意，自然要去集市逛，她不會讓妳做家務的。」

「那就好，謝謝你了。」

「不用客氣。」趙成材臉又紅了，認真道：「其實該我謝謝妳才對，剛對我說了那麼一通正理。」他也不知如何感謝，重又深深作揖，「若是有我出頭的一日，必定不忘姑娘今日提點之恩。」

他其實很想說，那份契約不必當真，妳要想好就離開得了，只是又怕觸怒章清亭，不敢吭聲。想想，等過些天，兩人再熟些，再尋個合適的時機，把此事說清算了。

等退回外屋，趙成材看著自己本已收起的書籍，驀地生出一種緊迫感來。

章清亭說得有理，自己十年寒窗，難道就為了博一個秀才功名，如小桃他爹一般在鄉間了此殘生嗎？

章清亭一個女孩兒家，都能從十三歲起開始殺豬，養活全家大小七口人。嫁了他還願用千金自贖，這是何等的志氣？

相形之下，趙成材不得不自慚形穢，也更激起心中的男兒豪氣。

他不要只做一口氣，他更不要做世人眼中的廢才，若是連一個殺豬女都不如，自己還算是個男人嗎？

念及此，趙成材坐不住了，重新攤開書本，刻苦攻讀。

翌日清早，洗漱之後，章清亭連飯也不吃，就打算出門去。

趙王氏上趕著親親熱熱地道：「媳婦，還是等我忙完一起去吧，也幫妳拿個主意。」

嘖！章清亭才不要有監工同行，「不勞婆婆費心，媳婦還是自己先去瞧瞧，若是有想法了，自當回來跟您稟明。」

「一家子說這些見外的話幹麼？」趙王氏還惦記她那三十兩銀子，很想跟去，「咱們以後也別學妳相公那麼文縐縐地說話，怪累得慌的。」

「這卻不妥。」章清亭綿裡藏針地頂了回去，「媳婦雖然愚鈍，可也知道夫唱婦隨，既然相公身上有功名，說話行事自然要講究禮節，這往來見人，才不至於失禮。」

趙王氏自以為幽默地哈哈笑道：「什麼功名？不就是個酸秀才？」

章清亭一臉正色，「婆婆此言差矣。這秀才功名雖然低微，但也不容人小覷了去。婆婆身為相公的母親，偶然關起門來，戲言幾句倒不要緊，若是讓有心人聽了去，傳揚開來，一來像是您自輕自賤自家兒子，二來玷辱了秀才清名，少不得連官府都要尋您的不是。到那時遭到訓斥，丟人現眼，可就悔之晚矣。」

有這麼嚴重嗎？趙王氏尷尬不已。

趙成材卻只覺得無形之中，腰桿都硬了幾分。清瘦的小胸脯挺得更高，更加堅定了昨晚定下的鴻圖大志。

章清亭這話，不僅是讓別人，更讓他時刻牢記，你是個秀才，不是平民。秀才就要有秀才的樣子，秀才就應該有秀才的追求。

趙成材是個腳踏實地的實幹派，要不，也吃不了十年寒窗的苦，此時更決心要以行動來證明自己的能力。

把人忽悠完了，趁著趙王氏還沒反應過來，章清亭轉身就走，冷不防張金寶從旁邊竄了出來，「大姊，妳要出去啊？」

「嗯。」章清亭從鼻子裡應了一聲，腳步不停。

張家幾口都跟了上來，張小蝶更是上前拉著她的衣袖，「姊，咱們今天就回門吧。」

回門？章清亭拂袖甩開妹子，在院門那兒停住了，轉過身來，冷冷的目光從張家六口面上一一掃過，「你們到底想幹什麼？」

這一家子，個個使勁朝她擠眉弄眼，跟得了羊癲瘋似的。

張發財哈哈乾笑，「閨女，今兒不是新婚三朝嗎？怎麼能不回門？」

簡直是滑天下之大稽！張家連房子都垮了，回那個門去？

章清亭冷笑起來，「你們別給我來這一套！是不是沒錢了又想跟我要錢？告訴你們，我是一個子兒也沒有！」

趙王氏堅決維護，「她如今可是我家的媳婦，她就是有錢也是我們家的錢！」

張發財不甘示弱地上前理論，「她現在的錢，是嫁進你們家之前做我閨女時賺的，那還是我們家的！」

「可她已經嫁進來了，就是我們家的！」

「我們家的！」

「我們家的！」

……

眼見兩家子為了錢財，一大早吵得雞飛狗跳，面紅脖子粗，章清亭只覺火氣蹭蹭蹭往頭頂直冒，這都什麼人呀？全把她當搖錢樹了！

「夠了！」她陡然提高聲音，厲聲喝止：「你們有完沒完？既然都知道是我賺的錢，那我想怎麼用，全是我的事，不用你們一個兩個的來操心！」

張金寶想拉著章清亭離開，「大姊，妳不是不想嫁這秀才嗎？咱們走，現在就走。妳想帶我們去哪裡，我們就去哪裡，以後保證全聽妳的，再不聽別人的挑唆了。」

章清亭不聽則已，一聽這話，更是火上澆油，當下反手重重一個大耳光就打在他臉上。

啪！

這一下，章清亭可是一點力道都沒留，十成十的用上了全力，響亮至極。

張金寶被打得耳朵嗡嗡作響，半張臉立時腫了起來。

一院子人全都嚇得怔住了。

來北安國這麼長的時間，章大小姐鬱悶過、無助過、煩惱過、恐懼過，可生活再窘迫，日子再難過，她從來沒有這麼生氣過。

她指著張家一眾人怒罵：「你們把我當成什麼人了？隨隨便便就送來給人家做媳婦，隨隨便便就想帶我離開！這門親事確實不是想我結的，但我既然進了這個門，即便是要走，也是堂堂正正地走！把你們那些偷雞摸狗、不入流的玩意兒統統給我收起來，以後要是再在我面前說這樣的話，我見一次打一次，絕不手軟！」

「就是！我們家媳婦哪是你們能指使的？」趙王氏幸災樂禍地落井下石，卻不料剛好撞到章清亭的槍口上。

「婆婆，請您自重！」章清亭鐵青著臉道：「他們再不好，也是我的家人，和我之間有什麼矛盾，您這做長輩的，不該幫著往好處勸嗎？哪家有您這麼挑撥離間，唯恐天下不亂的？是不是還想遞幾把刀子，讓我們骨肉相殘去？您可是秀才的母親，說起來也是有年紀有身分的人了，怎麼連這一點道理都不懂？」

這一番話夾槍帶棍的，罵得趙王氏訕訕的。

趙成材白皙的一張臉更是漲得通紅，恨不得有個地縫能鑽進去，頭一次為自己的娘感到羞愧萬分。

章清亭轉過身，指著張家人道：「我今兒就在這裡把話說死了，你們都給我聽好，沒有誰是合該白養著你們吃吃喝喝的，以後你們也休想從我這兒憑白無故拿一個子兒去！你們想要吃飯，自己好好幹活去，我婆婆既肯分你們一畝田地勞作，你們就去，否則我是再也不管的！」

一口氣罵了這麼半天，章清亭只覺胸中悶氣稍出，又對趙成材道：「相公，現在勞煩你跟婆婆說個情。她雖同意分地給我家人耕種，卻還要收他們租子，這個我實在覺得不妥。且不說做親戚的沒這個說法，只一條，婆婆之前從我這兒拿去的銀子，你們家究竟用到哪裡去了？我可以不追究，但並不表示我傻得任人糊弄。就算我出錢，租了這塊地，給我家自給自足，可以嗎？」

趙成材簡直無說可說，連瞧一眼章清亭的勇氣都沒有，當即對趙王氏道：「娘，這租子咱不能收，這不是讓人戳咱們家脊樑骨嗎？咱們還有臉出門見人嗎？」

趙王氏真是捨不得，可這情勢，自己確實不占理，又見章清亭著實氣得厲害，萬一把她得罪狠了，又一拍兩散怎麼辦？

罷罷罷，有一個章清亭還怕賺不回一畝地？她一跺腳，一咬牙，一狠心，「行！這地我就不收租了，給他們種去！不過可得給我好生料理著，若是弄荒了，我可還是要罵人的！」

章清亭臉色稍霽，又對張家人道：「這是我最後為你們做的一點事了，你們要是還想認我這個閨女，這個大姊，就老老實實幹活去，否則咱們從此橋歸橋，路歸路，就當再不認識！」

該說的說完了，章大小姐氣呼呼地奔了出去。

趙成材怕她在氣頭上，做什麼傻事，反正也是要出門的，當即就追了出去。

剩下張趙兩家子大眼瞪小眼。

張發財嘟囔一句：「種就種唄，誰沒種過？不過，親家母，妳得先管我們早飯，不吃飯，哪有力氣？」

趙王氏沒好氣地道：「玉蘭，多煮把米，拿些鹹菜出來。」

要是吃了她的飯不幹活，看她怎麼收拾他們！

趙成材小跑了好一陣子才追上大步暴走的章清亭，「娘子，等等！妳慢點，小心摔著！」

章清亭聽他一口一個娘子真是彆扭，冷著臉道：「大呼小叫的做什麼？」

趙成材陪著笑臉，「我這不也是要去縣衙嗎？正好同路，妳別生氣了。」

怎麼可能不生氣？章清亭翻個大大的白眼，小嘴都能掛油壺了。

知她心情不佳，趙成材盡力安撫，「妳也別太往心裡去了，我娘那人就是這樣。唉，怪只怪我們家太窮，這些年都是她一個人忙裡忙外地張羅，有時難免算計得太多了些，確實……也有些招人嫌。」

難得聽到一句公道話，章清亭就是有火也不好發了，「她以前怎麼算計我不管，我雖答應了你要賺出千金來，但在這之前，我做什麼，賺多少，你們家都不許插手，更不許惦記著！」

「那是自然。」趙成材紅了臉，「可娘那裡，妳千萬別露了餡兒，否則我可真攔不住。」

這不是廢話嗎？難道我吃飽了沒事做，跟她炫耀自己多麼有錢？那不拿棍子戳老虎鼻眼嗎？章清亭可沒那麼低級幼稚。

可趙成材自己又琢磨起來，「不過，若是當真做起事來，要瞞肯定是瞞不住的，怎麼才能讓娘不跟妳要錢呢？」

「那是以後的事了，眼下我連做什麼都還不知道。」章清亭噘著小嘴，第一次流露出迷茫。

趙成材見此，看看四下無人，低聲道：「其實妳不用賺錢也可以，回頭妳就拿了休書走吧。那份字據，妳也拿去。只是我欠妳的錢，得晚點再還了。」

咦？他怎麼突然變得這麼好說話了？

趙成材再看看她，臉上有些歉意，「妳方才罵的對，我們都不該拿妳當搖錢樹，爭來奪去的。誰沒有手沒有腳呢？幹麼非要指望著妳？妳又沒有欠咱們的。」

這話說得人心裡舒坦，但他這是真心還是虛偽的客套？

章大小姐出言試探：「你真讓我走？」

「嗯！」趙成材用力點頭。

「那我現在就走，你再寫一份休書給我就行。」章清亭的銀錢和路引都隨身帶著呢，哪裡不能去？

趙成材愣了一下，「現在？」

「是啊，就現在。不肯啊？」

「不是。妳這會兒要上哪兒去呢？」

「那就是我的事了。」

「可妳一個孤身女子到處亂跑是很危險的，妳多少總得有個目的地吧？就是要上路，也得找幾個老實可靠的人結伴才是。」

看他認真的模樣，章清亭心中一暖，嘴上卻道：「這就不用你操心了，你若是誠心放我走，現就把休書寫來便是。」

「妳要我寫，隨便到哪個店鋪借份筆墨就是。不過，我總覺得妳還是得考慮清楚，就算要走，也得準備些行李什麼的。」

兩人一面說，一面走，已經到了市集當中。

章清亭轉進一家店鋪，一本正經地道：「那好，我就瞧瞧行李了。」

趙成材怔了怔，「哦，那我去借筆墨。」

見他當真，章清亭忽覺好笑，正想出言叫住他，他自己又轉過頭來，「那妳要去哪裡，也得給我留個地址，日後我得給妳還錢去。」

章清亭噗哧一笑，「不用了。」

「那怎麼行？君子一諾千金，欠債還錢本就是天經地義之事，不能算了。」

章清亭笑意更濃，「我是說，你不用著急借筆墨來寫休書，我暫時不走。」她很是驕傲地道：「我既答應要還你千金，當然要說到做到。若是實在做不到，到時再說。」

她也借坡下驢，給自己留了條退路，「只是，我就算走，也得堂堂正正地離開，不會這麼悄無聲息地離開。如你所言，真是要走，也得好好準備一番才是，哪有這麼容易的？」

她在薛紹安那兒吃了一回虧，做事肯定會更加小心謹慎。

趙成材這才放下心來，卻見她認真挑著家居用品，一下子明白過來了，「妳這是打算先買回去用著？」

「是啊。」章清亭拿起銅面盆彈彈，只覺聲音渾厚，看著不錯，「老闆，這個多少錢？」

「秀才娘子，那個要一錢二分銀子！」

鎮上多是熟人熟面，趙成材娶了殺豬女，很快就傳開了。那老闆喊的沒錯，可章清亭和趙成材兩人卻不習慣，頓時都紅了臉，東西也不買了，逃也似的出來。一同走了幾步，更覺不妥，抬眼瞧向對方，臉更紅了。

章清亭小聲嘀咕著：「你不是要去縣衙嗎？」這就是催促他趕緊分道揚鑣了。

趙成材也覺局促，低著頭道：「那我走了。」可走了兩步，又不放心地回頭交代了一句：「那個，妳既是要走的，也別買太好的東西回去了。」

章清亭忽地明白了，她若是買太好的，趙王氏肯定會囉嗦，「行了，我知道該怎麼做了。」

趙成材有些不好意思地笑笑，這才離開。

章大小姐在街上就琢磨了會兒，心裡有底了。

一早上出來沒吃飯，倒生了一肚子氣，眼下氣消了，就覺出餓來了。

章清亭先尋了家酒樓，要了碗紅豆薏仁江米粥、一碟小籠包，慢慢吃飽喝足了，這才開始在街上閒逛。一來瞧瞧該添置的東西，貨比三家，二來也看看有什麼生意可做。可她一沒手藝，本錢又少，能做什麼呢？

章清亭把這個小集市從頭到尾，從尾到頭，整整逛了三圈，也沒想出個所以然來。

倒是該買的東西都已經看齊，只等雇輛小車，就可以一次全拉回去。

看看天色，日上中天，不僅腿酸，腹中也有些飢餓。進了家飯館，要了幾個小菜，來祭祭自己的五臟廟。

這大中午的，飯館生意自然是特別的好。人來人往，川流不息。

她這位置剛好離櫃檯近，就聽著掌櫃收著銀錢，嘩啦啦的聲音不絕於耳。章清亭忽地覺得，若是開個飯館也不錯。

北安鎮這一塊雖不富裕，但因附近有幾個馬場，人流量還是很大的。而不管是什麼人，哪能不吃飯？只要找準定位，又有特色，這門生意倒是不難入行。

不過，做什麼才有特色呢？

章清亭又開始頭疼。她是會幾道小菜糕點，但那只是閨閣小姐們的必修課，哪能認真下廚？看來此路不通。

不！章清亭覺得，不能這麼容易放棄。好廚子可以再打聽，先看看這生意有沒有賺頭。想及此，她連飯也沒心思吃了，開始留神打量著這家小飯館。

這兒只有一層，前面大廳最多也就能接待五六十人同時用餐，就算加上後頭的兩間雅室，頂多也就七八十人。

章清亭還記得從前自家主子奴才加在一起，差不多也是這麼大的規模，但光是廚房就用了二十多人。而像這樣的小餐館，完全沒必要，頂多三四個廚子，再加六到八個夥計足矣。

算算自己這幾個菜，大概是三四十文左右，一天按兩餐，按八成客滿，大概就能收到四五兩銀子。那一個月就是將近一百二三十兩。再按一半的利息來算，總能賺個五六十兩，那一年下來，不就有五六百兩了？

章清亭被自己算出來的資料嚇了一跳，按捺住雀躍的心情，狠心再壓低一點，哪怕一年只賺三四百兩，她這兩三年不就可以賺到一千兩了？

章清亭頓時興奮了，怪不得人家常說，無商不富。她打定了主意，就幹這個。

迅速用過了飯，章大小姐也不顧腿疼腳軟，又上這集市逛了一圈。這回有目的地看了，她也冷靜許多。她剛才去的那家生意比較好，可也有些生意平平的。店鋪位置是一方面，廚師手藝更重要。

然後，章清亭發現正好有家店鋪貼著紅紙轉讓，便進去打聽了一番。那是一間綢緞鋪子，鋪子便是老闆的產業，只租不售。租金倒是不貴，只是若要租下，那老闆非得要她把鋪子裡的存貨全吃下不可。

這可是筆不小的開銷，章清亭有些不大情願，而且這家店若作飯館，店面也太窄小了些。

聽說她想開飯館，那老闆也不樂意，「我這鋪子櫃檯一應都挺新的，牆面也乾淨。這是家裡有事，沒法子才出租，過幾年還得收回來自己做的。妳若開了飯館，肯定弄得烏煙瘴氣，我到時又得重新打掃，實在費勁。妳若要租，最多只能讓你妳些糕餅粥點什麼的。小娘子，妳這麼白淨的人，幹麼非做那個營生？要不，就接著我這綢緞鋪子做起來也不錯啊，我這兒還有不少老顧客可以介紹給妳。」

章清亭被說得有些猶豫了，答應回家考慮，可再找了半天，也沒瞧見其他出租的商鋪。

想著店老闆的話，她又看了看綢緞和糕點生意。

要說這個市集上賣綢緞的只有三四家，生意最好的一家叫吉祥齋，店面既大，品種也多，上回她那衣裳就是在那兒買的，今兒又買了兩套換洗，只是這個生意要的本錢太多，章清亭算來算去，只得放棄。倒是糕點什麼的尚有可為，可這裡不比京城，賣貴了沒人吃，便宜的又不值得租那麼大的鋪子。

章清亭一時也想不出好主意，眼見天色漸晚，便去雇了輛小車，把她要買的東西一一添置齊全，拖回家去。

來應門的還是趙玉蘭。

這丫頭就沒一刻閒著的，此時手上正拿著繡片做著針線，想是在外頭接的活計。

章清亭暗自感嘆，同是一樣的女孩，張小蝶怎麼就那麼不頂事？

趙玉蘭一看她買了這麼多東西，趕緊叫人幫忙。

趙成材早就回來了，此時放下書本出來，瞧見這一車東西，也有些傻眼，「買了這麼多？」

章清亭瞟他一眼，「快點幫忙搬進屋再說。」幸好趙張兩家的大部隊都不在，趕緊收拾。

張銀寶和張元寶兩個弟弟無所事事，正在院子外頭淘氣，聽見這邊熱鬧，跑過來幫忙。

章清亭可不跟他們客氣，「你們拿那些輕的，可小心著點，別摔了！」

其實章清亭買的東西雖多，可趙成材看了看，全是家居用品。無非是些浴桶腳盆桌椅板凳什麼的，說真的，如果女孩子出嫁，是應該添置的。

不過看著那些嶄新的東西，他等人都走了，還是多說了句：「要是娘回來了瞧見，指不定得怎麼嘮叨，妳要提前想好說詞。」

章清亭狡黠地一笑，「你仔細瞧瞧，我買的是好東西嗎？」

趙成材仔細端詳一番，很快瞧出了端倪，「哈，這些都是舊貨！」只是外面上了層新漆。

「這也要謝謝你的提醒。」章清亭指揮他一起把新桌子擺到原先放書桌的地方，從袖裡掏了鑰匙開了一口箱子，拿出銅鏡擺上，「我原來想買個梳妝檯的，可那舊貨鋪子裡沒有，就拿了這張桌子，連凳子加兩口箱子、一個盥洗架，你猜猜一共多少錢？」

趙成材搖搖桌椅，都挺結實的，「起碼得要五六百文吧？」

章清亭得意洋洋地道：「實話告訴你吧，才二百八十文！」

「那妳可真厲害，這點錢就買這麼多好東西！」別的猶可，趙成材對那套桌椅是愛不釋手，他自己那套用了許多年，早該扔了，趙王氏捨不得，只好一直湊合著用。

章清亭也覺稱心，「雖然浴桶腳盆這些東西都是新的，但我也沒買太好的，都是尋常貨色，也不值多少錢，這些你娘總不該說什麼吧？」

趙成材被問得有些不好意思了，「妳放心，若是娘問起來，就說是我的主意。說起來，確實委屈妳了。這些東西，本該是我家給妳添置才對。」

見他知情識趣，章清亭這才又打開另一口箱子，裡面赫然裝了一副新鋪蓋，「我瞧你在外面就是趴桌子上睡，這馬上天涼了，總不是個法子，可我又不好買床給你，便幫你想了個主意。你去跟你娘說，咱們這房現在裡外分開了，門簾倒是換成門的好，冬天也保暖。趁機再要副鋪板，做個矮榻，有時午休什麼的，也方便。晚上你來把那副鋪蓋拿過去，我用這個新的，白天收進來，就神不知鬼不覺了。」

趙成材沒想到這殺豬女如此細心，替他想得這麼周全，心中感動，「那真是謝謝妳了。」

章清亭當然還有自己的打算，雖然這秀才看起來弱不禁風，不至於做得出什麼壞事，但知人知面不知心，還是防著點的好。

等加了門安把鎖，自己晚上既能睡得踏實，也可防止趙王氏進來亂翻東西。至於鋪蓋，她本來就嫌趙家添置那套大紅的俗不可耐，索性做個人情送他就是。

既然決定留下了，將來許多事還得找趙成材合作，所以章清亭決定放下之前那些恩恩怨怨，搞好鄰居關係。

趁趙成材被感動得一塌糊塗，章清亭裝作不經意地提起：「我們門上那鎖的鑰匙是不是該給我一把？萬一你出去鎖了門，我連進都進不來。」

「鎖和鑰匙在我娘那兒呢，等她回來我就去要。」趙成材沒有多想，痛快應下了。

其實她的箱子裡還藏了不少好東西，可不能被趙王氏發現，多幾道鎖總是安全些的。

看忙完了，趙成材提著茶壺進來，「要喝茶嗎？」

鄰居主動示好，他也要熱情以待才是。

這麼說著，章清亭還真是口渴了，拿出自己買的新茶杯道：「謝謝，我還買了點茶葉，一會兒泡了，你嘗嘗我的。」

「不用不用，妳自己收著吧！」趙成材不願老占人家便宜，又問起：「對了，妳的生意有眉目了嗎？」

章清亭還不太想說，「正想著呢！你呢？去衙門問的情況如何？」

趙成材明顯帶了幾分興奮道：「婁大人答應幫我留心了，我過幾天再去問問。」

「是嗎？」章清亭卻不大認同，官場上的客套話多了去了，卻不好打擊。

趙成材見她這神色，卻誤會到另一層意思上去了，趕緊掏出錢袋，「這是妳今兒給我的二兩銀子，我只用了四十文，剩下的先還妳。」

章清亭很是詫異，「你買什麼了？就用了四十文？」

「我買了兩盒糕點，還是最貴的。嘖嘖，四十文都可以割好幾斤肉了！」

「那縣令喜歡吃糕點？」

啊？趙成材還當真從來都沒有考慮過這個問題。

這個呆子，這錢十有八九打水漂了！

章清亭甚是無語，「你去送禮，怎麼連人家喜歡什麼都不打聽？投其所好你懂不懂？要不，人家怎麼可能平白無故幫你辦事？」

「可他、他答應了。」趙成材突然也覺得沒什麼底氣。

「他答應什麼了？」章清亭搖頭點醒他，「人家說的是個活話，根本就沒答應你任何事情。就算他替你留心了，這留的是份什麼心？心意能有幾分，辦到什麼地步？你在他身邊也沒打賞什麼人吧？就這樣拎著份糕點去，人家憑什麼幫你辦事？」

趙成材雖然呆，但並不傻，忽地恍然，「怪不得！我之前也跟他說過這話，可他也是這麼和我說，我起初還以為是沒送禮的緣故，想不到，竟還有這一層。早知道我就該問問妳的，那現在該怎麼辦？」

章清亭正待答話，門簾一掀，趙王氏進來了，「喲，小倆口商量什麼事呢？」後面張小蝶也風風火火闖了進來，「姊，聽說妳置辦了不少東西？給我瞧瞧！」

章清亭臉一沉，趙成材反應過來了，忙道：「沒買什麼？就幾樣舊家具，我讓她買的，統共沒花到幾兩銀子。娘，您瞧，這家具全是舊的，才二百多文。」

趙王氏臉色稍霽，左右瞧瞧，「貴倒是不貴，只這些東西有必要嗎？這桌子外頭不就放著一張？還有這鏡子……」

見他娘又要嘮叨，趙成材急急道：「娘子她總得梳頭洗臉吧？我要讀書寫字，桌上又是筆墨，老是擠來擠去也不方便。娘，您瞧這屋子空得，除了張炕，什麼都沒有。若不是買了這些東西，哪像個有人氣的地方？」

趙王氏聽他這麼一說，倒不好說什麼了，只是問道：「那箱子裡裝了什麼，打開我瞧瞧？」

趙成材信口胡謅：「那還空著呢，準備日後裝衣裳的。」

「你們不是還有個櫃子嗎？要得了兩個箱子？我那兒正好還缺一個放東西。」

「娘，您那些亂七八糟的陳年寶貝，再給十口箱子也裝不完。」趙成材覺得自己在大環境的改變下，胡說八道的水準飛速提高，「這箱子一口是給我裝書的，我那只都給老鼠咬那麼大個口了，跟您說了多少回，也不肯幫我換。」

聽他這一抱怨，趙王氏不好意思再討要東西了，暗怨兒子不懂事，當著媳婦的面揭她的老底，正想端出當娘的譜，敲打兒子幾句，張小蝶忽地照著鏡子插起了話。

「趙大嬸，妳收了我大姊的銀子也就算了，怎麼連梳妝匣子也昧下了？」

這麼一說，趙成材正好有藉口把他娘往外送了，「一早娘子跟我說時，我說讓她別買這個，娘，您那兒還有個匣子，把她的還她吧。正好，我還有件事想跟您商量，我們想在這兒加扇門……」

趙王氏腳不沾地被兒子拖走了，張小蝶立即收斂了神色，放下鏡子，老老實實站在一旁，討好地笑，「大姊，我剛才不是故意想弄妳的東西。妳婆婆剛進門，聽說妳買了不少東西，當時眼就直了。我們怕她找碴，才讓我進來的。」

我們？章清亭微一挑眉，看向窗外，張小蝶忙擺手道：「沒人偷聽，他們都在那邊呢，我能叫他們過來嗎？」

章清亭冷著臉道：「說，什麼事。要錢，免談。」

「我們不要錢！」張小蝶忙道：「我們、我們只想換個營生。」

章清亭嗤笑，「那你們想幹麼？」

張小蝶鼓足勇氣道：「大姊，不、不是說妳要做生意嗎？妳帶著我們一塊兒做吧。那個種地的活，實在不是我們做得了的。」她兩手比劃著，說得極是委屈，「那麼大的一畝地，走一圈都累得慌。還那麼大個太陽，我們真受不了。爹娘他們年紀都大了，我們還小呢。更何況，我還是個女孩兒家，哪有下地幹活的？妳看，這才一天，我手上都打了三個泡了。」

章大小姐瞟她一眼，「那你們跟著我能幹什麼呢？」

張小蝶不明所以地眨眨眼，「就……就看妳呀，妳要我們幹什麼，我們就幹什麼。」

章清亭氣笑了，「那我要你們記帳算數，你們會嗎？我要你們跟人應酬往來，你們會嗎？」

張小蝶還想辯解，可章清亭已經提高嗓門罵了起來：「一個兩個什麼都不會，憑什麼跟著我？還要我要你們幹什麼，你們就幹什麼，那你們就把那畝地給我種好了！」

張小蝶被罵得啞口無言，哭喪著臉道：「可大姊，我、我可是女孩……」

章清亭立時堵了回去，「女孩怎麼啦？難道我是男的？憑什麼一屋子男女老少全要我來養活？妳要不樂意，自找個人嫁去，我情願出一份嫁妝，讓妳相公來養活妳！」

張小蝶被罵得灰頭土臉，走出門去，可章清亭冷笑著走到門口，大聲補上一句：「記得回頭告訴那邊一句，要是你們不能在下地裡的人中，找到比自己更老的，或者比自己更小的，都可以不去，否則，別來煩我！」

這一下，不止是張小蝶，連對面張家幾口都徹底歇菜了。

絕了他們想偷懶的花花心思，章清亭才察覺到趙成材正捧著自己原先的梳妝盒子，站在堂屋門口看著。

略有些尷尬地收斂了情緒，轉身回屋，趙成材跟著進來了。

本來還怕落一個潑婦形象，沒想到趙成材見慣了趙王氏的潑辣，絲毫不以為意，況且章清亭教訓得很對，對付張家那些人，就應該這麼做才對。

把外頭的門鎖鑰匙，還有梳妝匣子一一擺在桌上，趙成材告訴她：「這鑰匙給妳一把，娘那兒還留了一把。」

章清亭一聽，這大鎖就形同虛設了，只追問道：「那裡頭這門呢？」

「那個娘也允了，說等秋收過了，閒下來了就把後院的樹砍一棵，不管是做門還是做榻，兩樣就都有了。妳也不必擔心，如今我有了鋪蓋，再把妳的箱子凳子借我，我也能睡了。」

章清亭心想，我才不擔心你，我只擔心我的門，可人家既這麼說了，她也不好催得太緊。

只是話說完了，趙成材仍不離去，站在那兒猶猶豫豫，似有些難以啟齒。

「怎麼了？」

「那個，娘還是要妳幫忙做飯。」

「你不是說不讓我做家務嗎？」章清亭很不高興。

趙成材心說，那是妳做起生意來，才不讓妳做。如今生意沒做，反而買一堆東西，娘看著心裡就不舒服了。

可這話他哪裡敢說，只道：「我讓玉蘭去做，妳在旁邊幫幫忙就好了。」

「不去！」章大小姐可金貴得很，那廚房又是油又是煙的，她可不想弄得兩手油腥，還沒嫁人就熏成個黃臉婆。

這可真難辦了，趙成材為難地想半天道：「要不，我陪妳去？妳就站在那裡，不做行嗎？」

「不行！」

人都有慣性，就像她從前身邊的小丫頭，針線好的就一個勁兒地煩她做針線，越是勤快活越多，所以章清亭不僅不想讓張家六口繼續依賴自己，更不想讓趙王氏養成指揮自己的習慣。

包括這個秀才也是一樣，雖然對他和顏悅色了，但也並不表示他說幾句好話，她就要聽。

於是她乾脆把話挑明：「我今兒去了，明兒你娘是不是又要我去補衣裳？後兒會不會要我下地？這往後的日子還長著呢，我不喜歡的事情，我是不會去做的。大不了，我不吃你們家的飯。」

知道趙家的伙食差，她特意買了好些糕餅零嘴回來，全藏在箱子裡，可趙成材不知，還道：「這人哪有不吃飯的道理？」

章大小姐小嘴一噘，「反正我吃的少，不吃也沒什麼！」

趙成材實在沒轍，回到外間看書去了。

趙王氏不來問，他也懶得去回，否則又要挨罵，他覺得自己實在可憐，他招誰惹誰了？有心想問方才那個送禮之事如何解決，也不好問了。

堂屋裡的趙王氏左等右等，死活不見章清亭出來。

眼看這日頭不斷偏西，趙玉蘭道：「娘，這都什麼時候了？要不，我先把飯燒上吧？」

「不許！」趙王氏眼睛直勾勾地盯著東廂，「我就不信她能不吃飯！」

趙成棟樂了，「嫂子昨兒也就吃那麼一點，吃不吃還真沒什麼分別。娘，您就讓姊做飯去吧，我看哥是叫不動嫂子的。您要硬逼著她做飯啊，人家說不定就直接下館子去了，倒不如跟她好好相處，哄她把錢拿出來，每日給咱們割兩斤肉，多好？」

趙老實嘿嘿笑著不作聲，仍舊編著手裡的筐。

趙玉蘭到底年輕，笑著附和：「要是每天能有兩斤肉啊，要我一日燒五頓飯，我都願意。」

「沒出息！」趙王氏嗔了兒女一眼，卻也偷偷嚥了嚥口水。有魚有肉的日子，誰不想啊？可再一瞟西廂房的那六口人，她的臉又沉了下來，心疼地小聲嘀咕著：「現在可不是咱們一家子吃飯了，那邊還有一窩呢！這上上下下加起來，得多少魚肉才夠？連米都快吃不起了！」

趙成棟卻道：「就是有嫂子一家才好呢！我今兒跟金寶聊了聊，聽說自嫂子打馬吊贏錢之後，他們一家的日子可好過了。住在客棧裡，什麼都有人伺候著，還每天肉包子大饅頭的。對了，他還去那福興樓吃過兩次，那些菜啊，一個個做得跟花兒似的，口口都是肉。」

他嚥嚥口水，「要是咱們能過上那樣的日子多好？我還去過一次福興樓呢！」

趙王氏一巴掌把兒子的美夢拍醒，「你少跟那張家人來往，到時養一身的懶骨頭，人還有什麼用？你瞧瞧他們今兒幹的那事，草沒拔多少，麥子倒踩壞了不少，看著就有氣！」

趙成棟嘻嘻笑著閃到一旁，「那我也情願有那麼個好大姊，養一身的懶骨頭！有福享，誰還願意幹活？」

趙王氏心說這一粒老鼠屎，不，是一堆老鼠屎進了門，真是要壞他們老趙家的這鍋湯啊！如何在這種惡劣的環境下，保證他們趙家湯的優良品性，看來是她將要面臨的重大挑戰，可眼下的當務之急是要降伏那個章清亭。

搞不定那個媳婦，別的都是空談。這進門幾日，硬是一回上風都沒占到。念及此，她坐不住了，再次出馬，擒拿殺豬女。

「成材，你媳婦呢？」趙王氏也不客氣，砰的推開門，進來就直奔主題，「媳婦，時候不早了，該出來做飯了。」

猝不及防間，老娘殺到，趙成材吃了一驚，轉而更覺命苦，這下他又得頭大了。

章清亭坐在裡屋巍然不動，臉上連笑容也懶得奉送，只瞧著後面的趙成材。意思是，她的話已說盡，現在瞧你的了。

趙成材迫於壓力，只好攔在趙王氏跟前，「娘，那個……娘子她不會做飯，別難為她了。」

這話說了誰信？趙王氏肚子裡的火騰的就升了起來，「成材，你這是什麼意思？什麼叫你媳婦不會做飯，那誰就該是做飯的？你別有了小家就忘了大家！」

怎麼動不動就扯到小家大家了？

趙成材也煩，耐心解釋：「真不是這樣，娘子她在家裡也不做的……」

「不會可以學，誰是天生下來就會的？」趙成材越是維護，趙王氏就越是生氣，「媳婦，出來！妳若是不會，我教妳！」

趙成材回頭求助地瞧了章清亭一眼，卻見她一臉的事不關己，只得轉過頭道：「娘，算了，她不喜歡做……」

「這算是什麼理由？」趙王氏火冒三丈，「難道誰是喜歡做飯的？喜歡得做，不喜歡也得做，難道還不吃了？」

趙成材逼得無法了，只得袖子一挽，「那我代她去做，行了吧？」

趙王氏噎得無語，「我說你……你怎麼就這點出息？讓她做個飯能累死她？就非得這麼護著不可？」

趙成材乾脆把臉豁出去了，「娘，我都答應了，不讓她做家務了，您就別難為她了！要做什麼，您叫我行嗎？」

「不行！」趙王氏氣得快發狂了，兒子對自己都沒這麼好，憑什麼對外人這麼好？

「我還就非讓她去做不可！」

「娘，娘，您別動手啊！」

眼看趙王氏鐵青著臉都要撲上來打人了，章清亭看夠了好戲，終於清清喉嚨，開腔了：「婆婆，請問雇一個人來做飯要多少錢？」

什麼？趙家母子愣了一下。

章清亭輕輕一笑，「我約莫記得，一個體面大丫頭的月錢只五百錢，我現只要個做飯幹雜事的，最多也就二三百錢吧？」

她從荷包裡掏出三百錢銀子，「我拿這錢買我一個月的家務，婆婆，妳要雇人來幹活也好，自己動手也好，我都沒意見，妳看如何？」

見了真金白銀，趙王氏的氣焰立時消下一半。

趙成材一聽，這是個好主意呀，忙打圓場道：「娘，娘子說的對，她是要做生意的人，哪有時間幹家務？就是勉強做了，萬一忙累了回來幹不好，您又該罵了，不如收了她的錢，免了她的差事吧！這錢您拿著，要不去請個人回來幫忙，要不給玉蘭也行啊！家裡的事請她多擔待些，行嗎？」

「有錢了不起呀，有錢就可以什麼都不幹？」兒子的話雖沒錯，可趙王氏依舊氣忿難平，為什麼這媳婦就不能順順當當聽自己使喚呢？

「有錢沒什麼了不起，但有錢確實可以省很多事啊！」趙成材看出娘有些心動了，把錢塞她手裡，耐心講道理：「等到咱家真有了錢，哪還需要人幹活？像那些有錢人，誰家不是使奴呼婢？地也租給人種，東家只管收租，不是一樣嗎？」

趙王氏有錢在手，心情好了許多，雖沒逼得章清亭來幹活，但逼著她出血也算是個成就。

一個月三百錢可不算少了，可以貼補好些家用，可想想心中還是有些疙瘩，嘴裡便嘮叨著：「這買賣還沒個影，你們花起來倒是大方。往後沒錢了，看你們怎麼辦。」

趙成材笑了，「娘，這也是好事啊。這錢有得賺才有得花嘛，等沒得花了，自然得想法子去賺。這才是循環往復，生生不息之道。」

聽他還掉起書袋，別說趙王氏生不起氣來了，章清亭也覺好笑。

這三百錢還不在她眼裡，花點錢買個耳根清靜，她也算值了。

怎麼張家人一進門，自家人都變得不愛幹活了？趙王氏有些鬱悶，卻又說不過兒子，想想又覺得不甘心。

「既如此，那讓張家也派個人出來幹活。現在兩家子一共十幾口人呢，全壓你妹子一人身上可不行。媳婦，妳跟我一起過去說一聲，也叫個人來，免得大家扯皮拉筋！」

這個章清亭沒意見。

跟著趙王氏去到西廂，說好兩家要均攤家務，張家六口頓時跟霜打的茄子似的，全都蔫了。

張小蝶到底年輕，腦筋活些，當即就問：「那我大姊還出了三百錢呢，是不是我們這邊幫忙的也得分一半？若是如此，我就留家裡幹活。」

妳想得美！趙王氏差點沒吐她一臉口水，「這錢是她做媳婦的不幹活，才交給我這婆婆的。你們要是覺得吃虧，行啊，我給地方，瞧在親戚的分上，再分你們一些糧食東西，你們自家壘個灶，咱們各家日子各家過。」

這一招高啊！章清亭還真有些刮目相看了。

趙王氏是沒有遇到過章清亭這樣的怪胎，所以處處落了下風，可對付張發財這一家六口，那是手到擒來。

張家六口啞口無言了，半晌張羅氏站出來，「要不，我留在家裡幹活吧？我也不要錢了，能不能不讓我下地？」

張發財想想又覺吃虧，眼珠一轉，「那以後，就讓我家銀寶、元寶在家幫著幹活。」

章清亭都聽不下去了，那兩個小屁孩留下不搗亂算好的，還指望他們幹活？

「依我說，你們誰都不用留下。」

趙王氏臉色一變，張家六口卻是心中一喜，以為章清亭還是向著他們，誰知章清亭接下來道：「我覺得婆婆方才那個意見很好，兩家家務還是徹底分開吧，省得相互不滿意，做的人還落不著好。」

哈！趙王氏難掩得意，這個媳婦有時還挺識相的。

「那就這麼著了，今晚要是你們都不想幹活，就等我們家做完再做吧。」

這一下，張家幾口可撐不住了，趕緊派出張羅氏，跟著玉蘭做飯去了。

章清亭又冷冷地瞥了一眼張小蝶，心想妳個丫頭好歹也學點東西吧。什麼都不會，日後怎麼嫁人？

張小蝶本有些不願，可張金寶順著大姊的目光，將妹子一把推了上去。張小蝶只得噘著嘴，乖乖進廚房了。

趙王氏知道自家閨女老實，怕張家人偷懶耍滑，親自跑去督陣。

章清亭財去人安樂，繼續回屋休息。

趙成材這才好跟她開口說事，「方才妳跟我說到送禮之事，究竟該怎麼辦？」

章清亭瞟他一眼，見他一臉虛心求教，倒也有幾分自得，下巴往椅子一點，「坐下說吧。」然後接著方才那話題道：「既要求人辦事，送禮是必須的，但你手上又沒多少錢，估計就算是把那二兩銀子全用上，也不一定能入婁知縣的眼，不如從他身邊親近之人下手。像那些師爺跟班什麼的，你打賞個幾百錢，就夠他們賣個面子的了。」

趙成材恍然大悟，「然後再向他們打聽婁大人的喜好，這樣送禮也能順當得多，是不是？」

孺子可教！

章清亭一笑，「但還有一層，若是這婁大人就喜歡金銀珠寶，或是古董字畫，你怎麼辦？」

趙成材一怔，想半天想不出來，當即起身一揖，「煩請娘子指教。」

他這娘子叫得倒是順口，章清亭暗橫一眼，道：「所以你得記住，這沒銀子時，還有一個水滴石穿的水磨功夫。你沒事就常去走走，空手也行，帶兩盒糕點也罷，縱是他不喜歡，府裡總有夫人孩子吧？就是賞給下人，你也能賣個好，先混個臉熟。再跟他身邊的人打點好關係，讓他們時不時幫你吹著點風兒。就是婁大人不想幫你辦事，他身邊的師爺跟班們總能聽到點風聲。到時要願意告訴你一聲，你就有門兒了。」

趙成材兩眼發亮，連連點頭，「這也是小中見大，旁敲側擊的道理啊！」

章清亭末了又道：「只一樣，你可得記好了。既然要求人，就不能怕丟臉，甚至有時還會受點委屈，拿你打趣取樂什麼的，可都得忍著。你若是能把這張面皮捨了出去，這世上的事情再沒有辦不成的。」

人不要臉，天下無敵，可真要做到，也不是一般人。

趙成材默然半晌，方長嘆道：「就我這家境，還有什麼面子好講？娘子說得有理，我一定牢記在心。」

章清亭知他想通了，方道：「雖要低聲下氣，但也不用把自己弄得這麼委委屈屈，該有的骨氣也不能折，折得太過反而讓人瞧不起。反正這做事先做人，出門在外，多帶耳朵少帶嘴巴，凡事三思而後行。可以裝糊塗，卻不要太窩囊。你是在家待得久了，跟外面接觸少，日後多跟人應酬應酬就好了。這個一時半會兒也急不來，慢慢學吧。」

趙成材真心嘆服，「真是聽君一席話，勝讀十年書。娘子長年為家中生計奔波，想必也吃了不少苦吧？」

章清亭挑眉暗笑，「還好。」

她這一套全是從深宅大院裡學來的，但放諸四海不也如此？

晚飯後，章清亭跑了一天，自然想好好洗個澡。

趙成材得她教誨，義不容辭幫她跑前跑後打了洗澡水來，然後很自覺地迴避了。

趙王氏今兒收了錢，心情頗佳，這種事拿大兒子開兩句玩笑也就罷了，只趙成棟一直嚷嚷，想把那錢加到伙食費裡去。

趙王氏自是不肯，可耐不住全家人都有這心思，最後只得同意明天去割上兩斤最便宜的豬頭肉，意思意思。

時候不長，東廂房的門開了，章清亭的澡洗完了，自然又是趙成材去幫忙提水出去，刷洗浴桶，可回過頭卻見章大小姐對著一堆換下來的髒衣裳發呆，倒是好奇，「怎麼了？」

章清亭表情很詭異，半晌才支支吾吾地問：「你知不知道這衣裳應該怎麼洗？」

不是她拿腔作勢，確實是章大小姐生平從沒洗過一件衣裳，就算到了北安國，她在客棧裡換洗衣裳，也是付錢給那兒的僕婦們送去洗的。

她現在可著心要打壓張家人，又不好叫張小蝶過來幫她洗，那要怎麼辦？

尤其這夏天的衣服放放就臭了，怎麼辦？

趙成材被她問得愣了，上上下下看她一遍，這到底是哪裡出產的殺豬女？不會做飯也就算了，怎麼連衣裳也不會洗？

不過看章清亭那紅著臉的糾結勁兒，他也不好多說，去廚房找來了皂角洗衣槌，關了門，手把手地教章大小姐洗衣裳。

章大小姐看著不難，等趙成材示範幾下，她就自己親自上陣了。不管怎麼說，看一個大男人幫她洗衣裳，實在是有些彆扭，可一下手就露出毛病來了。

「妳那袖子還沒挽起來呢？妳瞧，都濕了吧？」

章清亭趕緊挽起打濕的袖子，可這兩條胳膊不就露出來了？於禮不合啊！

她還糾結著，趙成材又熱心指導：「這些夏天的衣裳還好洗，要是秋冬的被子衣裳，洗了還得煮個米湯上個漿，才耐磨又耐髒，下回還好洗。啊，到時妳那新鋪蓋要換洗怎麼辦？娘看到肯定要問的，要不，只得晾遠點了。」

章清亭想不了那麼遠，就眼下這幾件衣裳搓得她手都酸了，髒衣裳沒洗乾淨，倒把她自己身上的乾淨衣裳又打濕了不少。

看她笨拙又費力地搓著衣裳，弄得水花四濺，趙成材看不下去了，「算了算了，妳起來，還是我幫妳洗吧。」

趙成材雖然也甚少做家事，但比起章清亭來說，還是熟練得多。他直接將盆子端到後院，拿個小板凳往地下一坐，藉著月色，嘩啦啦搓洗起這一大盆衣裳來。

章清亭挺不好意思的，手足無措地站在一旁，「下回我還是送出去找人洗吧，這附近哪有人幫著洗衣裳的？」

趙成材笑了，「妳是不是還打算出錢啊？」

章清亭立即點頭，趙成材卻半開玩笑地道：「那妳付錢給我得了。」

「那、那……要不，還是給玉蘭吧。」章清亭臊個大紅臉，心說你幫我洗衣裳，像話嗎？

「怎麼？還怕我洗不乾淨啊？」趙成材開著玩笑，可上面的外衣揉搓乾淨，翻出底下的肚兜褻褲時，他的臉也一下子紅了。手僵在那裡，半天伸不下去。

長怎麼大，他還是頭一次近距離接觸女孩子的這些東西，沒想到，居然是在洗衣盆子裡。

章清亭窘得站也不是，走也不是，手心都快冒出汗來了。

趙成材坐在那兒默了半晌，才反應過來，也不好意思抬頭瞧她，低聲道：「妳先回房吧，留個門，我洗完晾了就回來。」

章清亭像蚊子般應了一聲，轉頭就走，只覺得耳根都要燒起來了。

丟人！實在是太丟人了！

她暗下決心，一定要排除萬難，學會洗衣裳，起碼得先學會洗內衣。

眼見她走開了，趙成材才鬆了口氣。再看向盆裡，白白的月光七零八碎倒映在盆裡，就如同他此刻的心情。

小小的肚兜不是豔麗的大紅，而是素淨的淺粉色，清清純純的，幾乎與月色溶為一體，卻分外透著一種誘惑。

小心翼翼地伸出手去，觸手柔滑而質地細膩，是上等的絲綢。外衣可以普通，但貼身的小衣，章清亭覺得，還是要對自己好一些的。

趙成材剛觸及那肚兜，就好似被綿軟的小蟲子叮了一口，迅速縮回手去，只覺口乾舌燥，背心也開始發熱。

雖是四下無人，他還是覺得周遭好像埋伏著窺探的眼睛。如同作賊一般左顧右盼，半晌不見動靜，才再一次小心翼翼拎起那件肚兜。

那上面只繡了一枝青莖小荷，清水芙蓉，亭亭玉立。

趙成材驀地想起章清亭的小字「蜻蜓」，卻怎麼覺得她似乎更適合「清亭」二字。

這個殺豬女雖然外表不太娟秀，但心思聰敏，做人有原則又夠正氣，不禁讓人覺得，她真的配得上「出淤泥而不染」這六字。

「可遠觀而不可褻玩……」

可此刻，這小小的粉荷不正在他的指掌間？似乎還沾染著年輕女子獨有的芬芳，沁人心脾。

這可是她身上剛脫下來的呢！趙成材輕輕揉搓著這件小衣，好像捧著一團小小的火，還燒啊燒的，燒得他臉紅心跳，明明不願意，卻又無法克制地浮想聯翩……

「酒力漸濃春思蕩，鴛鴦繡被翻紅浪。」

「奴為出來難，教君恣意憐。」

「我這裡軟玉溫香抱滿懷……將柳腰款擺，花心輕拆，露滴牡丹開……」

一下子沒注意，小衣上的水順著手臂滑進衣裡，驀然一冰，這才讓趙成材回過神來。

我的天！他在想些什麼亂七八糟的東西？

他使勁搖搖頭，趕走腦子裡的香豔詩詞，轉而開始吟誦聖賢名句。

「大學之道，在明明德，在親民，在止於至善……」

「道也者，不可須臾離也，可離非道也……」

「子曰，君子坦蕩蕩，小人常戚戚。」

……

不過，子還曰，飲食男女，人之大欲存焉。

趙成材連正經道理也不敢想了，匆匆忙忙把這一堆衣裳洗完，在院子裡的繩索上晾起，跟作賊似的收了東西，趕緊逃離，可走到屋門口，他又猶豫了。外頭那不過是衣裳，裡面才是活色生香，還沒個把門的。

幸好裡間已經黑了，活色生香似是睡了，趙成材畏畏縮縮進去，門簾早被放了下來，一床鋪蓋已經端端正正擺在了他的箱子上。

趙成材稍稍安了些心，用箱子凳子拼了個簡陋的床，雖不舒服，他也湊合著睡了。

只是，夢中，有一只粉色的小肚兜在他面前晃啊晃的，剛伸手抓住了它，眼前就出現了章清亭，望著他笑得很甜很嫵媚。

趙成材迎上前去，抱住了她，正在心旌搖盪之際，後頭忽傳來嬌滴滴的呼喚：「小虎哥。」

趙成材嚇得一激靈，「小桃？小桃，妳怎麼來了？」

楊小桃一臉幽怨，「小虎哥，你明明答應了娶我，怎麼還是娶了這個殺豬女？」

「小桃，我不是有心負妳，是娘逼我娶她的！如今木已成舟，妳我還是算了吧！」

「原來，你不想娶我，就是為了這個小妖精？」章清亭忽地在他身後冷冷道：「那你剛才都在想些什麼？」

「我……我……」趙成材又羞又窘，汗都快滴下來了。

章清亭步步緊逼，「你說啊，怎麼不說了？」

楊小桃也毫不示弱，「小虎哥明明早答應要娶我的！」

「哼，你們私訂終身，根本就不合規矩禮儀！」

「哼，你們假鳳虛凰，根本就不是真正夫妻！」

然後二女同時望著趙成材，「說！你要我，還是她？」

「我……」趙成材急得滿頭大汗，忽地二女手上都多了一個洗衣槌，對著他腦門就狠狠砸去，「我打死你這負心漢，花心男子！」

咕咚！

趙成材只覺腦門劇痛，一下子跌進了無邊黑暗裡。

「醒醒！秀才，快醒醒！」

是誰在他耳邊吵嚷？趙成材迷迷糊糊睜開雙眼，赫然嚇了一跳，眼前不正是章清亭？他本能地道：「別打，聽我解釋！」

章清亭愣了一下，「你做什麼惡夢了？你剛從凳子上跌下來，嚇了我一跳。要是沒什麼事，就快起來吧，天都亮了，快把被子拿進去。」

啊，趙成材長出口氣，原來是南柯一夢啊！他略略放下些心來，卻又慚愧。到底是自己有愧，兩個女子他都有對不起，夢中被打也是活該。

只是正要揭開被子起身，忽然感到一絲不對勁。趙成材伸手到身下一摸，忽地大窘。

章清亭不解其意，只見趙成材突然就漲紅了臉，「你沒事吧？」

「沒……沒事。」趙成材簡直恨不得有個地縫能鑽進去。

做什麼夢不好，偏偏要發這種下流的夢？

都是肚兜惹的禍！以後打死他，也不敢幫章清亭洗衣裳了。

「那就起來呀！」章清亭伸手想幫他收被子，可趙成材怎敢讓她瞧見？

他死死扯著被子，面紅耳赤道：「不，不用了，我自己來，妳先出去吧！啊，不，別開門，妳能不能先進屋迴避一下，讓我那個……換件衣服？」

「你到底怎麼了？」章清亭越發瞧不懂，她可是正宗黃花大閨女，哪裡懂得男人的煩惱？

趙成材也沒法解釋，只能支支吾吾地一個勁兒叫她進去。

瞧他這模樣，章清亭心下納悶，難道這人有什麼難言之隱？算了，反正也不干她的事，少打聽為妙。她也不追問，自進屋了。

趙成材裹著被子，手忙腳亂取出乾淨的褲子換上，還差點絆倒摔跤。

幸好被子沒弄髒，只把那弄髒的褲子緊巴巴地揉成一團揣在懷裡，跟章清亭說一聲好了，一溜煙跑出去洗了悄悄晾上。

不過，這凳子他是再不敢睡了，可要怎麼弄張床來？

章清亭也想到這事了，「你家既沒有多餘的鋪板，可有納涼的竹床嗎？要有，先搬一個來，好歹也可頂上。」

要不，他睡到半夜再往下掉，可夠嚇人的。

一語驚醒夢中人，趙成材眼睛一亮，「有！給成棟、玉蘭加的鋪就是，柴房裡還放著一個壞的，修修應該能睡，我一會兒就去搬！」

那章清亭就不管了。

趙玉蘭和張羅氏準備好了早飯，章清亭看著就沒胃口，想出去吃。

見她微一皺眉，趙成材便會過意來，特意叫妹子只給她添一口，意思意思。

偏偏趙玉蘭實心眼地問：「大嫂，妳成天吃這麼少，不餓嗎？妳要想吃什麼，我去做。」

章清亭只得敷衍道：「我本來飯量就不大。」

張金寶那個傻子卻道：「不是啊，大姊，妳以前挺能吃的。說來如今真是飯量小多了，是不是不舒服？」

他是好意想關心，卻讓人很無語。

趙王氏火眼金睛，自然知道章清亭的小心思，不冷不熱地道：「媳婦，這既是一家人了，總該有福同享，有難同當。要有什麼好處時，好歹記著咱們這一大家子才是。」

章清亭挑眉不語，趙王氏也沒了繼續發作的機會。

用過早飯，張家幾口再不甘願，也只得扛起鋤頭，在趙王氏的率領之下去幹活了。

走之前，趙王氏額外交代了一句：「成材，你要是沒事，陪你媳婦上街轉轉，要做什麼也幫著商量商量。」

趙成材嘴上應了，心中卻拿定主意不會去做這個監工，倒是偷偷跟妹子交代了一句：「妳嫂子不會洗衣裳，以後妳替她做了，自然有妳的好處。」

趙玉蘭笑著連連擺手，「大嫂已經給了錢了，今兒娘還讓我去買肉呢！不就洗幾件衣裳嗎，以後妳讓她悄悄拿來就是，我不會讓娘知道的。」

有這麼個妹妹真是幸福。趙成材想誇她幾句，那邊章清亭略作收拾，也要出門了，還主動問了趙成材一句：「你要跟我一起？」

「不用了，妳自己去吧，路上小心點，辦完事早點回來。」

章清亭點頭，心說這秀才還算知趣，自己翩然出門了。

趙玉蘭瞧著她的背影，羨慕地道：「大嫂可真厲害，人能幹，連吃飯走路的姿勢也好看，就跟別人家裡的小姐太太似的。」

趙成材失笑，「妳怎麼知道？」

「娘說的，她還讓我多跟大嫂學著點呢。」

趙成材奇了，「娘還有誇她的？」

趙玉蘭點頭，「但娘說了，不許在她面前說。她說，張家那對爹娘，居然養出這樣一個女兒，當真是老天造化。對了……」她忽地想起一個重要的任務，「娘還讓我跟你說，若是大嫂找不到合適的生意，就再去殺豬好了，也很有賺頭的，讓你別不樂意。」

殺豬？以趙成材對章大小姐的了解，不可能。

「妳讓娘死了這條心吧。」

讓趙玉蘭快去買菜，趙成材自己回房收拾課本，細細地理了個計畫出來。

再有兩年多的時間就是鄉試了，若是不好好把握，倏忽一下也就過去了。既然決定了要在功名路上更進一步，除了悶頭讀書，也該結交些師友才對。

章清亭說的對，不管走到哪兒，都得有人有路子，人要往高處走，就得去結識更高一層的人。

趙成材想起剛中秀才時，曾經赴過的為數不多的幾次宴會，當中還有幾位老學究，似乎有些本事，什麼時候約上幾個同年去拜訪一下。還有幾個離得近的秀才，人家從前要跟他走動，他都嫌麻煩，委婉推了。如今看來，還得抽個空去聯絡一下感情。

當然，妻大人那邊也得繼續努力。

他把要做的事情一一記下，又安排每日要讀的功課，放在案頭，時時刻刻提醒自己。

沒多久，趙家人倒奇怪了，怎麼這大兒子決定要謀職求生後，讀起書來倒比從前更用功了？

伍之章　走街串巷得際遇

章清亭今日上了街，收穫卻是不大。

她幾乎把市集跑遍了，也沒找著合適的鋪面，還就是昨兒看的綢緞鋪子略好一點。

還有廚子的問題不得不解決了，可上哪兒找呢？她總不能就這麼滿大街的去吆喝吧？

章大小姐悶悶不樂地順著這路轉來轉去，猛然間一抬頭——

完了！自己已經超出了市集的範圍，不知走哪兒來了！

鎮定下來，大致辨別了一下方位，還好離市集不算太遠，應該找得回去，可自己為什麼會走到這兒來呢？忽地，她又聞到風中那股若有若無的香氣了。

這是誰家在做燒滷？怎麼這麼香？她應該就是被這香氣勾著一路走過來的。越聞越覺得香，乾脆循著香氣一路找去。

走到一處小山坡後面，瞧見一個少年背對著她，正架了堆火在烤野兔。

「小兄弟。」章清亭剛一出聲，把那少年嚇了一大跳，差點失手將兔子丟進火堆裡。

待回過頭來，見是個年輕面生的女子，他才稍稍放下心來，卻也把兔子緊緊護在身後，兩隻烏溜溜的黑眼珠子防備地瞧著她，「幹麼？」

他嗓音細嫩，身形瘦小，大概就十三四歲年紀。一身衣衫又髒又破，就這麼鬆鬆垮垮套在身上，也不知多久沒洗過了。小臉也被煙熏得烏漆抹黑的，頭上還戴著一頂破氈帽，把頭髮完全包起，看起來就跟路邊的小叫花子差不多。

不知為什麼，素來愛潔的章大小姐瞧著他透著幾分倔強幾分靈氣的眼睛，卻很是生出幾分好感來。見他戒心甚深，也不靠近，就原地站定微笑著道：「你放心，我不是壞人，我只是聞見你烤兔子的香氣，才被吸引過來的。」

少年略略放鬆了一些，卻又強硬地道：「妳走吧，兔子是我抓來的，我不會分妳的！」

章清亭笑了，從荷包裡拿出錢來，「那我能不能買一點嘗嘗？」

少年似有些心動。

章清亭又道：「你不會午飯就吃這兔子吧？你若是願意，我請你到市集上，咱們炒兩個青菜，要個湯，再吃這烤兔子才合適呢！你要是嫌不夠，還可以加，你看成嗎？」

少年懷疑地歪著腦袋問：「妳為什麼這麼好？別是想騙我去賣了吧？我不才會上妳的當！」

章清亭噗哧笑了，「我這樣子像個人販子嗎？我真是聞到你這兔子香氣才忍不住過來的。你看你這麼大個人，我怎麼賣？」

「興許妳在市集裡埋伏著同夥。還有可能，妳想藉機在飯菜裡下藥，把我迷暈了帶走。哼，你們這些壞人，一開始都是裝作好人樣的！」

這少年的戒心甚強，根本就不信她。

章清亭卻越發對這小刺蝟般的少年有興趣了，「你是聽說書聽多了吧？這樣好了，你要是不肯跟我走，那就賣我一條兔子腿吧。你說，要多少錢，這總該沒有危險了吧？」

那少年想了半天，好像覺得這買賣確實可以做，先伸出兩根手指，又大著膽子加了一根，「那妳付我三十文，我就賣妳。」

三十文買條熟兔腿，真不便宜。章清亭本想還個價，又怕嚇著這少年，爽快地掏出碎銀子，「我沒銅錢，給銀子成吧？」

「成！」少年想不到她這麼爽快，緊繃的小臉上終於放鬆了一些。

章清亭先把錢扔過去，在旁邊尋塊大石，拿手帕墊著坐下，「你接著烤吧，我瞧那火候似乎還沒到。」

少年收了錢，很是歡喜，咧開小嘴，笑得像朵小花似的，得意地用大拇指在鼻子上俏皮地一刮，「算妳識貨！我這烤兔子，妳打著燈籠在整個紫蘭堡也找不出第二家來！」

章清亭挑眉笑道：「那我可要好好嘗嘗。」

「妳等著，一會兒就好。」少年重又蹲下，專心烤著兔子。

不一會兒，香氣四溢，兔子身上的油滴滴答答落入火中，燒得滋滋作響。

章清亭不覺食指大動，「烤得透一點，我不喜歡太油膩的。」

「知道。」少年頭也不回地道：「那滿嘴流油的吃法，是沒見過世面的鄉巴佬。妳放心，我一定烤得外焦裡嫩，包妳滿意。」

章清亭聽得有趣，心說就你這模樣，還不如鄉巴佬呢。不過，瞧他這麼自信，說不定還當真有些手藝。

等那兔子身上的油烤得差不多了，少年抽抽鼻子，用力嗅嗅後滿意一笑，「成了。」

隨手拔了幾根青草，在那兔子腿骨末端纏上，輕輕一撕，便撕下大半隻腿來。

這皮肉撕開，更覺香濃，連一貫保持淑女風範的章大小姐，都忍不住嚥了好幾下口水。

「快趁熱嘗嘗。」相處一時，少年戒心稍減，殷勤地遞來兔子腿。

章清亭注意到他這人雖髒，一雙手卻乾乾淨淨的，還很注意地將兔腿綁著青草的那一頭遞到自己面前，很有禮貌。

離得近了，再看他的面相，這少年其實生得極為清秀。瓜子臉、杏仁眼，要是好好收拾乾淨，一定很漂亮。

她道了謝，接過兔腿，用手撕了一小塊，入口果然是皮焦肉嫩，鹹鮮適口。細細咀嚼，裡面至少有茴香、八角、桂皮、花椒等七八味調料，全都碾成極碎的粉末，均勻覆在上面。

不對！章清亭忽地嘗到一抹似曾相識的味道，她突然警覺起來，「你這調料到底哪來的？」

「幹麼？」少年往後退了一大步，身上的刺又豎了起來，「我為什麼要告訴妳？」

章清亭指著兔子腿道：「你用的調料裡頭，有一味是十里香吧？」

少年不服氣地道：「那又怎樣？」

「據我所知，十里香這味香料只產於南康國上蒲郡內，每年不過數百斤，曬乾後製成粉末才幾斤而已，歷來都是皇家貢品，連王公大臣都不能輕易得到，怎麼會千里迢迢跑到你的手裡？」

想她章大小姐好歹也吃香的喝辣的那麼多年，多少還是有些水準的。方才就覺得這兔子腿香得過分，一下子沒想起來。待得嚥下之後，還覺齒頰留香，並沒有尋常燒烤食物的燥熱之氣，反倒口舌生津，這分明是加了十里香才有的效果。

想她爹為官多年，也還是有一次皇上高興，才賞了大拇指那麼大，幾錢分量的一小瓶。全家視若珍寶，尋常總捨不得拿出來吃，只逢年過節要做燒滷之時，才灑上那麼一小點，所以章清亭印象特別深刻。

那少年氣忿地道：「妳這人真討厭，早知道不賣妳了！我縱有點十里香又如何？反正不是偷來的……」

「還說不是偷來的？你這個掃把星，我打死你！」

忽地，後面有個蒼老粗嗄的聲音響起，不僅讓章清亭吃了一驚，那少年更是嚇了一大跳。他趕緊把兔子往身後藏，卻哪裡藏得住？

一個五六十歲的老頭從山坡後頭踉蹌著走了過來，身上和那少年如出一轍的髒亂，卻不似少年的瘦弱。身寬體胖，散發著濃烈的酒氣，鼻子通紅，完全是被酒糟透了的身體，圓滾滾的就像一隻酒桶，聞之令人掩鼻。

他一步步逼近，直勾勾地盯著那少年，渾身充斥著一種憎惡的味道。

少年很害怕，瑟縮著往章清亭身後躲。

這樣的人，連章清亭瞧著也有幾分懼意，大著膽子問：「你是什麼人？」

那酒鬼老頭這才注意到她的存在，他的眼珠子好像都不會轉動，碩大的頭顱連著肥肥短短的脖子一起轉向她，「妳少管閒事！」

「掃把星，出來！」老頭低低喝著，那少年膽戰心驚地從章清亭身後一點一點挪了出來。

那酒鬼出其不意地一把揪著少年的耳朵，像老鷹捉小雞似的把他狠狠扯到自己身邊，劈頭就是一頓好打，「又背著我偷偷吃東西，還偷老子的調料，我打死你，打死你個倒楣鬼！」

「爺爺，爺爺，我錯了！」少年單薄的身體根本抵抗不住他凶狠的拳頭，被打得痛哭流涕，苦苦哀求著：「爺爺，別打了！我肚子餓，我真的好餓！」

原來這是爺孫倆。

章清亭不好干涉別人的家務事，只得好言相勸：「有什麼事，好好說不行嗎？幹麼打他？」

酒鬼吼道：「妳別管！這是個掃把星，誰遇上誰倒楣，天生剋父剋母剋全家的東西，妳躲遠著點去！錢呢？你肯定收了她的錢，交出來！」

少年大哭著，哆哆嗦嗦將方才那點碎銀子交出來了。

「就這麼點？」

「爺爺，真不騙你，就這麼多，不信你問她！」

章清亭作證，「確實是這麼多，你就別打他了。」

酒鬼爺爺把少年手裡的兔子一把搶了下來，咬了一口立即啐在少年的臉上，「你這做的是人吃的嗎？什麼都不會，一天到晚只會禍害人！害得你爹娘沒了性命，害得老子天天倒楣，你怎麼不去死？」

他又是重重一腳踹在那少年身上，少年完全不敢反抗，任他把自己踢倒在地。

章清亭看了不忍，伸手想去扶那少年，卻被酒鬼爺爺擋住，又踹了那少年一腳，踢得他就地打了個滾，「還不快滾回家幹活去？」

那少年忍著劇痛，抹一把眼睛，嗚嗚哭著，一瘸一拐地小跑著離去了。

章清亭真是覺得那孩子太可憐了，想追去瞧瞧，卻被酒鬼爺爺攔著，「沒妳什麼事，快滾！要不，妳到十里八鄉打聽打聽，誰不知道方家有個掃把星？」

章清亭吶吶地說不出話來，那酒鬼爺爺晃晃悠悠離開了，吃一口兔子肉罵一句難吃，又掂著那錢自言自語：「好歹可以打上兩斤酒了……」

章清亭瞧瞧手裡只吃了一口的兔子腿，忽然胃口全無，待要丟掉，又有些不捨，就這麼拎著，重新又回了市集。這下連做生意的心情都沒有了，點心也沒買，就這麼心事重重回家去。

剛進院門，就見趙玉蘭又在堂屋門口做著針線，抬頭瞧見她，吶吶地叫了聲「大嫂」臉就紅了，眼睛還不自覺往她那東廂房瞟去。

章清亭頓時會意，冷著臉，大步過去，就聽趙成材在屋裡大聲嚷嚷：「這樣不行！」

她三兩步衝進裡屋，正好瞧見趙王氏拿了釘錘想去撬她櫃子的鎖，趙成材張開雙臂死命護著，瞧見她進來，一時臉漲得通紅。

趙王氏今兒特意提前回來，就是想趁兒子媳婦不在，查查這邊的家底，卻沒想到，兒子沒出門，又偏偏給媳婦撞見了。饒是趙王氏臉皮再厚，也有點不好意思了。

章清亭把兔子腿往桌上砰的重重一扔，譏諷道：「我說婆婆，您這是要改行當鎖匠嗎？」

趙王氏稍作鎮定，迅速開始狡辯：「妳回來了，那就正好，把妳這箱子打開給我看看。」

章清亭心說這還真是厚臉皮，乾脆自己也裝無賴，「不好意思，這箱子裡放的全是見不得人的東西，入不了您老的法眼。」

「妳這話是什麼意思？」

「什麼意思，您自個兒想去。」

趙王氏碰這麼一個硬釘子，心下火起，「既然見不得人，還不趕緊扔了去！」

章清亭冷笑，「入不得您的法眼，但卻能入我的眼啊。我自個兒添置的東西，我愛怎麼看就怎麼看。」

她用手撥弄著桌上已經翻開，還未歸攏的梳妝盒子，「看來我還真得趕緊在這兒加道門了，也不知一把鎖攔不攔得住，否則，這千防萬防，家賊最難防。要不，相公，咱們還是搬出去住吧。這住在自己家裡，還得成天提心吊膽的，叫個什麼事兒？」

趙成材被堵得頭都抬不起來，只覺羞恥萬分。若是真讓趙王氏砸了鎖，那這個家成什麼話了？別說章清亭生氣，他也無顏再待下去。

「娘，算我求您了，您給兒子留點顏面吧，行嗎？」

趙王氏見兒子漲紅了面皮，是真急了，多少也覺得有些沒意思，嘟囔了一句：「就知道怕老婆！」訕訕的準備離去。

可章清亭卻攔在她面前，把手一伸，「婆婆，請把我的首飾摘下來吧。」

趙王氏的頭上手上還戴著章清亭的銀鐲子和銀簪子呢。女人對這些東西都是天生沒有抵抗力的，一時歡喜，就戴了來試試，此刻被逮個正著，她反而眼睛一瞪道：「我戴戴怎麼了？」

「沒怎麼，既然您已經戴過了，現在就請您還我吧。總不至於，您還要媳婦去跟人說，婆家不給我置首飾，還要搶我的東西吧？」

趙王氏狠狠剜她一眼，心不甘情不願地褪下鐲子，啪的拍在桌子上，又拔下簪子往地上一扔，氣鼓鼓地往外走，可剛走到門口，又覺得自己丟了臉，要找回場子來。這左右一打量，又找著碴了，「媳婦，妳既買了新桌子，為什麼不給妳相公用？妳瞧瞧他這桌子破得，妳不過是梳妝打扮，要這麼好的新桌子幹麼？」

這不是自己上趕著找罵嗎？章清亭冷笑著立即予以還擊，「相公之前的桌子再爛，也是您給添置的。媳婦的桌子再好，怎麼也比不過您的心意，怎麼能說換就換呢？」

趙王氏氣得無語，真恨不得撕了章清亭的嘴，卻又討不到便宜，只得悻悻退去。

見老娘走了，趙成材當即深深作揖，「對不起，我真不知道娘會幹這事。要不，妳明兒就去找人來安個門吧。她要說什麼，全推我身上去。」

這話倒有幾分意思，章清亭自然是從善如流，明天一定要裝門了。動手收拾了自己的東西，再拿起被趙王氏棄之如敝屣的胭脂和桂花頭油時，得意一笑。要是趙王氏知道錢居然明目張膽藏在這裡，怕不得氣得吐血吧？

老虔婆，跟本姑娘鬥，妳還差了點道行！

在外奔波了一天，回來又受氣，章清亭正覺口渴想泡茶，卻見趙成材已經拿了她的新茶壺幫她泡好送進來了。

這書呆子，倒也不是傻子！

章清亭接了，見趙成材仍是滿面羞慚，她倒有些不忍心，「行了，我知道你也不是故意的。你娘真要想怎樣，也不是你能攔得住的。」

看她這麼通情達理，趙成材心裡又是妥貼，又不好意思。只是他不會哄人，除了謝謝，也不知說什麼了。

章清亭忽地瞧見桌上那隻涼了的兔子腿，「叫你妹子過來，把這兔子腿拿去，切了熱熱，算是給大家加道小菜吧。」

這倒可以。趙成材忙叫趙玉蘭過來，將兔子腿交給她處理了。趙玉蘭當真勤快，見桌上沾了油，還特意拿了抹布進來幫她擦拭乾淨，見嫂子不生氣，她又順手把家具裡外都擦了一遍。

章清亭芳心大悅，心想這丫頭倒真是當丫鬟的好材料，只可惜名分上是她的小姑子，否則她非請來伺候自己不可。

等她忙完走了，章清亭才問趙成材：「你可知道這兒有戶姓方的人家出了個掃把星？」

趙成材搖頭，「若是想打聽事情，得去問娘。咱們這紮蘭堡，可沒有她不知道的事情。」

問那老虔婆？省省吧！章清亭可不願給她機會顯擺。

趙成材卻道：「不是要妳問，我去幫妳問。妳形容一下，到底是什麼樣的人？」

這倒好，章清亭也不隱瞞，把事情經過說了。

趙成材奉命而去，趙王氏正有些面上過不去，見兒子主動過來找她說話，心氣順了幾分。還指望著兒子會賠個禮讓她有面子下臺，可趙成材卻秉性正直，無法昧著良心說話。看他只想打聽事情，趙王氏便有些不悅。兒子不會無緣無故來問這個，肯定是那媳婦想知道，便有些不大肯講。

趙成材不會甜言蜜語，卻也有辦法，「既然娘也不知道，那就算了，我還是出去打聽吧。」

「回來！」趙王氏鼓著腮幫子罵：「死小子，你說幾句好聽的會死啊？一點都沒你弟弟得人心！過來，我告訴你！」

不多時，章清亭就從趙成材嘴裡輾轉聽到了事情的全貌。

別看那方老頭現在落魄得不行，十幾年前也是見過世面的風雲人物。聽說還是北安國的宮廷御廚，伺候過皇上吃飯的，很有些本事。

他們一家原本早就遷上京城了，可是這掃把星出生時，因為難產，弄得他娘幾乎一命嗚呼。孩子他爹去為媳婦尋醫問藥時遇到盜賊，又被綁作肉票。可方老頭雖是傾家蕩產，付出大筆贖金，最後人還是被殺了。他這一死，掃把星他娘也跟著去了。

這方老頭早年喪偶，只有一個兒子，父子感情極深。兒子沒了，方老頭也大病一場，治好之後，手卻不聽使喚了，不住地哆嗦。他一個廚子，全靠手藝吃飯，眼下連菜刀都拿不穩了，還能幹什麼？

於是，方老頭就帶著掃把星回了紫蘭堡的老家，正好遇到一個相士，說那孩子是天生剋父剋母剋全家的掃把星。

這下可好，方老頭把滿腔憤恨全發洩在那孩子身上，總覺得他出生，才搞得家破人亡，斷子絕孫。酗酒之後，對那孩子不是打就是罵。附近鄉鄰怕沾晦氣，都不敢跟他們祖孫來往。

章清亭聽出一點不對勁來，「他不是個男孩嗎？怎麼讓他家斷子絕孫了？」

趙成材詫異道：「妳沒聽明白嗎？那是個女孩呀，要不，怎麼叫掃把星？」

啊，章清亭忽地恍然，怪不得覺得那少年眉目格外俊秀，原來是個小姑娘。不過，她可不信她真是什麼掃把星。

在她們大戶人家，這樣的把戲多了去。妻妾之間，嫡庶之間，為了爭寵奪利，常常藉著些鬼神之說牽強附會。就連章清亭自己，小時候就因為生得漂亮，又是庶女，也被人說成是狐媚相。直到大了，才漸漸好些。

當下，她對那小姑娘更增一份同情和憐憫之心。待要不聞不問，真有些於心不忍。

到了晚間，趙玉蘭做好了晚飯。雖然每人分到的不過是一小塊噴香的兔子肉，但個個都是讚不絕口，連豬頭肉燒豆角都被比了下去。

張發財臉皮厚，大著膽子要求：「閨女，妳明天能不能多帶一點回來？」

這話道出了眾人的心聲，章清亭卻猛地意識到一件事。那方老頭既然弄點調料都能烤出這麼美味的兔子肉來，那他就算是不能拿刀做事，出來指導一番，也不得了啊！

章清亭被這個想法弄得激動起來，夾著菜怔怔出神，一時不防，就落到了桌上。旁邊趙成材眼疾手快，怕他娘又嘮叨，趕緊夾起來放自己碗裡。

趙王氏甩過來一記白眼，章清亭這才回過神來，臉一下子就紅了。

他們大戶人家最講禮儀，自己用過的筷子是絕不會夾菜給別人，她正想讓趙成材把那菜扔掉，卻見他已經吃了進去。

可還沾著自己的口水呢！想想就覺得尷尬，還有一種說不清道不明的曖昧。

章清亭只覺得後背發燒，手心出汗，趕緊低著頭吃飯。平時覺得粗糙至極的飯菜，好像也沒那麼難以下嚥了，三兩口扒了個乾淨就溜之大吉。

回了房，又在屋子裡來來回回走了半天，才漸漸平靜了下來。

正想專心琢磨方家祖孫之事，趙成材進來了，「娘子，娘叫妳過去，一起商量秋收之事。」

秋收？關我什麼事？章清亭當即拒絕：「我可不會下地幹活。」

趙成材一笑，「不會安排妳的。不過，這一年的收成可是大事，咱們總得幫著燒個水送個飯什麼的，且去聽聽吧。」

章清亭這才起身，隨他一同出來。

兩家人齊聚廳堂，趙王氏端坐上方，眼神往下面一掃，甚有氣勢。

「這地裡的麥子已經熟了，我也找村裡的風水先生看過，這幾日都不會有雨，那咱們明兒就開始收割。一共兩畝地，一家割一塊。親家公，我到你們那邊盯著，你們家讓金寶到我們那邊幹活。」

「為什麼？」張金寶當即就不樂意。

趙王氏鄙視了他一眼，「我怕你們收不乾淨，又得費二道工夫，到時你願意啊？」

這張家幾口懶得抽筋，只要沒人盯著，就想方設法偷懶，淨做些表面功夫。要不是不甘心白養活他們，趙王氏還捨不得把自家的地交到他們手裡。

聽她這一說，張家幾口老實了，而趙王氏的眼睛又往章清亭一盯，「媳婦，妳也得幫忙。」

趙成材怕二人又掐起來，忙道：「娘，您不是說不用她嗎？娘子還有事呢！」

趙王氏翻個白眼，「你放心，累不著你媳婦！」

她望著章清亭，帶了幾分難得的笑意，「媳婦，我知道妳在想大事情，也不會煩妳，可這秋收關係到一年的嚼用，妳瞧，全家老的小的全得下地幹活。我想讓玉蘭和親家母在家裡做飯，銀寶和元寶就負責送茶送飯，咱們雖是一天割完了，還得運回來晾曬……」

「啊？一天啊！」張家幾口怨聲載道：「這麼著急幹什麼？慢慢幹唄！」

「不行！」趙王氏斬釘截鐵地回絕了，「萬一遇上秋雨，那這一年就白幹了，必須一天割完！到時就是幹到天黑，不睡覺也得給我弄完，否則就別想吃飯！」

這麼幾天，她也漸漸摸到張家幾口的脈門了，最能威脅他們的就是不給飯吃。

張小蝶又提出異議：「那妳把我哥換妳家去了，你們那邊三個男的，我們這邊兩個女的，這不公平。」

趙王氏道：「那妳就到我家去，妳哥留下。」

張小蝶這才不言語，心想，趙家父子隨和，自己跟著他們總會占著便宜。

趙王氏怎麼會不知她的小心思，又道：「到時咱們劃了道，各人幹各人的一片，誰要是幹不完，自己想辦法。」

這倒是公平合理。章清亭暗自點頭，對付她家這些懶骨頭，就得出這樣的狠招，可婆婆要算計自己什麼呢？難不成是要她出錢？

果然，就聽趙王氏道：「媳婦，那這幾天就麻煩妳去買個菜，妳一人也拿不動，就讓成材幫著妳吧，這該不難吧？」

「當然不難。」章清亭謙遜一笑，「婆婆，您給多少錢，媳婦就辦多少事。」

趙王氏也笑，「哎呀，真是不巧，這要收割，得去借人家的磨坊磨麥子。我已經把手上的錢都墊出去了，暫時周轉不過來，還得妳先支應一下。」

章清亭剛要拒絕，卻聽張小蝶可憐兮兮地道：「大姊，妳就買幾天好菜吧，這秋收一次可得脫一層皮，很苦的。」

她這一開口，張家幾人也應和起來。

章清亭冷眼橫對，趙成材卻悄悄拉拉她的衣袖，「先應下吧。」

於是，章清亭從鼻子裡哼了一聲，既不點頭，也不反對。

趙王氏就當她答應了，「既然如此，這幾天買菜就交給媳婦了。大家今晚都早些歇了，明早好幹活。」

等回了屋，趙成材才道：「這秋收著實辛苦，不信我帶妳去瞧瞧。妳上回借我那銀子還沒用完，咱們先拿來買菜。」他很是赧顏道：「這也還是妳的錢，我要尋的差事還不知在哪裡，欠妳的錢只好慢慢還了。娘雖然摳門，可她也沒說假話。麥子曬了，還要趕緊脫粒磨粉才好收著。這樣的天氣，肯定有不少人家要收割，附近的磨坊都得提前下訂才給咱們使，也不算全是誆妳。」

章大小姐可比他精明多了，「這幾天裡頭還夾著一個中秋節呢！你娘這是想讓我把過節的東西一起置辦了，她還真會挑日子！」

趙成材只得道：「那我……再寫一張借條給妳？」

看他一臉窘樣，章清亭也不想太難為人，擺擺手道：「算了算了，花的也夠多了，不在乎這一樁了，正好明日找人來把門裝上吧。」

次日一早，雞剛叫了第二遍，趙王氏果然就把眾人叫了起來。張家幾人揉著惺松的睡眼連連抱怨，連章清亭也悶不吭聲，陰沉著小臉。

「還早嗎？」趙王氏一指廚房，「我家玉蘭可早就起來了，連飯都燒好了，你們還有什麼可抱怨的？趕緊吃飽了好幹活去！」

眾人這才都不言語，吃了早飯，由趙王氏率領著，浩浩蕩蕩下地去了。

趙玉蘭拿了一個柳條籃子給章清亭去買菜，猶豫半天，又怯生生地問：「妳要買什麼？」

章清亭起床氣還沒消，不大高興地道：「妳娘是不是還指定了？又不出錢，還挑什麼挑！」

趙玉蘭臉一下子紅了，急忙擺手道：「我不是這意思！我是想說，妳……妳若要買魚肉回來，記得帶些薑蒜回來，家裡沒種這個……」

「行了，知道了！」章清亭沒好氣地挽著籃子，轉頭招呼趙成材：「你好了沒有？」

「好了，好了！」趙成材正打算泡一大缸茶，預備一會兒送水下地。

章清亭瞧張羅氏吃飽了飯，躲在一旁偷懶，不悅地皺眉道：「妳去泡茶。」

張羅氏不敢怠慢，趕緊去接趙成材手裡的水壺。

趙成材有些不好意思，畢竟是自己的丈母娘，「沒事，我來吧。」

張羅氏樂得清閒，又不動了。

章清亭卻道：「叫你放下就放下，這泡茶又不是什麼重活，不需要你謙讓，趕緊跟我去把菜買了，我還有正事要辦呢！」

這媳婦可真凶悍！趙成材暗自咋舌，趕緊把水壺放下，對張羅氏笑道：「那就辛苦您了。」他擦擦手，趕到媳婦身邊。章清亭把菜籃子往他懷裡一塞，「走吧！」自己轉身出了門。

趙成材心想，我這不成小跟班了嗎？沒法子，誰叫人家有錢！苦笑地搖了搖頭，跟了上去。

出了門，章清亭才問：「上哪兒買菜？」

啊？趙成材真傻眼了，妳長年殺豬會不知道在哪裡買菜？

章清亭不耐煩地橫他一眼，「別磨磨蹭蹭的，前頭帶路！」

她這些天逐漸習慣了張蜻蜓這個身體，動作雖然還是要保持優雅，但無疑迅捷了許多。

趙成材心裡雖在納悶，卻加快腳步，帶她往早市趕去。

天空中還掛著淡月疏星，但勤勞的人們已經開始了一天的勞作。

此起彼伏的雞鳴狗吠，打破了清晨的寧靜。許多人家的煙囪裡，都冒了裊裊青煙。在天色將明未明之際，若隱若現地在天空中勾勒出一道如水墨畫般的痕跡。

還沾著露水的清新空氣沁人心脾，走上幾步，原本的睡意漸漸散去。隨著天際泛出的魚肚白，章清亭也漸漸打起了精神。

深深地吸上一口氣，舉目四望，這鄉野的清晨雖然比不上南康京師的繁華綺麗，但其中孕育著的勃勃生機，卻也不是一無可取。且看那田間黃澄澄的麥子，紅彤彤的高粱，俱沉甸甸地彎了腰，待風起時，如波浪般嘩啦啦翻滾，湧動著收穫的希望。

此情此景，讓章大小姐突然覺得自己似是久困在籠裡的金絲雀，重新回到廣袤的天地。

小雀兒嘰嘰喳喳地在枝頭跳躍，吸引了她的視線。章清亭不覺莞爾，這不是跟現在的她一樣嗎？成天為了裹腹飽暖而忙忙碌碌，竄上躍下。

要不要找一個華貴的牢籠，再做回衣食無憂的金絲雀？

章清亭忽然有些不確定，若是沒有真正飛翔過，永遠不知道無拘無束的天空有多麼美麗。

如今的她，雖然靠著自己的小翅膀撲扇著躍上枝頭，很累，卻是真真切切地依靠自己的力量在飛翔。不像以前在家中，處處要看父母兄姊的臉色行事。

北安國的日子雖然辛苦，但在這裡，她擁有一種從前夢寐以求，卻思而不得的東西，那叫做「自由」。

章清亭的心中隱隱約約有什麼東西在萌動，如雨後春筍般破土而出，擋都擋不住。

家長裡短的煩惱算得了什麼？就看張趙兩家人如此依賴自己，這不正說明自己有本事？那趙王氏算是厲害的吧？連她都這麼殷切期待著自己，足以說明自己是不一樣的，是有價值的。上天既然給了她這樣離奇的際遇，會不會是要給她一個嶄新的開始？

在這樣一個清晨，章大小姐赫然頓悟，原來自己一直有一顆渴望飛翔的心。

心境豁然開朗之後，再看和趙成材的約定。

表面上是自己傻，但若她真能因此找到門路賺到一千兩，何愁沒有兩千兩、三千兩？若是自己有了錢有了本事，何必一定要依附男人？天下還有什麼地方是她不能去，有什麼事是她不能做的？

章清亭忽地體會到熱血沸騰的感覺，這樣的目標，遠比嫁個如意郎君更有成就感。她也開始意識到，自己要賺錢的目的並不僅僅局限於過好日子，還要證明自己的能力，讓自己走上更好的一條路。

那一千兩銀子，就當作她的第一個目標吧。

章清亭暗下決心，只有本姑娘想不到，沒有本姑娘做不到的！

在這樣一個平凡而又特殊的清晨，有些東西從章大小姐身上悄然褪去，又有些東西從她身上開始萌生出來了。

一個新的章清亭，一個新的自己。

熙熙攘攘的早市，自然乾淨不到哪裡去。

看章清亭一路掩鼻，嫌惡地穿行其間，趙成材真是想像不出來她過去到底是怎麼殺豬的。

「娘子，妳看要買些什麼？」

章清亭哪裡知道，只退避三舍道：「總不是些魚呀肉的，你自己看著買吧。對了，還要兩隻雞熬湯。」沒有人參燕窩，就喝這個湊合吧。

趙成材覺得太奢侈了，「雞倒不用買，家裡就有，但娘肯定捨不得殺來吃，就買些魚肉吧。只是這些怕得要好幾吊錢了，真要買嗎？」

章清亭捏著鼻子，只想快點離開這個鬼地方，「不買雞就買隻鴨，省得你娘又說我小氣。你妹子都會做嗎？」

趙成材笑道：「玉蘭都會。娘以前讓她到別人家免費做工，專門學了針線做飯什麼的。」

這趙王氏教育孩子倒是盡心。章清亭當下把錢往趙成材身上塞，遠遠自站在一塊乾淨地方，再不肯走了。只是忽地想起，既然趙玉蘭會做，不弄點自己喜歡的就太虧了。

「再買幾根排骨，我要吃清蒸的。」

她這聲音一大，有那相熟的屠戶瞧見，大聲打著招呼：「張姑娘，好久沒見妳了！妳這不殺豬，我們生意可好多了呢！」

章清亭丟個小白眼，心說有得賺就悶聲發你的財去，多嘴多舌的做什麼？這些粗豪漢子，哪懂她的心事，還在那兒打趣：「這嫁了人就是不一樣，都知道害羞了。這位就是妳家秀才相公吧？小倆口真恩愛啊，一大早還一起來買菜。來吧，要什麼，我給妳算便宜點！」

章清亭臉紅了，趙成材卻挺高興的，有這媳婦，買豬肉還方便了。於是，要了一對豬腳、一扇排骨和一大塊五花肉。他惦記著娘喜歡吃豬腳，爹喜歡吃五花肉。

屠戶麻利地拿了東西給他，只是付錢時趙成材有些肉痛。一下子半吊錢出去了，可比他家過年吃得都好。再加上兩隻雞，一條兩斤多重，活蹦亂跳的大鯉魚和各種小菜，一吊錢就沒了。

他回來問媳婦：「這差不多了吧？」

章大小姐也不懂好壞，裝模作樣點點頭，只提醒他：「你妹子說要薑蒜，我這排骨要拿豆豉蒸，最好下面墊些芋頭。魚要糖醋。鴨子煲湯，但要蘿蔔來配。豬腳和肉就紅燒吧。你瞧著還差什麼，再去買來。」

趙成材聽得偷偷嚥了嚥口水，把籃子放下，又去買了各色配料。

東西裝齊，小小的柳條筐都快裝不下了，沉甸甸勒得手疼。不過這種富足的感覺，卻讓人打心眼裡充實和歡喜。才要回家，章清亭卻不跟他走，「我去找個木匠，回來安門，順便幫你那破竹床修修，你招呼著就是。」

趙成材挺高興的，拎著一籃子魚肉，還倒提著嘎嘎叫的鴨子回家去了。要是天天能買這麼多東西，他願意天天來。

趙玉蘭見哥哥居然買回這麼多好菜，也是歡喜，連張羅氏也積極過來幫忙。

趙成材把媳婦的意見轉達，趙玉蘭倒是都會，只那豆豉芋頭蒸排骨卻沒聽說過，但她做事很是妥當，怕糟蹋東西，單獨拿根排骨出來試著做了，覺得味道不錯，這才把其他的都給蒸上。

再說章清亭，和趙成材分道揚鑣之後，先去找了個木匠，談妥了裝門之事，就去尋那方家祖孫了。沿途打聽了幾個人，知她要找那個掃把星，路人莫不側目，有那好心的還出言提醒。章清亭卻毫無畏懼，問明了路，徑直找了過去。

方家宅院倒是不小，足有趙家兩倍大，依稀可見昔日風光。只是門庭敗落，雜草叢生，靜悄悄的，沒有半點生氣。

「有人在嗎？」章清亭拍了拍門，喊了一聲。

無人應答。

「有人在嗎？」

「不用叫了。」後面經過的一個大嬸道：「方老頭肯定還在睡覺，這裡喊聽不到的。妳若也是來借磨子的，就跟我進來吧。」

章清亭愣了愣，跟她進去了。

大嬸熟門熟路地入了正屋，轉到臥室門口，撲面而來的就是濃重的酒氣，還有震天的鼾聲。大嬸嫌臭，不願意進去，就在外面把那桌子拍得山響，「快起來，方老頭，你再不醒，我就去敲你那破銅爛鐵啦！」

章清亭這才注意到，所謂的破銅爛鐵好像是塊鎏金包銅的牌匾，上面還鑄著「至鮮絕味」四個大字，好似是官府訂製的款式，旁邊還有一行小字，不過已經模糊不清了。

這樣代表主人曾經的榮光，卻隨手擱在一張破破爛爛的八仙桌上，當半個桌面。

見那方老頭半天叫不醒，大嬸正想去敲那牌匾，卻驀地響起一個細嫩的聲音：「妳們是來借磨子的嗎？」

章清亭終於見到昨天那個少年，不，應該是少女。

她還是昨天那一身打扮，眼睛卻高高腫著，定是哭過，沒了昨天的神采。此刻正吃力地拎著大大的水桶，站在門外，高高挽起的袖子裡，那瘦弱的小胳膊上還露出幾道明顯的像是棍子打的傷痕。

大嬸見了她，就像見了垃圾，嫌惡地退得遠遠的，「離我遠點，過去叫妳爺爺起來說話！」她還自覺好心地把章清亭拉了過去，「妳也躲開點，千萬別碰這丫頭，否則妳家肯定會倒楣。前年誰家就是這樣，磨麥子時趕上下雨，就這掃把星在旁邊經過了一下，回去就長蟲了。」

小姑娘神色黯淡下來，章清亭忍不住替她分辯了一句：「那是下雨的緣故，關她什麼事？」

小姑娘怔怔地看過來，那大嬸卻覺得有些沒意思，「好心好沒報，信不信由妳！」

章清亭心一沉，鄉人愚昧，偏見難以糾正。可想而知，這小姑娘過著怎樣的生活。

此時，小姑娘已飛快衝進了裡屋。

「爺爺，有人借磨坊了，快醒醒！」

沒反應。

「爺爺，有錢收了！」

還是沒反應。

「爺爺，有錢打酒了！」

這下終於有反應了。

嗜酒如命的方老頭終於哼哼唧唧，似是醒了過來。

外面大嬸等得不耐煩，高聲嚷道：「我說方老頭，你到底借不借，不借我可走了啊！要不是看在你家可憐，現在家家戶戶都忙著收割，我才不來呢！」

「吵死了！大清早的，叫什麼叫？」方老頭顯然還沒全醒，在屋裡怒罵：「不借不借，誰要妳可憐，滾！」

砰的一聲，還伴隨著砸東西的聲音，以及小姑娘的慘叫。

那大嬸氣得罵罵咧咧地走了，賭咒發誓再也不來了。

章清亭趕上前去看看，卻正好撞上驚慌失措跑出來的小姑娘。

把人護在身後，她忍不住道：「一把年紀了，天天打孩子，顯得你很有出息嗎？」

小姑娘嚇了一跳，忙把她往外拉，「妳快走，快走！爺爺酒醒時，脾氣是最不好的！」

章清亭往屋裡走了兩步，「再不好，我就不信他敢打我！再說了，他還動得了嗎？」

聽著這話，方老頭終於緩緩睜開布滿紅血絲的眼睛，慢慢坐了起來。

「妳是誰？想來幹什麼？要是想討打，我成全妳！」

說著話，就猛地抓起床頭一個酒壺砸過來。

章清亭避過，卻沒有跑掉，「我是來跟你談生意的。你不是想要天天有酒喝嗎？跟我合作，每天管你一罈子。」

聽到有酒，方老頭黑著的臉和緩了三分，「什麼生意？」

章清亭直接道出來意：「我想開個燒滷鋪子，需要一個掌勺師傅，你願意去嗎？」

「不去！」方老頭斷然回絕：「反正老方家是絕後了，這祕方等我死了，就帶進棺材裡去，誰也別想要，滾！」

罵完章清亭，他又盯上自家孫女了，「該留的人不留，這不該留的人反倒往屋裡招，真是一個掃把星，我們老方家倒了八輩子楣，才養出妳這麼個東西！」

他順手從旁邊抄起一根木棍，就衝出來打孩子。

「爺爺，別打！求你，別打了！」小姑娘被打得慘叫連連，哭著求饒。

章清亭看不下去了，抓著老頭的胳膊道：「就是你孫女，你也不能這麼打她！」

方老頭冷笑道：「她是我家的，我打死她也是活該！妳若不服氣，我連妳一塊兒打！」

他還當真甩脫章清亭，對著她就打過來。

小姑娘撲上前去，「爺爺，你打我吧，別打她，打了她又要賠錢的！」

方老頭根本不聽，一通亂棍，將章清亭趕出門去，回手閂了大門，又抓著孫女一通狠揍。

章清亭沒想到這老頭如此蠻橫，聽那小姑娘在裡面哭得淒慘，忙在路上攔了幾個鄉親，可聽說是方家的事，誰都不管。

章清亭無法，只得跺跺腳轉身走了。

她胳膊上挨了兩下，此時方覺出痛來，去無人處掀開袖子一看，幸好沒破皮，只是青了一塊。又到藥鋪裡買了瓶跌打酒，想到那小姑娘，乾脆拿了兩瓶，又往方家而去。

這一回，章清亭沒有貿然進去，先側著耳朵聽了聽動靜。那老頭可能已經發完酒瘋，院子裡一片安靜。她順著圍牆走到後院，終於從一處不高的缺口裡，看到那小姑娘獨自坐在那裡劈柴哭泣。

看看左右無人，章清亭輕聲喚道：「方姑娘！方姑娘！」

那小姑娘似沒聽到，依舊邊抹眼淚邊劈柴禾。

章清亭怕驚動了老酒鬼，不敢大聲，從地上拾了一個小石子，對著那小姑娘身旁扔去。這一下，小姑娘總算瞧見她了。

「方姑娘，妳別怕，我是來送藥給妳的。」章清亭對她招了招手，晃了晃手上的藥。

小姑娘皺眉頭，奇怪地看著她，半天才指著自己鼻子，「妳……是在叫我？」

章清亭莫名其妙，「是啊，方姑娘，妳過來說話好嗎？我怕吵著妳爺爺。」

小姑娘偏著頭，想了好一會兒，才猶猶豫豫地走上前，「妳知道我是什麼人嗎？」

章清亭笑了，「那都是別人瞎說的，妳別放在心上。」

小姑娘臉上的表情是說不出的複雜，既迷茫又驚愕，有三分不解、七分難以置信，卻沒有一分叫做歡喜。

章清亭看得有些心疼，「妳放心，我不是壞人。我瞧妳身上有不少傷，就買了兩瓶藥給妳。若是破了皮就擦這個，沒破皮的地方就用那個。」

見小姑娘不肯伸手來接，她把兩瓶藥都擱在圍牆上，又笑了笑，「這兒還有兩個包子，我剛買的，還熱乎著，拿去吃吧。真的，別怕，我不是壞人，沒下藥。」

小姑娘還是愣愣地瞧著她，章清亭朝她擺了擺手，「方姑娘，再見，我過幾天再來。」

等她走出五六步了，小姑娘突然衝到圍牆邊上，「妳──」

章清亭回過頭來，「怎麼了？」

小姑娘死死地盯著她，好像要把她拆開來研究似的，顫聲道：「妳……妳真的不怕我？」

章清亭暖暖一笑，「妳又不是大老虎，有什麼好怕的？」

「可我……我是掃把星！」

章清亭正色道：「那全是他們胡說八道的，妳千萬別信。」

小姑娘認真道：「我一生下來就剋死了爹娘，還害得爺爺不能當廚子。」

「那是意外，不是妳的錯。妳才生下來，怎麼剋人？又怎麼害人？那些算命的，真要這麼本事，怎不給自己算個好命，飛黃騰達去？」章清亭又笑了，「我小時候還有人說我是狐狸精呢，那妳瞧我長出尾巴了嗎？」

小姑娘似有些難以理解，費勁地思考著。
忽地，她小臉一板，又充滿戒心，「妳要是想讓我幫妳偷爺爺的酕料，那是不可能的。」
章清亭真有些驚嘆了，沒料到這小姑娘居然這般伶俐。這樣的人，怎麼能說是掃把星？
「妳放心，我要找妳爺爺談也是正大光明地談，不會讓妳幹什麼壞事的。不過，我能打聽一下，妳爺爺什麼時候心情會好一點嗎？」
這個小姑娘倒是願意告訴她，「喝酒的時候，他從來不打我。」
章清亭憐惜地望著她，「那我下回提兩罈酒來試試。方姑娘，我先走了。萬一妳爺爺出來瞧見，又得生氣了。」
小姑娘卻問了一句：「妳……妳叫什麼名字？」
「我叫章清亭。」
「章……章姊姊，謝謝妳。」
章清亭回了家，門已安好。
趙成材把鑰匙給她，卻見她心神不寧，「怎麼，有事？」
章清亭也想找個人傾吐一下，「你真信這世上有人是掃把星嗎？」
趙成材有些詫異，隨即想到了，「妳是說方家那個女孩？」
章清亭點頭，「那小姑娘真是可憐，成天被爺爺打得遍體鱗傷。人人都像躲瘟疫似的躲著她，看得人心裡難受。」
趙成材倒了杯熱茶給她，「這也是人之常情。豈不聞積毀銷骨、眾口鑠金？妳別怪鄉民無知，人人都有趨吉避凶的心理，偏偏她家逢大難，世人肯定都有些畏懼。」
章清亭不悅道：「那依你這麼說，竟是她活該倒楣？」

趙成材道：「這得怪她爺爺。若是旁人說什麼也就罷了，連她唯一的至親都如此不愛惜，難怪旁人欺侮。我娘就常說，一家子窮點不要緊，最要緊的是齊心。要是關起門來先來個窩裡反，再好的家也會被折騰得散掉。」

這話倒是有理，想那張家六口，除了懶惰，就不齊心。各有各的小心思，自私自利……

呸呸呸！怎麼又操他們的心？章清亭連忙打住了自己的思緒。

趙成材問：「妳餓了沒？玉蘭留著飯給妳。她們都去送茶飯了，還沒回來，我端來給你。」

章清亭這才覺得腹中飢餓，忙活了一上午，什麼也沒吃。

趙成材端出飯來，知她挑剔，還多加了一句：「這菜都是沒吃之前，拿乾淨筷子夾出來的，放心吃吧。」

章清亭心中一暖，再看那菜，留的全是最好的肋排和魚肚瘦肉什麼的，對這細心的秀才不免多了幾分好感。

吃飽喝足，睏勁上來了。章清亭把筷子碗放下，便要午睡。

她可沒有洗碗的概念，趙成材暗自搖頭，不聲不響地幫她的筷子碗洗好，心中忽覺好笑，娘還嫌小桃金貴，這媳婦可更加金貴，當真是十指不沾陽春水。

章大小姐一覺醒來，拿藥酒把挨打的胳膊又揉搓了一回，再腹誹一回死老頭，開始發愁。

看那老傢伙家裡的牌匾，應當是個有道行的人，可不能收歸己用，倒是麻煩。

章清亭不是章孔明，犯難時也想找個人商議商議，思來想去，也就外面那個秀才了。

開了門，趙成材正在那兒搖頭晃腦地刻苦攻讀。章清亭心下先有了幾分讚許之意，這呆子，雖然水準不怎麼樣，倒是知錯能改，好學向上，還有點意思。

「秀才，秀才！」

接連叫了兩聲，才讓讀得忘形的趙成材回過神來，「叫我？有事？」

「進來坐，我有一事想問問你的意見。」

「說。」

「若是有人成天醉生夢死，毫無鬥志，要怎樣才能打動他出來做點正事？」

「妳說的是方家老爺子吧？」聽她念叨了幾天，趙成材要是再不明白，那真是個呆子了。

「正是。可我今兒去找他，那老頭非但不肯，還平白無故打了我兩下。」

怪不得聞到一股藥酒味，趙成材忙道：「那妳有沒有事？」

「不過是青了兩塊，倒不妨事。只是那老頭實在固執，我剛一張口，他就回絕了，說反正是沒了孫子，就是死也要把方子帶進棺材裡去。」

趙成材明白了，「妳想開飯館？」

章清亭點頭，「不過，你先別說出去，我那日拿回來的兔子腿你們都嘗過了，味道是不是很好？我已相中了一個鋪面，想開一個專賣燒滷的小店，本錢既不大，又好經營。」

趙成材覺得不錯，「這倒是個好主意，民以食為天，人總是要吃飯的。況且咱們這地方人多好酒，天又快涼了，只要弄得味道好，適宜下酒，不愁沒生意。」

對哦，還有酒。章清亭默默記下，繼續期待地看著他。

趙成材替她分析：「那現在最大的麻煩就是方老伯不肯出山。他的顧忌無非有二，一是怕妳學會了祕方，教會了徒弟就餓死了師傅……唔，這個倒不難解決，妳只要答應他，由他掌管廚房，妳只管售賣就是。」

章清亭道：「我也是這麼想的。」

「第二條就有些麻煩了。他覺得後繼無人了，生活沒什麼奔頭。」

「就是！那老頭純粹就是混吃等死，根本了無生趣！」

「那也不盡然。」趙成材搖了搖頭，「他若是一心求死，早多少年前就死了，為什麼還活到如今？這螻蟻尚且偷生，世人當真不怕的，卻是少有。」

「那總不能把他抓來，以死相逼吧？」

趙成材忽地有了個主意，「這方老伯也是不會想，縱然是個孫女，他要是招個上門女婿進來，不是一樣可以承接家裡的香火？」

這倒是個好主意，可以採納。

章清亭也隨之想到，那老頭既是這麼恨自己的孫女，為什麼不早點拋棄她？反而還要帶在身邊，一直養育至今？恐怕還是念著兩分親情的，畢竟這是他兒子剩下的唯一骨血了。看來還得再去一趟，好好跟那祖孫倆聊聊才是。

眼見日頭偏西，趙玉蘭開始張羅著晚飯，可也不知趙王氏他們幾時能回來，便過來跟兄嫂商量，「哥，要不，你辛苦走一趟，去問問娘是把晚飯做好了送去吃，還是等著回來吃？」

趙成材起身收了書本，「那我再帶一壺茶水去。」想了想，多問了一句：「娘子，要一起出去走走嗎？」

章清亭心想，我幹麼沒事上田裡去？那不是自投羅網嗎？

趙成材猜出她的心思，笑道：「妳不用近前，娘可忙著呢，她也沒功夫管妳。這秋高氣爽的，妳坐在屋裡也想不出什麼好主意來，不如出去走走，說不定還能有收穫。」

章清亭這麼一聽，倒是有幾分道理，稍加收拾，和他一塊兒出門了。

每日出門忙忙碌碌，根本沒注意四周的風景。今日特意來看，才見遍地都是一片面朝黃土背朝天的繁忙景象。

又走到當初狹路相逢的獨木橋，兩人都覺得有些好笑。笑過後，卻有些恍若隔世的感慨。過了小橋，行不多遠，趙成材帶她走上一處高坡，指給她瞧道：「下面這兩片就是咱家的地了。妳就在這兒等著，我去去就來。」

章清亭站在那兒，極目遠眺，很明顯的就瞧出差距來。

左邊一塊田肯定是張家人在勞作，除了有兩道壟溝已經收割得差不多了，旁邊一大片還慢吞吞的落在後面。右邊那塊田已經快收割完了，只有兩道壟溝落在最後，那只能是張小蝶了。

張銀寶和張元寶兩個小的也提著籃子跟在後面撿麥穗，瞧這人人忙得頭都不抬，倒是都挺辛苦。章清亭忽地覺得，自己那菜錢花得不算冤了。怎麼說，自己每天吃的糧食，都是人家一滴汗珠摔八瓣種出來的，回報些也不算太過分吧？

趙成材送了茶水到田間，張家幾人立即圍上來搶水喝。趙家幾人只有趙成棟過來了，趙王氏兩口子仍在埋頭苦幹。

章清亭搖了搖頭，不過能逼著張家幾口來幹活也算是一個不小的進步了，慢慢來吧。

不知趙成材在那兒說了些什麼，他們哈哈大笑，似乎挺開心的樣子，然後見秀才親自把水送到了爹娘跟前，等他們喝完，才收了茶壺和茶碗回來。

「我跟他們說，晚上還有豬腳吃，他們可高興了，說往後讓咱們天天買菜呢。咱們趕緊回去，娘說一會兒就要開始往家裡運糧了。」

章清亭得了誇讚，心中高興，嘴上卻道：「美得呢！天天這麼吃，也得天天這麼幹才行！」

趙成材本是說笑，此時卻有些赧顏。章清亭說的沒錯，不這麼辛苦，哪能天天大魚大肉？看來自己也要努力，爭取過上好日子。

兩人回去，章清亭忽地想起一件事，「這收割之後，是不是就沒事了？」

聽說農人冬天是最閒的，還有「貓冬」一說。

趙成材疑道：「妳莫非忘了，咱們這兒還能再種一季冬小麥？等這個割完了，那個種下，才算是真的沒事。不過娘可閒不下來，到了年節，請神作法的人挺多的，她還指著這個賺錢呢！」

章清亭只是發愁，若是張家六口又閒下來了，肯定會生事，還是得找點事做給他們才行。

啊！趙成材忽地大叫一聲，滿臉的興奮之色，「我想到一個辦法，能解決方家小姑娘的謠言了！既有相士說那姑娘不吉利，就請娘去作個法，把她身上的邪魔驅散不就成了？」

這也是個辦法，可這謠言流傳了這麼多年，怎麼才能讓人信服呢？

趙成材道：「其實別人信不信都無所謂，關鍵是要讓方老伯相信不是自己的孫女剋死自己的兒子，他才會認真為孫女打算。」

章清亭突然有了靈感，「我明兒再去一趟方家。」

趙成材猶豫了一下，「明兒恐怕不行吧？明兒就是十四了，後日就是中秋……」還指望著妳辦節呢！

章清亭笑道：「這個不難，咱們明早出來買菜時，把過節用的東西一次買完就是了。」

「東西那麼多，我一次怎麼拿得完？」

「雇輛小車不就行了？」見趙成材還有些猶豫，她道：「你有話就直說。」

趙成材才不好意思地道：「我明兒也想抽個空去趟縣衙，還有幾個同年和老師處走走。這快過節了，提盒月餅也算是個意思。妳說，這樣好嗎？」

總算開竅了！

章清亭微微一笑，「當然可以，叫玉蘭跟我們出來就行了。買完了，咱們各忙各的去。」

「玉蘭要是出來了，家裡不就沒人照應了？」

章清亭白他一眼，「不還有我家的人嗎？別的不成，看個門還信不過？」

趙成材自悔失言，「是我錯了。那咱們明天還是一起出門，妳這麼會談價錢，也請妳幫我拿個主意看要買什麼，好不好？」

章大小姐被這個馬屁拍得很舒服，爽快應下。

兩人回家沒一會兒，趙老實和趙成棟推著第一車糧食回來，趙成材也去後院幫忙鋪曬收倉。章清亭看趙玉蘭把飯菜都準備得差不多了，便叫張羅氏也去後院幹活。

等人走了，趙玉蘭才羞澀地對章清亭一笑，「大嫂，妳人真好，心也公道。」

這倒把章清亭誇了個不好意思，自回去房中偷著樂，心想這丫頭雖然笨嘴笨舌的，倒還挺招人疼的。

今天全家格外忙碌，章清亭反而清靜，可以好好琢磨要怎麼搞定那個方老頭。

月上柳梢頭時，張銀寶和張元寶兩個小弟弟先被放回來了，一回來倒頭就睡。

等章清亭按時就寢時，也沒見趙王氏和張家那三口回來，也知肯定是他們幹得太慢，她不護短，只囑咐趙玉蘭別心疼東西，給全家煮個宵夜，就自去睡了。

醒來一瞧，整個家裡都靜悄悄的。

這時候不早了吧？開門出來，趙成材還睡得正香呢，顯然是累壞了。

可想著有事，章清亭只能掬些清水潑他面上，把他給鬧醒。

一家子仍在睡著，也不驚動他們，趙成材只輕輕喚起了趙玉蘭。

本想跟趙王氏稟告一番，可趙王氏快五更天才忙完睡下，想留個字條吧，也沒人看得懂。就只拍醒了趙成棟，跟他交代了幾句。

三人輕手輕腳地收拾了，連早飯也不吃就出門了。

進了市集，章清亭先帶著這對兄妹下館子用了頓早飯。

等出來時，趙玉蘭才直咋舌，「就是三碗粥和幾份點心小菜，居然吃了二十多文。這要是給我，得做出多好的一頓早飯來？」

趙成材忙告誡妹子：「吃完就算了，回去可千萬別跟人說，尤其是娘。」

趙玉蘭急急擺手，「我曉得，肯定不會說的。」

既有她來了，再去買菜，章清亭更加退避三舍，袖手旁觀，反正她也不限銀錢，就隨他們去辦了。還是趙玉蘭會過日子，花的錢也沒怎麼多，居然買出一大堆菜來，兩天都夠了。

看她和趙成材兩人抬著一個滿滿當當的大籃子，章清亭不覺奇道：「這天還熱著，妳這些魚肉能放到明天嗎？」

「能！」趙玉蘭肯定地道：「眼下晚上又不熱了，我把菜都收拾好了，放一晚絕對不成問題。明兒過節，什麼東西都要貴些，趕著今天辦下了，能省不少呢！」

真是個好丫頭！章清亭一笑，又去糕餅鋪子裡買了些月餅點心，再去酒肆裡打了幾罈桂花酒，這東西一多就不好拿了，何況趙成材還要去送禮。

章清亭想了想，去雜貨鋪裡買了些竹子編的小籃子來，每個裡頭放小小的兩罈酒，兩盒糕點再用紅繩捆紮起來，用那些絹花點綴其中，就煞是好看了。

一旁有要辦節送禮的紛紛效仿，弄得章大小姐很是得意了一把。

趙成材滿口誇讚：「娘子真是蕙質蘭心，虧妳想得出來！」

章清亭欣然領讚。

東西置辦齊了，他們都該去忙各自的事情了。章清亭本要雇輛小車送趙玉蘭回去，可她死活不肯，非說自己拿得了，不肯花那個冤枉錢，轉頭肩挑手扛地先走了。

看她那渾身掛得像個小雜貨鋪似的，章清亭只能由她去了，後再與趙成材分頭各行其事。

再來方家，章清亭也算熟門熟路了，前門敲了沒人應，直接轉到後院。

咦？後院也沒人，這爺孫倆上哪兒去了？

正尋思著是不是進去瞧瞧，旁邊有個鄰居大娘也是買菜辦節回來，「小嬸子，妳是來借方家磨坊的吧？」

「啊……是啊，這家人呢？」

「別提啦，那老頭喝多了發酒瘋，昨晚摔了一跤，弄得人事不省的，這會兒還在郎中那兒，不知是生是死呢！」

章清亭吃了一驚，這老頭要是死翹翹了，她還做什麼生意？

大娘嘆道：「這一家子也真是作孽，想想當初是多讓人羨慕！老頭有本事，兒子孝順，這一添了孫女，就全亂套了。其實也不能全怪這孫女，女人生孩子，就像在鬼門關前走一遭，哪裡保得住不出點意外？只是後來……唉，方老頭在，對那孩子是不好，成天不是打就是罵，可方老頭要真不在了，那孩子就更苦命了，哪有人肯收留？」

見這大娘似是甚知詳情，對小方姑娘還有三分憐憫之意，章清亭忙拉著她，追問幾個昨晚想到的關鍵問題：「那當年說她命不好的相士呢？」

「早死了！那相士也是嘴毒，好端端的咒人家孩子幹什麼？妳說……」

章清亭打斷了她的嘮叨，再問：「那方老頭這些年就帶著孫女，靠租這磨坊為生？」

「怎麼可能？磨坊也就春秋兩季才有點生意，瞧這方老頭的房子沒有？以前可又大又氣派，外頭還有他家不少田地呢。從前收租，日子也挺好過的，那時，他也沒這麼討厭孫女。那孩子小時候，對她還挺好的。」

章清亭聽得心急，「那後來怎麼變了？」

大娘難得有個聽眾，講得興起，索性放下籃子，拉著她坐下細說：「這事也就我們這幾個老街坊才清楚，我慢慢細說給妳聽。」

「方老頭剛回來不久，先是有個小後生找上門來，說要拜他為師，跟他學藝。小後生人長得清秀，也很是機靈，方老頭就收了。沒多久，村裡那相士就說他孫女是掃把星，老方頭心裡就不痛快，又被徒弟調唆，也不知是中了哪門子邪，就尋思著要再續一房來生兒子。」

「後來不知從哪兒弄了個小寡婦來，人倒長得不錯，只是妖妖調調的不像個正經人，可方老頭一看人家年輕，就同意了。不到半年，那小寡婦確實肚子鼓起來了，說住不慣這兒，哄著他把田賣了，說要回她娘家那邊去。等方老頭真的賣了田，那小寡婦卻捲了錢財跟那小徒弟一起跑了。」

「他也不想想，自己那個年紀，怎麼可能留得住人？虧那相士之前還信誓旦旦地說那女的懷的是怎樣福大命大的男娃子，十有八九就不是方老頭的。自此以後，方家才徹底敗落了，就靠著變賣家中物品和租借磨坊度日，這幾年過得越發不像個樣子了。」

章清亭至此恍然，「只怕那徒弟和小寡婦是一夥的，買通了相士，演了這齣戲吧？」

大娘一拍大腿，「我也這麼懷疑！可那方老頭受了這個窩囊氣，說又不好說，自此之後，才開始酗酒。喝醉了就成天拿小孫女撒氣，誰勸也沒用，我們這些老鄰居只能偶爾幫著照看一下，看她不被餓死也就罷了。」

章清亭總算明白為何她一提出合作之事，方老頭會如此反感，而那小姑娘也時刻充滿著戒心了，敢情這爺孫倆都是被人騙怕了。

聽完因果，她待不住了，起身告辭：「大娘，方老頭現在哪個郎中那裡？」

「不遠，妳就順著這條道走，門前有兩棵大棗樹的青磚房子那兒就是黃大夫家了。」

「謝謝妳啊，大娘。」

「哎哎，小嬸子，妳東西忘了拿！」

章清亭索性把小花籃直接擱進方家大門裡，轉頭就去找人。走出一盞茶工夫，很順利地就找到了那兩棵大棗樹。不僅聞著藥味，還聽到了細細的哭聲。章清亭心中一緊，不會是那老頭已經嗚乎哀哉了吧？

進來一瞧，小方姑娘正跪在院裡哭得傷心，旁邊門板上放著一人，可不正是方老頭？

那皮膚黝黑的中年男子想來就是黃大夫了，不耐煩地道：「不是我不救，是我沒法救啊，妳還是去市集上找別的大夫看看妳爺爺吧！」

屋裡有女人尖銳的聲音傳出：「我們家又不是開善堂的，錢沒個錢，來看的什麼病？給了一副藥，已經算是鄉親情分！快把那掃把星趕出去，免得帶壞了我們家的風水！」

章清亭一聽就明白了七八分，衝了進來，「醫者父母心，有你們家這麼做大夫的嗎？治不了就治不了，說什麼風涼話？我現就是拿了錢，你能保證把人給我治好了？」

那大夫和小方姑娘抬頭瞧見是她，一時都愣了。

裡頭一個女人凶巴巴地衝了出來，「妳算哪根蔥？要妳多管閒事？」

「路見不平人人踩。」章清亭一把將小方姑娘拉起來，「別跪這種人，去找兩個人來，把妳爺爺抬到市集上找大夫去！」

小方姑娘兩隻眼睛已經哭得像核桃似的，卻緊咬著下唇不作聲。

章清亭當下會意，這丫頭哪裡找得到人幫忙？

「我幫妳抬出去。」她又想起一事，問那大夫：「妳說給方老頭用了副藥，花費多少？」

「十五文。」那女人搶著答道。

章清亭數出銅錢，送到那女人面前，卻往地下一扔。

「妳——」那女人氣得跺腳。

「妳就不配從本姑娘手上拿錢！」章清亭冷笑，和小方姑娘一前一後抬著方老頭出去了。

走不上十步，章清亭就後悔了，這方老頭還真是沉。

待要放下去雇兩個人來，又怕時間趕不及，耽誤了診治。沒奈何，章大小姐只得跟這小丫頭一起做一回苦力。

「章姊姊，妳、妳真的肯幫我救爺爺？」小方姑娘不確信地問：「黃大夫說，我爺爺治病要好多錢，還不一定治得好。」

「沒事，先救人要緊。」

「那……我家就剩房子和磨坊了，爺爺醒了也不會給妳的，說不定……還會罵妳。」

「沒關係，他要再罵我，我就罵回去。」

「妳……妳若是要他的配方，他也不會給妳的……」

章清亭倒是樂了，「小方姑娘，小方妹妹，妳放一百二十個心，我呀，就是想請妳爺爺跟我合夥做生意，卻不會趁人之危。」

章清亭累得直喘氣，「咱們別費話了，省省力氣，趕緊把他抬進去再說。」

「那……謝謝妳了！」

兩人不再多話，抬著方老頭進了市集，找到藥鋪。拿出真金白銀，人家當然願意救治。

一番針灸下去，又灌了湯藥，忙忙碌碌地折騰了大半個時辰，方老頭終於有了動靜。胸脯急遽起伏著，呼哧呼哧喘著粗氣，臉憋得紫漲，嘴巴大張著，卻發不出聲。

小方姑娘趕緊將爺爺扶了起來，幫他順著氣。大夫又扎了幾針下去，就見方老頭越喘越急，呼地咳嗽一聲，咳出一大口濃黃腥臭的痰來。

章清亭瞧著噁心，趕緊捂鼻，躲到一旁。那方老頭一口痰出來，後面就順暢得多，一連咳出小半痰盂的濃痰，這才慢慢順過氣來，睜開了昏花的雙眼。

平時那麼凌厲凶狠的一個人，此刻看起來卻脆弱又可憐，「我……我這是在哪兒？」

「爺爺，爺爺，你終於醒了嗎？」小方姑娘喜極而泣，「這是在藥鋪裡，您暈了有大半日了，虧得章姊姊幫忙，把您送來救治！」

大大夫先插了一句：「老哥，你先動動手腳，看還都能動嗎？」

方老頭握握拳頭，沒事，又彎彎腿，「能動，就左邊這條腿麻麻的，不大聽使喚。」

大大夫搖頭道：「你啊，這是給酒糟透了，能救回來算你命大。往後這腿恐怕都不利索了，好好保養，切記再不可酗酒了，否則再厥過去，就沒這麼走運了。」他收拾了針具，對章清亭道：「我先開上幾副藥，給他吃完之後還得帶他來複診，估計要吃上好一段時日，有問題嗎？」

「沒問題，您開了方子直接讓夥計抓藥吧，我一會兒過來付錢。」

那大大夫去忙活了。

這邊方老頭慢慢清醒過來，看著章清亭，果然第一句話就是冷冰冰的：「我是不會感謝妳，更不會跟妳合作的。」

小方姑娘很尷尬，章清亭卻笑了，「那我還要請你們祖孫吃個飯，並送你們回去如何？」

「吃個飯也不能收買我！」

章清亭笑意更濃，「若是一頓飯就能收買一個人，那未免也太便宜了！就是收買到了，本姑娘也不稀罕，你們等著！」

她轉身出去，雇了一個滑竿過來，拿了藥，抬著方老頭，先找家小飯館吃了個便飯。

這老頭果然挑剔，一邊吃一邊罵，什麼青菜火候不對啦，肉片太老啦，湯底沒用高湯啦，嘮叨個沒完。

章清亭和小方姑娘倒是心有靈犀地悶不吭氣，埋頭吃飯，任他說去。

飯後，章清亭又要了些包子饅頭滷菜打包，讓小方姑娘拿著，晚上熬點粥炒個青菜，祖孫倆也就夠了。

「那……章姊姊再見。」

章清亭笑了，「還沒完了，我也得上你們家去。」

方老頭很是詫異，「妳上我們家幹麼？」

章清亭狡黠一笑，「拿酒啊！我本來送了你兩罈好酒和月餅，如今你不能喝酒了，我自然得收回去。」

「真是厚臉皮！哪有送人家的禮還收回去的？」

章清亭毫不客氣予以反擊，「那還有受了別人的救命之恩，連個謝字都沒有的！他那麼個老傢伙都不覺得厚臉皮，我這小年輕有什麼不好意思？」

方老頭氣得直磨牙，「妳是別有居心！」

「我的居心不是還沒達成嗎？不算！」章清亭也耍起無賴。

不跟他多扯皮拉筋，叫了轎夫進來，直接架起這倔老頭放上轎子，一路抬著又去了方家。

如果說以前的張家是個連耗子都不生的窮窩，這方家就是連狗也嫌的髒窩。亂七八糟，遍地狼籍。指揮轎夫送方老頭躺回床上，章清亭皺著眉頭，不停地拿手絹扇著小風兒。

方老頭倒是樂了，「我家這麼髒，恕不招待，妳可以滾了。」

章清亭真覺得自己有大丈夫之風，能屈能伸，「我把話說完了就走。」

「我不聽！」方老頭拿被子捂住腦袋。

「你愛聽不聽，反正我要說。」

打發小方姑娘回去燒水煎藥，章清亭開口了：「方老頭，你有沒有想過，你要是就這麼死了，誰幫你收屍？」

方老頭不應。

她自問自答：「自然只有你孫女。可你孫女拿什麼幫你收屍？瞧你這家窮得，恐怕連副棺材板都備不出吧？」

「怎麼沒有？我早給自己備好棺材壽衣了，就在隔壁屋裡！」方老頭氣呼呼地轉頭回了一句：「死就死了，誰要妳多管閒事來救我的？」

「行行行，就算我狗拿耗子，多管閒事。」章清亭不僅自嘲，還把他給揶揄了一番，又道：「就算你有棺材壽衣，到時披麻戴孝的自然是小方妹子了，那幫你抬棺的呢？這村裡會有人來替你入土為安嗎？多的我就不說了，只說方才，可是我和小方妹子一路把你抬到藥鋪裡去的，路上連個搭把手的人都沒有。」

方老頭說到痛處，又別過臉去。

章清亭冷哼一聲，「我知道你會說，你孫女是掃把星，沒人理是活該，可她真的活該嗎？你怎麼不好好想想，女人生孩子本就艱險，她娘生她之時落下病，是挺不幸的，可這是她的錯嗎？你兒子為了幫媳婦治病遭人綁架，也挺不幸，可這是你孫女的錯嗎？她那時才多大，懂個什麼事？無論是誰，一根手指頭都能要了她的命，她還能去剋誰？禍害誰？」

她白了那老頭一眼，說出自己心中的猜測：「說不定，真正害死你兒子的，是你自己！」

章清亭既這麼說，自有她的道理，「別怪我多嘴說一句，你那時是不是得罪了人，結了仇家？

要不，為何偏偏綁架你兒子呢？按理說，若是一般的劫匪，得了錢，也就放人了，為什麼這夥人得了錢還斬盡殺絕？你後來有沒有去報官？有沒有捉拿到這夥盜賊？他們這些真正殺害你兒子、逼死你媳婦的人你不去管，怎麼就只會欺負一個小小的孫女？」

「誰說我沒報官？」方老頭怒吼一聲，掀了被子，翻身坐了起來，滿臉悲憤，「可報官有什麼用？剛知道天官被人綁了，我就去找了衙門捕快，他們是受理了，可轉頭那些劫匪就砍了天官一根手指頭送回來，我能怎麼辦？只好變賣所有家產換了金銀送去，可他們、他們還是……」

想起往事，方老頭老淚縱橫，「當時我是病了，還不至於老糊塗！這出了人命的事情，怎麼能不去報官？可衙門裡的差役知道我沒錢了，便開始推三阻四，誰都不願接手這案子……可憐我的天官啊，只送了一個頭回來，連屍首都不知道在哪裡！」

這還真是慘絕人寰，章清亭聽得臉上也有幾分戚色，卻道：「那就更應該是你得罪什麼有權有勢的人了，要不，怎麼一報官，劫匪就知道信兒了？你再好好想想。」

「我不知道！」方老頭想起這事就傷心欲絕，「就是知道了又能怎樣？我一個小廚子難道還有本事扳倒那些大老爺嗎？」

章清亭忽地明白了，「所以你就藉著生病，回到鄉下來了？」

方老頭既不承認，也不否認。

章清亭揭過往事，只說現在：「你既是這麼個聰明人，怎麼就想不明白呢？是你那徒弟和寡婦進了門，才有相士說你孫女是掃把星，你怎麼就信了？」

方老頭還嘴硬，「可確實是有了她，我們家才這麼倒楣的！」

章清亭搖頭，「凡事有因才有果，你不去追究那個因，卻平白去怪這個果，未免有失偏頗。方老頭，我這麼跟你說吧，你要怎麼對你孫女，別人都管不了，可你想想，等你死了，留下她一人怎麼辦？不管你怎麼罵她，她總是姓方的，外人也只知道是你老方家的孫女在外頭被人欺負，縱然要丟，丟的也是你們老方家的臉！」

方老頭有些動容了，轉過身去不理她。

章清亭接著道：「我想，你兒子當年應該也是歡天喜地，盼著方妹妹的到來吧？就算是個閨女，他肯定也是心肝寶貝一樣疼著。若是他真的在天有靈，知道自己女兒被自己老爹成日毒打咒罵，他心裡該怎麼想？等你下到九泉之下，能跟他說，你閨女是個掃把星，我替你天天揍她，揍到我死了，就把她扔下給人欺負了。你覺得他是不是會很高興，還要拍巴掌讚你這個老子明白事理，又英勇無比？」

章清亭把該說的說完了，此時才站起了身，「我言盡於此，任你愛聽不聽。你放心，你們家我是再不會來了。這些錢你別嫌棄，算是我好事做到底，留著給你們祖孫過節用的。」

她放下幾十文錢，「如果你想找我，記得我家就住集市西邊，趙秀才家，一打聽就是。再有，最後勸你一句，凡事適可而止。你若對你孫女當真深惡痛絕，索性賣給我吧，我挺喜歡她的，不會虧待了她。就這樣，我走了。」

章大小姐只留下月餅，當真又把那兩罈酒提了出去。門外，小方姑娘蹲在門邊，身邊放著茶壺茶杯，滿面淚痕。

章清亭把她拉了起來，拿手絹擦去她的眼淚，溫柔一笑，「小妹子，姊姊教妳一句話，人必自侮，然後人侮之。妳是什麼星，由妳自己說了算。要是這個家實在待不下去，來找姊姊吧。」

小方姑娘哽咽著一個字也說不出來，章清亭把手絹塞到她手裡，翩然而去。

小姑娘一直瞧著她的身影，腦子裡不住迴盪一句話：「妳是什麼星，由妳自己說了算。」

而屋子裡，方老頭躲在被子裡，老淚滂沱。這坎坎坷坷的大半生回想起來，實在是酸楚難抑。

今日被章清亭捅破，便如黃河決堤，氾濫千里。

他不是愚昧無知，能在每個行業做到拔尖的人，必有其過人之處，只是老來喪子對他來說，實在是個致命的打擊，才不得不在酒裡逃避生活的噩運。

若是今日死了，倒也就解脫了，可章清亭偏偏來了，還偏偏把他搖醒。這往後的日子該怎麼活下去？由不得他不去深思。

章清亭這一番折騰，回到家就晚了，進門就見趙玉蘭眼睛紅紅的來開門。

「這是怎麼了？」

玉蘭搖頭不吭聲，回到廚房繼續幹活。

章清亭心中訝異，看趙成材還沒回來，假裝去廚房打開水，見趙玉蘭正偷偷對著灶台抹淚。

章清亭越發好奇，卻不發問，只道：「真是好香，妳做什麼了？」

趙玉蘭忙擦了眼淚回過身來，還帶著顫音，揭開瓦罐蓋子給她瞧，「上回大嫂妳帶了個兔子腿回來，大家不是都說好吃嗎？我就滷了一點豬頭肉、豬大腸什麼的，反正也便宜，又挺有味道的。只是，到時大嫂妳可別嫌棄。」

章清亭抿嘴輕笑，「妳的手藝我放心，就是我不愛吃，你們愛吃也行啊！噯，那個鴨子妳收拾了嗎？」

「還沒呢。娘說放明天吃，再殺隻雞，就雞鴨魚肉都齊全了。」

章清亭道：「那妳說說，都準備怎麼做？」

「雞是燉湯的，鴨子我打算燒芋頭，魚是糖醋，這塊腩肉就還是紅燒吧，放點乾豆角，大家都愛吃。」

章清亭搖了搖頭，「味道太重了，何況妳這兒還有滷菜，有三個菜是紅燒的，太重複了。」

「那大嫂說要怎麼做？」

章清亭雖不擅長做，卻擅長吃，「雞還是燉湯，肉燒芋頭，魚妳會做清蒸的嗎？那鴨子可以做成鹽水鴨。」

前兩個菜沒問題，趙玉蘭只道：「只是這清蒸魚若做不好，會腥的。鹽水鴨怎麼做，我倒沒聽說過。」

章清亭把鴨子的做法跟她說了，又道：「妳蒸魚時剖洗乾淨，水開了再放下去。再多放些薑蔥，保證不腥。不過得記住，一定要是活魚。若是放不到明天，就還是紅燒。」

趙玉蘭記下了，只那鴨子的她怕做不好。

章清亭很是大度地道：「做不好，下次再做就行了。」

「可娘……娘會罵的。」

「沒事，有我呢！」說起來，章清亭也有些饞故鄉的美食了，催著她去弄。

趙玉蘭狠下心，下手了。

鴨子洗拔乾淨，放掉血水，內臟不要，碾了花椒八角等香料和鹽一起炒熱，在那鴨子裡外細細抹上，又在陰涼通風處吊了起來。

看著那鴨血鴨內臟，章清亭忽地又想起鴨血酸菜粉絲湯來。

趙玉蘭聽了笑道：「這個我卻是知道，叫雜燴麵湯。只是沒大嫂妳說的精緻，一會兒吃飯時我就煮了。」

章清亭搖頭，「這個做宵夜比較好。」

趙玉蘭想起一事，「昨天妳叫我準備宵夜，後來娘還誇我，我說了是大嫂叫我準備的。」

「那就應該沒下文了吧？」章清亭揶揄了句，卻不想正好說中事實，趙玉蘭有些赧顏，換了話題：「大嫂，妳怎麼懂得這麼多吃的？昨天那排骨也是。」

章清亭反問：「那好不好吃？」

趙玉蘭點頭，「我挺喜歡的，可娘嫌太清淡了，不如配些豆角什麼的一塊燒了，分量又多又夠吃。後來哥哥說娘是那個暴什麼物，我也不懂。」

暴殄天物，害虐烝民。

這話用在趙王氏身上倒是恰如其分，章清亭掩嘴輕笑，「我昨天還忘了跟妳交代一句，那排骨應該只取中間肋骨那一段做，兩頭帶骨的皆棄而不用。要是這樣做了，妳娘不知會怎麼跳腳呢！」

趙玉蘭呆了一呆，「那我也會跳腳，太浪費了。」

章清亭道：「妳把那多的隨便扔哪個湯裡燉燉，不就用上了？」

趙玉蘭這才點了點頭，笑道：「那以後大嫂妳多教著我點。」

她的話音才落，門口突然有人陰陽怪氣來了一句：「妳又想跟妳大嫂學什麼呀？別好的不學，淨學些歪門邪道。」

這麼刻薄，除了趙王氏還有何人？見她一身的麥殼，想來是剛從後院脫麥回來打水喝的。

趙玉蘭嚇得臉一下子僵了，「娘……」

章清亭心道，我又哪兒招惹妳了，要這麼橫挑鼻子豎挑眼的？

她當下冷冷回道：「不知媳婦又幹什麼得罪您老人家了，還請指教。」

「那妳得罪的地方可多了去了，我十根手指頭也數不完。只是你們張家人壞你們自己的，別帶累我們家人，尤其是妳那箱子裡頭藏著那些見不得人的東西，可別拿出來禍害趙家孩子！」

章清亭聽這話不同往日，好像其中有什麼故事，可這一棒子打翻一船人，也不是她能忍的。

「若說我們張家人不好，那妳為什麼還要拚死拚活把我們一家招進來？既然進來了，怎麼，現在又嫌搬起石頭砸自己的腳了？」
趙王氏忿忿地盯著章清亭，此事是她心中大恨，卻怎麼也找不出話來反駁。
「娘、大嫂，妳……妳們別吵了。」趙玉蘭怯怯地想勸架，卻一下子就引火焚身了。
趙王氏轉眼瞥見房樑上吊著的鴨子，還有盤子裡的鴨血，當下火冒三丈，衝上前一把揪住女兒的胳膊，使勁擰著，「死丫頭，老娘不是跟妳說了，明兒再吃這鴨子嗎？就這麼嘴饞等不得，一定要今天做了，難道是吃了趕著去投胎？」
趙玉蘭吃痛，流下眼淚，「娘，不是這樣的，是大嫂說了個新做法，收拾出來明兒吃。」
「人家讓妳做妳就做，老娘不讓妳做妳怎麼就不聽？」
章清亭性子也上來了，這殺雞給誰看啊？
「是我讓她做的，怎麼了？不服氣來找我啊！」
「我哪敢教訓妳呀？到時妳又得說，這些東西全是妳花錢買來的，妳愛怎麼吃就怎麼吃，誰管得著啊？」
「妳既然知道，幹麼還難為人？」
「妳自買的東西想怎麼做我管不了，可我教訓自家閨女關妳什麼事？她不聽老娘的話，我就打了怎麼著？我再打！我就打死她，也不讓她學壞！」
這簡直毫不講理！這兩日怎麼淨遇上這種不講理的爹娘？
章清亭氣白了臉，心中火騰騰往上冒，想起從前小時候的一幕，至今記憶猶新。
那時自己不過才七八歲年紀，有一回貪玩，隨伺候的小丫頭爬了回樹，結果立即被人報到嫡母那裡去，抓到就是一頓好打。
當時親娘跪在地上哭著求情，可嫡母也是這麼冷冰冰地說：「她既喊我一聲母親，我就要好好管教。縱是打死了，也比養出一個不懂規矩的野丫頭強，給我打！」

最後直打得章清亭昏迷不醒，等她醒來的時候，親娘剛剛坐胎一個多月的孩子沒有了。對外只說是自己不小心流掉的，可章清亭知道，是親娘以此換了她一條小命。

幾乎是想都不想，章清亭已經衝了上去。

一把拉開趙玉蘭，衝著趙王氏道：「她是妳的女兒，不是妳的奴婢。縱是妳的奴婢，她也有權做自己想做的事。不就是一隻鴨子嗎？又不是殺人放火，妳至於發這麼大的火？」

趙王氏更生氣了，「我就是要打她，妳管不著！」

「妳要打是不是？我幫妳！」章清亭回頭就從案上抄起一把明晃晃的菜刀，拿著就往趙王氏面前衝去。

趙王氏嚇得面如土色，「妳、妳……妳想幹什麼？妳別亂來啊！」

章清亭真是很想刷刷砍兩刀下去，滅滅這老虔婆的威風，可理智告訴她不能這麼做，所以她只能拿著菜刀虛張聲勢，「妳不是要教訓她嗎？我遞刀給妳啊！打就打個狠的，妳乾脆砍死她算了，要不，砍隻手還是砍隻腳？這刀不好使，要不要我再尋個斧頭給妳？」

趙王氏哪裡敢接，只瞧見她拿著刀在自己眼前晃來晃去。章清亭本來就比她高上許多，這樣滿臉怒氣，確實有幾分駭人。又猛地想起這丫頭可是殺豬出身，這一刀下去，那還不得傷筋動骨？不免有些慌了，再不敢逞強，被章清亭逼著連連退卻。

趙玉蘭不知真假，嚇壞了，奔上前抱著章清亭，「大嫂，大嫂，不要啊！娘，妳快走！」

趙王氏趕緊逃之夭夭，可走了沒幾步，迎面撞上也過來找水的張金寶。

只見她灰頭土臉，一路嘟囔：「瘋了！那丫頭瘋了！」一溜煙地跑了。

張金寶也不知發生了何事，再往前走，便見大姊高舉菜刀，殺氣騰騰，頓時嚇得腿也軟了，緊貼著牆根站定，帶著哭腔嚎開了：「大姊，妳可千萬別衝動啊，殺人可是要償命的……」

他可不知章大小姐現在心中正得意著呢，心想這招還真好使，看樣子趕明兒自己還真得去弄把刀來，時不時拿出來晃晃，既可防身，還可震懾這老虔婆。

見「敵人」已經撤遠了，章清亭收斂神色，橫了張金寶一眼，「你過來幹什麼？」

「我……我來喝水……」

「那就喝你的吧！」章清亭回頭把菜刀往案板上一扔，拿了自己的茶壺茶杯自回房了。

趙玉蘭半天不敢動那菜刀，張金寶更是水也不喝的就跑了。

只有章清亭，回了屋，才倒在炕上毫無形象地笑得直打跌。想到趙王氏狼狽而逃的模樣，肚子都笑痛了，眼淚也笑出來了。

晚飯時，趙成材沒回來，留了飯菜給他，一家人吃飯。

章清亭面無表情，鎮定自若。

趙王氏下午被嚇著了，難得一回不挑事了。其他人多少聽說這婆媳倆下午幹了一仗，還動了菜刀，都有些心驚膽戰。覷著章清亭的神色，一頓飯吃得小心翼翼，連大氣都不敢出。

幸好章清亭本來就吃得不多，很快離了席，大家才鬆了口氣。

趙成棟隨口找了個話題，「姊，今天這鴨血湯真不錯，下回咱們再煮來吃。」

趙玉蘭偷瞧了娘一眼，小心地答話：「這是大嫂教的。」

沒了敵手，趙王氏才冷哼一聲，「她既這麼有本事，怎不自己來做？」

「這話就不對了。」張發財還是護著自家閨女，「親家母，我閨女可是出了錢，說好可以不幹活的。」

「就是！」張金寶也道：「這菜也是我大姊買的呢！」

趙王氏臉一沉，「那你們吃的這糧食還是我家的呢！」

「我們也有幫著割啊！」張小蝶幹了活，自覺膽氣也壯了，「再說，這一頓飯的米錢能比得上菜錢？」

「好了好了。」趙老實難得出聲打圓場，「都是一家人，計較這麼多做什麼？吃飯吧。」

這下都不吭聲了。

趙王氏到底心中不忿，嘟囔著：「她買的菜再好，也不是每天過節，還不是吃我們家的？」

這話說到大家心裡去了，由儉入奢易，由奢入儉難。

這兩日眾人都吃得滿嘴流油，雖然活是累人，但一想著活幹完了，回來就有好吃的，還是挺有動力的。

趙成棟仗著素來老娘疼愛，當下笑道：「那咱們再跟大嫂說說，以後讓她天天買菜。」

張家幾口深以為然，趙王氏卻拿筷子敲小兒子腦袋一記，眼光一掃眾人，「做夢吧！媳婦手上就算有幾個錢，能禁得起這麼多人成天大魚大肉的？她也就那三十兩銀子，還指著做生意賺錢呢！你們都別想了，就是她同意，我也不同意！」

得，眾人的希望一下子破滅了。

陸之章

秀才動心萌情意

章清亭可不知趙張兩家人的心思，她現在想的多是方老頭的事。

她可不傻，當時只留了幾十文錢給他們祖孫倆，等頭一次五副藥吃完，下回就沒了。若是他回心轉意便罷，若是那方老頭真的一心等死，她也沒法子，還得再琢磨琢磨能幹什麼。

其實趙玉蘭的手藝也不錯，自己若是好好教教，也能做出幾個像樣的小菜，但卻沒什麼特色，最多弄個小飯鋪子，吸引不了人，那還能做些什麼呢？

還有那個綢緞鋪子，就是接下手來，那些布匹怎麼辦？難道眼睜睜就砸在手裡？

那個秀才也真是的，不知跑到哪兒送禮去了，天都黑了還不回來，不知道人家會擔心嗎？

正想著要不要派個人出去找找，忽聽有人拍門。

「開門！娘子，快開門！」一聽這聲音，大家都放下心來，趙成棟過去開了門，卻見趙成材滿身酒氣，醉醺醺的。

「哥，你喝酒了？」

「沒事，我沒醉！」趙成材分明已有七八分醉態，踉踉蹌蹌的就往東廂走，一路還大呼小叫，「娘子，娘子，妳聽我說！妳快來呀，聽我跟妳說！」

旁人見了無不啞然失笑，這小夫妻感情還真好，有什麼話非這麼著急講不可？

章清亭皺眉出來，趙成棟已經把大哥扶進房，趙王氏也跟過來瞧，此時只得讓他們把趙成材扶進了裡間的炕上。趙成材一沾上炕，就癱倒下去了。

聞得他一身的酒氣，章清亭捂住了口鼻。

趙王氏卻指揮她道：「媳婦，妳趕緊幫你相公打水來擦擦臉啊！」

章清亭應了，卻是不動，「你們去歇著吧，我自會料理。」就是不料理。

趙王氏關心著兒子，沒多計較，動手把兒子的鞋襪、外衣脫掉，扶著他在炕上躺好，拿被子幫他蓋上，「這酒喝多了，得喝些湯水醒醒。玉蘭，晚上的鴨血湯還有嗎？」

「早沒了。」現在家裡這麼多人，哪還能剩得出好菜來？

趙王氏只好交代：「那媳婦妳去泡壺茶，拿茶窠子溫著，喝醉的人晚上肯定會口渴，恐怕還會吐，妳把痰盂也備在床頭。」

待把人打發走了，章清亭趕緊閂了門，才捂著鼻子到炕邊道：「秀才，秀才快起來！」

趙成材唔唔應著，人卻往被子裡鑽。

章清亭無法，拿帕子浸了涼水，擰得半乾，就往他面上一鋪。

猛然一涼，趙成材似乎有了點動靜，可腦袋晃來晃去，似乎想睜眼，又死活打不開。

章清亭一不做二不休，乾脆用帕子捏住他的鼻子左右搖晃，「快醒醒！秀才，快醒醒！」

趙成材本來臉就醉成酡紅，這下子更成煮熟的蝦子。憋了半天，實在忍無可忍，張大了嘴呼呼喘氣，還一把抓住了那隻不讓他好好呼吸的手。

男女授受不親，章清亭又羞又急，「你快放開，放開！」

喝醉的人腦袋不清楚，手勁卻大，抓住就是不撒手。章清亭越折騰，他越把人往懷裡帶，手上占著小便宜，嘴裡還嘟嘟囔囔地賣乖：「娘子，妳……妳真聰明，妳教我的，全是對的……我……」

「你先放開我！」

趙成材吃著小豆腐還吃上癮了，「妳別動……妳、妳聽我說！」

章清亭掙扎了半天，連汗都出來也掙不脫，索性不動了，黑著臉在炕沿坐下，「那你說，說完了放開我！」

「我……我找著事了……」

「什麼事？」

「是……是在……」趙成材不知說了句什麼，然後終於放心發出均勻的鼻息，夢周公去了。

章清亭只覺腕上一鬆，當即掙脫出來。

這死秀才，說他手無縛雞之力，還把自己手腕都給捏紅了。

章清亭忿忿地甩出幾記眼刀，卻也不好跟醉鬼計較。開箱拿了自己的鋪蓋，到外間睡下。

睡到半夜，趙成材果然被渴醒了，只覺頭痛欲裂，勉強撐開酸澀的眼皮，想起身下床，酒醉麻痺後的身子卻不聽使喚，一不小心滾了下來，咕咚摔得一響，疼得哎喲哎喲直叫喚。

這麼大的動靜，章清亭睡得再香，也被驚醒了。

她披衣點了燈進來一瞧，「你怎麼了？摔得厲害嗎？」

趙成材見了亮光，本能地伸手擋在眼前，等適應過來才道：「沒，沒事。我怎麼在這兒？」

章清亭沒好氣，「你喝多了！你們家人扶你進來，我又叫不醒你，只好讓你睡這兒了！」

「那妳呢？」

「睡外面唄。」

「那……那真是對不起啊！」

見他吃力地扶著炕，想站又站不起來，章清亭放下燈，上前扶了他一把。

趙成材坐下之後才注意到自己只穿了中衣，尷尬地拿被子擋在身前，「那個，有水嗎？」

「等著。」章清亭出去拿了他的杯子進來，倒了杯茶遞他。見茶還溫著，自己也倒了一杯，半杯漱了口，才把剩下的慢慢喝了。

趙成材卻是一飲而盡，接連把一壺茶水全喝完，才覺得稍解了些渴。剛抬頭想再次道謝，卻又覺得胃裡翻湧得難受，趕緊捂著嘴巴。

章清亭眼疾手快往地上一指，「吐痰盂裡！」

趙成材看準了位置，才張口大吐起來。

章清亭瞧了噁心，連著退了好幾步。

直等胃裡全吐乾淨了，趙成材才算是徹底清醒了。

章清亭直退到門口，「我去廚房瞧瞧有沒有熱水，再給你倒一壺來漱口。」

她點了一根小蠟燭走了，很快提了熱水回來，卻見趙成材想起身下床，「你要幹麼？」

「我去把這收拾了，免得弄髒了妳這屋子。」

「算了算了，明早再收拾吧。瞧你這手足綿軟的樣兒，要是再弄灑了，那今晚可都別想再睡了。」她一面抱怨著，一面續了茶給他。

趙成材接過茶水，重又漱了口，把杯子遞還給她時，忽地笑了，「娘子，妳人真好。」

當然！章清亭心下腹誹。

暖暖的橘黃燈光下，章清亭素著臉，披散著長髮，少了白日裡的潑辣與端莊，卻添了幾分居家的親和之意。看她為自己忙裡忙外，趙成材心中忽地一動，這是他的妻子呢。

可很快就洩了氣，人家可一心惦記著要走。

章清亭不知道他為什麼一下又變得無精打彩，還以為是累著了，「睡吧，我把燈熄了。」

「別！」趙成材也不知怎麼，突然很想再和她多說幾句話。

「怎麼？」

「我有個好消息要告訴妳！」趙成材確實高興，迫不及待地想和她分享這份喜悅，「我找著事做啦！」

這麼快能找到什麼好差事？章清亭不大上心，只應付了一句：「什麼事？」

「這還要多謝妳呢！妳不是說要我跟人多走動來往嗎？我今天去婁大人那兒時，就特別也送了份禮給那陳師爺。他跟我說，想回老家好好過個年，再治下腿的老毛病。若是我一時找不到事做，可以去他那兒頂幾個月。我想著是個短差，又在縣太爺跟前，萬一做不好，不就弄巧成拙了？故而沒有答應。」

章清亭聽著無趣，只想快點回去睡覺，秀才卻滔滔不絕地道：「後來我又去了幾個老夫子家裡，就碰著機會了。原來紀夫子剛好給鄰縣一個守備大人家的公子做西席，可他年紀大了，想回來頤養天年，我若是願去，他可以舉薦。一月有二兩銀子的束脩不說，還管茶管飯，有四套衣裳，逢年過節的禮更少不了。他說那守備大人很好說話，小公子雖有些頑劣，也還算好，教起來不算費心。只是有些遠，這一走，只怕除了過年就回不來了，所以我說要回來商議一聲再去，這個好吧？」

「我看未必。」章清亭不耐煩的一句話就戳穿了秀才的美夢，「你剛才說那夫子多大年紀？身體如何？」

趙成材愣了一下，「他？五旬開外，身體還可以。」

「給官家做老師可不比尋常，做之前，你還是先打聽清楚的好。」

趙成材恰如兜頭潑了盆冷水，一下子怔住了。

章清亭也不多話，「天晚了，先睡吧。」

吹了燈火，自去睡了。

趙成材重又躺下，卻有些睡不著了。

章清亭的話到底是什麼意思？可體內未消的酒意還是將他迅速帶入了夢鄉。

次日醒來，已是日上三竿。

趙王氏領著大隊人馬在後院碾麥子脫殼，趙玉蘭在廚房裡忙活。

章大小姐這會兒無事可做，難得心情好，便接了趙玉蘭的針線活，繡著半幅未完的繡片。

且不說趙成材瞧著稀奇，張家一眾人更是下巴快掉到了地下。

這大姊自出生起，向來只有見到她拿刀弄棒的，就沒見她拈過繡花針，可此時卻做得有模有樣，怎不讓人驚奇？

趙玉蘭得閒過來一瞧，更加驚喜，「大嫂，妳的手可比我的還巧，針腳好勻淨！」

那是！章清亭心中得意，也不看本小姐是誰？這鄉下的針線可比她們官府千金做的細活差遠了，只求顏色豔麗，花色大方，她只看兩眼就會了。

趙成材醒來得晚，自把痰盂收拾乾淨，本打算去廚房找點吃的，趙玉蘭卻笑，「哥，這都快午飯了，你先忍一忍，一會兒吃好的。」

「那倒不好。」章清亭做著活計，插了一句，「酒後脾胃虛弱，一會兒午飯那大魚大肉，吃了別說沒進益，倒讓身子受損。若是有什麼粥點給他先喝上一碗，墊墊底子再說。」

聽章清亭說得在理，趙玉蘭下廚搗了碗黑芝麻糊出來。濃香撲鼻，章清亭也多瞧了兩眼。

趙成材還算識趣，「娘子，妳要不要試試？妹子，還有嗎？」

「有呢！大嫂，這芝麻是自家今年新收的，可香呢，妳也來一碗吧！」

章清亭欣然點頭，「妳拿我的茶杯調一點先給我試試。」

芝麻倒是好芝麻，只是甜得有些過了，章清亭皺眉道：「做甜點不是糖越多越好，一種味道太過反而會蓋住食材本身的味道。這個時節，若是放些桂花進去，再加點蜂蜜便是極好的了。」

說得趙玉蘭不住點頭，心想大嫂還懂得真多。

趙成材吃完收拾了杯碗，精神也來了，端著小板凳到章清亭身邊坐下，虛心請教：「娘子，昨晚的話還沒說完呢。妳倒是再跟我細說說，為何那老師當不得？」

章清亭也不答，只輕笑道：「你也不用再問我了，直接抽個空去那家打聽清楚便知。要是嫌麻煩，就在縣衙問問。他們官府中人常有來往，應該多少知道點底細。」

趙成材點頭，「行，那我這兩日就去問問。」他正想回房去看書，忽地有人敲門，過去一瞧，愣了，「你來這是……」

章清亭還怕是方家祖孫來找她，趕上一瞧，卻是個黑紅臉的陌生小夥子。這都秋涼了還穿著夏天的單衣，微微袒露著結實健康的胸膛，本來挺精神的一個人，可那衣裳上卻打著好幾個蹩腳的補丁，頓時讓形象大打折扣。

他兩手背在後面，先看了章清亭一眼，似乎很不好意思，支支吾吾地道：「這位就是……嫂子了吧？那個，玉蘭在嗎？」

卻見趙成材應了一聲，不冷淡卻也不太熱情，只淡淡往裡喊了一聲：「玉蘭，找妳的。」

章大小姐敏銳的八卦神經立即判斷出來，這裡頭有古怪。

趙玉蘭聞聲出來，見了是他，臉瞬間羞成大紅布。

趙成材示意章清亭跟他回去，就在院中坐著瞧。

章清亭也裝腔作勢地拿起針線，全神貫注偷瞧偷聽。

小夥子從身後拿出個小禮盒，「這不……不是過節了嗎？這是送妳家的。」又從懷裡掏出一朵紅色的小珠花，鼓足勇氣道：「這花兒給妳，今晚去放燈嗎？我等妳。」

趙玉蘭頭都不敢抬，「我……我不去，這些東西你拿回去吧，以後……別再來了。」

她哆嗦著把門砰的關上，臉上已是泫然欲泣，瞧見哥嫂都在，情緒不敢太過外露，轉頭衝進了廚房裡。

章清亭望著趙成材，眼神示意，講吧。

趙成材卻嘆了口氣，轉身回房去了。

這打的什麼啞謎？章清亭躡手躡腳到了大門邊，聽見腳步走遠的聲音，這才悄悄拉開了門，見那禮物和珠花都擱在門口，賊笑著撿了起來，拎回了東廂，掩了門才小聲問：「怎麼回事？」

趙成材有些難以啟齒，章清亭開始猜，「是不是你妹子和那小夥子青梅竹馬，兩情相悅，但你娘嫌人家窮，不同意，要棒打鴛鴦？」

趙成材瞠目結舌地望著她，「妳怎麼知道？」

章清亭得意，「本姑娘一雙火眼金睛，有什麼猜不出的？你娘那性子，一看就知道了。」

趙成材忽地想起自己和小桃之事，自覺有些赧顏，「其實我和小桃真沒什麼……」

章清亭毫不在意地擺擺手道：「行啦行啦，你倒跟我說說，他們倆是怎麼回事？」

見她如此漠不關心，趙成材心裡忽覺有些失落，想想還是跟她說了：「剛才來的是田福生，和我們都是一塊長大的。從小就和玉蘭特別好，人仗義也有力氣，小時候我不是讀書去了嗎？他就總是幫忙護著我家弟妹。」

「那不是挺好的？」

「好什麼呀？田家祖傳是打鐵的，雖然也有個手藝，但家裡的爺爺奶奶身體都不好，還有他娘，也是個藥罐子。他姊姊倒是嫁了，可下面還有弟弟妹妹，一大家子全靠他和田大叔撐著，著實艱難。田大叔早跟娘提過他們的親事了，可娘一直不同意。」

章清亭想了想，說了句公道話：「你娘顧慮得有道理，這麼窮，要是嫁過去，那真是跳進火坑裡了。」

「誰說不是呢？所以娘一直想為玉蘭尋門好親事，可咱家裡也艱難，又要人幫襯，玉蘭一直走不開，這高不成低不就的，也就拖到了今日。唉，說起來，妹子也真是怪可憐的，希望能早些為她找個好婆家吧。」

章清亭想想，轉身拎著禮物進了廚房。

趙玉蘭坐在灶前，頭埋得低低的，肩膀一抖一抖的，正在哭。

章清亭將珠花往她面前一遞，趙玉蘭趕緊擦擦眼淚站了起來，「大嫂，妳……妳怎麼把東西收進來了？要是娘瞧見，又該罵了。」

章清亭狡黠一笑，把花往她頭上一插，「妳娘罵什麼？罵我送了朵花給妳？拿著吧。看看這禮物是什麼，就說是我買的不就得了？」

把那禮物拆開，不過是四塊月餅。

章清亭笑道：「這禮物人家可是擱在門口，便是不收進來，也浪費了，留著慢慢吃吧。妳快別哭了，一會兒眼睛腫了，妳娘瞧見，才真是要疑心。」

趙玉蘭漸漸安下心來，卻把那花摘下，藏在懷裡，囁嚅著道：「謝謝大嫂。」

章清亭這才裝作不經意地打聽，「妳昨天也是為了他哭？」

趙玉蘭瞧她一眼，半晌才低聲道：「我昨天拎著東西回來，路上遇著他了……他非幫著送我回來，結果在門口被娘瞧見了……」

「我說你們真是笨！」章清亭搖頭，「就是要送妳回來，最多送到路口，哪個還真送到家門口的？這不是找罵嗎？」

「他想見見娘，說幾句好話來著……」

章清亭道：「就妳娘那臭脾氣，要是沒兩個金元寶開路，這不是往老虎嘴裡拔牙嗎？」

趙玉蘭聽得有趣，倒是破涕為笑了。

章清亭才道：「妳娘雖然有些不近情理，但她也是為了妳好。妳想想，他家那麼窮，妳要嫁過去，就得伺候一家子老小，成天為了柴米油鹽犯愁，這日子說起來容易，過起來可就艱難了。」

趙玉蘭低著頭，「娘也這麼說，我知道她是為了我好，只是……」

「只是心裡放不下，對吧？」章清亭也不多說了，「路是妳自己選的，妳自己好好想想吧。這時辰差不多了，我教妳把這鴨子弄出來。」

姑嫂二人暫且拋開沉重的話題，章大小姐開始指導午飯，偶爾動動小手，幫幫小忙，倒也不那麼反感，反而覺得挺有意思。

趙王氏幹活甚是麻利，硬逼著兩家人幹到午時都過了，到下午了，把所有麥子脫出粒來收了袋，這才許人來吃午飯。

午宴就擺在堂屋，十二個人將一張不大的八仙桌擠了個滿滿當當。雞鴨魚肉擺了一桌，紅燒清蒸白斬滷水，紅紅綠綠瞧著就讓人食指大動。

趙成棟深吸一口香氣，讚道：「姊，妳的手藝有長進啊！」

「都是大嫂教我弄的。」趙玉蘭很是謙虛。

趙王氏面上微有笑意，卻不置可否。

趙成材開了桂花酒，幫她姑嫂二人各倒了一杯，「二位都辛苦了，日後還須繼續努力！」

大家都笑了起來。

大過節的，誰都不會主動去找不痛快，何況忙了大半日，全都飢腸漉漉。趙王氏舉杯說了兩句吉祥話，就開吃了。剛吃了兩口，忽聽有人來敲門。

趙玉蘭當即臉色一變，趙成材趕緊起身想去開門，卻被趙成棟搶了先，他也趕忙跟了出去，還好不是那田福生，卻是一個陌生的少年，渾身髒得像小叫花子似的。

趙成棟不耐煩地把手一揮，像趕蒼蠅似的，「去去去，我們家沒東西施捨給你！」

少年的臉頓時紅了，局促地拉扯著自己的衣裳，結結巴巴地道：「我……我不是要飯的，我找……找章姊姊。」

「娘子，找妳的。」趙成材猜出這小孩來歷，讓弟弟回去，開門示意這少年進來。

章清亭立即放下碗筷出來，見了她，頓時又驚又喜，「小方姑娘？快進來坐，吃飯沒有？要不要一起吃點？」

小方姑娘搖了搖頭，只站在院門口，抬眼往裡掃了一眼，飛快地說：「爺爺……爺爺讓我請妳去。」

章清亭心下雪亮，這事成了！

「我這就跟妳走。」

「慢著！」趙王氏不悅地發話了：「這是幹什麼？大過節的，妳要去哪裡？」

章清亭回得快：「我賺錢去！」說罷，拉著小方姑娘風風火火就出門了，把趙王氏晾在那裡，氣得直翻白眼。

趙成材趕緊解釋：「娘子真的是去做正事，她找了一個大廚，準備開店呢！」

眾人的興趣都被勾上來了，「真的？哪裡的廚子？什麼時候的事情？在哪兒開店？」

趙成材也不好多說什麼，只道：「具體的不是正在談嗎？」見老娘神色不愉，想想又道：「她三番五次上人家門去，吃了好幾回閉門羹，又挨罵又挨打，著實辛苦。這是頭一回人家主動邀她去，想來是精誠所至，金石為開了。」

「那你們怎麼不早說？」

「若沒做成，說了也是空歡喜，所以娘子一直不叫我吭聲。」

這麼一說，大家紛紛點頭稱是。

「我家大姊做事就是有分寸！」

「那還用說，我這大閨女可不是吹，比人家幾個兒子都頂用，你們都別不服氣！」

張家人自覺面上有光，自然是不遺餘力吹捧。

「我覺得也是，大嫂隨便教我做幾個菜都這麼厲害，肯定做生意也行！」

「我就盼著大嫂做成了，帶著咱們全都天天大魚大肉那就好了！」

趙玉蘭和趙成棟也是滿懷崇敬。

趙王氏本來臉上也有幾分喜氣，可瞧眾人如此抬舉這媳婦，心中有些不樂意了，冷著臉道：

「那也得等她做成了才算數。」

一盆冷水兜頭潑下，趙家人不好說什麼，張家人可不依了。

「我家大姊肯定能做成的！」

「有人別到時眼熱才好，又說什麼這是我家媳婦！」

趙王氏把筷子一拍，「她本來就是我家媳婦！」

眼見又要吵起來，趙成材趕緊出來當和事佬，「這大過節的，趕緊吃飯，菜都涼了！」

這下才堵住了眾人的嘴，開吃之前，趙成材又叫了一下停，媳婦還沒吃呢，趕緊留菜給她。

這一點全家都沒意見，人家又出錢，又出力，給吃點好吃的也是應該。紛紛讓他多留點，結果給章清亭留了滿滿一大碗的雞鴨魚肉。連趙王氏也表示了一把，叫再給她添碗雞湯、一隻雞腿。

出了趙家，小方姑娘才不那麼局促，「章姊姊，真不好意思，耽誤妳吃飯了。」

「沒關係，妳先告訴我，妳爺爺是不是准了？」

小方姑娘臉上露出一抹狡黠笑意，「這個我卻不知，爺爺沒跟我說。」

「小丫頭，還跟我耍花槍？」章清亭也不嫌髒，很自然地將手搭在她的肩上笑道：「起碼他願意跟我談了，也算是個好事。他這兩天對妳怎樣？」

說起這個，小方姑娘很是感激，「自妳走後，爺爺再沒打過我了，就一個人在屋裡想心事。剛剛我們在家吃了飯，他喝了藥，就讓我來找妳了。」猶豫了一下，才笑道：「我本來想今兒是中秋，恐怕來了不太好，可爺爺說沒關係，讓我來跑一趟。他說，妳要是什麼都不說，就肯跟我來，這事情就有三分做頭了。要是妳不來，那就黃了。」

「哈，原來妳爺爺還考我呢！」章清亭嘴上打趣，心中卻暗自一驚，幸好自己沒拖拖拉拉，要不就給人壞印象了。這做生意果然和做尋常事情不同，以後跟人打交道，可得更加留心。

小方姑娘不好意思地笑了一下，「爺爺是被人騙怕了，做事才特別小心。」

「所以也就教得妳成這樣了？那妳跟妳爺爺都學了什麼？會做菜嗎？」

「爺爺要是不生氣的時候，偶爾也教我炒幾個菜，不過我老做不好，還是挨罵的時候多。」小方姑娘頑皮地吐了吐舌頭。

挨了這麼多拳頭，難得她還能保持一顆赤子之心，章清亭不由嘆了口氣，「妳爺爺有妳這麼好的孫女，真該好好珍惜。」

小方姑娘遲疑一下，「章姊姊，我有句話想問問妳。」

「說！」

「妳昨天跟我說，我是什麼星，由我自己來決定，真的可以嗎？」

「當然。當年說妳是掃把星的那個相士，肯定是被人收買，信口胡謅的。雖然妳出生之後，家門屢遭不幸，但妳經過這些磨難，都好好地活下來了，要我說，妳該是福星才對。書上說，是天將降大任於斯人……意思就是說，老天要讓一個人幹一番大事業，肯定會讓他經受許許多多的磨難，這才能有所作為。」

小方姑娘默記在心，又問：「那像妳那天說的，人必自侮，然後人侮之。意思就是說，人要是自己看不起自己，別人才會看不起妳？」

章清亭很是驚奇，「妳居然過耳不忘？正是這意思！」

小方姑娘紅了臉道：「這是我自己胡亂猜的。」

「胡亂猜都能猜個八九不離十，只能說妳太聰明了，那妳識字嗎？」

「認得幾個，但不多。」

「那妳以後有空可真得好好讀書，學點道理，像妳這麼聰明，不學真是太可惜了。」

小方姑娘當即睜著一雙渴求的大眼睛，「章姊姊，妳肯教我嗎？妳懂得好多，好有學問。」

章清亭很是自信，「行啊，教妳讀書識字應該不成問題，不過，我可是要求很高的喔！」

「沒關係，我要是做不好，妳儘管罵就是。」

一路聊著，不覺便進了方家大門。

方老頭已經拄著拐棍坐在廳中等候了，見她們進來，微有笑意，「妳倒來得快。」

章清亭快人快語：「您是太上老君急急如律令，我怎麼能不一召即到？」

「貧嘴！」方老頭很快收斂了笑意，正色道：「妳是不是真的想和我合作做生意？」

「是。」章清亭肅容斂衽行禮，「小女子誠心誠意地請老伯出山相助。」

方老頭頷首，「那妳先說說妳的打算，我聽聽看靠不靠譜。要是可行，我就跟妳合作，要是不行，那也別怪我無情。妳救了我一命，昨日又跟我說了那些話，我確實應該要謝謝妳，但一碼歸一碼，這自砸招牌，拿著恩情換出力的傻事情，我卻是不會丟做的，妳可得想好了再說。」

聽他這麼一說，章清亭當真有幾分緊張起來，像面對考官的學生，又重新把自己的想法在腦海裡仔細推敲了一遍，才把自己的計畫跟方家老頭，也就是方德海說了，末了，誠懇地道：「我也不瞞您，我手上一共就這麼些銀子，說要做得多大，那是不可能的，只能先弄個小店，賺些小錢。您要是嫌我這廟小，我也無法了。」

方德海點頭，「知道量力而行，也算是長處。按妳這麼說，我跟妳合作也行，但有一條，我是一文本錢也不出的，管妳是賺是賠，我的工錢不能短。先付錢，後幹活，還得給我配兩個小工，要身強力壯的男子，供我使喚。」

「這個沒問題，您要多少工錢？」

方德海嘿嘿一笑，「多了妳也給不起，每月就十兩吧。若是生意好了，我還得加。加多少，由我說了算。妳要是不樂意，我就走人。」

這老頭還真狠！章清亭暗自腹誹，就是章家總管的月例銀子也不過五兩，這一下子就相當於養個大少奶奶了，可誰讓人家有技術呢？她咬咬牙答應了。

方德海還有要求：「我要是知道妳偷偷琢磨我的配料，我也立刻不幹了。」

小心眼！章清亭譏諷道：「那你乾脆自己把渣也處理掉不就行了？還免得疑神疑鬼的。」

「這是個好主意，倒提醒我了。」方德海一本正經讚了句，道：「妳要是真定了，明天一早雇個轎子來接我，放下十兩銀子，我就隨妳去瞧瞧鋪子，看要怎麼籌畫布置，再準備十兩銀子跟我一起去把配料買回來。妳整理鋪子要時間，我準備配料也要時間，咱們分頭行事，誰都不耽誤。我既收了妳的錢，自然就會替妳辦事，這個妳可以放心。」

見他做事積極，章清亭總算來了精神。約好明兒一早見面，她也不久留了。小方姑娘送她出門，欲言又止。

章清亭瞧出不對勁，「有話妳就說吧。」

小方姑娘臉上一紅，「章姊姊，妳能教我寫幾個字嗎？明兒來考我。」

這小姑娘還真是挺好學的！章清亭問：「妳會寫妳的名字嗎？」

小方姑娘忽地眼神一黯，搖了搖頭。

「沒關係，妳說妳的名字，我教妳寫。」

小方姑娘半晌才道：「我、我沒有名字……從小，別人都只叫我，掃把星……」

章清亭聽到這兒，待不住了，拉著她又衝回了屋裡，「噯，方老頭，請問你尊姓大名？」

方德海愣了，「方德海。怎麼了？」

「那你孫女兒呢？她姓甚名誰，今年到底多大了，還有生辰八字，你記得嗎？」

方德海深深地看了孫女一眼，彷彿一下子越過了許多年的滄海桑田，目光裡說不出是痛苦還是歡喜，半晌才低沉著嗓音艱澀道：「記著，妳爹叫方天官，妳娘叫吳曉霞，妳叫方明珠。是掌上明珠的明珠，這是妳爹為妳起的名字。因妳是壬申年四月初八卯時生的，屬雞，所以乳名叫做鳳兒。」

說完這話，方德海好像一下子蒼老了許多，佝僂著身子回屋了。

方明珠的眼淚一下掉了下來，不過很快她就抹了眼淚，「章姊姊，妳都教我吧，教我寫他們和我的名字。」

離開方家時，方明珠還蹲在地上，一遍又一遍地拿著小樹枝寫著那幾個名字。

章清亭望著她那張飽經磨難，卻又堅毅聰慧的小臉，不知怎地，突然想起了自己的弟妹，這人跟人的差距，怎麼就這麼大呢？

等她再回到家，十幾口子全圍上來了，七嘴八舌地道：「大姊，妳生意談得怎麼樣？」

「大嫂，要人幫忙嗎？瞧我行嗎？」

「閨女，這打虎親兄弟，上陣父子兵，妳老子幫妳跑個腿，打個下手還行的！」

……

眾人唾沫橫飛的，讓章清亭不由得怒目而視。

趙成材也見不得這急眉赤眼，想占便宜的樣兒，「行啦行啦！娘子，妳吃飯了沒？還給妳留著呢。快回屋歇歇，先喝杯茶，我熱了飯端來給妳。」

這還差不多！章清亭白了眾人一眼，自回屋了。

章清亭吃過秀才留的愛心大餐，才跟他商議正事。

「方德海已經答應合作了，明兒我就帶他去看鋪子。你跟我一塊兒去，定下來你就去衙門裡打聽打聽。若是用你這秀才身分租能免些賦稅，就用你的來辦，不行就用我的……」

「那又何必？」門口偷聽了半天的趙王氏推門進來，「總是一家人，掛誰的名字有區別嗎？就用成材的。」

章清亭抬眼往外一瞧，好傢伙，兩家子人全豎起耳朵，瞪著眼睛在門口瞧著呢！

趙成材大覺尷尬，「你們怎麼、怎麼都……」

趙王氏兩手一攤，「這有什麼不能聽的？既然要做生意，當然大家都要知道才是，難道你們小倆口打算自己單幹？那也太不像話了，這家還沒分呢！」

趙成材急道：「娘，我答應過娘子這事讓她自己幹，連我都不插手的！」

一家子頓時七嘴八舌插進嘴來，「那怎麼行？一個好漢三個幫，媳婦再能幹也是一個人，怎麼能沒個家裡人照應？」

「這收割完了，等寒露播了冬小麥的種，就都農閒了。反正沒什麼事，可以來幫忙的。」

「用我們，大嫂妳還不用出工錢，這又省了一筆，總要有人打雜跑腿的嘛！」

「是呀，外人做事哪有自家人做事放心？」

……

聽他們振振有詞，統一戰線，章清亭和趙成材面面相覷，要是不讓他們參與進來，怕是他們倆就得眾叛親離了。

章清亭略一思忖，眼珠一轉，計上心來，索性大大方方道：「那就都到堂屋裡去，我一次跟你們說清楚。」

一群人忙不迭轉移戰場了，等人都走了，趙成材才問：「娘子，妳真要用他們啊？」

章清亭反問：「那你說怎麼辦？」

趙成材低頭有些躊躇，想來想去，到底還是掩了門，湊到她近前悄悄道：「妳若是把家裡這些人弄去，該怎麼管？」

他是真心實意為章清亭著想，家裡這些，公婆父母、姊妹兄弟，一個鬧不好，不僅會砸場子，還容易傷和氣。

這個道理章清亭當然清楚，難得這呆秀才肯向著她，她心中暗笑，嘴上卻問：「那你說該怎麼辦？」

「最好不要用，就是要用……」趙成材回頭又看了那屋子一眼，「千萬別把娘弄去，她要是去了，妳就別想按自己的心思做事了。」

「那你娘非要去怎麼辦？」

趙成材撓頭，半天想不出好主意，而那邊已經哥啊姊的催開了。

章清亭一笑，示意秀才跟上。看她這樣，趙成材放心了。

屋子裡都已坐定，底下也擺好了兩張小板凳，可章大小姐卻徑直走到八仙桌旁的空位坐下，隱隱有與趙王氏分庭抗禮之意。

這讓習慣了一枝獨大的趙王氏有些不快，不過想到她要說的正事，還是姑且忍耐了。

章清亭坐在上頭，找到點當家作主的感覺，心下有三分得意，開始發話了：「我呢，是打算租個小鋪子，賣些燒滷之類的下酒菜。現在呢，師傅找著了，但店鋪什麼的還沒有最終談定。若是定了，當然要請幾個小工。」

張金寶和張小蝶立即舉手，「我報名！」

「我也去。」趙成棟也很熱情。

章清亭微微一笑，「謝謝大家這麼捧場，不過呢，我想問問你們是要做廚房小工啊，還是要做店鋪夥計？」

「當然是店鋪夥計。」

「那請問你們當中有誰能寫會算嗎？有誰會打算盤珠子？有誰做過小二，懂得怎麼吆喝？客人來了，該怎麼問好，怎麼招呼，怎麼介紹，你們都知道嗎？」

章清亭這一番連珠炮的發問，把大夥兒都問住了。

趙王氏不甘示弱地跳了出來，「沒事！媳婦，我會算帳，我來幫妳！」

趙成材當即勸道：「娘，您去恐怕不大合適吧？」

「有什麼不合適的？你娘生得見不得人嗎？」

這個……趙成材無話可說了。

沒關係，章清亭有話回：「婆婆，您去確實不合適，不僅您不合適……」她瞧著張發財和張羅氏，「幾位長輩都不合適。」

不等他們發問，她主動解釋：「這生意只是媳婦做著試試的，還不知成不成。若是成了倒好說，若是不成，還勞煩你們幾位長輩去店裡忙前忙後的，一來外人看著不像樣，二來你們面上也不光彩。」

趙成材頭點得跟搗蒜似的，趕緊幫腔：「娘，您到年下還忙著呢。成天張家請李家接的，哪裡有空管這些小事？況且今年家裡人又多，事事都需要您操心打點。娘子做這小本生意，至多讓弟弟妹妹們幫著幹幹就行了，哪裡能勞煩您出馬呢？」

這秀才還挺可愛的！章清亭心下暗笑，面上卻正色道：「相公說得有理，不僅是幾位長輩，就連相公都不好讓他去幫忙的。」

「嗯嗯，我也不去！」趙成材忙忙地表態。

這麼一說，趙王氏覺得也對，自己畢竟是婆婆了，章清亭肯定不會把掌櫃一職讓給她，難不成到時她坐著，反把自己指揮得團團轉？

不行，太不成體統了！可她要不去，章清亭賺多少錢她怎麼能知道？

趙王氏眼珠一轉，當下就道：「那讓妳弟妹都去學著，若有什麼不會的，成材你這兩天趕緊教教他們……」

「姊夫，我們也要學！」張小蝶總算聰明了一回。

趙王氏橫了他們一眼，心想你們來湊什麼熱鬧？縱是教會了你們，也不會跟她一條心。想想，待會兒還得私下再叮囑大兒子幾句，此時卻不好多說，只道：「你弟弟人也機靈，妹妹做事仔細，到時幫你收個錢，招呼客人都是會的。縱然開始有些生疏，歷練歷練也就好了。媳婦，妳可得多幫忙帶著點。」

這是想在我那兒安兩個眼線啊？章清亭心下腹誹，嘴上虛應著：「那是當然。」

她已經打定主意，若是要來，就讓張金寶和趙成棟跟方德海做小工去。在那老狐狸手底下，他們要是有本事能偷師，那倒顯本事了。

張小蝶和趙玉蘭這兩個丫頭都好搞定，可以在前頭櫃檯招呼客人。至於銀錢，那只能由自己來收才能放心。

章清亭交代完畢，大家都沒二話，她自起身出去，張家幾口趕緊追了上去。

這邊，趙王氏也把幾個子女留下，開始絮絮交代。

一是逼著讓趙成材趕緊教會弟妹認數算帳，免得章清亭到時有藉口不收他們。二是逼著趙成材在章清亭那兒吹吹枕頭風，就是弟妹不好，也得給他們安排進去謀個好差事。

趙成材十分無奈，乾脆把話說得直白：「娘，娘子是開門做生意，不是一家子閒著沒事過家家。您是要她賺外人的錢，還是想讓咱們去賺她的錢？若是想賺她的錢，那這生意也不用做了，乾脆讓她把錢給您得了，何必還得去鬧這些貓膩？」

看趙王氏還想說什麼，他索性把話點破：「您既然說拿她當媳婦，幹麼又把咱們家跟她分得這麼清楚？您要是這麼著，不還是拿她當外人嗎？」

趙王氏訕訕的說不出話來，只得找藉口道：「傻兒子，我這不是怕她攢下私房來，日後沒你的份嗎？」

「娘，您還要我說多少次？這是娘子自己出的本錢，自己花心思跑出來的門路。說句公道話，她一個做媳婦的，賺了錢願意給咱們花是情分，不願意那也是本分，否則換了您，您願意嗎？說得難聽點，自她進門，咱家買過什麼給她？扯過一尺布的衣裳沒？這幾日還大魚大肉的吃著她的錢。娘子算是好脾氣了，也沒計較什麼。咱們不能占著人家便宜，還這麼得寸進尺。」

秀才難得發揮一回口才，說得趙王氏無言以對。

「孩子他娘，兒子說的對。」趙老實也出言相幫，「這媳婦雖然嘴上不討妳喜歡，但妳讓她買菜，她不就買了？瞧瞧這幾天吃的喝的，怎麼對不住咱們？孩子們的事，讓她自個兒折騰去，妳管那麼多幹麼？」

趙王氏被二人說得無語，嘟著嘴道：「我又不是為了我自己，還不是想給家裡多攢一點？要是她肯把賺的銀子交給我，你看我管不管。」

趙成材都覺得他娘太過分了，「哦，把錢交給您，要做什麼都得到您手上來取，您這還不叫管啊？這不管得更寬了！」

趙王氏被兒子噎得說不出話來，當下惱羞成怒，「成材，你怎麼回事？就知道替你媳婦說好話！是不是你們小夫妻成心撇下我們，自己發財去？」

一次兩次的拿這話傷人，趙成材也真生氣了，「娘，您別來來去去的總是疑心這個疑心那個的成不成？虧您還說一家子要同心齊力呢！這買賣還沒開張，您倒先擔心起我們會跑了！既如此，這生意還有什麼做頭？不如不做，大家清靜！」

「你……你還說你沒私心？那怎麼我一說就急了？」

「我怎麼急了？分明是您不講理！」

「我哪兒不講理了？為什麼就不許我管錢？分明就是有私心！」

「是是是，我們就有私心了！我去跟娘子說，這生意咱家的人一個也別想摻和進去，索性叫您罵個夠！」

眼看趙成材當真賭氣走了，趙王氏氣得直跺腳，「我真算是白養這個兒子了！索性鬧上一場，全都做不成拉倒！」

趙成棟忙把氣得七竅生煙，要出去尋釁滋事的老娘拉住，「娘，您可千萬別衝動。您要是真把哥哥嫂子惹惱了，鬧著跟咱們分了家，吃虧的可是咱們。」

這也是他的小私心，嫂子若有本事能賺錢，只要不分家，這錢裡頭就有他的一份，幹麼在這關鍵時候撕破臉？

「嫂子要做生意是好事，您要是鬧得什麼都不做了，嫂子天天坐在家裡，她一文錢不出，您還得白養著她，這值當嗎？」

趙王氏被小兒子這麼一勸，冷靜了下來。現在確實不能撕破臉，算了，只要章清亭還是她媳婦，她賺多少錢也始終還是在自己眼皮子底下，忍一時風平浪靜吧。

看她神色緩和，趙玉蘭也怯怯地上前勸解：「娘，大哥剛才其實說得也有些道理……」

「死丫頭，那女人給妳灌什麼迷魂湯了？總幫著她說話！」

趙王氏正好有氣沒地方出，抬手就給了女兒兩下，好巧不巧，把她藏在袖中那朵小紅花給打落出來，掉在地上。

趙王氏頓時色變，厲聲質問：「這是哪裡來的？」

趙玉蘭囁嚅道：「大……大嫂給的。」

趙王氏神色稍霽，卻是一腳踩上那朵花，踩了個稀巴爛，「就這種爛貨色就把妳收買了？真是沒出息！」

趙玉蘭瞧著那花，簡直像把她的心都踩碎了，轉頭哭著跑了。

丟一記白眼，趙王氏理理思緒，才對小兒子細心囑咐：「回頭你還是找你哥去，好生學著點，到時也盯著你嫂子，凡事多留個心眼，知道嗎？」

「知道。哥那脾氣您還不曉得？過會兒就沒事了。倒是娘，您以後在嫂子面前注意點，別惹惱她才是真的，畢竟她還管著錢呢！」

說得有理，趙王氏道：「還是你懂事，一點都不像你姊，傻頭傻腦的。」

那頭趙成材氣鼓鼓地回了東廂，卻見章清亭冷著臉正把張家一夥兒往外轟，想來也是為了生意之事磨纏了半天。

兩人對望，彼此露出同病相憐的神色。

這事情還沒開張，一個兩個都為了利益著急，要是真賺了錢，那還了得？

趙成材狠下心，「娘子，乾脆妳那生意一個家裡人都不要用，省得礙手礙腳的。」

章清亭卻比他想得實際，「不可能。我好說歹說了半天，才打發了你娘，要是再不讓你弟妹進來，你娘真會拆了鋪子。算了，各退一步吧。」

這是大實話，要是擱以前，趙成材還不能相信，如今卻由不得他不信，「娘以前不是這樣的。咱家雖然窮，但娘一直教我們做人要有骨氣，怎麼現在全都變樣了？」

章清亭沒見過以前的趙王氏，不好評論，但看事卻比他明白。

「天下熙熙，皆為利來，天下攘攘，皆為利往。這是人性使然，非關對錯。由他們去吧，先把事情做起來要緊。」

趙成材不禁嘆服，「娘子竟有如此胸襟，倒叫我自愧不如了。」

章清亭一笑，想到自己明日要去租鋪子，恐怕這錢的事情就瞞不過他了，瞧這秀才尚有幾分正氣，便道：「明日你跟我出去，我用了多少錢，剩多少錢，回頭可別跟大夥兒說，好嗎？」

趙成材正色道：「君子守信，當如抱柱。」

章清亭一笑，也不言語了。

中午吃了頓大餐，晚上不過是把剩菜熱熱，再炒幾個小菜一湊，便是一頓了。兩家人各懷心思，一頓飯吃得客套疏離，遠沒有中午時的熱鬧親近。

飯後，在庭中擺了張桌子，擱上糕點瓜果，泡了壺茶，一起賞月。除了張銀寶和張元寶不懂事，玩得高興，其他人都沉默著。

等圓圓的月兒爬上樹梢，遠遠的響起了遊玩歡笑之聲，更顯得家中氣氛沉悶。

趙成材忽地起身，「娘子，不如我們出去放燈吧？」

章清亭見待在家中實在無趣，便道：「那好，我進去收拾一下。」

他倆這一動，其他人也跟著動了，「那我們陪你們去。」

趙成材氣還未全消，管他是哪家的弟妹，一甩袖子道：「我們不要你們陪！」

趙王氏不高興了，陰陽怪氣地說了句：「人家小夫妻要說悄悄話，你們幹麼這麼不識趣？」

趙成材藉著夜色索性老著臉道：「還是娘體貼。娘子，走吧。」

章清亭忍俊不禁，隨著秀才大搖大擺地出門去也。

趙王氏氣得無語，月也不賞了，回房生悶氣去。

張金寶和張小蝶一對眼神，「妹子、弟弟，走，哥哥帶你們玩去。」帶著幾個弟妹也走了。

那邊趙成棟也坐不住了，「姊，要不，咱倆也去逛逛？」

趙玉蘭搖了搖頭，「娘會罵的。」

「沒事，有我呢。」

趙老實溫言對女兒道：「去吧，一年也就一回，是你們年輕人熱鬧的時候。妳娘那兒爹去說。成棟，跟好你姊姊，早些回來。」

趙玉蘭猶豫了一下，這才跟弟弟一塊兒出去。

這邊幾個老人也就散了，各自回屋休息。

章清亭隨秀才出了門，就見河上已經是燭光點點，飄著大大小小的蓮花燈，煞是好看。

章清亭不懂此地的風俗，直接問又怕露餡兒，想一想，便打著官腔問：「趙兄，請問這是何等風俗啊？」

趙成材以為她是逗自己呢，當下也笑著回了禮，「賢弟不知，本地風俗，每逢中秋，青年男女皆到河邊放燈。未婚的祈求佳偶天成，已婚的祈求……」

早生貴子。

他沒好意思說出來，章清亭卻猜到了，面上微微一紅，把話題岔開了過去：「那不如你我也上前放一盞燈，祝趙兄學業有成，百尺竿頭，更進一步。」

「那我也祝張兄生意興隆，一本萬利，財源滾滾。」

兩人說笑著，來到河邊。

賣花燈的生意火爆，花六文錢排了半天隊才買了兩盞小花燈，章清亭不由感慨，「世人能否心想事成自是難料，可這老闆卻是賺得盆滿缽滿了。」

趙成材笑接了一句：「這就是與人方便，自己方便。」

章清亭卻突然似有所悟，怔怔地出神。

她那小店裡還能做些什麼，讓顧客覺得更加方便，自己也好賺錢？

趙成材自己提筆在花燈上寫了個學業有成，又提上自己的名字，卻見章清亭還在出神，問：「在想什麼？趕緊寫了去放燈吧。」

章清亭這才回過神來，寫下心想事成，又想當然地落下了自己的名字。

趙成材看得明白，心中詫異，娘子怎麼寫這個名字？這不是她的本名啊！

章清亭卻無察覺地催他去放燈了，因為人多，趙成材也不好問。

放了燈後，兩人相視一笑，正要離開，忽聽有人在喊：「虎子哥，真的是你啊！」

一個七八歲的小男孩歡歡喜喜地跑了過來，趙成材見了他，卻略顯幾分尷尬，「玉成，你怎麼來了？」

「我姊帶我來的。姊，虎子哥在這兒呢！」

聽到他姊也在，趙成材更覺不安了，想走卻已來不及了，只見後頭人影一閃，一個俏生生的女孩已經站了出來，「虎……趙大哥。」

章清亭定睛一瞧，這不是那楊小桃嗎？

楊小桃也認出來了，這不是那天和趙成材吵架，掉到水裡去的姑娘嗎？

旁邊的楊玉成好奇地打量著章清亭，「虎子哥，這就是你娶的那個殺豬女？」

真沒禮貌！章清亭橫了他一眼，很高姿態地道：「我先回去了。」

給你們一個談情說愛的機會，自己把握吧！

「等等！」趙成材又羞又窘，「我跟她……說幾句話就走。」

章清亭很識趣地走到十幾步外，假裝看別人的花燈，實則在偷偷打量。

「姊，要不要我去拆散他們？」

張金寶神出鬼沒地出現，把章清亭嚇了一大跳，使勁捶了弟弟一記，「人嚇人會嚇死人的！你來做什麼？」

「我們都來了。」張小蝶和兩個弟弟迎了上來，個個伸長了脖子往那邊瞧。

章清亭不耐煩地教訓他們，「非禮勿視，非禮勿聽，知不知道？都這麼喜歡管閒事！」

幾個弟妹老實了，最小的張元寶指著花燈旁的小販，「大姊，那兒有賣糖人的，去看看。」

又想敲竹槓！章清亭鄙夷地白了他一眼。

張小蝶瞧這臉色，忙教訓小弟：「晚上沒給你吃飯啊？成天饞嘴！」

張元寶一縮脖子，不吭聲了。

張小蝶像耳報神似的報信：「大姊，趙家那兩姊弟也出來了。」

這有什麼好稀奇的？

張小蝶一臉的眉飛色舞，「我剛才瞧見有個男的跟玉蘭拉拉扯扯，像是那個……」

「少胡說！」章清亭放下臉來，立即打斷了她的話，「這事全給我忘了，反正不干你們的事，少嚼別人的舌頭根子！」

幾個弟妹一縮脖子，全都應了。

而那邊，趙成材也跟楊小桃說清楚了。

「對不起。」

三個字才出口，楊小桃就道：「我明白的。往後，你跟她好好過日子吧。至於我，你就不用操心了。」

趙成材大大地鬆了口氣，連楊小桃說完話後，卻隱含幽怨的眼神也沒留意，就道：「妳能這麼想，我就放心了。」

那二十兩銀子既然楊家不提，他就只當送給人家當補償了，而曾經和這位小師妹有過的淡淡情愫，徹底煙消雲散。不是他無情，而是對於男人來說，責任永遠是第一位。

尤其在這些天和章清亭的相處中，有些事情在他還沒意識到的時候，就悄然發生著改變。

所以，他迅速告辭，匆匆趕回媳婦身邊，唯一擔心的，倒不是小姨子小舅子們的圍觀，而是章清亭的感受。

「妳別生氣，我跟她說清楚了。從前就沒什麼，以後更不會了。」

章清亭倒有些詫異，「我有什麼氣好生的？你們就是要在一起，也跟我無關。」

她自覺很善意，可趙成材聽了這話，心中卻莫名失落。

甚至一晚上都輾轉反側，睡不安寧。

果然，夢是相反的嗎？

夢裡，兩個女子爭先恐後地搶自己，可現實卻是兩個女子爭先恐後把他往外推。

趙成材啊趙成材，做人做到你這分上，也真是夠丟臉的！

他暗罵自己活該，卻又帶著幾分對隔壁媳婦的莫名微酸，度過了成婚後的第一個中秋夜。

次日一早起來，章清亭將一百八十兩的銀票取出，正要和趙成材一塊兒出門，不料趙王氏派出趙成棟，那邊張金寶也想去。

趙成材苦勸無效，章清亭出馬了，「我這生意還沒開張，又不是金山銀山等著人去搬，還不到你們出力的時候。」

連譏帶諷的，刺得兩家人都無話可說了。

眼睜睜看著兒子和媳婦揚長而去，趙王氏暗自發狠，讓兩家人全部行動起來，趕緊把麥子送去磨完，一定要趕著生意開張前，及早介入才是。

等兌了白花花一百八十兩銀子出來，趙成材著實吃了一驚，他知道娘子有點錢，沒想到居然有這麼多。這麼一大包銀子沉甸甸的揣在懷裡，他連走路都多了幾分小心，唯恐被人搶去。

章清亭暗自好笑，帶著他先去綢緞鋪子跟那老闆打了個招呼，轉頭雇了小轎去接方德海。

十兩足光放亮的紋銀在桌上落定，方德海很是滿意，當下就隨她來到了綢緞鋪。

裡外一瞧，小是小了點，但這買賣本就不大，倒是夠用。

鋪子老闆姓劉，很是精明，見章清亭很有誠意想租，價錢死活不讓。章清亭畢竟沒有經驗，雖然費盡唇舌，但談來談去，最後還是按他的意思，逐條敲定。

承租三年，房租每年十兩，三年租金一次付清。

劉老闆同意他們做燒滷，但租期到時，得由章清亭負責將房屋裡外再重新粉刷一新。同時，店裡那麼多存貨，以總價一百二十兩銀子全部賣給了章清亭。

等到最後要落字畫押時，劉老闆又提出來，這房子若是門窗損壞、屋頂破漏，也得由章清亭負責修繕維護，到時交回來時，還得重新油漆糊紙。

章清亭甚是無語，心想，是不是這房子老了三歲，還得讓我把它變年輕？可都談到這分上了，不同意也只得同意。

一條一條，劉老闆檢查無誤，才找來保甲做中人，簽字畫押。

銀錢兩訖，趙成材拿著契約和保甲自去官府備案，這頭章清亭就陪著方家祖孫採購各項所需物資。鍋爐瓢盆、砧板菜刀、調料藥材，方德海挑剔至極，樣樣都要備得精緻。這一下，章清亭手上的三十多兩一下子用得乾乾淨淨。

她算是體會到什麼叫做花錢如流水，再剩下那塊黃金，過兩天買完肉材估計就所剩無幾。

這可真是孤注一擲，章清亭不敢去想，萬一生意虧了，她得怎麼辦？

方德海拿了藥材調料，自回去收拾。

這頭章清亭便著人將那些廚具搬回店裡去，一進店門，她是倒吸了一口冷氣。

那劉老闆做事太不道地了，收了她的錢，這些布匹就不再愛惜，亂七八糟扔了一地，只顧著把自己的櫃檯家具搬了出去，最後居然還好意思厚著臉皮跟她要車錢。本要依章清亭的脾氣，鐵定會發火，可人家是房東，得罪不起，便冷著臉把荷包一亮，「劉老闆，你瞧，我就剩這麼幾文了，你要是不嫌棄，就全拿去吧。」

劉老闆還當真全倒在手裡，呵呵一笑，「秀才娘子，既然這車錢沒有，我就再拿兩匹布吧。」

說著自己動手揀了兩塊最好的絲綢而去，把章清亭氣得快要吐血，可靜下心來一想，確實是自己的疏忽。

人家跟她要錢要東西時是一樁樁一件件列了個清清楚楚、明明白白，可自己收布匹時，便沒有認真清點，人家就是全拖了去，自己也說不清楚。縱是吃虧也只好自認倒楣，就當是花錢買個教訓吧。

章清亭壓下心頭火氣，先按方德海的要求，指揮夥計把東西擺放停當了。

等趙成材辦完了手續再過來，卻見章清亭一個人蹲在地上，清點著堆得跟小山似的布匹。

「怎麼弄成這樣了？要不要我回去叫人來幫忙？」

章清亭擺了擺手，「今早咱們說了那麼些話，此時回去叫人多不好意思？再說這些料子他們都不認得，來了也幫不上忙。」

「那我來幫妳。」

趙成材挽著袖子開始動工。他畢竟是讀過書的人，腦子清楚，章清亭指揮起來很是得心應手，兩人配合著收拾起來就快多了，可等到全部整完，天都黑了。

再一算總值，章清亭估摸著這些布匹能賣出個八十兩就算謝天謝地了，不由搖頭笑，「我現在總算知道什麼叫生意難做了，第一天就給我好好上了一課。」

趙成材勸道：「咱們這些外行，初入門道總要吃些虧的，慢慢來吧。趕緊鎖了門回家去，這麼長時間，家裡也不知咱們在哪兒，估計該著急了。」

忽地，章清亭肚子裡傳出不和諧的咕嚕聲。臉上一紅，這才記起，「原來我中午沒吃飯。」連水也沒喝一口，一天都沒心思去想這些。現在忙完了，這才感覺腹中火燒火燎的難受。

趙成材才想說他也餓了，卻聽見自己肚子也唱起了空城計。

兩人相視一笑，趙成材道：「咱們趕緊回家去。」

他做事還挺細心的，走前特意到後頭檢查，把每間房都關好窗子，放下插銷，鎖牢了門，這才熄了燈燭出來。

兩人踏著夜色離開，不禁又談起那一堆令人頭疼的布匹。

章清亭想趁年前賤價盡快處理掉算了，可趙成材捨不得，「花這麼多錢買進來，要虧出去就太可惜了。妳先別急，咱們慢慢想想，看有沒有什麼好主意。」

「可這鋪子耽誤不起，付了租金，每天都是錢。等開了門，這麼多布匹沒兩天就弄髒了。」

「要不，乾脆拉回家去？咱們那屋就空得很，放這些布匹綽綽有餘。」

「明兒我先問問有沒有人願意接手，實在不行就拉回去。」

十五的月兒十六圓，街上行人稀少，月朗風清，兩人一面走著，一面商量著，分外寧馨。

路過酒樓，章清亭本想吃完再回去，可一想兜裡所剩不多的銀子，有些猶豫。

趙成材猜出她的心思，拉她走，「開張後，還不知有多少要花銷的地方，能省則省吧。對了，房子的契約辦好了，是用我們倆的名字辦的。陳師爺說，有好些賦稅可以省呢。」

「那用你一人名字不就好了？」

「加上妳也不費事，萬一有事我不在，妳也好說一些。」

「謝謝你了。」

「謝什麼？我才要謝謝妳呢。幸好妳那天提醒了我，我今兒順便打聽了下。原來那守備家的小公子極是頑劣，前前後後請了幾任老師都幹不長。想想也對，那紀夫子年紀也不算大，又沒病沒災的，有這麼好的差事為什麼願意給我？是我糊塗了。」

章清亭抿嘴輕笑，「說起來，這官家私塾既好當又難為。若是遇上好的，師生投契，翁主融洽，日後保舉你做官應試什麼的都是捷徑，可若是遇得不好的，那是費神費力又得罪人，教好了是人家孩子有本事，教不好全推你頭上。你還這麼年輕，又沒什麼名氣，面嫩臉生壓不住人，倒不如想想別的。」

趙成材點頭稱是，忽又嘆道：「家裡日用這麼大，老靠妳貼補，我心裡也過意不去。」

章清亭道：「上回你不是說陳師爺想讓你頂一陣子嗎？你為什麼不去幫他的忙？我倒覺得他人不錯，這差事也可以。」

「我怕做不好，反倒得罪人。」

「要怕得罪人，這天下就沒你能做的事了。你要去衙門，跟在縣太爺身邊，可比做個私塾老師能長見識。回頭認得幾個人，自己也能走些門路。反正你是新人，凡事勤學好問，哪怕出了點小差錯，眾人也能諒解。」

「妳說得有理。要不，我明兒再去一次，跟陳師爺好生說說。要是能幹，我也算是幫他一個忙了。他在本地多年，挺有些門路，就算不成，我也算是知道自己深淺了。」

「你能如此想，自是最好不過。」

說著話，倒也不覺得路遠，回到家中，還是趙玉蘭來應門。

趙成材見面就道：「快去給我們弄點吃的，都快餓死了！」

趙玉蘭一愣，「你們沒吃？」

「從中午就沒吃了。」趙成材忽地發現不對勁，「怎麼了？」

「娘……家裡沒留飯。」

趙王氏豎著耳朵一直留神聽著外面的動靜，此刻見兒子問起，還說起風涼話，「誰知道你們是不是去下館子了？今兒又沒什麼好菜，留了也怕你們瞧不上。」

忙活了一天，回家連個熱飯熱菜也沒有，還得聽這些風言風語，是個人都受不住了。

趙成材心頭火起，「娘，您說這話是什麼意思？我們是出去玩還是怎麼了？娘子和我從一早忙到現在，連口水都沒喝過。您要是成心把我們當外人，我們也不惹您討嫌，現在就搬出去！」

趙王氏見兒子是真火了，也覺得自己有些過了，改口道：「我不過是說說，再說你媳婦本來就愛在外面下館子。飯是沒了，別的湊合一下吧。玉蘭，去給你哥嫂下麵條，記得打兩個雞蛋。」

趙玉蘭趕緊幫著把兒嫂往裡拉，「哥，你和嫂子先去洗把臉喝口水，這麵條一會兒就好。還有昨兒做的那滷菜沒動呢，我一起端來給你們。」

趙成材這才不言語了，和章清亭回屋洗漱。

兩人接連喝了兩壺茶水，才算稍稍解渴。

不一時，趙玉蘭端了麵條過來，才低聲解釋：「哥，你別生娘的氣。娘今天把人都拉出去幹活了，整整忙了一天，把麥子全給磨了。他們也累得夠嗆，一回來吃完全都睡下了，就娘還一直硬撐著等著你們呢。」

末了，她笑道：「這是娘剛才過來囑咐我用新麵粉做的麵條，你們還是頭一個嘗鮮的，裡頭添了新鮮炸的豬油，聞聞看，可香呢！」

趙成材聽了，這才漸漸氣平。

不過趙玉蘭也好奇，「哥，你們生意談定了嗎？明兒娘說讓我們去幫忙，要做什麼呢？」

趙成材拿筷子往裡屋一指，「談是談定了，不過後頭這些事全由妳大嫂作主，就連我也全聽她差遣。以後妳也別來問我，問妳大嫂才是真的。」

趙玉蘭吐了一下舌頭，「那還是不問了，等明兒聽大嫂吩咐吧。」

回頭趙王氏得知生意談定，也才放下心來。這一日，大家都累得不輕，一宿無話。

翌日醒來，章清亭只覺全身酸痛，想是昨日奔波勞作的惡果。待要多睡一會兒，到底惦記著鋪子，還是得起來。眼下身無分文，得動用最後那個小金塊了。

拿個小杯把桂花油倒了出來，才把金塊取出，可要把油再倒回去，卻不方便了。

章清亭下回還想用這法子藏錢，怕人疑心，便讓趙成材提熱水進來，洗了頭髮，細細擦乾，再抹上桂花油，好生挽了個髮髻。

可這頭髮齊整了，臉上也不能太素淨，又薄施脂粉，梳妝打扮一番才出去。

趙成材看得眼前一亮，「娘子今天真漂亮。」

章清亭心想這算啥漂亮？想當年……算了，沒時間想當年了，趕緊把生意之事搞定要緊。

出得房來，別人尚可，張小蝶和趙玉蘭都是年輕女子，愛美乃是天性，見大嫂煥然一新，眼睛頓時都移不開了，極是羨慕。

「大姊現在還真像個老闆娘的模樣。」張金寶說著恭維話。

這馬屁卻沒拍到點子上，章清亭聽得很不受用。怎麼就不把那個「娘」字去掉？人家分明就是老闆好不好？

趙王氏更不受用，有我在此，什麼時候輪到她出頭作主了？暗自還存著三分妒忌，不免小聲嘀咕著：「塗脂抹粉，給誰看呀？」

章清亭裝作沒聽見，和年紀大的人比年輕漂亮，這有失風度和氣質，章大小姐明顯勝出，所以不屑為之。

一家子用過早飯，章清亭不待旁人問及，主動詢問幾位弟妹：「你們今天有事嗎？沒事的話，跟我到鋪子裡幫忙去。」

她昨晚算了一筆帳，身上的錢不多了，再讓她去招小工不是不可以，但有些吃力。反正他們願意來，免費的夥計不用白不用。現在是能省則省，等生意好了，再打發他們走也不遲。

兩家小年輕自是樂意，趙王氏更沒二話，當下重新分配任務。

她和幾個老的在家忙農活，兼管做飯和看守門戶，張銀寶和張元寶也得劈柴抬水打下手。其餘四個年輕人，都跟著哥嫂去鋪子裡。

請注意，趙王氏重點強調的是：「幫著大哥，照看我們家的生意。」

除了這句話，章清亭對其他安排毫無異議，不過也撂下句話：「我這生意，本也不大，一開始可沒工錢給你們。你們要是樂意，就跟我去，不樂意，那就算了。」

重點申明，「我」的生意。本姑娘眼裡揉不得沙子，你們別想把我的東西往自個兒名下拉。

趙王氏當然聽出了這弦外之音，恨得牙根直癢。這丫頭怎麼就不能順她一回意？章清亭也頗多怨言，這老虔婆怎麼淨跟自己過不去？

趁這兩人間的電光火石還只是劈啪作響，並沒發作，趙成材迅速拉著隊伍，出門而去。

來到劉記綢緞鋪門前，張金寶一指上頭這牌匾，「姊夫，這什麼名兒，念我聽聽。」

章清亭猛地想起，還沒為自己的店鋪起名兒呢！

趙成棟想當然地道：「自然是叫趙記燒滷店。」

「憑什麼？」張金寶不幹了，「我說應該叫張記燒滷店。」

章清亭兩個一起，批了四個字：「俗不可耐。」

趙成材也道：「這起名是大事，可不能兒戲，得想個通俗易懂，又響亮好記的名兒才是。娘子，不如妳去問問方老伯，看他有什麼好主意。」

這還是句正話，章清亭要安排活計了，「金寶、成棟，你們倆待會兒跟我一起去方家，暫時先給方老爺子當徒弟，可不許偷懶，好生聽他吩咐，知道嗎？」

做徒弟？兩人一聽都有些不樂意，他們還指望在店前頭招呼客人呢。要是躲進廚房裡，那算怎麼回事？

「廚房裡那是姑娘幹的活。」趙成棟不滿地嘟囔著。

張金寶也道：「大姊，我在前面幫妳的忙好嗎？」

趙玉蘭最好說話，「要不，我去吧。」

章清亭臉一沉，「我這裡可沒差事讓你們挑挑揀揀。人家指定了說要男子，你倆要不樂意，那就請回吧。」

趙成材訓著自家兄弟：「成棟，聽你嫂子的話。跟著方師傅，你們還能學點技術，這麼大的小夥子，也不能光會種地。娘不常說嗎？藝多不壓身。你要是不樂意，自己回去跟娘說，可別抱怨你嫂子不安排事給你做。」

趙成棟老實了，張金寶當然也不敢言語。

張小蝶怕指派她做事，剛躲進了裡間，卻猛地瞧見許多花花綠綠的布匹，她也不懂好壞，一下子就花了眼睛，驚嘆起來，「姊，妳這兒還有這麼多布，這都是咱們家的嗎？」

章清亭信口胡謅：「那是賒的，得趕緊賣出去還債，你們可別打主意。」

見鋪子需要人整理，她交代趙成材，先領著他們打掃店鋪，她去談談布匹轉讓事宜，回頭再領著兩個弟弟上方家去。

趙成材袖子一挽，帶頭開始幹活。

總是自己家的生意，年輕人們半是新奇，半是有趣。擦桌的擦桌，掃地的掃地，倒是很賣力地把這兒打掃得乾乾淨淨。

快到中午時分，章清亭一臉鬱悶地回來了。

一見她這臉色，趙成材就知道事情不順利，「怎麼？價錢給的太低？」

章清亭忿忿地咬著牙道：「什麼叫太低？完全是趁火打劫！最高的才出五十兩，最低的居然有報三十兩的，他怎麼不去搶？我就是全拿來給自己做衣裳，也不賣了！」

趙成材遞杯茶水給她，「別生氣別生氣，咱們先拖回家去，再慢慢想法子。」

趙玉蘭心中一動，「大嫂，妳著急要賣這些布匹嗎？」

這不是廢話？章清亭正沒好氣，不接她的話。

趙成材道：「可人家現在壓的價低，妳也在繡莊幹過，可有主意？」

見章清亭頓時目光殷切地看著自己，趙玉蘭臉一紅，囁嚅著道：「我……我只是覺得若賣得便宜了，就太……太可惜了。」

這不還是廢話嗎？

正失望間，趙玉蘭卻鼓足勇氣，又開了口：「這些料子……雖然不大好看，但我往常幫繡莊做活時，也見過這樣的。許多布匹賣到尾貨，就幾樣顏色湊在一起，做成衣裳，也還過得去。要有實在不好看或者弄髒了洗不掉的，就乾脆繡上花，拼在衣裳上……」

章清亭靈光一閃，頓時眼睛亮了，話都來不及說，當即扔下茶杯，又衝到裡間，用全新的眼光重新審視著這些布匹。

那個黃色，單看很是土氣，那綠色也太過老氣，但兩樣若是拼在一起，便相互壓得住，也能出彩了。還有那粉色配銀灰，暗紫搭石青……完全可以配出好些樣子來嘛！就是那些陳舊泛黃得難看的白絹，也能製成衣裡，或是做成鞋面，製些香囊荷包等小玩意兒，總比虧本賣出去強。

自己以前在家，不是最常幹這些搭配遊戲嗎？怎麼一到這兒，過了幾天窮日子，就把從前那些最拿手的本事全忘了？

章清亭忍不住哈哈大笑，倒把弟妹們都嚇著了，她這是發的什麼瘋？

只有趙成材喜形於色，「娘子這是想到好主意了？這可真得謝謝玉蘭的提醒。」章清亭毫不含糊，「玉蘭，妳自己過來選幾樣料子，我幫妳配套衣裳出來。」在服裝配飾方面，章大小姐對自己的眼光還是相當有自信的。

趙玉蘭卻滿臉通紅，十分不好意思，「大嫂，妳這些料子還是留著賣吧。」

章清亭卻另生了個好主意，爽快地道：「讓妳挑妳就挑，別囉嗦！」

她習慣這麼說話了，趙成材見多了，也不以為意，笑著把妹子往前一推，「去吧，揀個自己中意的。」

張小蝶看著眼紅，剛張口喊了聲「大姊」，章清亭就會意了，「妳也挑一個主色，其他的交給我來配。」然後對幾位男子也道：「你們也來吧，我送全家每人一身新衣料。」

她已經拿定主意，等衣裳做好，讓他們穿在身上，招徠顧客，也是個活招牌。這些布匹拖回家裡去，往後只拿她們穿在身上的幾色出來賣，不時換換款式，就不顯得是積壓的存貨了。再把價錢標得比市面上低些。女人嘛，總是圖個新鮮又便宜，想來在這紮蘭堡還是有銷路的。

最後，玉蘭挑了塊低調的銀灰色，張小蝶要了一匹最俗豔的桃紅，趙成棟和張金寶也挑了各自中意的布匹。

趙成材卻對章清亭道：「我不會選衣服，妳幫我挑吧。還有妳自己，也做兩身新衣吧。」

這個章清亭可不會忘記，也不客氣地打量了他幾眼，挑了幾塊料子出來，想想，又多拿了兩身。接著，幫眾人量了身形，裁了衣料，又提筆畫了幾個樣子，交到趙玉蘭手上，「妳會做衣裳吧？」

趙玉蘭點點頭，章清亭道：「那妳就照我這樣子，把妳和小蝶這件先裁出來，限妳倆在我這鋪子開張之前必須做好，到時穿著新衣裳招呼客人。小蝶，妳有不會的，就問玉蘭，要是做不好，妳也不用到我跟前來了。」

趙玉蘭道：「可我那兒還做著繡莊的活……」

趙成材嘆道：「傻妹子，妳做那些能賺幾文錢？回頭就讓娘全都退了，趕緊先把妳嫂子交代的事辦好，這可是咱們自己家的買賣，多用點心。」

趙玉蘭用力點頭，張小蝶也苦著臉答應了。

張金寶笑道：「妹子，妳可好生學著點，到時哥的新衣裳就交給妳了。」

「滾一邊去！」張小蝶才罵出口，章清亭卻道：「金寶說的沒錯。小蝶，妳是得好好學學針線了，別說他，家裡其他人的也全歸妳做，讓玉蘭幫妳裁了就是。」

「那……我哪有時間……」

張小蝶頓時蔫了。

章清亭一指手邊的好幾身衣料，冷哼道：「妳還能比我忙嗎？我的也自己做，還有這麼一大堆呢！要不，我做完時，妳也得做完？」

解決了這一樁頭痛的事，章清亭信心百倍，「好了，金寶、成棟，你倆趕緊跟我去方家。」

一屋子人面面相覷，都不挪步子。

章清亭奇怪了，這是幹麼？

趙成材忍俊不禁，「娘子，心急吃不得熱豆腐。妳就是要去，也得先用了午飯再說。」

哎呀，章清亭這會兒才覺出餓來，不禁莞爾，「瞧我，淨顧著想事情，把這些都忘了。」

回去吃飯，一來一去的太麻煩了，章清亭索性掏出銀錢，想了想，只拿出幾十文錢，「金寶，你和成棟到一旁買幾個饅頭小菜回來，咱們湊合著吃點，然後各辦各的事。」

這個大家都沒意見，簡簡單單吃了頓飯，趙玉蘭提議道：「這兒爐灶都架起來了，等晚上回去了，我和點白麵自蒸了饅頭，帶些鹹菜來，以後就不用上外頭買了。」

這主意好，章清亭現在真恨不得一個錢掰成兩半使。

張小蝶卻道：「那可不可以做點包子？不用純肉包，放點白菜粉絲就行，當然，要是有點肉就更好了。要是有那個吃，我可以不吃菜的。」

眾人都望著章清亭，章大小姐當即允了：「這有什麼不可以？今兒就割點肉回去做包子。不過，小蝶，妳也別光顧著吃，要跟玉蘭多學點廚藝才是真的。」

張小蝶幾番被人比下去，臉上無光，心中自是不服，可在大姊眼皮底下，也不敢有二話。

章清亭吃完就帶著兩個弟弟去方家了，趙玉蘭則開始動手幫張小蝶剪裁新衣，順便看店。再有空閒，就練習打秤秤斤、算帳計數。

趙成材覷了個空，也上衙門裡走動去了。

媳婦幹得這麼熱火朝天，他也不能閒著不是？不說比翼雙飛，起碼也得力爭上游啊！

解決了布匹一事，章清亭放下了心中的大石頭，心情格外舒暢。

到了方家，方德海正帶著方明珠關屋裡研磨配料。這老頭戒了幾日酒，正經做起事來，當年的風範氣度全出來了，很是像模像樣。

知她店鋪已經收拾妥當，當下算了所需的各式食材，讓章清亭準備好銀兩，挑了開張的黃道吉日，提前一天通知他去採買就是。

章清亭做事爽快，直接就在他家翻看了老黃曆，定於五日後的八月廿二日開張，又讓兩個弟弟上前拜見。方德海瞅了一眼小身板都還行，只道：「他們跟著我，可全歸我使喚了，到時別擺東家弟弟的譜，我可沒那工夫去瞎攪纏。」

章清亭打了包票，又特意當著他的面，對兩個弟弟慎重告誡一番：「你們以後跟著方師傅，他讓你們幹什麼，你們就幹什麼。不許你們幹的，特別是不許你們碰的東西，可一樣也不許動。要是偷懶耍滑，暗藏私心，可休怪我翻臉無情。」

趙成棟和張金寶面面相覷，這不成賣身為奴了嗎？可章清亭權威不容挑釁，二人只得應下。

關於店鋪招牌，方德海道：「我幫妳幹活，卻不是賣給妳了，妳不能打我招牌的主意。」

真小氣！章清亭又問道：「那我可以借您那牌匾上的字？比如就叫至鮮館？或是絕味齋？」

方德海琢磨了一會兒，「叫絕味齋吧。妳也知道，那十里香的調料拿著錢也沒地方買去，我這兒只剩那麼一點了，斷不肯拿出來用的。缺了這一味，還叫什麼至鮮？勉強算個絕味，有個噱頭，人也好記。」

章清亭點頭記下，起身告辭。

方明珠特意送她出來，羞澀地把上次學的字寫給她瞧，居然沒一個錯的。又問章清亭能不能再教她幾個。章清亭隨手就在地下寫了首五言古詩教她，還答應過幾天來時帶本《千字文》給她。

兩個弟弟看得稀奇，一奇這掃把星原來這麼上進，二奇章清亭居然會寫字背詩。兩人還想著是不是跟趙成材學的，也沒多疑心。

再回了店鋪，趙成材和陳師爺談妥了代班一事，也回來了。

聽說要做牌匾，他倒是又提醒了一句：「那不如再做幅對子掛上。」

好啊，章清亭把這任務交給他了。

趙成材不敢馬虎，搜腸刮肚地琢磨起來，可絞盡腦汁想了幾個，大家都覺得不好，太雅太文氣了，聽不懂。最後，趙成材乾脆拋棄那些平平仄仄，隨口編了句：「聞香即留步，回味想再來。」

這個好，淺顯有趣！一致通過。

章清亭派他去找店鋪趕製，再雇車把布匹搬運回去。回來時，趙成材看到章清亭裁了兩套女裝，一套明顯自用，而另一套卻身量矮小得多，他還以為是做給趙王氏的，心中感動，卻沒多說。收拾妥當，眾人都跟車回去。

七手八腳地把布匹搬回趙成材的屋子堆放整齊，幾個女人都忙忙地開始趕製新衣。

在跟章清亭打過招呼後，趙成材去向老娘彙報生意進度，還大敞了門讓她來看這些布匹。

趙王氏乍見這麼多布匹，心中本是一喜，後來聽說全是賒欠回來的，又開始犯愁。再見女兒在做新衣，就開始嘮叨他們不會過日子，這錢還沒賺著，做這好衣裳幹啥？

趙成材急忙解釋說，這是得做幾身樣子來招徠顧客，趙王氏才略好過點，又道：「那還不如做好了直接掛著賣，幹麼要人穿著，又白費幾套的錢。」

「娘，您就放心吧，娘子心裡有算計的。只要能把這些料子賣出去，不僅不虧，咱們還有錢賺。再說，妹子也是大姑娘了，沒件像樣的衣裳，現在有了布，就做一身也不為過。況且她還得穿這衣裳出去招呼客人，太寒磣也不像樣。」

趙王氏聽得有理，便不言語了。為哄她高興，趙成材還故作神祕地多嘴討好了一句：「娘子也給您也縫了一身呢！」

聽說媳婦給自己做衣裳了，趙王氏心中得意，卻又皺眉，「那她又沒幫我量尺寸，到時做得不合適怎麼辦？」

見娘心情好了，趙玉蘭忍不住道：「娘，大嫂可厲害呢。她扯料子裁衣裳，一看就是慣家子。喏，您瞧，這是她畫了圖紙給我們做的，搭配的這顏色這樣子都好看吧？到時縱有些小小不合適，改幾針就是。」

趙王氏仔細端詳一回，心中非常滿意，嘴上終於說了一句略帶肯定的話：「看不出來，這丫頭還真有兩下子。」

自此一心一意等新衣，可章大小姐那套新衣是給她做的嗎？

說完了生意，趙成材又說起要到衙門代班一事。

趙王氏聽了不大樂意，「又不是正經事，幹得再好，沒幾個月就得還給人家，憑什麼替人做嫁衣去？還不如去哪個私塾教書，方是長久之計。」

趙成材開始覺得，一貫英明神武的老娘，真心不如媳婦有見識。怕引起矛盾，只推說一時找不到合適差使，先去那兒每個月就能多出一兩銀子，好歹是個進益。

趙王氏想想也是，可還是覺得虧，「這大年下的，他自回去過年了，把你留下幹活，就沒多點的表示？」

趙成材心道，我還打點著送禮給人家呢，豈敢收他的禮？

「只要混熟了，日後能幫著在縣太爺面前說幾句好話，也就值了。」

趙王氏勉強同意，忽又想起一事，「成材，你這也不讀書了，那幾箱書就拿去賣了吧。那個斜對門的李家兒子不正啟蒙嗎？還問我你的書賣不賣。」

「書我堅決不賣。」趙成材一口回絕，心說，我下回還打算去應舉人試呢，須得買書，怎麼可能賣書？

「娘，好歹我也是個秀才，家裡一本書都沒有，說得過去嗎？賣也賣不出兩個錢，您就甭惦記著了。」

趙王氏想想也是，此事便作罷了。

從次日開始，趙成材便去衙門報到，跟著陳師爺學些事務應對，熟悉公文處理。

這一入行，方知章清亭所言不虛。

衙門雖小，五臟俱全，雖是一個小小的師爺，著實讓他長了不少見識。

他牢記著章清亭的指導，謹慎謙遜，克守本分，上上下下相處得雖不說如魚得水，至少衙門上下對他印象不錯，相處愉快。

柒之章　開張大吉波折起

在家裡飛針走線忙活了幾天，到了約好的日子，章清亭一早就提了個小包袱，帶著兩個弟弟去接方德海。

章清亭和方明珠說了幾句悄悄話，把那包袱暗塞給她，小姑娘紅著臉收了。兩個弟弟都猜是明兒開張，所以才送了份禮，讓這祖孫倆多賣些力氣。

回頭到了市集，章大小姐可不敢再嫌髒臭，老老實實跟在方德海後頭，認真學習要挑肉的哪種部位來做滷水。方德海說了，只帶她來這麼一回，下回就要她自己來採購了。買得不好，賠了可是自己的，章清亭學得非常用心。

老相識們看得稀奇，再打聽時，章清亭也不故作清高，大大方方告訴眾人，本姑娘現要開店做生意了，以後還請各位街坊多多關照。

這可是從同行搖身變成大主顧了，大夥兒反倒競相巴結起來。章清亭現在也學精了，同質同量，價低者得。有意向長期合作的，回頭上家裡找她談去。

趙成棟自作聰明地道：「大嫂，何不就在此讓眾人報價，選個最低的不就好了？」

章清亭橫他一眼，當這麼多人的面，要是你，真願意喊價嗎？就是喊了個低價也做不長，還招人嫉恨。雖然做生意是要學著精明起來，但也不可太過算計，還是要留三分餘地給別人。她還記得中秋晚上的那句話，與人方便，自己方便。真要學得跟那劉老闆似的，估計生意也做不長遠。可當下也不好解釋，只說一句「我自有分寸」，便打發了過去。

趙成棟卻沒領會，心中有些不服，只是嘴上不好再說而已。

買齊了東西，讓兩個弟弟抬回了鋪子。章清亭見沒她啥事，先回去忙活別的了。

這兩個弟弟可就慘了，越是好吃的東西，收拾起來越是麻煩。尤其是做滷水，淨是些豬大腸、豬耳朵、豬肚豬蹄什麼的，又油膩又腥臭。兩人長這麼大，都沒幹過這些。

要是自家吃的東西，早撂挑子不幹了，可這是生意，又有個監工在場，只能勉為其難捏著鼻子進行處理，心中不免都對章清亭派這個活計給他們多有不滿。

耐著性子把這些東西按要求處理乾淨，方德海又指揮著他們把些東西該醃的醃，該炸的炸。

他們在後頭忙著，前頭章清亭沒多久就帶著人將訂做好的匾額和對聯全拿回來掛上，那上頭還用紅綢子蒙著，就等明早揭幕。

看著用自己心血一點一點澆灌的小店已經是萬事俱備，只欠東風，章清亭禁不住心下歡喜。再看這些未完工的肉，都覺得分外可愛。然後一樣樣檢查砧板、櫃檯、菜刀等物，生怕有什麼遺漏。最後還真的發現幾處小弊病，然後方德海也提了個要求，要在旁邊閒置的耳房裡添兩張床鋪和鋪蓋，用作以後午休和晚上看店之人的休息之所。

這個有理，章清亭匆匆忙忙趕去辦了。再回來時，正好趙玉蘭過來送飯，做的是菜肉大包子，又煮了一大罐蛋花菜湯。眾人也都餓了，吃得分外香甜。

趙玉蘭瞧那牌匾新奇，說是弄得跟新娘子揭蓋頭似的。

蓋頭沒揭之前，誰知道嫁的人是醜是俊？這生意沒開張，誰知道是賺是賠？

不想這些了。章清亭壓下心頭紛紛擾擾的思緒，握緊粉拳，為自己打氣。

章清亭，妳一定行！

食材收拾好了，方德海要回去準備配料，晚飯後再來，還建議其他人也回去養精蓄銳，今晚準備熬通宵。

章清亭說也要來，方德海卻搖頭道：「今晚沒妳什麼事，只要金寶、成棟過來就好。廚房的事妳交給我只管放心，妳今晚好好休息，準備明兒一早開張，招呼客人才是要緊。」

趙成棟和張金寶聽了苦不堪言，章清亭也覺熬夜辛苦，多問了一句：「以後都要如此嗎？」

方德海有些不悅，教訓起來：「妳這小小的滷水鋪，已經算是最簡單的了，不過熬個夜就怕苦怕累，沒看人家開酒樓的，哪個不是起三更熬半夜地準備生意？做飲食這行，就不能怕辛苦。怕辛苦，就趁早收手別做。」

章清亭白挨一頓批，連忙點頭賠不是，哄好了老爺子，又雇轎子先送他老人家回去。現在鋪子裡有了吃食，必須留人值守，等晚上換班。她肯定是留下的，想讓兩個弟弟也留一個下來，萬一有什麼事，也好多個幫手，卻不料誰都不吭氣。

章清亭暗自有些生氣，「那你們回去吧，我留下。」

那哥倆如蒙大赦，立即甩下圍裙走人。

章清亭很是鬱悶，望著他倆的背影狠狠甩了幾把眼刀。等著生意做起來了，手上的銀錢也轉得開了，她就去外頭招兩個正經小工。

哼，你們不想幹，我還不想用你們呢！

天剛擦黑，方德海就到了。

來的不光他一人，連方明珠也一塊兒來了。小姑娘還拎著只小包袱，祖孫倆都換了身乾淨的藍布新衣，雖不奢華，但梳洗整齊之後，一掃之前的頹氣，看得人眼前一亮。

章清亭笑著揶揄：「我說方老頭，你要不說，我還以為你是明珠的爹呢！原來你拾掇起來，還這麼年輕，不過明珠真該好好打扮打扮，瞧這小姑娘生得多俊，以前呀，生生的是明珠蒙塵了！」

方明珠被誇得臉都紅了，低著頭害羞不語，方德海笑罵：「就會嚼舌根的小蹄子，妳再說我也不會少收妳一個子兒！哎，妳兩個弟弟呢？」

方德海左右一瞧，露出些許不悅之色。

章清亭也不高興，面上卻陪著笑道：「他們都沒熬慣夜，我讓他們下午多睡會兒再來，應該也快到了。現在要做什麼?您老吩咐,我也行的。」

方德海這才臉色稍霽,「別的倒也用不上他們,只是要把這幾個爐子升上火,打幾桶水來開始熬製滷水了。」

生爐子?章大小姐最多就會點根蠟燭,哪裡懂得怎麼升爐子?

「那我先去打水吧。」章清亭硬著頭皮挑了一件最不需要技術的。

方明珠很是伶俐,立即挽起袖子,「那我來升爐子。」

臨走前,章清亭提著空桶不死心地往廚房水缸瞧了一眼。白天一番折騰,已經把水幾乎全用乾淨了,泡個茶還勉強,想做別的就太牽強。

看看兩個大水缸,章清亭嘆口氣,索性拿起了扁擔,學人將兩個空桶挑上出了門,似乎很容易嘛。水井也離得不太遠,可要怎麼把水打起來,章大小姐站在井邊犯難了。

搖著那轆轤把空桶放下去容易,可水桶卻直直地浮在水面上,那是怎麼裝水的?

章清亭搖上搖下弄了半天也沒弄明白,倒是差點把桶給掉井裡了。

她心裡不免著急,火氣蹭蹭往上竄。

這個該死的笨桶,該死的笨水井,還有該死的金寶和成棟,怎麼還不來?

哼,不來就不來!她都已經辛辛苦苦做了這麼長時間的努力,就不信差了這兩個人就做不成事了。不就是兩桶水嗎?不就是沒人來幫忙嗎?她一人也能幹起這買賣,到時誰也不要來占便宜!

不順和挫折並沒有擊垮章清亭的信心,反而令她更加鬥志昂揚起來,可是這水是真心打不上來,那些人到底是怎麼弄的?

正琢磨著,終於有人來了。

「娘子,娘子!」是那呆秀才,踏著夜色,小跑過來。

一見是他，章清亭心中先是一喜，後又一沉，恐怕那兩個弟弟撂挑子了吧？

趙成材挽著袖子上前幫忙，「是要打水吧？我來。」

章清亭方才雖極力要強，不過在此時此刻，看著趙成材，心中卻湧起一股委屈的心酸，卻又暖暖的，讓人感動，「謝謝你。」

聽她略帶鼻音的哽咽，趙成材知她必是猜到了，嘆了口氣，「成棟他實在是太不懂事了。」

章清亭卻吸吸鼻子，傲然道：「有什麼了不起？不來就不來，難道離了他們，我就做不成事了嗎？你也別說你弟，我弟也不是個好東西！」

趙成材想笑，卻又嘆了口氣。

他今日從衙門回家，得知他們把章清亭一人留下就生氣了，再聽趙成棟和張金寶抱怨鋪子裡的活太苦太累，想要換差使，就在家裡發了脾氣。

「……聽說要開鋪子賺錢，一個兩個紅了眼，可一動真格要出力氣了，就全不樂意！既如此怕苦怕累，往後這生意上的事，你們誰都別想進去摻和進去！也沒有誰，該拿著錢白供著你們！」

趙成材是真心替章清亭叫屈，一個人忙進忙出，張羅出這麼一大攤生意，從來也沒聽她叫個苦叫個累，可家裡人卻在這種節骨眼上撂挑子，實在是太過分了。吃肉分錢大家都高興，怎麼一幹活全跑光了？

想想她從前那些年，小小年紀還要養活那麼大家子人，到底是怎麼過來的？

趙成材不覺又是心酸又是心疼，挑起水桶跟她一路回去，一路說：「沒事，我來幫妳，明兒我就去把衙門裡的事辭了。」

章清亭卻道不用，「衙門裡的差事是拿錢買不來的，我明兒一早去招兩個小工就行了。你在那裡做事，多認識些人，對我往後生意說不定還有幫助。」

「那……好吧。妳還沒吃飯吧？我帶了包子來，是家裡做的，還是妳拿錢買的肉呢，咱們不吃白不吃。」

章清亭笑了，滿肚子怨氣，卻也在這樣淡淡的溫暖裡漸漸消散了。

而此時的趙家，趙王氏正在訓斥小兒子：「成棟，你也太不懂事了，你嫂子做的是正經事，你怎麼能吃點苦就說不幹呢？難怪你哥生氣！快起來，過去！」

「娘，可是那些事真的很累，你瞧我這一身的腥臭味兒。要不……您讓姊去吧。」

「說什麼胡話呢？她一個姑娘家能在外頭過夜嗎？玉蘭，去給妳弟弟把包子拿上，再給他添碗湯吹吹涼。」

打發走了女兒，趙王氏才跟小兒子說心裡話：「成棟，你聽娘說。只要不分家，這個店就是咱家的。是咱家的，就有你的一半。你放心，只要有娘在，你哥嫂賺多少都得分你一半。在這節骨眼上真惹惱了你哥嫂，把你攆出來，往後讓娘怎麼替你爭？況且你這苦吃不了幾天的，等生意做開了，請了夥計，你就是堂堂正正的二老闆，有多少福享不盡？」

趙成棟聽得有理，趕緊爬了起來。

趙王氏又囑咐了一句：「記得向你哥嫂賠個不是，嘴上吃點虧沒事。」

「這個我曉得。」趙成棟狼吞虎嚥邊吃包子邊喝湯，又扒拉了兩口菜，匆匆忙忙出門了。

那邊張發財也不蠢，眼見趙王氏拎著兒子進去教子了，他也依樣畫葫蘆，讓張小蝶拿了吃的喝的過來給張金寶，訓斥著張金寶。

他的道理更加簡單粗暴：「你大姊眼看就要開店賺錢了，你鬧個屁啊？真惹毛了她，把你趕出去，讓你自己過日子，你還不等著餓死？」

張金寶本來就極怕大姊，只是見趙成棟不去，才跟著偷懶，聽爹這麼一說，他心就慌了。那邊張銀寶瞧見趙成棟出了門，趕緊報信：「哥，你快走，他家弟弟已經出門了！」

張金寶再不猶豫，立即一骨碌翻身起來，湯也不喝，拿了包子，一路吃一路忙忙地趕上趙成棟。兩人各懷各的心思，卻是都往同一個目標而去。

等趙成材挑著水回來，兩個弟弟也趕到了。

小倆口都沒給他們好臉色，趙成棟當即賠禮道歉：「我不過是隨口抱怨幾句，誰知哥哥就當了真，大嫂，妳可別生氣啊！」

張金寶也跟著呵呵，「大姊，我這德行妳還不知道啊？沒事就想偷個懶，可哪回真敢不聽妳的話？」

這幾日確實在用人之際，又是弟弟，章清亭也不想把臉撕破，便道：「只此一次。若有下回，就是說破了天，我也必不再用你們。」

兩人下了保證，老老實實幹活去了。

進了屋，趙成材在燈光下才瞧見章清亭雖沒打到水，可袖子卻弄濕了，忙道：「娘子，妳吃了包子趕緊回去吧。這秋涼了晚上冷，別弄病了。有什麼事妳交代給我，今晚我在這兒替妳看著。」

這秀才心地不錯，做事也踏實，有他在這兒看店，確實能讓章清亭放心。

「可你衙門裡的事情怎麼辦？」

「我今兒已經告過假了，妳開店，我明早無論如何也得在這幫忙，下午再去衙門就是。」

「那……你也太辛苦了。」章清亭有些猶豫，要不要領他這份情。

趙成材寬厚一笑，「妳放心，我讀書熬夜慣了，一個通宵不算什麼的。我還帶了本書在身上，沒事就當溫書了。」

章清亭確實累了，便不再推諉。

見晚上無月，趙成材還細心點了一盞燈籠給她提著，等章清亭到了家，一大家子都沒睡呢，眼巴巴地瞧著她的臉色。章清亭什麼也沒多說，只請大家都早些休息，明兒一早去開業就成。

不是不生氣，而是眼看生意就要開張了，她可不想吵吵鬧鬧，給自己找不痛快。

見她沒發脾氣，趙王氏一顆心總算落了地，還主動提到：「那些鞭炮香燭什麼的，我都準備齊全了。明兒你們都跟著我好好敬敬財神，千萬不可冒犯了。」

這個章清亭絕無二話，和眾人一起應下。讓趙玉蘭幫她燒了一大桶水，將濕衣裳換下，好好地泡了個澡才睡下。可到底心裡頭有事，晚上睡不踏實，天剛亮就醒了過來。

章清亭換上新衣，好生梳妝打扮一番。等開了門，一家子都起了，就連平素最懶惰的張家幾口都沒一個賴床的，換上了最好的衣裳，扣得整整齊齊。

最出彩的當然是三位年輕女子，張小蝶一身灰襟紅衣，趙玉蘭是紅襟灰衣。俗豔的粉色搭配上老氣的銀灰，卻是相得益彰。

章清亭為她倆設計的是以前府中大丫頭們穿的對襟窄袖式樣，衣長至膝，兩邊開高衩，下面配長褲，大方便利，活動自如。何況二女氣質一個活潑、一個沉穩，剛好登對。

她幫自己做的是套裙裝，上衣是斜襟寬袖短裝式樣，深藍為底，鵝黃為襟。在沉穩中帶出一抹年輕的氣息。因上衣那藍色不正，還泛著點紫，她下身索性就挑了塊暗紫色的料子做了長裙，拿熨斗壓出細細的百褶出來。

她今兒特意挽了一個高髻，戴上那些裝門面的銀飾，更顯得大氣沉穩，端莊秀麗。

趙王氏看得心癢難熬，不住往章清亭身後瞄，這媳婦給我做的衣裳呢？是不是還沒做出來？不過瞧她這手工和樣式，確實有幾分水準，自己的衣裳想來也差不到哪裡去。趙王氏自作多情笑得開心，心想著今兒忙完了，改天再讓兒子問問。

用過早飯，章清亭率領著這一家子浩浩蕩蕩地出發了。沿途就吸引了不少人駐足觀看，尤其是三個女孩的衣裳，因式樣獨特，顏色新穎，更是讓那些大姑娘小嫂子們流連忘返。

趙玉蘭被人瞧得不好意思，頭都快埋到地下去了。趙王氏暗地一推女兒，強迫她緊跟大嫂旁邊學習，可章清亭那多少年才薰陶出來的千金風範，豈是一下就能學到的？圍觀的人越多，她越發昂首挺胸，目不斜視，加上身量本就高瘦，更顯長身玉立，如鶴立雞群一般。

店鋪未到，外面已聞著香飄萬里，縱是吃過了飯，都讓人覺得口舌生津。

章清亭暗自點頭，很是滿意。

趙王氏要講規矩，看好了吉時，外頭章清亭才果斷揭了匾上紅綢。裡頭趙成材他們配合著打開店門，「絕味齋」正式在紮蘭堡亮相。

張發財和趙老實負責燃放起劈里啪啦的大紅爆竹，趙王氏點了香燭，帶著趙成材和章清亭及一大家子拜四方財神。這回，是章清亭第一次誠心誠意地照著她的話去做。平時怎麼鬧騰都無所謂，可今日，她一定要討個吉利。

簡單的禮儀完畢，正式開門迎賓。

趙成材他們都是一夜未眠，眼睛紅紅的，卻仍是格外精神。廚房的事情忙完了，就該輪到章清亭登臺亮相，吆喝售賣了。方德海也不趕熱鬧，自在後頭遠遠瞧著，方明珠也煥然一新地出來幫忙。

小姑娘一身新衣明顯出自章清亭手筆，式樣與她們又不相同。用黃綠兩色拼的長衣長褲，但上衣外頭又多加了件長披甲。因為時間太趕來不及繡花，章清亭便用盤紐的方法，在那衣邊盤了不同的大花點綴。她這年紀的小姑娘穿了，顯得活潑又俏皮。

眾人都驚呆了，眼前這個膚白大眼、一臉靈秀的小丫頭片子是哪家的閨女？要說她是從前那個掃把星，根本無人相信。

只趙成材隱隱覺得有點不對，這衣裳怎麼難道不是做給娘的？若是做給方明珠的，那他這個烏龍可就擺大了。可等不及他思索，就先被章清亭體貼地打發回去休息了。

新店開張，總是特別吸引人氣，何況這家小店的店主可是當年的殺豬女。這殺豬女殺豬是把好手，開個店也是新穎，不用夥計，卻是四個年輕女子打扮得花枝招展招呼客人，這下沒事的人也要進來瞧個熱鬧了。

既然進來了，聞到香氣，總要買一點意思意思。嘗著味道不錯，就說幾句好話，這就讓進店的客人越來越多，生意當然是異常火爆。

開業僅僅半天，章清亭心裡已經有了底，今兒，是真真正正的開張大吉了。

當然，好賣的不僅是滷水，有些大姑娘小媳子瞧她們衣裳別致，也進來打聽。

章清亭便趁機推銷架子上的那些存貨，有她們這麼幾個活廣告，生意竟也是出奇的好。這一天下去，就賣出了好幾匹布。但與此同時，暴露出來的問題卻也不少。

首當其衝，就反映在兩個女夥計身上，趙玉蘭和張小蝶的算數實在太差了。

人少還好說，人一多就慌，一慌就出錯。幸虧章清亭精明，就怕她們靠不住，到她這兒結帳時，自己還要重算一遍，這才避免了許多損失，卻給客人帶來了諸多不快，為什麼她們算得便宜，到妳這兒就貴了？

章清亭只得又費了許多唇舌解釋，耽誤工夫不說，未免讓人不快。有些好說話的客人也就算了，有些磨唧的就非讓她給再少一點，到底還是讓了不少利息出去。

再有就是張小蝶那刀工實在太差，切片切絲，沒人不抱怨的。不得已，只好所有的活都讓趙玉蘭來做，張小蝶專管秤斤算價，這一來，算得越多，錯得就更離譜了。十回裡有八回出錯，章清亭再不想罵人，少不得也要說幾句，讓她心中很是不平，覺得大姊只罵自己，真是偏心趙家丫頭。

章大老闆忙得暈頭轉向，哪有心情管她的小肚雞腸？

忙忙碌碌這一天很快也就日頭偏西了，眼見滷菜都快賣完了，生意也冷清下來。章清亭正想坐下歇口氣，卻見趙成材帶著不少衙門裡的同僚來了。

原來是陳師爺收了趙成材的禮，又得他幫這麼大的忙，一直心存謝意。聽說他家小店開張，就賣個老臉，在衙門裡鼓動大家來捧場。

章清亭知道這些衙門裡的官差多有外水，是吃拿要慣了的，反正剩的東西也不多，就索性要送給他們做個人情，以求日後多多關照。

陳師爺卻很會辦事，非說她這生意開張要圖個吉利，自己帶頭付了錢。這一下，其他人就是想白拿也不好意思了。這麼些人你買一點，我買一點，就把她鋪子裡的東西全買了個罄盡，讓小倆口感激不盡。

送走他們，章清亭累得癱坐在椅子上，連手指頭都懶得動。

趙成材送了人回來，見櫃檯空空的，打趣道：「章大老闆，請問您這兒還有什麼賣的嗎？」

章清亭累歸累，心情卻是大好，當即回了一句：「現在賣光了，請問要不要？」

「光我不買，借一點就行。」

兩人相視一笑，瞧在弟妹瞧裡，卻像是在打情罵俏。

章清亭醒悟過來，有些赧顏。趙成材卻沒察覺，只見她累得不輕，便讓她自去收拾帳本銀錢，自己招呼弟妹們一起動手清理關店，準備回家了。

方家祖孫忙過晌午就回去休息了，下一撥該滷該烤的東西，已經都預先處理了。火候什麼的，趙成棟和張金寶他們做過了一回，也都清楚。現在開張了，事情上了軌道，就不必都熬通宵了，只留一個就行。

這個苦差還是先找自家人吧！章清亭直接發話：「金寶，你留下。今晚你辛苦一下，明兒是成棟。你倆先輪著，日後招了人再替換。」

既然大姊都說了，張金寶也不爭了。趙成材幫著又檢查了門窗爐火，囑咐妻弟晚上睡得警醒些，一家子這才離去。

章清亭專門準備了個帶鎖的鐵匣子，放銀錢和帳本，她可不敢把這些擱店裡，自己收了就抱著回去。到底有多少錢，誰也不說。

大夥兒都盯著那匣子，自發地前後左右簇擁著她，一同回家去了。

趙王氏自然在家眼巴巴地等著信兒，想打聽賺了多少錢，可章清亭一張口就說：「本錢還沒收回來，哪裡敢談賺錢？」

她一下噎了回去，暗自盤查一雙兒女，「你們今天一共賣了多少貨？收了多少錢？」

這姊弟倆一天忙得跳腳，哪裡有空記得這些事情？趙王氏見一問三不知，當即把孩子倆罵了個狗血淋頭。

趙成棟可沒工夫聽她囉嗦，訓著訓著就睡了過去，趙玉蘭也是強撐著眼皮不住打瞌睡。趙王氏簡直是對牛彈琴，氣得轉身自進去了，可到底不甘心，開始琢磨怎麼插能一槓子進去，得弄清楚那丫頭賺多少錢才行。

晚飯過後，章清亭獨自躲在房裡算帳。

等結果出來，她簡直不敢相信自己的眼睛，這一日居然一共賺了五兩三文錢。

這樣一個月下來不就是一百五十多兩銀了？不到半年就能賺回上千之數了。就算是刨去本錢，想來一年之內是絕對可以完成千金之約。

章大小姐真想仰天長笑，可她不敢，只好一個人偷偷在心裡樂開了花。

忽地，趙成材敲了門，送進一大壺羅漢果茶來，「聽妳今日累得嗓子都啞了，喝點這個吧，清咽利喉的。」

章清亭心下暗暗感動，和秀才相處下來，憑心而論，他的本質還算不錯。開店這些天，他忙前忙後的確實也幫了不少忙，既不賣功邀寵，也不過問銀錢，讓人舒心。

「這些天也辛苦了你。」

趙成材被誇得赧顏，「我又沒做什麼，倒是妳真辛苦了。」不過，他也提出自己的觀點，「我覺得妳很有做衣裳的天分，那麼些難看的布匹都被妳拾掇出來，還賣得不錯，真是不容易。日後，妳不妨考慮往這方面試試。畢竟做滷水的祕方不在咱們手裡，做與不做，可全憑人家一句話。」

章清亭連連點頭，「方師傅雖然為人孤僻，品性卻尚可，應該不會做那種不講信義的事情。再說，綢緞莊本錢要的不少，就憑我現在，是想都不敢想。」

「妳是明白人，我不過提醒一句。」趙成材又笑道：「若論做生意，還是馬場最賺錢。」

「這話怎說？」

「我今兒特意翻了翻稅賦冊子，人家一個馬場，一年光交的稅就抵上妳幾個店了。」這是因為章清亭開門做生意了，所以他才也開始學著關注這方面的訊息。

章清亭聽得怦然心動，「那本錢著實不少吧？」

「那是肯定的，不過利息也高得驚人。我特意請教了陳師爺，他說要是有地方去弄那個，可比幹什麼都強。一匹小馬駒才幾兩銀子，養上一兩年能費多少草料？等到轉手就能賺十幾倍的利息。

這還是一般的劣馬，若是好馬就更不止了。不說大馬場了，就是小馬場，能有個三五十匹馬也是很了不得的。」

章清亭還真動了心思，「那馬都好賣嗎？」

「當然好賣。我們北安國的馬種好，耐力強，好養活，各國來買的人多，只要沒病沒傷，都好賣，只看賣的價錢如何了。」

章清亭一一記在心裡，「那你以後有這方面的消息都替我留意著。」

「行啊，反正是順手的工夫。」趙成材見她面露疲態，多說了幾句：「我瞧妳一人忙裡忙外的，終歸不是長久之計。妳別多心，我可不是想讓弟妹們來幫妳管事，只是這店一開，只要收錢妳就得在，還有店裡的大事小情也全都得找妳，妳又不是三頭六臂，不可能面面俱到。到時忙中出錯，就不好了。」

章清亭也覺有些力不從心，「可我又沒個錢，現在上哪兒找人去？」

其實以趙王氏的精明能幹倒是個好人選，只是太過強勢，要她來收錢，那章清亭就別想要回去了。

趙成材道：「不如妳招個人來幫著玉蘭切菜過秤，讓小蝶試試做掌櫃。我見她口齒伶俐，也能跟客人說上話，應該能行吧？」

章清亭嗤之以鼻，「她就是太能說了，光顧著聊天也不幹正經活，我可不是開茶樓。」

想著她那個上不了檯面的輕狂樣兒就有氣，還不如玉蘭本本分分來得穩重。

趙成材無法，正待告辭，忽然想起趙王氏打聽的新衣之事，躊躇了一下，還是開口了：「我瞧今兒小方姑娘身上的衣裳不錯，是妳做的嗎？」

「是啊！」章清亭爽快地承認了。

趙成材暗叫不妙，仍抱著一絲僥倖問道：「妳這些天，就做了這兩套吧？」

「那當然。就這兩套都把我累得夠嗆，有事嗎？」章清亭很奇怪，他怎麼突然問這個？

「沒事，我只是覺得挺好看的。」趙成材搪塞過去，心中卻暗暗叫苦。

唉，自己怎麼不動動腦子，就那麼多嘴呢？

他的後悔章清亭可沒空理會，她今日忙得夠嗆，明兒又得早起採買原料，結了帳就睡下了。

翌日清早，章清亭帶著趙成棟、趙玉蘭和張小蝶去集市採購材料。

趙成材現在有了衙門差使，還得不時幫忙店裡生意，早上起得更早，直接到衙門刻苦攻讀。

趙王氏他們現在反而是出門晚的，剛要離家，忽然來了位不速之客。

上門來的是王屠戶的老婆王江氏，提了一副豬腰子，兩隻豬後蹄上門送禮，親親熱熱地管趙王氏叫姑媽，聽得趙王氏自己都寒掉一身雞皮疙瘩。

雖說這王屠戶和趙王氏還真是八竿子能打得著的親戚，但兩人年紀也差不了幾歲，平時相見最多也就喊聲老姐兒，哪像今天這麼客氣？

趙王氏一下就猜出她無事不登三寶殿，肯定是要求自己辦事，便把旁人都先打發了出去。

原以為是要請她去跳神驅鬼的，可客套了幾句，王江氏說明來意，卻是看章清亭開了鋪子，生意又不錯，便想拿下肉材供應這樁大生意。

趙王氏聽得頗有些不悅，轉念卻又是一喜，要是自己談成了這樣一個供應，還愁查不到章清亭的底？

她心下雖有三分允意，可心中到底有些忌憚，怕章清亭臉烈心狠到時不買她的帳，那她就算談定了，若是回頭又給黃掉了，可就太掉價了。

王江氏也是機靈，覺出不對，索性使起了激將，「姑媽，您看這一筆可寫不出兩個王字，您侄兒能不能做這生意您就給句痛快話吧。要是您做不了主，那我這就去跟您媳婦商量去。」

這叫什麼話？趙王氏立時火起，冷哼，「她是我媳婦，哪有婆婆做事要跟媳婦商量的？」

平日在家關起門來，她使不動章清亭也就罷了，可在外人面前，這個臉面趙王氏可丟不起。

有了這話，王江氏心中一喜，趕緊趁熱打鐵，「那這事咱們就定了？」

「定也可以，不過妳得先報了價錢來聽。」

趙王氏再跟章清亭鬧彆扭，還是要替她省錢，多賺利息的。

王江氏當即好話說了一籮筐，簡直要把趙王氏捧到天上去。

趙王氏可不吃這一套，討價還價起來，毫不客氣。

費了半日唇舌，兩人總算把各項價錢議定。

趙王氏額外交代：「以後妳送了多少貨，都跟我說一聲，不過這事就不要告訴我媳婦了。」

王江氏以為她是要和媳婦對帳，便滿口應承了下來，說準了明日殺了豬就把東西送去。到時夥計都收了，不怕章清亭不給錢。

送走了王江氏，趙王氏決定把這事推給兒子跟媳婦說去，反正她一樣要買材料，有人送上門，價格又便宜，可比自己費神買的強。

這不是還替她省了好大一樁事嗎？趙王氏越想越覺得自己居功至偉，恨不得章清亭立即在她面前五體投地，俯首稱臣。

章清亭不知婆婆又在自己身後幹了這樣一樁好事，她本想著第二日的生意肯定沒第一日的好，沒想到一開門，竟又是個滿堂紅。

一來是方德海做的滷菜確實好吃，二來是章清亭賣出去的布匹拉動起來的。

但凡女人，大多喜歡跟風，看她這兒的料子不錯，定價低，式樣還新穎，未免都動了心。而家庭主婦來買東西，可不就順便再帶些滷菜回去了。

只是不少人都嫌她這兒的滷菜淡了一點，不太經吃。別說方德海這倔老頭堅決不願改方子，章清亭也不肯再加鹽。就是不經吃，才想著要多買些。要經吃了，她那生意還怎麼做？

「有些客人口味清淡，要是淡了還能自加點鹽，要是鹹了可怎麼辦？」

陪著笑臉哄好了客人，又根據大家的需求，賣她的存布。

要說民間女子和官家小姐的眼光還是有所區別的，她們做件衣裳，既要實用，又要盡量弄得有花有朵好看一些，但大家平日裡家務操勞，哪有閒暇描花繡朵？所以像她幫方明珠衣上做的拼花就很受歡迎，可大家又不可能為了湊那一朵花單買一塊布，就想要些零散的布條。

而她們長年勞作，不可能做收腰的衣裳，又不喜歡太寬鬆顯不出腰線，便想要別致的腰帶。

顧客的要求就是銀子，章清亭受到啟發，又琢磨出好幾樣或是能收腰，或是能滿足需求的新花樣。喜歡的布也可以零散著賣，不過加幾文錢，卻能增色不少，很受歡迎。還有好些人問她能不能代加工，寧可多加些錢都行。

章清亭只能一一婉拒，她是真覺得有些力不從心了。

誠如趙成材所言，除非她生出三頭六臂，否則勞心勞力的，就算賺到了錢，也未老先衰了。

覷了個空，方明珠貼心地端了杯茶來，「張姊姊，有什麼我能幫妳的嗎？」

章清亭嘆了口氣，「那妳有人有錢嗎？」

方明珠眼珠一轉，「妳是想請人，卻又沒錢對嗎？」

章清亭哀怨道：「我這真是巧媳婦難為無米之炊。」

方明珠毛遂自薦：「我能算一個嗎？別的不會，幫妳算個帳收個錢還是行的。」

「妳會算帳？」章清亭驚了。

方明珠吐舌一笑，「小時候爺爺教了點，看妳在這兒算來算去的，我也多少學會了些，不信妳考我？」

章清亭當即翻著帳本，隨口出了幾個考她，這丫頭雖然反應慢了些，但無一出錯。

章清亭驚訝了，「妳這丫頭是不是天賦異稟啊？」

方明珠小臉一紅，虛心求教，「天賦異稟是什麼意思？怎麼寫來著？」

章清亭教了她，卻又一想，萬一讓她來收錢，那豈不是賺了多少方德海都知道了？這祖孫倆鬼精鬼精的，她還當真有些怕。

見她猶豫，方明珠猜出她的心思，烏溜溜的黑眼睛笑得彎彎，附在她耳邊低聲道：「布匹不算，這店裡的滷水大概每天能賺二兩銀子上下吧？」

章清亭一臉驚愕。

「爺爺說的。他每天做了多少東西，妳賣多少錢，他心裡有數呢。這段時間先試試，等過年了，他說可以多做點，以後妳多賺點，也好加加他的工錢。」

這祖孫倆，沒一個省油的燈！

不過現在自己確實需要幫手，與其讓張趙那兩家子人摻和進來，她倒寧可相信方明珠。

「讓妳來收銀也可以，不過，我也有個條件。」章清亭可不願任人捏扁搓圓，「妳要是收錯了錢，對不上帳，我可是要罰的，就從妳爺爺的工錢裡扣。」

這個方明珠還不敢作主，「那我進去問問爺爺。」

不一時，她笑吟吟地出來了，「爺爺說，罰是應當，可我若做得好，是否也該發份工錢？」

章清亭笑罵道：「去回妳爺爺，我教妳讀書識字還沒收錢呢，你們爺孫倆也好意思跟我提這個話？」

「這倒不用了。」方明珠上前接過算盤，「我剛才就把這話說給爺爺聽了，爺爺只是笑，說讓我跟妳學著點。張大師傅，妳就開始教徒弟打算盤吧。」

章清亭嘆道：「妳說妳個小丫頭片子，哪來這麼多心眼？這幸好還是個姑娘家，要是個男孩，那不得把天都捅個窟窿？」

「把天捅個窟窿才算本事？我呀，只想和妳一樣，日後自己當老闆。」

「有志氣，到時可別忘了妳師父。」

章清亭開始教她打算盤理帳。當天起，就讓方明珠幫著收錢記帳了。弟妹們看了雖有不服，但都不敢言語。

正忙活著，忽地被外面的吵嚷聲打斷了。

「你們想要幹什麼？」

門口有兩個混混糾纏上了一個小姑娘，她十四五歲年紀，皮膚微黑，鵝蛋臉，濃眉大眼，很是英氣。穿一身寶藍織錦的騎馬裝，頭上還綰著一支金釵，鑲著手指頭大小的珍珠，很是華麗，手裡提著根細細的馬鞭，像是有錢人家的小姐，卻不知為何落了單。被那兩人推推搡搡，還說著污言穢語調戲著：「小妹子，咱們不想幹什麼，就是想跟妳交個朋友，認識一下。」

「跟哥哥走吧，我們帶妳去喝酒聽戲好不好？」

「我不認識你們，你們快走開，走開！」

小姑娘一張俏臉漲得通紅，揮舞著馬鞭想要把他們趕開，奈何鞭子太細，根本起不到效果。她焦急而又求助地四下張望。圍觀的大有人在，卻認得那兩人是當地有名的潑皮，是以無人敢上前相幫。

章清亭的正義感勃然而發，當即就衝了出來，拉著那小姑娘的手道：「哎呀，小姐，妳怎麼才來？我可是等了妳一上午，就盼著妳關照我的生意呢！」

她不想得罪那些無賴，卻也不能在自己眼皮子底下見人恃強凌弱，欺負女孩子。

藍衣姑娘一臉愕然，但見章清亭拉著她腳不沾地就進了自家的店，把她往裡一推，順手拿起布料在她身上比劃著，「這個顏色有點暗，來試試這個。」

藍衣姑娘明白了她的好心，感激地躲進了櫃檯後頭。

兩個混混跟了進來，滿臉惱色，聲色俱厲：「嗳，妳想幹什麼？」

章清亭故作驚愕，「什麼幹什麼？我在賣衣料啊？難道兩位也想幫家裡人扯一身？對了，我這小店還有賣滷水，絕對好味道，請問二位要不要秤點什麼？」

兩個混混開始耍橫，「妳也不打聽打聽，大爺我們是什麼人，竟敢多管閒事，妳這店是不想開下去了吧？」

張小蝶和趙玉蘭沒經過這樣的陣勢，嚇得躲在牆角瑟瑟發抖。

方明珠眼見不對，哧溜進去找人了。

章清亭面對恐嚇，反倒更加鎮定，從容一笑，「原來二位還是微服私訪的官差嗎？你們要查封我的鋪子？行啊！只不知我這店到底有什麼地方做得不好，煩請二位指出來。話說，我家官人可也在衙門裡當著差呢。聽你們說了，我們也好去縣太爺跟前打聽打聽。」

她這番話綿裡藏針，氣勢十足。

混混見她抬出官府，當下氣焰就消了大半，可他們占慣了便宜，就這麼走了著實不甘心，胡攪蠻纏道：「妳這店門就開得不對，先交給我們十兩銀子，替妳請幾張平安符吧！」

「錢我是有，平安符我這兒也有，就不勞二位費心了。」

「妳——」那兩人氣得不輕，欺她是個女子，高舉著拳頭就想動粗。

章清亭心裡確有三分懼意，卻仍是眼都不眨地盯著他們，回手將櫃檯上的算盤拿在手裡，準備反擊。

「誰敢欺負我姊？」張金寶大吼一聲，拿了把斬骨刀，橫眉怒目地從裡頭衝了出來，護在大姊身前，「是你嗎？還是你？」

兩個混混嚇了一跳，章清亭暗自鬆了口氣。

方德海也柱著拐杖，臉色陰沉地站了出來，「二位是來買東西的，還是來找碴的？買東西我們有酒有肉，找碴的我們可有棍棒。」

他平時不說話就挺嚇人，這一板著臉就更嚇人了。章清亭分明瞧見，趙成棟拿著根扁擔躲在簾子後頭。她心中暗自感慨，就算再傻，關鍵時刻還是自己的親兄弟靠得住。

兩個混混見他們人多勢眾，只得悻悻地甩下話：「咱們走著瞧！」便溜之大吉。

可出了門，一人似是想起什麼，又回過頭來，偷偷打量了章清亭好幾眼，這才離去。

藍衣姑娘大大鬆了口氣，很是感激，「謝謝你們。」

「不用客氣。」搶著答話的是趙成棟，他不知什麼時候從後面鑽了出來，站在那姑娘身旁獻著殷勤。

見到漂亮姑娘，男孩子哪有不動心的？

張金寶也想湊過去，方德海卻老臉一沉，「都回去幹活！」又瞪章清亭一眼，似是不太高興她多管閒事，看也沒看那姑娘一眼，就進屋了。

章清亭既管了閒事，便要好人做到底。

「這位小姐，妳是一個人出來的嗎？那些人雖然暫時離開了，但興許還躲在外頭等著。妳最好找個人回家報信，讓人來接妳。」

藍衣姑娘臉上一紅，斂衽行了一個大禮，「多謝姊姊仗義相助。家兄就在前面談生意，我不過想先出來走走，沒想到……為了這點小事去驚動他實在不妥，若是方便，請容我在此小坐，家兄應該很快就會尋過來，到時自當重謝。」

「不必客氣。玉蘭，去倒杯熱茶給小姐壓壓驚。」

章清亭見這姑娘進退得宜，談吐不俗，想來家教甚好。衣裳又這麼華麗，錢財自是不缺的。只可惜剛救了她，反倒不好挾恩向她拉生意，未免有些可惜。

這姑娘卻很上道，主動提出：「妳這店是新開張吧？東西做得好香，我買點回去嘗嘗。」

這個章清亭自然歡迎。

那姑娘出手很闊氣，挑了一堆鴨頭鴨掌、豬腳烤雞，付的還是現銀。

見是大主顧，張小蝶又很賣力地推銷起酒水來，可惜女孩有些瞧不上眼，偏張小蝶好似特別想表現，一個勁兒地說，人家只好拿了一小罈。

章清亭看得都有些不悅了，把張小蝶支開，自己跟人岔開話題。知她不會瞧得起店裡的布料，所以壓根兒不推薦，但那姑娘卻頗有興趣看看她身上的衣裳問：「這是哪家裁縫做的？倒也別致。」

方明珠趕緊在章清亭臉上貼金，「這些都是我們老闆自己設計自己做的，賣得可好呢！」

藍衣姑娘望著章清亭，似有話想講，又有些不好意思。

章清亭會意，「姑娘有話，但說無妨。」

那姑娘有些赧顏，半晌才道：「我有塊大紅雲錦，上面織了小朵薔薇，特別漂亮，就是一直想不好做什麼樣子，姊姊能幫我參詳參詳嗎？」

這肯定是人家姑娘準備做了當嫁衣的，章清亭認真起來，「妳那塊料子共有多少？」

「料子倒是扯了很多，只是若做全套，倒太花哨，顯不出好看。問了好些裁縫繡娘，都說那料子太金貴，不敢接這活，一直擱箱子裡沒動。」

章清亭想了想，提筆勾出一件直襟長衣。高領窄袖，掐腰長襬。簡潔明快，高貴華麗。

「我沒見著妳那料子，所以只能估摸著配。這衣裳旁邊全用鵝黃緞子包出窄襟，扣襻上也用那個盤出小薔薇花。若是方便，拿珍珠當扣子就更好看了。要不，妳拿回去比著看看，若是覺得好再做。」

那姑娘讚道：「妳這主意真好，比誰說的都好。若是料子還有多的，我做什麼呢？」

章清亭笑指著自己身上，「那就不如照我這樣，做件緊身小短襖，會親見客都是又喜慶又熱鬧。若是再有多的，索性就再做件她身上這樣的鑲邊坎肩，或長或短都可以，只不要再加任何紋飾就夠了。」

藍衣姑娘喜不自勝，連連道謝：「姊姊，妳幫我想這麼好的主意，我該怎麼謝妳才好呢？」

章清亭可不是白出這份工的，此時才道：「那妳不如在我這兒扯幾身衣料回去。當然不是給妳穿的，是讓妳打賞身邊丫頭們的。反正也快過年了，府上總要用的不是？我這兒價錢還便宜，就剩這些料子了，賣完就沒了。」

藍衣姑娘欣然接受，想了一想，「那妳算算，裁四套丫頭衣裳，再裁兩套有年紀人穿的，一共得多少錢？」

章清亭賣衣裳賣得極熟，連算盤都不打，很快就算了出來，「給妳這幾匹最好的，也不過是八兩六錢銀子，折下來一套才一兩多一點。」

那女孩摸摸布料，點了點頭，「確實不算貴，那妳幫我把料子扯了，不過我身上沒這麼多錢，一會兒我哥來了就付妳。」

這下該章清亭喜出望外了，一下子在她身上就做了十兩銀子的生意，這個美人沒白救。麻利地扯了布，連那幾套的圖紙都給捲進去，一套一套分裝包好。

那姑娘末了卻也不好意思地提出一個要求：「姊姊，妳告訴我那長衣的樣子，能不能別再告訴別人？」

章清亭笑了，每個新娘肯定都希望自己成親時能穿得獨一無二，讓人羨慕。正待打趣兩句，卻見外頭有人在喊：「小妹，小妹！」

藍衣姑娘立即奔到門口，「二哥，我在這兒。」

進來一個年輕人，比她大個兩三歲的樣子，一樣的濃眉大眼，身穿醬紫色的衣裳。不過瞧著他，章清亭總覺得有些似曾相識，可又分明不認得。

「買了這麼多東西啊。」那哥哥寵溺地一笑，看得出來，很是疼愛這個小妹。

「二哥，你身上有錢嗎？我這兒還欠人家八兩多銀子。這個姊姊還幫了我好大的忙，我們得好好謝謝人家。」

她話音未落，又有一人過來了，「你倆買什麼呢？」

抬眼一瞧，章清亭有些赧然，這不是賀玉堂嗎？聽那兩人管他親親熱熱地叫「大哥」，敢情這兩個是他弟妹啊。忙穩住心神，盡量使自己顯得端莊大方。

賀玉堂見了章清亭，也有些尷尬。她這一身婦人裝束，真是嫁給那秀才了吧？

這藍衣姑娘正是他家小妹賀玉華，紫衣的是二弟賀玉峰。

賀玉華拉著兩位哥哥在一旁，小聲把方才之事說了，兄長倆一聽，都臉色一沉。

賀玉堂儼然半個家長，「這事咱們回去再說。」

敢這麼不長眼，欺負他家妹子，定不能輕饒過。

他又來到章清亭面前深施一禮，「張姑娘，多謝妳相助。這份恩情，賀家上下銘記於心。」

章清亭回禮，「賀大爺，您言重了。不過是舉手之勞，實在不敢談什麼恩情不恩情的。」

「話雖如此，但這份高義在下絕不敢忘。來日若有需要，但請明言。」

這個章清亭卻沒再回絕，多個朋友多條路，幹麼非弄得涇渭分明？

等人離開，方明珠這才問起：「那是什麼人啊？」

張小蝶搶著道：「這位賀大爺是開馬場的，很有錢。」

「說的對，這就是幾位有錢的大爺。以後再遇上，可都得打起精神來招呼。」章清亭半是玩笑半是認真地說了一句，轉而就開始訓話：「小蝶，妳方才也太急功近利了。人家明顯瞧不上我們那酒，妳還在那兒死命推銷。人家是不好意思才買了一罈，以後可切莫如此，招人嫌的。」

張小蝶嘟著嘴暗自翻了個白眼，這不做成生意了嗎？偏大姊總是這麼挑剔自己。

及至晚上回了家，章清亭覺得趙成材的臉色有些怪異，好似有話想說又不好說，很是為難地在她門口轉來轉去。

肯定不是好事，章清亭不想給自己惹麻煩，心想著下午被賀玉華一口氣買走了六套，店裡那幾款料子快賣完了。中秋過後，天氣漸冷，再做，就得做棉襖了。正好自己也該添置冬衣，她想著顧客的反應，沒有完全憑自己的喜好，又畫了幾款新衣，到外屋那堆布前來配色。

趙成材幾次三番想開口，章清亭也不搭話，只一時忘形，隨口問了一句：「噯，你們這兒冬天有多冷？」

趙成材沒注意到她的語病，而是很高興終於接上話了，「娘子，妳又做新衣裳啊？那可得做件厚實的！」

章清亭自悔失言，見他沒在意，也不多提，含糊帶了過去，「我想做身棉衣，也不知用兩斤棉花夠不夠？」

這個問趙成材等於白問，「要不，你去問問娘，她肯定知道。」

見章清亭不答，趙成材自又把話接了起來，「娘子，呃……妳最近是不是很忙？」

章清亭淡淡應了一聲。

「我也知道妳忙。」趙成材搓著手，陪著笑臉，「嗯，要不，妳能不能……幫娘也裁件衣裳？給她自己做也是一樣的。」

他今日可夠鬧心的，一回家就被趙王氏抓個正著，說已經應承了王屠戶家肉材供應一事。她當然不肯承認自己的私心，還振振有詞自己是多麼認真負責地替章清亭談下了價錢，又追問衣裳的事情。

趙成材哪裡敢說是自己擺的烏龍？姑且搪塞了過去。

可趙王氏再大年紀，也是個女人，沒有不愛新衣的，未免嘟囔了一句：「這整天都說忙忙忙，那等她做好了，天也冷了，都穿不上了。她要真忙，讓她給我自己做。不過這肉的事情，我可答應人家明早就送貨，正好你弟弟在店裡，彼此都認得。你回去跟你媳婦說，這省了她多大一碼子事啊。」

趙成材一下還真沒猜出趙王氏的真實心思，但他在這些天的共同生活中，已然明白一個真理：但凡是趙王氏想要插手章清亭的事情，十有八九，都不會通過。反之亦然。那十分之一二的僥倖，是他想都不敢想的。

可趙王氏這回似乎確實是好意，就算是要拒絕，能不能換個委婉的說法？別每次都弄得吵吵嚷嚷的，把他搞得跟風箱裡的老鼠似的，兩頭受氣。

章清亭不是他肚子裡的蛔蟲，哪裡明白他這麼多曲裡拐彎的心思，一下子會錯了意，「是哦，我還答應了你們，給你們每人一身新衣裳的，反正這會兒有空，你們自己來挑吧。」

「不……」趙成材還沒來得及否認，章清亭就喊了一聲，「小蝶。」

張小蝶應了，卻等了一會兒才過來。進門時，手一直藏在背後。

章清亭只聞得她身上有一股滷水味道，但想著成天都在店裡幹活，也沒有多疑，「叫家裡人都過來，自選塊料子做新衣吧。記得做寬大些，馬上天涼了，裡面要套棉襖的，棉花過幾天我一起買回來分給你們。」

「那……交給裁縫不就行了？」張小蝶隱隱猜到了，卻故意裝傻。

章清亭冷哼一聲，「妳有錢請裁縫自己請去。連我都是自己做，妳好歹也學著點吧，別成天光顧著玩。妳要是不做，冬天就穿這身單衣過去。」

張小蝶噘著嘴不作聲了，回頭叫了爹娘兄弟過來，他們倒是都挺高興地選來選去。

趙成材也只好去那邊請人了，免得到時娘又挑理，說給別人選剩下才想到她們。

這邊張發財挑得高興，便道：「閨女，這都快過年了，既有這麼多布，不如給我們一人做兩套吧，年下好穿。」

章清亭本待回絕，卻見他們身上還是自己上回買的那身衣裳，這都穿了快一個月了，也沒個換洗，著實髒得不行，便道：「你們先挑一套，等這些布賣了剩下的，再一人做一套。」

張小蝶一聽還要兩套，嘴巴都快翹到天上去了，「就不能各人做各人的？」

章清亭有些生氣了，「妳看看妳，多大的人了，成天做點事情就挑三揀四，怕苦怕累的。妳瞧瞧人家玉蘭，跟妳幹一樣的活，她有沒有說過半句話？」

張小蝶本來就對這事有意見，當即就回嘴道：「大姊，妳就是偏心她。她也有算錯帳的時候，成天悶聲不吭的也不招呼客人，妳都不說她，光說我！」

「妳還好意思說？就妳那樣招呼客人，沒點禮數輕重，一點也沒個姑娘家的穩重樣兒，也不怕人笑話！」

張小蝶氣得臉通紅，鼓著腮像金魚似的。

看她不服氣，章清亭越發生氣，「說我偏心她，妳怎麼不看看自己？那刀工我說了多少回了，要妳練練，妳練過一回沒有？切片成塊，切絲成條，被客人抱怨多少回了，我都是睜一隻眼閉一隻眼。現在說妳兩句，妳倒還有理了。像妳這樣會招呼人，我寧可用她那樣老老實實的。」

張小蝶被罵得火起，脫口而出：「她有什麼老實的？她還跟男人拉拉扯扯呢，我可沒那樣不正經！」

這死丫頭，還敢一句頂一句了！

沒等章清亭發火，趙王氏鐵青著臉進來，「妳說什麼？再說一遍！」

看她抬起巴掌就想打人，張小蝶嚇得面如土色，趕緊躲到大姊身後。

眼看著這一巴掌卻是不收，直奔章清亭而來，眾人無不駭然。

這一巴掌要是真下去，那不得驚天地動鬼神啊！

「娘！」沒等秀才攔著，章清亭伸手擋住了婆婆明顯故意的耳光，很是不悅。這沒事就打打罵罵，難道做晚輩的就是該給長輩練拳腳，逞威風的？

趙成材硬著頭皮上前打圓場，「有什麼話好好說，何必打打鬧鬧的，讓人看著多不像話。」

章清亭自恃身分，先鬆了手。趙王氏重重冷哼一聲，也才甘休。

趙成材站在劍拔弩張的兩人中間，「娘，要不，您先回屋歇歇？」

趙王氏當然不肯，「那死丫頭剛才說的什麼話？你是玉蘭的親哥哥，讓人這麼糟蹋你妹子，你能忍嗎？」

趙成材怕抖出田福生之事，想打個馬虎眼兒矇混過關，「小蝶年紀還小，她方才也不過是氣憤娘子教訓了她，才信口胡謅的……」

偏張小蝶不知事態的嚴重性，還嘀咕著：「我才沒胡說……」

眼看後頭趙玉蘭的臉都白了，章清亭回頭瞪了妹子一眼，可她低著頭，一點也沒瞧見。

趙王氏眼裡可揉不得沙子，「你們聽聽，還在那兒胡說八道，瞧我不撕了她的嘴！」

張小蝶豁出去了，索性大聲道：「我沒胡說！要不，妳自己問她，中秋節那天晚上，是不是和一個男人在樹林裡拉拉扯扯了好半天？哥，你也瞧見的，銀寶和元寶也在！」

趙王氏氣得渾身直哆嗦，「玉蘭，妳自己說，是怎麼回事？」

趙玉蘭整個人抖得就跟秋風裡的樹葉似的，噤若寒蟬，哪裡說得出一個字來？

趙老實忙把女兒往外一推，「玉蘭啊，快回屋去。孩子她娘，妳有什麼話回屋再說。」他的話提醒了趙王氏，再怎樣，女子的名節最是要緊，怎麼也不能當著張家老小教訓女兒，讓他們看笑話。她立即衝上前，拉著女兒回了屋。

趙成材知道娘那個火爆脾氣，妹子人又老實，恐怕今日要吃些皮肉之苦，趕緊抬腳也追了出去。

屋裡又只剩下張家人了，張小蝶訕訕地想溜，卻被章清亭擋住去路。

正想抬手給她一巴掌，想起方才的趙王氏，若這一巴掌下去，又與她何異？

章清亭緩緩把手放下，張小蝶忙囁嚅著辯解：「我……我只是那麼一說……」

章清亭長嘆一聲，「是，妳只是那麼一說，可妳知不知道，一個女子最重要的是什麼？是名節。妳那麼輕飄飄的一句話，就足以毀掉一個女子的名節，這比殺了她更叫她生不如死。」

張小蝶帶著顫音問：「有……有這麼嚴重？」

此時，正屋裡已經隱隱傳出劈里啪啦的板子聲，還有趙玉蘭的哭泣聲，以及趙成材父子的求情聲。

章清亭指著那扇緊閉著的門，「瞧見沒？就因為妳的那麼一說，玉蘭現在就在挨板子。可能明天，她娘就會隨便找個人把她嫁出去。以後過得好不好，就全憑她的造化了。若是遇到個不好的，這一輩子就算是毀了。」

張小蝶嚇得連連搖頭，「我、我沒想會這樣的！」

章清亭道：「我千叮嚀萬囑咐，叫你們不要把這事說出去，可妳聽了嗎？你們根本就不了解事情真相，光憑她和男子在一起多說了幾句話，就不負責任地說她拉拉扯扯，妳知不知道這句話到底有多嚴重？」

兔死狐悲，唇亡齒寒。她驀然生出身為女子諸多不易的艱辛感慨，「東西隨便吃吃無妨，話卻不可以隨便亂說，尤其事涉名節，一句話有時也會逼死一條人命。」

張發財老兩口畢竟活了這麼大歲數，深以為然。

「小蝶，妳大姊這話說的對，妳方才真不該多嘴。」

「以前那個鄰村的周嫂子，不就是因為別人說她和一個外來的木匠有什麼，生生地被逼著投了河嗎？」

張小蝶嚇壞了，「我沒想她死！我……我去跟趙大嬸解釋，是我胡說，我根本沒看清！」

「晚了。」章清亭冷冷地瞧了她一眼，「你們都回去吧，我想靜一靜。」

她這不打不罵，反倒比又打又罵來得更讓人難受。張小蝶既內疚又害怕，哭哭啼啼走了。

章清亭無力地坐下，賺錢的喜悅也被這樁意外給沖得七零八落。

雖然相處的時間不長，但趙玉蘭確實是個溫柔可親、憨厚淳樸的好姑娘，章清亭真不願見到她遭此劫難。

差不多大半個時辰之後，正屋的門才終於開了

趙王氏換了身做客的衣裳，收拾得整整齊齊的出門了。

章清亭一見心裡就涼了半截，這怕是要去找媒婆了吧？

沒一會兒，趙成材面色凝重地從裡屋出來了。

雖然不是自己的原因，但章清亭還是覺得很抱歉，起身遞了上回買的藥酒給他，「傷著了吧？拿去擦擦。」

趙成材只苦笑著說了一句：「這下，玉蘭真的要嫁人了。」

章清亭面有戚色，「真的一點轉寰的餘地也沒有了？」

「我都跪下了，娘才住了手。」

「對不起。」

「不關妳的事，其實也不能怪小蝶。」趙成材很明白事理，反過來寬慰著她，「這事遲早有一天會來的，只不過小蝶這麼一說，把它給提前了。」

章清亭也只能祝福，「但願玉蘭能找個好人家。」

「現在也只能希望如此了。」

事情都到了這一步，趙成材也沒什麼好隱瞞的，當下把趙王氏自作主張幫她接了王屠戶家生意的事情說了，「妳也別惱，娘也是好心。妳要是不樂意，想回就回了吧。只請把話說得婉轉些，彼此都留些面子。」

現在這關口，章清亭哪有心情計較這些，「算了，我明兒去看看，要是價錢東西都合適，讓他們做著也無妨。」

次日一早，趙王氏宣布，女兒要嫁人了，不適合再出去拋頭露面，讓章清亭要不就自己請人，

要不就讓張羅氏去店裡幫忙。

這一層章清亭倒是昨晚就想到了，張羅氏那個生相如何見得人？想想還有方明珠，幾人辛苦一點，一邊做一邊招吧。

張小蝶心中內疚，趙玉蘭更是低著頭，始終一言不發，看得章清亭心中憐惜不已。

心事重重地到了絕味齋，王屠戶第一日送貨，不敢怠慢，倒是很用心挑了些好東西過來。

趙王氏談的價錢確實便宜，章清亭便揀能用的拿了，按價付款，王屠戶也自歡喜。

剛開張還沒生意上門，章清亭仍在想著趙玉蘭之事，張小蝶忽然道：「大姊，門外有個人一直鬼頭鬼腦地在往我們這兒看。」

章清亭起身一瞧，那人卻迎著她的目光忸忸怩怩走過來了，正覺得有些面善，再一想，認出來了，「田福生？」

田福生臉漲成豬肝色，赧顏地拿一隻腳尖在地下蹭著，結結巴巴道：「呃……嫂子好。」

章清亭出來到他跟前，「有事嗎？若是來找玉蘭的，她可不在。」

「也……也沒事。」田福生從懷裡取出一把包好的菜刀，還特意拿了一根紅綢子捆著，「我……我聽說你們家開鋪子了，想著你們用得著，便打了一把，嫂子，妳別嫌棄……」

章清亭嘆了口氣，「你們那小本經營也不易，何必又費鐵費時地打這個來？拿回去吧，心意我領了。」

田福生眼中立即流露出深深的失望之色。

章清亭瞧了有些不忍，溫言道：「你別誤會，我真不是嫌棄。只是……」

「那妳……妳就收下吧。別的，我也沒了……」

章清亭略一思忖，長痛不如短痛，他遲早都要知道的，不如早些告訴他也好，「玉蘭她……要嫁人了。」

田福生頓時呆在了當場，刀掉下來，砸到腳背都不覺得疼，半晌才道：「我、我去找她！」

「站住！」章清亭厲聲喝止，「你找了她有什麼用？想害得她再被打一頓嗎？」

田福生回過頭來，一臉的焦急與心疼，「她娘……又打她了？」

「是！」章清亭斬釘截鐵道：「你既然知道，去找她又有什麼用？若是她娘能同意早就同意了，為何拖到如今？」

「可我、我是真心的……」田福生滿面悲戚，痛苦得拳頭攥得死緊，渾身都微微顫抖。

看得出來，這人是真心喜歡玉蘭的，可你的喜歡，能給她一份安定富足嗎？

章清亭不忍說破，「這事原也怪不得誰，就當你們之間沒緣分吧。」

田福生緊咬著牙關，額上青筋爆起，到底半晌什麼也沒說，轉身跑了。

章清亭揀起了刀，拍拍上面的塵土，好生收了起來。

張小蝶問都不敢問，方明珠就更不吭聲了。

難道因為窮，就連喜歡一個人，和一個人廝守的資格都沒有了嗎？現在窮難道就會窮一輩子？嫁給他就真的不行嗎？

章清亭自己也很矛盾，雖然看到了田福生的貧困，但內心裡，更多的是對有情人不能終成眷屬的同情。

「張姊？大姊！」方明珠連叫兩聲，章清亭才回過神來。

抬頭一瞧，客人來了，趕緊收拾情緒，笑臉相迎，「幾位姑娘是要扯衣料嗎？」

眼前三位女孩，一著紅衣、一著藍衣、一著綠衣，想來都是出門的好衣裳，有七八成新，不過卻是普通面料。除了藍衣女子有副銀耳墜，其餘幾人不過戴著一兩色銅簪環，很是樸素。

章清亭一看就洩了三分勁兒，也不是小瞧她們，若是有上年紀的婦人陪著，倒有可能出手買件衣裳，就這樣三個丫頭片子，估計只是來瞧熱鬧的。

三個女孩還有些害臊，你推我，我搡你的，到了櫃檯前面假意看布料，眼睛卻都不住地往章清亭身上瞟。

畢竟年輕，眼睛裡藏不住事，章清亭料到有事了。她以為是看了門口的招工啟事想來應徵的，便笑著問道：「幾位姑娘可是想來我這兒做工的？」

藍衣女孩當即一撇嘴，「說什麼呢？」

章清亭客氣地賠罪：「我瞧幾位姑娘一直瞧著我，還以為妳們是看了門口的啟事，來應徵做工的。多有得罪，請勿見怪。」

藍衣女孩哼了一聲，言語中多有輕慢之意：「我們可都是好人家的女孩兒，怎麼可能出來拋頭露面幹這個？」

「就是。」那倆姑娘忙跟著附和。

「再說，你這兒也沒什麼好衣裳，俗……那個俗不可耐。姊妹們，走！」藍衣姑娘抱怨完了，一聲號令就想帶人離開。

「慢著！」

敢情這三人不是來買東西的，是來找碴的。無緣無故罵了人，就想這麼走了，當她章大小姐是吃素的？

她微微冷笑，攔住三人去路，「幾位姑娘嫌棄我這兒的衣裳我沒話說，反正我這兒的綾羅綢緞肯定比不上你們身上的布衣粗裙來得高貴。只是你們這樣好人家的女孩兒，不養在深閨，怎麼跑來在這市井之中拋頭露面了？」

方明珠忍不住噗哧笑了出來，那三位姑娘氣得漲紅了臉。

還是那藍衣姑娘接話，「你果然是牙尖嘴利，潑辣成性。」

「承蒙誇獎，不勝榮幸。」章清亭微微頷首，一點也不動氣，「幾位姑娘也果然是笨嘴笨舌，無禮至極。」

三女被噎得說不出話來，開始真的出言無狀了，「哼，不過是個殺豬女，有什麼好神氣的？連嫁個人都是別人不要，死賴著成的親，瞧瞧這德性！」

章清亭臉色一沉，不管她和秀才的親事如何，也沒輪到她們幾個來說三道四吧？

「幾位姑娘今日這是替誰打抱不平，還是說看上了我家相公，卻進不了門，所以才這麼因妒生恨，拈酸吃醋？若果真是一片真情，好生說了，我也可以考慮收你們進門做個小啊。」

「你胡說八道什麼？」幾個女孩被罵得臉通紅，「誰要來做小了？趙秀才本來就不喜歡你。他心裡早有喜歡的人了，是你強逼他娶的你。」

章清亭從一片雜亂無章中理出重點，心下已經猜到她們是為何而來，反倒抿嘴一笑，「我想幾位怕是弄錯了吧？可不是我逼我家相公強娶的我，而是他苦苦哀求，強娶的我。若是不信，你們大可以去找他對質。」

她款款坐下，端起杯茶，像是自言自語的說給她們聽，「被人甩就甩了唄，躲在自己家裡哭哭也就是了，何必還要跑出來丟人現眼？真是自取其辱。」

「你！」

章清亭冷著臉放下茶杯，「幾位姑娘既然不買東西，就別在這兒聊天了，我們可不是開茶樓的，也沒得茶水供應！明珠，送客！」

三名女子討不到半點便宜，悻悻地走了。

方明珠站在門口瞧了一陣，「張姊，還有一個。躲在斜對面鋪子裡，恐怕那個才是正主。」

章清亭一笑，「好啦，幹活吧，別為了這些沒要緊的事耽誤了自己的生意。」

她不想找麻煩，不代表別人不找她麻煩。

時間不長，三個姑娘又擁著正主兒進來了。

這倒有些出乎章清亭的意料，但她依舊滿面春風，似是頭次見到似的，說著客套話：「歡迎光臨，請問幾位姑娘要點什麼？」

張小蝶也認出來的，當中這位膚白清秀的女孩不是姊夫那個老相好嗎？

楊小桃也不裝傻，見店中無客，便上前萬福道：「張姑娘，適才幾位姊妹出言無狀，多有得罪之處，小妹在此跟妳道歉了。」

後頭三女勉強至極地施了個禮，卻都鼻孔朝天，明顯不是真心。

章清亭微笑還禮，「楊姑娘客氣，妳和我家相公有同門之誼，請稱呼我一聲嫂夫人即可。方才那幾位姑娘不過是信口胡謅，我也就胡亂開了幾句玩笑，有什麼要道歉的？快別多禮了。」

自己可是秀才明媒正娶的妻子，這個身分要不要是她的事，旁人休想在她離開之前覬覦。

楊小桃臉上一僵，隨即又從容笑道：「是。嫂夫人得配良緣，又新開寶店，說起來小妹還未曾到賀，實是失禮。」

「楊姑娘客氣，方便時關照下小店的生意便是了。」想道賀，那就拿銀子來吧！

楊小桃卻似早有準備，不慌不忙道：「那是當然。」

她隨便選了兩樣吃食，章清亭示意妹子包了起來，照單付款，連個折扣都不給。

楊小桃卻又指著櫃檯上的紙筆賣弄，「嫂夫人如若不棄，小妹還想寫首詩恭賀一番。」

有點意思！章清亭一笑，「請。」

楊小桃自信滿滿地上前提筆，寫了一首詩。

章清亭上前一瞧，好玄，沒笑出聲來。她寫的是前人一首《詠梅》：「驛外斷橋邊，寂寞開無主。已是黃昏獨自愁，更著風和雨。無意苦爭春，一任群芳妒。零落成泥碾作塵，只有香如故。」

這是把她自己比為品性高潔的梅花，不屑與章清亭為伍。還特意用行書寫就，意在考她。可那幾筆字雖然娟秀，但柔弱無骨，一看就是只練了個半吊子。

再說，妳既然「無意爭春」，跑來我這兒耀武揚威幹什麼？簡直是不倫不類，不知所謂！

章清亭心下鄙夷，楊小桃卻以為她看不懂，頗為自得。

旁邊女孩也幫著腔：「嫂夫人，妳認得這上頭的字嗎？要不要念給妳聽聽？」

章清亭哂然，「好啊，那就勞煩姑娘妳念念吧。」

那女孩也不識字，轉手遞給了楊小桃，她清清嗓子，抑揚頓挫地念了一遍。

章清亭鼓掌稱讚，「聲音真好聽，想來姑娘若是去學戲必也是好的！」

這是把她比成戲子了？

楊小桃面色一變，還以顏色，「比不上嫂夫人好身手，能唱念做打。」

這是譏諷她是幹粗活的？章清亭聽了也不惱，「既然姑娘送了我這樣一份大禮，我也不能不還不是？姑娘既以文贈我，我也寫首詩還饋姑娘。」

她提筆刷刷很快也寫了一首出來，遞了上去。

楊小桃一看，傻眼了。那上頭寫的是小篆，她一個也不認得。

旁邊女孩還一個勁兒地催促：「她寫什麼了？」

楊小桃哪裡答得出來？卻也不能露怯，當下收了詩，微一斂衽，「多謝嫂夫人賜教。」灰溜溜地敗退了。

待回家拿這首詩給老楊秀才一瞧，才知章清亭回的是一首《金縷衣》：「勸君莫惜金縷衣，勸君惜取少年時。花開堪折直須折，莫待無花空折枝。」

表面上是勸楊小桃珍惜時光，其實後兩句譏諷她是已經「無花空折枝」。

老楊秀才見這字好，還誇筆力雄健，風骨畢現。

楊小桃更是火大，區區一個殺豬女，憑什麼有這等本事？

她在成親當日無端被悔婚，一直懷恨在心。不管趙成材是因為什麼理由娶章清亭的，但在她看來，就是自己輸給了章清亭。

想她自小也是被爹娘捧著，外人誇著長大，在十里八鄉也算是小有名氣的美人胚子，幾時受過這種窩囊氣？楊小桃是越想越不服氣，尋思著一定要狠狠羞辱章清亭一番。最好是弄得他們夫妻不睦，章清亭被休棄才能一雪前恥。

她自以為趙成材肯定仍是喜歡著她，只是迫於母命，無奈之下才娶了章清亭，便裝出一副儘管自己委屈萬分，卻依然大度的樣子，還勸趙成材好好過日子。

她在這頭覺得自己頗有幾分「執手相看淚眼，竟無語凝噎」的悲情，奈何趙家卻沒有一點動靜。這兩天，聽說章清亭竟然還在城中開了家鋪子做起了生意，過得是紅紅火火。

這哪行？楊小桃一聽就不幹了，自己在這兒「冷冷清清」，章清亭也應該跟著她「淒淒慘慘」才對。沒想到上門找碴又碰一鼻子灰，可如此一來，她更加懷恨在心，日思夜想的要如何拆散他們夫妻。

楊小桃此事，章清亭根本就沒往心裡去，不過當作個小插曲娛樂而已，還特意收了她的大作，準備晚上帶回去給秀才欣賞。

日頭漸漸偏西，許多人收工回家，順便買點滷水回家下酒，正是一天生意最好的時候。少了一個趙玉蘭，應付起來著實有些吃力。

正忙得雞飛狗跳，店裡突然呼啦啦湧進一大群人。一個個橫眉立目，凶神惡煞。一進來就驅趕著顧客：「走開，走開，大爺要買東西，你們排到後面去！」

平頭百姓哪裡敢惹，紛紛退了出去。

章清亭暗叫不妙，面上強自鎮定，「諸位大爺，不知有何貴幹？」

後頭一人嘿嘿冷笑，「老闆娘，妳真是貴人多忘事啊，這麼快就不認得我們兄弟了？」

章清亭仔細一瞧，暗自叫苦，原來正是調戲賀玉華的那兩個混混。想不到他們竟然光天化日之下糾集人手，回來尋釁滋事，看來這一劫是無論如何也躲不過去了。

章清亭冷靜了下來，偷偷遞了個眼色給方明珠，示意她去叫人，然後才不卑不亢地問：「怎麼著？難道你們在這朗朗乾坤之下，真的還要殺人放火不成？」

「那哪敢啊？」那人陰笑著上前，從腰後提出一隻死老鼠來，走到門口衝著大街上來來往往的行人道：「各位街坊鄰居，大家都來看看啊，我昨兒不過在這兒買了點吃的，回家竟發現這東西，老闆娘，妳是不是該有個說法呢？」

好歹毒的心腸！這要是以訛傳訛，這店以後還要不要開了？

章清亭氣得臉都白了，「你們昨天在我這兒根本什麼都沒有買過，這分明就是訛詐！」

「大家瞧，老闆娘翻臉不認帳，大家以後可不要到這家黑店來買東西，當心小命不保！」

恰好此時，張金寶又拿了菜刀衝出來。一時見了這麼多人，他有點膽怯，士氣大減，只支支吾吾問了句：「你們……你們想幹什麼？」

「哎呀，我好怕呀！」那群混混大笑，「快來看啊，老闆娘惱羞成怒，要動刀子殺人了！」

張金寶被他們說得不知該如何是好，拿著刀的手也縮了回去。

章清亭氣得血往上湧，一陣陣的頭暈，卻知道這夥人既然存心來找事，跟他們講道理也是白費口舌。深深的吸了口氣，讓自己保持冷靜，「你既說我賣的東西不乾淨，那我們索性就報官，讓縣太爺來評理。」

「老闆娘，昨兒可是妳自己說的，妳相公還在衙門裡做事。這要是去了衙門，肯定得偏袒你們。老闆娘，妳是不怕，我們這些小老百姓可不敢去驚動大老爺。」

章清亭怒火中燒，這群人實在是太可惡了。她回頭瞧了一眼，其他人呢？怎麼沒個有眼力勁兒的趕緊去衙門求援啊。

正著急，趙成棟一掀簾子哭喪著臉出來了，「大嫂，後門也被人堵上了。」他是想去報訊來著，出不去啊！

方德海拄著拐杖出來，橫了章清亭一眼，無聲地指責著。昨日她管的那樁閒事，他就很不贊成，怕惹來禍端，今日這局面，可以說是咎由自取了，但畢竟是店裡的人，還是要站在同一條線上的，出來沉著臉問：「那你們究竟想怎麼樣？」

為首的一人發話了：「咱們也不想怎麼樣，你這店的東西既不能吃，那就索性關門。」

章清亭忍了又忍，暗忖好漢不吃眼前虧，先打發他們走，求個平安再說，「你們要多少銀子，說個數吧。」

沒想到那人竟道：「什麼錢不錢的？談錢多俗氣。我們就是要討個公道，免得妳再毒害其他街坊們！」

章清亭敏銳地嗅出一絲不對勁來，若不是求財，這些混混跟她又沒有深仇大恨，幹麼死咬著她不放？她心下一沉，「你們老闆是誰？」

「聰明！」為首之人豎起大拇指，皮笑肉不笑道：「這麼快就猜到了，那張姑娘應該還記得妳這開店的銀子打哪兒來的吧？」

果然是他，薛紹安！

自己不去找他麻煩就算好的，他有什麼理由給自己搗亂？若是別人，也許章清亭還可以忍。但這個人，章清亭心裡清楚，自己就算關了店，只要還想在紮蘭堡立足，就繞不開他去。

這家店是自己費多少心血才建起來的，憑什麼因為那個人渣作梗就退讓？可要是不退讓，這眼前虧卻是吃定了。一時間，章清亭心思流轉，反覆權衡利弊，竟沒有一個能兩全其美的好主意。

「幹什麼？這是幹什麼呢？」忽然門外吵吵嚷嚷，過來一群官差。

為首之人章清亭認得，是上回來捧過場的捕快頭目程隊長。

她頓時鬆了口氣，程隊長對她使了個眼色，「這麼多人，聚在這裡幹麼？想鬧事嗎？」

見到官差，這夥混混明顯老實許多。領頭之人陪笑道：「沒什麼，正說理呢。大人，您看，我們昨兒在這買了點滷菜，裡面竟然吃出老鼠來，正好請大人您來評個公道。」

章清亭義憤填膺，「你們昨天根本就沒來買過東西，不過是……」

「行了行了！」程隊長忽然出聲打斷了她的話，意思是不讓她再追究，「想來只是一場誤會。老闆娘，妳拿點錢請這些兄弟喝杯茶就算了。屁大點事，鬧得不得安寧的，別人不知，還以為我們這兒出什麼大亂子了。」

章清亭很是不服，但此刻卻不能不低頭，慢吞吞地走到掌櫃旁邊，銀子是斷斷不肯給的，她扒拉扒拉銅錢，抓了一把出來遞到那頭目面前。

她不滿意，混混也不接受，猶豫一下，湊到程隊長耳邊道：「我們可是薛三爺的人。」

程隊長假裝聽不懂，「什麼三爺四爺的，老爺我一概不知。你們要買東西就買，不買就出去。有什麼事說不清楚，就上衙門公堂說去。」

那人一看討不到什麼便宜，也不要章清亭的錢，冷哼了兩聲，暫時離開了。

程隊長卻指著昨天調戲賀玉華的那兩名混混道：「你們兩個留下，跟我去衙門走一趟。」

「大人，我們可沒幹什麼呀！豪哥，你要救我們啊！」

官差上前把人拿下，那叫豪哥的頭目疑惑地看過來。

程隊長乾咳兩聲，解釋了一句：「有人舉報他們犯了別的案子，得帶他們回去好好審審。」

這就是說，不關薛紹安的事了。

反正又不是自己的人，豪哥瞟了那兩個來通風報信的混混一眼，帶著自己人走了。

章清亭卻猜出官差為何會來幫忙了。

果然，程隊長轉頭就悄聲道：「這回可是賀家大爺在關照著你們呢！」

章清亭點頭稱謝，見那程隊長仍盯著自己手裡的錢，只好轉手將錢又全塞他手裡，「小店才開張，實在沒什麼好孝敬的，您帶著弟兄們喝杯茶吧。今兒人多不方便，改日我讓相公捎些酒菜給您，算是一點小小心意。」

「這是怎麼說的。」程隊長呵呵笑著，假意推辭，卻將錢收進了自己囊中，帶著手下，押著那兩個倒楣蛋走了。

「哎喲，我的媽，可算是沒事了！」張金寶抹一把冷汗，和趙成棟大大地鬆了一口氣。

方德海瞧了章清亭一眼，什麼也沒說就進去了。

他倆都是老於世故，彼此心知肚明，這事兒，不算完。

沒多大工夫，趙成材匆匆忙忙趕來了，「娘子，你們沒事吧？我在衙門裡聽說鋪子裡有來人搗亂，本立即就要來的，可他們說我來了反而不方便。程隊長剛回去說他來得及時，沒出什麼事。這到底是怎麼回事，人都沒事吧？」

姓程的倒是會賣乖，章清亭有氣無力道：「沒什麼，回家再說吧。」

按說今晚該張金寶留下，可方德海臨走卻交代了一句：「還是多留一個人的好，小心駛得萬年船。」

章清亭會意，讓趙成棟留下作伴。非常時期，趙成棟雖不願意，但還是苦著臉留下了。

回了家，章清亭才把事情跟趙成材說了，當然略去了某些不雅情節，只說薛紹安對她起了歹心，未曾得手，所以心懷怨恨，伺機報復。

呆秀才聽得當即拍案而起，「簡直無法無天！娘子，妳別怕，我明兒就去衙門裡遞張狀紙告他去！再讓程隊長天天去妳那兒守著，看他還敢不敢胡作非為？」

「告他？怎麼告？告狀是要有真憑實據的，就憑我們口頭說說，人家會認帳嗎？到時完全可以推得一乾二淨，我們連他的衣角都挨不著。再說了，若是程隊長天天來我店裡轉，不說別的，光是應付他，我就不知得添多少開銷了。」

趙成材愣了一下，「程隊長收妳的錢了？」

「錢倒是不多，只我答應了，過幾天還要送他一頓酒菜的。要不，你這兩天抽個空來一趟，拿點酒菜去，悄悄送去他家就是。」

趙成材重重地嘆了口氣，很是替她不平，「這做點生意真不容易。瞧瞧妳從開始動這心思到開店，花了多少力氣？統共才賺了幾日的錢，卻又惹出這樣一場是非來。」

提到是非，章清亭倒想起來了，從袖中取出那首詩，揉成團擲給他。

趙成材展開一瞧，楊小桃的字跡他當然認得，只是怎麼會有這樣一副字在媳婦這兒呢？

「人家一早可是威風凜凜地來我這兒寫詩論詞，還帶了幫小姊妹，那意思都是替你們這對苦命鴛鴦打抱不平呢！」章清亭心情不好，又找不到人說，說起話來未免尖酸刻薄了些。

趙成材雖然聽著大窘，但多少聽出一丁點兒醋意，心裡那小小的歡喜，竟是比這份大大尷尬還要讓他雀躍，「小桃只是一時想不開，時間長了，就會好的。」

章清亭擺擺手，「我也沒心思管你們的事，只是現在，這可如何是好？」

她愁眉不展，趙成材也是束手無策。兩人正在這裡想法子，外頭趙王氏高聲喚起成材。

趙成材急忙應了出去。

趙王氏問：「成棟怎麼沒回來？」

趙成材又經過一番過濾，把事情簡單說了。

趙王氏聽了，朝章清亭那屋一通抱怨：「沒那個本事瞎逞什麼能？這下好了，得罪了人，瞧以後這生意還怎麼做？」

章清亭知道是罵給自己聽的，難免氣憤，卻聽趙王氏又問：「那現在打算怎麼辦？」

「這不正在想辦法嗎？」

趙王氏略一思忖，倒出了個主意：「這醋打哪兒酸，鹽打哪兒鹹。既然這事兒是那賀家姑娘起的頭，就還找她家人去啊，不能白替他們幫了忙，反倒給自己添了煩惱。妳不是說他們家還有些財勢嗎？該請客送禮的，讓他們家弄去！」

這話說的對！章清亭眼前一亮，賀玉堂可比自己有能耐多了，和薛紹安也有交情，若是他在當中說幾句好話，興許這滿天雲彩就散了呢？可為什麼偏偏是趙王氏把她給點醒呢？章清亭未免又有些懊惱了。

趙王氏又在那兒大呼小叫：「親家公，你出來！」

這又是幹什麼？

趙成材進來解釋：「娘讓爹和岳父都打了鋪蓋去鋪子裡睡，萬一真有人來鬧事，人多還是膽氣壯些。」

這個也想得很周到，章清亭當然歡迎。

趙成材問：「方才娘的話妳也聽到了吧？覺得可行嗎？」

「姑且試試吧。」

趙成材一笑，趁機幫趙王氏說了句好話：「畢竟上年紀的人還是比咱們有經驗，有時聽聽他們的意見也是好的。」

章清亭嗯了一聲，算是勉強同意了。

趙成材忽地想起一個問題，「那妳明天要去賀家，店裡不就更沒人了？要不要我來幫忙？」

這倒很是，章清亭也不推辭，「你明兒要是有空，就過來頂一陣子，賀家還不知在哪兒，我得打聽了找去。」想起這個，她又犯起了愁，「這要招個人也這麼難？我那告示貼了一天，一個上前詢問的都沒有。」

說到這個，趙成材倒噗哧笑了。

「你笑什麼？」章清亭莫名其妙。

「妳啊，真是聰明一世，糊塗一時。咱們這地方，能有幾個識字的？真識字的，又會來當小工嗎？別說妳貼了一天，就貼一年也未必能碰上一個。特別妳還要女孩，那就更沒有了。」

真是笨啊！章清亭再次懊惱，怎麼這麼簡單的問題卻沒想到？

趙成材笑道：「妳若不惱，還是讓娘去幫妳打聽打聽吧。她在這鄉里認得的人多，哪家的姑娘勤快本分，多少還是能打聽到的，比咱們沒頭沒腦招個陌生人還是來得穩妥些，妳說呢？」

這話確實有理。章清亭也瞧出來了，趙王氏這愛管事的毛病雖然挺煩人的，但對於自家的事情還是很盡心盡力。若是讓她去招人，雖有成為她心腹之嫌，但她肯定也不會隨隨便便弄個人來搪塞自己。

就算是她的心腹又如何？這個店可是本姑娘說了算，要發錢的也是我，時間一長，到底該看誰眼色，難道她自己不知道嗎？

章清亭想通之後便爽快道：「那就請你娘多費心了。」

趙成材聽了喜不自勝，只要能拉近這對婆媳關係，哪怕只是小小的改善，他都覺得開心。

回頭趙王氏聽了，擺著譜得意了一番，還是應承了，心裡很有被需要的成就感。這個家不管怎麼說，還是離了她不行的。

章清亭私下也提了田福生來送菜刀的事，「他們倆就真一點希望都沒有了？」

回答她的，只有趙成材的嘆息。

可翌日一早，剛起身，就見田大叔帶著田福生局促地站在門外。

這一下，全家人的目光都集中在了趙王氏身上。

趙王氏倒是不失禮貌地讓他們進了堂屋，奉上茶水，開門見山道：「田老哥，你為什麼來，不必多說，我心裡全明白。咱們這麼多年鄉里鄉親，我也不提什麼過分的要求，只要能給你們家福生準備兩間瓦房、八兩銀子的聘禮，這事兒我就同意了。若是不行，多的咱也甭再說了，說了也是傷和氣。」

這要求真不算高了，但田家是無論如何也做不到的。

田福生撲通就向趙王氏跪下了，眼帶淚光，「嬸，您就行行好，成全我們吧！」

趙王氏緊抿著唇，硬下心腸，轉過頭去一聲不吭。

田大叔滿是皺紋的老臉緊了又鬆，鬆了又緊，許久才望著兒子說：「福生啊，你嬸說的沒錯，咱們走吧。是爹沒用，對不起你。你要是真喜歡玉蘭，就別拖累她。」

他拖著田福生走了。

趙玉蘭在廚房裡偷偷瞧著這父子二人離去的背影，哭成了淚人兒。

章清亭和趙成材面面相覷，默默地帶著早飯出了門。怕路上不安全，趙成材特意送她和張小蝶來到集市。連一貫沒心沒肺的張小蝶都觸動了心事，開始生平第一次懵懵懂懂地考慮到了終身大事。

捌之章 ❀ 夫妻反擊生妙趣

天色尚早，鋪子還沒開門，竟已經有人在等候了。

章清亭有些歉意，「不好意思，這位大爺，久等了吧？我們馬上開門。」

那人轉過頭來，章清亭怔了。

瞧這人背影時，只見他穿了件青色錦袍，又站得挺拔如青松，便以為是顧客。等看到他的臉，雖然面目年輕俊朗，卻是眼窩深陷，雙目無神，面色蒼白。再仔細瞧，他的頭髮雖然梳得整齊，但卻油膩膩的，很久沒有洗過了。鬍子似是用不怎麼鋒利的利器剛剛刮過，還留有幾道新鮮的傷痕。

至於那件錦袍，染滿撣不掉的塵土和洗不掉的污垢，若是再認真一點，還可以看得見領口袖口上積著長期穿著的黑色油漬，腳上的靴子也快磨掉了底，還隱隱散發出一股餿味。

那人似也有點驚訝，沒想到這家店主竟是如此年輕的婦人。猶豫了一下，拱手微一抱拳，「請問，您這兒是招人嗎？我是昨晚看到這個告示留下的。」

他的語音純正，明顯是大地方的人，帶著濃濃的官腔，很是有禮。

「你……恐怕不大合適吧？我這兒只是招一個切菜的女工，可沒什麼錢的。」章清亭有些摸不準這人是什麼來歷，瞧這外表，分明是個落難的公子哥。

年輕人很是尷尬，半晌才道：「我……需要一份工作。只求三餐一宿，沒錢都可以。」

他們說話這會兒，趙成材已經敲開了門，過來道：「這位公子，你是不是遇上什麼難事？」

他不會是惹了官非，亡命天涯的吧？

年輕人很會察言觀色，一下子就猜出他的心思，躊躇了一會兒，還是從懷裡掏出一份文書，「我不是逃犯，這是我的路引，但是……我確實做過牢，出來有大半年了。」

啊，明白了，他多半是因為有案底，所以一直找不到工作。

「那你以前是做什麼的？為什麼犯的事？」

年輕人眼神明顯黯淡了，輕輕垂下眼皮，聲音極低：「我殺了人。」

張小蝶驚呼一聲，接連退了兩步。

章清亭卻好奇了，「那你怎麼被放出來的？」怎麼不用償命？

「是誤殺。那時年少無知，一時衝動鑄成大錯。現在，卻也悔之晚矣……我服了三年苦役。」他的頭埋得更低，極力想辯解什麼，「我……我真的不是壞人。」

「那你怎麼不回家？」

年輕人呼吸似是停頓了一下，一字一句答得很是艱難：「我家裡……跟我斷絕關係了。」

瞧他這樣，應該出身不錯，若是知書識禮的人家，肯定無法容忍這樣不肖的子孫。

章清亭面有難色，這人倒是坦誠，只是一想著他殺過人，這樣的人誰敢收留？想了想，她用了個最委婉的理由拒絕：「那你會切菜嗎？」

她算準了這年輕人肯定不會，果然，年輕人眼神黯淡了下去，但他流浪了這麼久，這還是第一次遇到沒有聽見他是殺人犯就趕他走的人。

於是，他抱著一絲微弱的希望，卑微地祈求著：「我可以學，我保證學得很快。我以前……我讀過書，會識字，算帳也可以，什麼苦活累活都能幹，真的。要是我做的不好，妳隨時趕我走，行不行？」

章清亭看看趙成材，他也一臉猶豫。

這人看起來倒是還行，但知人知面不知心，誰知道他的底細？

年輕人異常焦急，絞盡腦汁為自己爭取機會，「我還會……會……我會養馬！你們有嗎？要不，餵豬放牛也行。」

章清亭心中一動，「你懂馬？你養過？」

「我從小就養過，服刑時也是幫軍營養馬，餵料刷洗、治病接生，我都會的！」

章清亭有些動心了，他既讀書識字，又懂得養馬，若是靠得住，自己將來想往那方面發展，倒是個好幫手。

趙成材也覺可以，轉而問他：「那你能保證在我們這兒，安分度日嗎？」

「能，我可以對著天一神起誓！」年輕人慎重舉起右手，「若是我再作奸犯科，為非作歹，就罰我餘生都被關進大牢裡，死後永墮地獄。」

天一神是北安國供奉的護國神祇，在北安國上流社會中盛行，是貴族心中至高無上的神。他們就是背叛國君，也不敢背叛天一神。這人想來出身不凡，真的是走投無路才落難於此。

「我還可以把我的路引交到你們手上押著，若我做了壞事，或是逃跑，我就是逃犯了。」

年輕人迫不及待地把路引兩手托舉到趙成材面前，眼中的渴求與希冀令人動容。

「娘子，收下他吧。」就衝著這份眼神，趙成材想給他一個改過自新的機會，「人非聖賢，孰能無過？過而能改，善莫大焉。」

年輕人又驚又喜，轉頭瞧著章清亭，只見她也微微頷首，一顆心終於落了地。

趙成材雙手接過他的路引，「我不是信不過你，只是你要是想長期在我們這兒幹下去，我們也得留個保證。」

「我能長期幹下去？」年輕人眼中的光芒簡直無法言表，「我一定會好好幹活，一定會！」

店門已開，張趙父子四人都起來了，詫異地看著他們，不知道發生了何事。

「先進來吧。」趙成材把人領進了店鋪。

原來他才十九，名叫晏博文。

趙成材道：「君子博學於文，約之以禮，真是好名字。」

晏博文卻赧然低下頭了，「慚愧，有罪之人令祖宗蒙羞了。我在營裡養馬，他們都管我叫小馬，你們以後也這麼叫我吧。我不是想存心隱瞞別人，只是……不想玷汙先人。」

趙成材卻道：「你既已經離開了，就把過去全忘了吧。你若不想別人知道你的名字，我送你一個名字，阿禮。從你名字而來，也時刻提醒自己知禮守禮，切莫再做出失禮之事。」

晏博文很是感激，「多謝趙老闆賜名。」

趙成材笑道：「什麼老闆不老闆？我們也不過尋常人家。我比你大兩歲，便叫你一聲阿禮，你叫我趙大哥就是。這位是我娘子，她才是這店鋪的主事之人，你以後就聽她吩咐。」

晏博文又一一跟店內諸人見禮，極是謙恭。

趙成材又道：「阿禮既然留下來了，以後就是一家人，之前的事情都不要再提了。好好做生意，才是咱們開店的目的。」

趙成棟卻道：「阿禮還沒地方住吧？那正好以後可以讓他看店了。咱們後頭有間耳房，就是住人的。」

這個連張金寶也是高興的。

「只要你們信我，我願意留下。」晏博文能有個棲身之所，就已經很心滿意足了。

章清亭暗暗翻個白眼，剛招了個人，她還沒想好怎麼使，他們倆倒想著偷懶了。轉念一想，這人留下來也好。將來就是把這兩個弟弟打發走了，總還是要個人來補缺的。

「行了，金寶帶他進去洗漱一下，過來吃早飯吧。」

趙成材見這兒無事，請他爹回去跟娘說一聲，已經招到了人，不用再去打聽女工了，便自上衙門去了。

一時方家祖孫來了，見招了這麼個小工，也有些詫異，尤其是聽說他姓晏，方德海更是上下打量了他好幾眼，可想想到底什麼也沒說。

這晏博文確實勤快，讓他幹什麼就幹什麼，也很聰明，只是仍有些局促，不大放得開。畏首畏尾的，對每個人都敬若神明。

因要教他切菜，方德海打發方明珠去街上買一筐最便宜的白蘿蔔回來，讓他練習刀法。不上半天，他就掌握了技巧，雖然還不太熟練，但力度卻控制得很好，切出來片是片，絲是絲的，應該是個練家子。

離近了一瞧，他虎口上尚有薄繭，方德海冷不丁問了一句：「你以前是使刀還是劍？」

晏博文渾身一僵，臉白了三分，一刀切在了手指頭上，殷紅的鮮血立即染紅了雪白的蘿蔔，分外觸目驚心。

「我……我早就忘了。」

見他猶如驚弓之鳥，方德海便不再打聽，只道：「去把手洗洗，蘿蔔扔了，再換一個切。」

幸好今早薛紹安還沒派人來搗亂，章清亭忙完了早上這一撥生意，去找賀玉堂了。走前特意囑咐方德海，若有人來找碴就乾脆關門，千萬別傷了人，可還沒等她走到大門口，賀玉堂自己送上門來了，「張姑娘，借一步說話。」

瞧他這有備而來的樣兒，章清亭會意，領他到了後院。賀玉堂幾次欲言又止，甚是為難。

「賀大爺，有什麼話您就直說吧。」章清亭心裡一緊，有種不好的預感。

賀玉堂微嘆了口氣才道：「趙夫人，我不知道妳究竟怎麼得罪了薛紹安，不過昨兒他在妳這裡鬧事之後，我一早便去找他了，一直談到現在也沒什麼效果，他堅持說……」

章清亭語氣一冷，「他想怎樣？」

「他說，除非妳去向他磕頭認錯，否則，他是不會收手的。」

是可忍，孰不可忍！

章清亭斬釘截鐵道：「有勞賀大爺費心了，我就是不做這門生意，也不會去認這個錯。他要是想打想殺，就讓他來吧。」

賀玉堂臉現尷尬之色，說起來，章清亭會重又惹上薛紹安，還是因為出手幫助自己的妹子所致，可自己卻一點忙也幫不上，虧他之前還信誓旦旦說要報恩云云，這也太說不過去了。

整理了一下思緒，賀玉堂誠懇地道：「趙夫人，妳能先消消氣，容我說幾句心裡話嗎？」

「賀大爺但說無妨。」

賀玉堂正色道：「趙夫人，妳不知道薛家的勢力到底有多大。他們家可不只是個小小的銀鉤賭坊，暗地裡……我也不說了，總之，連官府都不得不賣他們三分面子，尤其他夫人何氏的娘家，更有勢力。若是他鐵了心和妳過不去，恐怕妳往後的日子著實艱難了。」

「賀大爺，我明白您的好心。所謂寧得罪君子，不得罪小人，尤其是這種有權有勢的小人，更沒有得罪的必要。不過，君子有所為，有所不為。薛紹安是什麼人，你認識的時間比我長，肯定比我更清楚。明明是他無理取鬧、欺壓良善在先，若是我還要去向他認錯，那我成什麼人了？若是這樣才能把這生意做下去，又有什麼意思？」

賀玉堂被駁得啞口無言，心中羞愧，自己竟然還比不上一個女子有氣節，「對不起，趙夫人，是我冒昧了。」

章清亭表面上很是大度，「不關賀大爺的事，你也不必心存內疚，就算是沒有令妹之事，姓薛的仍有可能找上我，你已經盡力了。剩下的，是福是禍，也是我自己的事。」

賀玉堂被說得滿臉通紅，頭都抬不起來。

可他能怎麼辦？家裡不許他管了，可若是真的撒手，於情於理，都太說不過去了。

賀玉堂心中歉疚，章清亭當然看得出，這正是她的目的。她才沒那好心，這麼大度放過他。我救你妹子也不能白救不是？就算這件事上，你幫不了我，可你也得記著，欠我一個人情沒還。下次要還時，可就得加上利息了。

果然，賀玉堂深禮一禮，「真是對不起。趙夫人，這件事我們賀家是無能為力了，他日……」他都不好意思許諾了，只得道：「我會記得此事。」

有這句話就夠了。

賀玉堂前腳走沒多時，後腳薛紹安搖著一把灑金摺扇，趾高氣揚地上門了。他帶的人不多，就四個，可就這四個膀闊腰圓、滿臉橫肉的大漢，抱著胳膊亮出腰間的牛耳尖刀，往門口齊刷刷一站，卻比昨天那麼多人起到的效果還明顯。店裡的客人全跑光了，外頭的客人也沒一個敢進門的。

進了門，薛紹安瞧著章清亭皮笑肉不笑地道：「趙夫人，多日不見，妳這氣色不錯啊！」

章清亭一看他這架勢，知道今日躲不過，反倒淡然一笑，「您不也一樣風度翩翩？」

薛紹安倒沒想到在如此情勢之下，她還伶牙俐齒，讓人實在是又愛又恨，「我這老熟人上門，趙夫人，妳也不賜個座嗎？」

「這是什麼話？難得您老大駕光臨，怎麼能不好好招呼呢？」章清亭回頭吩咐：「明珠、小蝶都進去幫忙。阿禮，給這位三爺搬張凳子出來。」

此人不是善碴，兩個姑娘還是不要在前頭拋頭露面的好，男子倒是無所謂。

晏博文見此情形，有些詫異，卻不見慌亂，進去搬了張凳子出來，仍站在案前伺候。

薛紹安大刀金馬地坐下，左右打量，「趙夫人這家店弄得不錯嘛！」

「謝三爺誇獎。」他要客套，章清亭也裝糊塗，「不知三爺今日前來，是要買些什麼？我這小店，主營滷水，兼賣布匹，您瞧有什麼看得上眼的嗎？」

薛紹安隨口應承：「那就一樣都來一點吧，讓我嘗嘗妳這絕味。」

章清亭朝著晏博文下巴一點，心裡開始飛快盤算。

別的還不太擔心，唯一擔心的就是怕他砸店，怎麼才能把他給順順當當打發走呢？

薛紹安可不給她時間琢磨，「趙夫人，妳別光站著啊，把妳這些布料也給我各扯一身。就照妳身上這樣子，挺好看的嘛！」

章清亭可捨不得真把自家的布給他糟蹋，陪笑著問道：「那不知薛三爺要扯布給誰做衣裳？是高是矮，是胖是瘦，是黑是白，是老是少？您別多心，我可不是瞎打聽，只是問明白了，好做個參考。」

薛紹安收了扇子，一下一下輕拍著手，嘿嘿冷笑，「三爺我要送的，當然是知情識趣的可人姑娘，而不是不識好歹的野丫頭。」

章清亭聞之冷笑，「既然不識好歹，三爺您又何必跟她一般計較？那不顯得您小肚雞腸，睚眥必報了嗎？」

薛紹安眼神一凜，「可三爺我偏就生了這麼個有冤報冤，有仇報仇的脾氣，改也是改不了的。誰若是惹得我一時不痛快，我必讓他一世不痛快。」

章清亭暗自咬牙，既然話都說到這個分上了，索性撕破臉罵個痛快。

「既然三爺執意要與一個小女子斤斤計較，那也沒什麼好說的。反正您家大業大，人多勢眾，只要一聲號令，想來一個弱女子又能奈何？都不用勞煩三爺您一根小手指頭，也定是大獲全勝的，也沒人敢說您恃強凌弱，仗勢欺人！」

這字字句句辛辣嘲諷至極，薛紹安氣得臉色發青，忽地將摺扇啪的甩開，自扇著涼風消氣，很快又平靜下來，笑得陰毒至極，「趙夫人說得很是，我這兒就借妳吉言了。」

這人還當真是厚臉皮，正不知怎麼接下去，後頭晏博文拿了個托盤恭敬上前，「三爺，小店所有的食物俱在此了，您嘗一嘗，可有滿意的嗎？」

章清亭低頭一瞧，這小夥子有能耐啊。他每一樣滷食都只切了一小口下來，放得整整齊齊，還插著細牙籤，這可不就是「每樣都來一點」，就算是薛紹安全糟蹋了，又值幾何？

章清亭樂了，「三爺，您放心吃吧，這些是不收錢的，您嘗得滿意再買也不遲。」

薛紹安斜睨著晏博文，「小子，你是打哪兒來的？」

晏博文仍是兩手穩穩端著托盤，極是謙遜地答道：「小的無家可歸，蒙老闆收留。初次上工，若有不周之處，望三爺海涵。」

「那我勸你還是另謀高就吧。」薛紹安望著章清亭，從牙縫裡迸出一句話：「因為這家店很快就會關門了。」

章清亭心中怒火翻騰，拳頭握得死緊，恨不得衝上前把這個禽獸打個稀巴爛。

晏博文卻極是冷靜，「多謝三爺提醒，不過小的雖然不懂事，也知道吃人一天飯，就得幫人幹一天的活，真要另謀高就，也得等這家店真的關了門再說。」

他這麼一說，讓章清亭也冷靜了下來。是啊，事情還沒有最終定論，千萬不要衝動。她暗暗平復著怒火，將緊握的拳頭慢慢鬆開，故作驚訝道：「三爺真是說笑了，您就是瞧上了我這個小夥計，也別當著我的面挖牆角啊！再說，這朗朗乾坤，太平盛世的，我這生意才剛開張，為什麼要關門呢？」

「因為我要妳關門。」薛紹安忽地臉色一沉，低喝一聲：「來人……」

這顯然就是要動武了。章清亭臉色一變，背心滲出一身冷汗，這可真沒辦法了。

「娘子！娘子！」趙成材火急火燎，滿頭大汗地衝進來，剛好打斷了薛紹安還沒有出口的那句「給我砸」。

一進門，趙成材連汗都來不及擦，先對著薛紹安長作一揖，「這位客官，真是對不起，家有急事，今日暫不營業。多有得罪之處，還請見諒。」然後自顧自高喊道：「成棟、金寶，快出來關門，收店！」

章清亭莫名其妙，趙成材卻拉著她到一邊滿臉焦急，「妳還做什麼生意，咱們家都著火啦，快回去救火吧！」

章清亭吃了一驚，著火了？怎麼會無緣無故著火了？

「都怪妳！」趙成材嘮嘮叨叨，猶自抱怨，「要不是妳早上燒飯沒把爐膛裡的火滅掉，怎麼會著火？娘在家裡大發雷霆，妳小心回去挨打！」

薛紹安一聽倒是高興，原來還不用自己出手，她就這麼倒楣了？

我哪燒的什麼飯？章清亭卻也明白過來了，秀才在演戲。

趙成材背對著外人又對她一努嘴，示意她趕緊躲進去。

章清亭會意，當下掩面一跺腳，「我又不是故意的！」轉身進去了。

趙成棟、張金寶此時也已經出來了，起初見薛紹安來搗亂，他們不敢出來，就躲在裡面偷聽。正不知如何是好，卻見趙成材風風火火衝了進來，聽他這麼一說，都信以為真，倒是真著急了。

薛紹安心想，反正她這鋪子關了，生意也做不成了。只要派個人看著，讓她開不成門，不跟砸了一樣嗎？當下冷哼一聲，轉身離開。

等所有的門板全都合上，從門縫裡看見薛紹安已經走了，趙成材才長出一口氣，抹一把頭上的冷汗，放鬆了下來，「我的媽呀，總算是沒事了！」

他今日本說提早一點過來幫忙，可剛出衙門沒多久，就聽說又有人去自家店裡搗亂了。當時把他嚇得，趕緊一路飛奔趕了過來。見了門口那架勢就知道麻煩了，靈機一動，先扯個謊，關了鋪子再說。他平素為人忠厚老實，偶爾扯個謊，倒是可信度更高。

章清亭此時才從裡頭出來，「人走了？」

趙成材點頭，「不過，這鋪子暫時恐怕是開不成了。」

趙成棟疑惑地道：「哥，家裡沒著火啊？」

趙成材瞪了弟弟一眼，「你還盼著家裡真著火啊？你嫂子這生意做不下去了，可不就得著急上火嗎？」

一屋子人面面相覷，無言以對。

方德海領著孫女出來，瞟了章清亭一眼，「等妳能開張了，再來通知我吧。」

章清亭點頭，讓他們祖孫先走了。

晏博文左右瞧瞧，就他一個外人，只好局促地上前，「老闆娘，我這是該走了嗎？」

章清亭很是抱歉，「真對不起，剛招你來就遇上這種事。你也看到了，我這店可得罪了個厲害人物，要不，你還是走吧，小心牽連了你。對了，我結點工錢給你，你別嫌棄。」

她轉身去拿錢了，趙成材掏出路引還他，卻又補充道：「若是你一時沒有去處，先在我們這兒住著也行。別的沒有，三餐一宿還是可以的，要是實在開不下去，你再另尋出路。」

晏博文當即收手，不去拿那路引，「我願意留下，我還可以看店打掃。我吃的也不多，一頓兩個饅頭足矣。」

那倒也行，反正總得留個人，章清亭把錢又收了回去。

既然做不了生意，便把店裡的吃食收拾了，幾個人肩扛手提的，拿回家去。自己吃掉，也比放壞了強。可這原本都是能賺銀子的啊，就這麼拿了回來，誰都沒了胃口。

時日尚早，趙王氏他們忙著都沒回來。章清亭回了房，自坐在那兒生悶氣。

薛紹安是可惡，但總得想個辦法解決不是？可要找誰呢？

官府管不了，賀家幫不上忙，自己一個小老百姓，若是以卵擊石，那是自尋死路。

趙成材泡了壺茶水進來的時候，就見章清亭在那兒凝眉苦思。知道她是為了店裡的事情發愁，他也不多話，放下茶水，自己也出去動著心思。

章清亭為了這個小店付出了多少心血，他全看在眼裡，此時勸什麼都是白搭，只有想出解決之道才能真正幫到她。可長這麼大，還真沒操過這麼難的心，這比讓他去背本書寫篇文章可麻煩得多。他甚至翻出了《孫子兵法》，一條一條看著找計謀。

兵書上說，要知己知彼，才能百戰不殆。這道理好懂，若是能找到薛紹安的弱點，便能夠一網成擒，可薛紹安的弱點在哪裡呢？

趙成材琢磨了一會兒，乾脆拿了點錢，又去廚房包了隻烤雞、幾樣滷菜和一包油炸花生米提著，轉頭又去了縣衙。

不走正門，卻進了一道側門，來到一間廂房門前，輕輕叩響了門扉，「陳師爺，您在嗎？」

陳師爺拉開門一瞧，「喲，成材啊，你怎麼來了？」

他這屋子裡已經裝好了大包小包，明兒準備上路回家了。

趙成材憨笑著把東西遞上，「這不是您明天就要出門了嗎？我也沒什麼好送的，就從家裡拿了些菜來，您拿著路上吃吧。」

陳師爺心中妥貼，「你們做點小生意也不容易，哪禁得起你這麼送？多少錢，我給你吧。」

「快別客氣了，這些天您可教了我不少東西，又保薦我在衙門裡做事，還帶著大夥兒關照我家生意，很該送份謝禮的。」

千穿萬穿，馬屁不穿，陳師爺聽了心情愉悅，「快進來坐，喝杯茶。」

趙成材可不是為了喝茶而來的，他這段時間歷練了不少，也懂得說話了，沒有直接說事，而是先看著一地的行李，「您東西還真不少，明兒好走嗎？要不我帶弟弟們來送送您？」

「不用了，我明兒雇輛車就是，不過是到碼頭，又不太遠，花不了幾個錢。」

「那可不行。」趙成材一聽這話，當即要獻這份殷勤，「您腿腳不好，就是雇了車，這搬進搬出，還得上船下車什麼的，沒個人幫著可不行。我弟弟他們反正也閒著，過來幫忙沒事的。」

「那多不好意思？」陳師爺忽然回過神來，「他們不是在你家店裡幹活嗎？怎麼有空出來？你可別讓他們扔下生意啊，這可千萬使不得。」

趙成材這才猶猶豫豫說出真相，「我家那店，不開了。」

「這是為何？」陳師爺略一思忖，當即猜出，「難道是那個姓薛的來搗亂？」

他們家昨日惹得差役上門，是以衙門中人大半都知道。

趙成材老實道：「可不是嗎？就因為娘子當初替賭坊打馬吊，最後一局輸了錢，那薛三爺就懷恨在心，今日還親自上門，非逼著我們關門不可。」

此事在當地幾乎無人不知，這個藉口說出來，還是很令人信服的。

陳師爺重重地嘆息一聲，「這也太無法無天了。不過，我奉勸你們一句，若是他實在為難你們，還是關了店吧。」他關好了門，壓低了聲音才道：「那個人，別說你們，就是婁大人也不敢得罪的。」

「這個我們也知道，我也這麼勸我家娘子的，能安安分分在家度日，就是福氣了。」

「你能這麼想，就是最好不過的了。」不過想想，陳師爺也替他們可惜，「你們這店還開不到幾天，居然就遇上這種事情，也真是流年不利。」

「誰說不是呢？」趙成材附和著，終於問出想問的話，「那個姓薛的，真這麼有本事，連妻大人也不怕？」

「有這麼厲害？」

陳師爺嗤笑，「一個區區的縣太爺算什麼？就是知府大人，恐怕也得給他們家三分薄面。」

「那當然，不過這也不是全看薛家的面子，而是何家的面子。」

「怎麼又扯出個何家來？」

「這你們就不知道了。若說這薛家是撈偏門的大哥，那何家就是祖宗。薛家只是在我們紮蘭堡一帶耀武揚威，可走出去，就全是何家的天下了。據說，小半個北安國都有他們的勢力呢。」

「嘖嘖，那這薛家和何家又有什麼關係？」

「這薛紹安家中兄弟眾多，他又排行老三，怎麼輪到他到我們這兒掌管這麼大個賭坊？全因為他娶了何家一位小姐，這才得了便宜。」

趙成材恍然，「這是夫憑妻貴啊！」

陳師爺呵呵笑了，打開話匣子，「所以，這姓薛的，誰都不怕，就怕他老婆。那何氏可是個河東獅，前幾年，這薛紹安耐不住寂寞，趁老婆大肚子，把一個丫頭肚子弄大了，結果被他老婆捉去活活打死。那丫頭的父母不服，跑到衙門裡來告狀，可誰敢上他家拿人去？最後找了中人，私下只賠了二十兩銀子，就算完結此案，兩條人命啊！」

陳師爺伸著兩根手指頭，一時忽又自悔多言，囑咐他道：「這事兒你可別往外說去，要是大人聽見，可了不得！」

趙成材急忙應承：「那是當然。」

眼見陳師爺有些懊惱之色，忙又極力奉承了半天，陳師爺才放下心來。

說好明兒一早，讓弟弟們來送他，趙成材在回去的路上一直翻來覆去琢磨此事。

這薛紹安怕老婆，那只要他老婆發話，薛紹安肯定不敢找他們麻煩了，可他老婆又怎麼肯幫他們呢？

一個沒留神，撞在樹上，頭上磕了大包，疼得他齜牙咧嘴地回了家。

還沒進門，就見自家門口圍了不少人，他心裡一驚，別是姓薛的找上門來了吧？

趕緊衝過去一瞧，卻見他老娘擺了張案板，正帶著張小蝶和趙成棟在那兒販賣從店裡拿回來的滷水。

一瞧他頭上的大青包，趙王氏反而嚇了一跳，「你挨打了？」

「我沒事，您怎麼把娘子的東西拿出來賣了？」

趙王氏臉一沉，「怎麼？這些東西不賣，還真放著自己吃啊？這也太敗家了！你自己進去找點藥酒揉揉，別耽誤我做生意。」

趙成材被趕了進去，卻見章清亭坐在屋裡，一臉平靜。

「娘子，娘在賣妳的東西。」

章清亭瞟他一眼，「知道。」

「那妳怎麼……」趙成材覷著她的神色，「妳不生氣？」

章清亭白他一眼，「有什麼好生氣的？東西做了本來就是要賣的。不能擱在店裡賣，擱家門口賣總可以吧。」

說起來，她心裡還覺得懊惱，自己怎麼早沒想到這主意？倒是趙王氏一回來，先是聽說被人強逼著關了鋪子，氣得破口大罵，而後瞧見一廚房的吃食，她坐不住了。

這都是錢啊！就算是章清亭的，她也心疼。當即搬了桌子到門口擺個攤，找章清亭打聽了價錢，全部降下來一點，只當促銷，賣給街坊鄰居。

章清亭瞧著秀才頭上的包，有些好笑，扔了藥酒過來，「你不聲不響的上哪兒去撞了這麼大個包回來？」

趙成材接了藥酒，赧顏道：「我本來想幫妳打聽點消息，結果知道了也沒用。」

「哦，那你打聽出些什麼來了？」

趙成材當下一五一十就把跟陳師爺打探到的消息說了，末了嘆道：「誰知道薛家竟有這麼厲害的靠山？連草菅人命都敢的。娘子，妳還是別跟他置氣了，老實關門算了。」

不料章清亭聽完他的話，哈哈大笑起來，「秀才秀才，你這回可真是幫了我大忙！」

薛府今日一大早收到了一包衣料，明顯是女人的衣料。料子不算太好，可也不差。說是薛三爺要的，人家便給送到府上來了。送料子來的人還在門口，說是錢還沒付。

薛紹安的夫人何芷衡納悶地拿著這身衣料翻來覆去看著。

這又不過年，又不過節的，薛紹安幹麼買衣料給她？就算是買，也應該買好一點的，怎麼買得這麼不倫不類？明顯不是她的風格嘛！

很快，一男一女就被帶到了何芷衡的面前。看起來模樣清俊，不像是普通商販。

「你們是……」

年輕男子上前行禮，「我是本縣秀才趙成材，這位是我娘子。薛三爺前日來我家小店，說要一身我娘子身上的衣料。只是當時家中遇到急事，來不及招呼，所以今天特意送到府上。」

小媳婦接著道：「這套衣裳也不貴，一共才二兩五錢銀子。」

這點小錢她還不在意，何芷衡點了點頭，示意丫頭去取銀子，卻又問道：「二位可面生得很，是新開的綢緞莊嗎？」

小媳婦陪笑著回話：「夫人說笑了，我們本小業薄的，哪裡開得起綢緞莊？不過開了個小小的滷水鋪子。因為頂之前的劉記綢緞莊，故此有些存貨，賤賣打發了。之前，因為小女子在銀鉤賭坊打過幾場馬吊，故此識得薛三爺，那日遇到，他就進來關照小店生意了。」

何芷衡存了三分好奇，「莫非妳就是那個會打馬吊的張蜻蜓？」

章清亭應得謙虛：「我哪裡會打什麼馬吊？全是運氣好，糊弄人來著，最後一局還輸了，可真給府上丟人！」

何芷衡微微一笑，很是大度地道：「無妨。」

此時小丫頭取了銀子過來，遞給了章清亭。

章清亭歡歡喜喜地接了錢，似是想起什麼，送上一張圖紙，「這是衣裳的圖樣，夫人收了，給那可人姑娘便是。」

可人姑娘？何芷衡眉頭立時皺了起來，「是三爺吩咐送給她的？」

章清亭一臉詫異，「三爺沒跟夫人交代嗎？」

她忽地望了相公一眼，似是自悔失言，當下面露焦急之色，何芷衡心中的火騰地就升上來了，「妳把話說清楚，到底是哪位可人姑娘？」

章清亭急得似要哭了，趙成材也尷尬至極，支支吾吾道：「難道……難道不是府上的？那……那是我們弄錯了。對不起啊，這錢還給你們，我們把料子拿回去。」

何芷衡啪的一拍桌子，手上被鳳仙花染得通紅的長指甲頓時斷了一根，「不准走！」

小夫妻嚇得渾身哆嗦，兩人擠在一起戰戰兢兢地道：「夫人……夫人息怒。」

何芷衡勉強壓下怒火，「你們快把話給我說清楚，否則就別想出這個大門！」

章清亭嚇得躲到了趙成材身後，趙成材畏畏縮縮吞吞地道：「就是……其實，是……」

忽地，章清亭帶著哭腔道：「你別說，說了肯定會被三爺拿去打死的！」

何芷衡目露凶光，「你們要是不說，信不信現在就被我打死？」

章清亭嚎得更大聲了，趙成材趕忙深施一禮，「夫人饒命！我們……我們只不過是、是小本生意，實在……實在是不敢得罪！」

何芷衡稍微控制了一下自己的情緒，換了個口氣，「你們說實話，我包你們平安無事，還會重賞你們。來人呀，去取十兩銀子來。」

很快，小丫頭取了兩大錠銀子過來，何芷衡接了，拿到他們眼前晃著，「看見沒？只要你們說了，這銀子就歸你們了。」

章清亭似是貪財，當即止住哀嚎，眼睛一眨不眨地跟著銀子轉。

何芷衡知她動心，又恐嚇道：「可你們要是不說，馬上拖出去亂棍打死！」

她眼神往兩邊一示意，已經有如狼似虎的家丁在外伺候了。

趙成材嚇得兩腿顫抖，一推娘子，「妳快說實話吧！夫人如此英明神武，她既答應了，肯定會保咱們周全的！」

章清亭猶自不放心地又補了一句：「可我們……我們要是說了實話，回頭三爺跑來找我們麻煩，您又不在，我們可怎麼辦？」

這女人怎麼這麼麻煩？何芷衡一瞪眼，「那妳要怎樣才肯說實話？」

章清亭想了想，「請夫人給我們個憑證，保證三爺不能來找我們麻煩，我們才敢說實話。」

這個容易！何芷衡當家理事，每天不知處理多少大事小情，當即拿了自己的印章，蓋了一個空白花箋給她，「妳有這個，就是薛家老爺來尋妳麻煩，也可以抵擋的。」

章清亭跟趙成材兩人認真收了，這才大著膽子道：「前兒三爺帶了四個人到我的小店裡來，個個都有這麼粗的胳膊，這麼粗的腰。」

「說重點！」何芷衡不耐煩地打斷了她，「這布料是送給誰的？」

章清亭看了她一眼，低下頭小聲道：「三爺說，是要送給一位可人姑娘，他還說……」

「他還說什麼來著？」

「他還說那姑娘很是知情識趣，可不是不識好歹的野丫頭，只不知，這後一句又是說誰。」

何芷衡氣得胸脯一起一伏，敢情這薛紹安膽大包天，又在外面拈花惹草。要不是這對小夫妻貪財急著賺錢，把衣料送到家裡來了，她還被蒙在鼓裡。

她當下指著周圍伺候的下人們問道：「你們說，三爺最近都幹什麼了？要是有知情不報的，一概打死。」

小廝丫鬟們嚇得跪了一地，大氣也不敢出。

這薛紹安素來風流成性，背著老婆在外頭尋歡作樂，花天酒地也不是一天兩天的了，只是從不過夜。下人們就算知道，哪個敢在主母面前多言半句？都是裝聾作啞。

現見鬧起來了，有那近身伺候的恐怕惹禍上身，只得道：「近來，三爺在外頭喝過幾次花酒，因都關著門，具體幹了什麼，小的們確實不知。」

何芷衡氣得臉都黃了，「去！備轎，我這就找他去！」

章清亭聽了，還上前勸解：「夫人息怒，您這麼明火執仗的，哪裡拿得住人？這捉賊要捉贓，捉姦可要捉雙。」

「妳這話什麼意思？」

章清亭附上她耳畔嘀嘀咕咕說了幾句，聽得何芷衡不住點頭，沉吟一會兒，轉頭吩咐家中下人：「今日之事，任誰也不許在三爺面前提起，誰要是走漏半點風聲，可別怪我心狠手辣。」而後將那十兩紋銀遞到章清亭手上，「妳夫君是姓……」

「姓趙，趙秀才。」

何芷衡道：「秀才娘子，這錢就算謝你們夫妻的。方才讓你們受了驚嚇，委實不好意思。」

章清亭拿了錢，喜笑顏開，「夫人說哪裡話來。您放心，我就在街上開著鋪子呢，成天打我門前過的人多，知道的消息也多。日後，我一定幫您留神打聽著動靜。這男人嘛，就得管得嚴一點，他才老實。他要是敢不老實，就得下狠手收拾，否則有一就有二，有二就有三，到時弄一堆閒花野草回來，可怎麼辦？」

何芷衡讚許地點頭，「妳說的很是。對了，妳家那店叫什麼來著？」

「叫絕味齋，您要是有空，打發丫頭小子上我那兒買東西，我給您打折。」

何芷衡當即吩咐左右：「以後記著，要採辦滷水的，就去秀才娘子家的鋪子裡拿了。」

這對小夫妻千恩萬謝地去了。

何芷衡關了門，開始依計捉姦。

當天晚上，薛紹安回家，聽說夫人明日要帶著孩子回娘家轉轉，他當然高興壞了，立即幫忙打點行裝。何芷衡冷笑，知情的下人無一敢言語。等到第二日何芷衡一走，薛紹安迫不及待就跑去青樓尋歡作樂，當然是被夫人一個回馬槍逮個正著，轉頭把薛紹安打了個半死，著實在家老老實實養了一個多月才敢出來見人。

而那絕味齋，早就順順當當開張了，再也無人上門搗亂。

再說回趙成材和章清亭，遠離了薛家大門之後，兩人是一通爆笑。

那日聽說薛紹安極其懼內，章清亭就生出這樣一計。她自幼在內宅見多了這類挑撥離間之事，用起來是得心應手。本欲孤身探虎穴，趙成材卻不放心，非得一起跟過來。

章清亭便和他在家裡對好了臺詞，演練了半日，這才上門。沒想到一擊即中，大獲全勝。

趙成材想著就好笑，「妳也真是太壞了，這樣的餿主意，虧妳也能想得出來！」

章清亭得意洋洋，「本姑娘這還只是牛刀小試，要是早知道那人渣有這毛病，早八百年前就教訓得他不能翻身了。」她想著方才場景，也捂嘴笑道：「不過說起來，你也不老實。」

趙成材卻收了笑意，帶了三分正色道：「我手心裡可一直捏著把汗呢。妳瞧他們家，真不是好惹的，說打就打，說殺就殺。妳呀，也別跟那何氏走得太近，還有那姓薛的，就算他夫人暫時把他收拾了，還得防著他日後反撲，大意不得。」

章清亭點頭，「不過這回真得好好謝謝你，要不是你尋出破綻，我哪能尋到他的短處？」

「謝我什麼？一家人……」趙成材忽又有些自悔失言，人家可不是一條心跟你過日子的，改了個口道：「其實我還有句話想勸妳，妳聽了可別生氣。」

「你說。」

趙成材誠懇地道：「妳這脾氣也該改改了，我知道妳是明事理的人，只是有時未免言語也太犀利了些。若是在家倒還無妨，可是妳現在在外頭做生意，難免會遇到挑剔的客人，妳能忍就忍，沒必要非得跟人爭個輸贏。到時人家不買咱們東西了，損失的還是自己。實在有氣，回家來衝我發都可以，只是在外面凡事退讓三分，也少得罪些人。」

聽他情真意切的一番話，章清亭只覺一股熱氣直從心裡湧到眼睛裡，幾乎要落下淚來。心裡頭酸酸的，不是苦澀，卻是感動。

見她半晌不語，趙成材以為是自己說重了，忙又解釋著：「當然，妳平常一直都很好的，只是偶爾才這樣。我不過是怕妳吃虧，所以才……」

「你不用說了。」

見章清亭已經紅了眼圈，趙成材慌了，忙不迭認錯：「是我錯了，妳別哭啊！」

「不是的。」章清亭搖了搖頭，深吸口氣，努力平復著心中翻湧的情緒，微笑著道：「謝謝你，我知道你真的是為了我好。這些話……以前，只有我親娘一人跟我說過。」

趙成材這才鬆了口氣，咧嘴笑道：「我們不都是盼著妳好嗎？」

章清亭重重點了點頭，赧然一笑，「回家吧。」

趙成材難得看她露出小女兒的情態，尤其是低頭之間，露出低垂的粉頸，如嬌羞的荷花，在晚風中微微頷首。

他也不知是撥動了哪根心弦，總之，一時之間，心裡直如小鹿亂撞，卻又很想上前做點什麼，為她遮風擋雨。

這是一種從未有過的體驗，讓他又慌又窘，不自覺臉上也開始發燒，不知該如何是好。只待章清亭往前走了幾步，他才驀然回過神來，緊緊跟上，想靠近又不敢靠得太近，就這麼一前一後回了家。

第二日，章清亭沒有急於開店，而是讓趙成棟和張金寶去送了陳師爺後，一個到賭坊，一個到薛家門口打探消息。直到聽說薛紹安受了傷，這才重又通知了方德海，把店開了起來。

這空著的兩日，也沒白耽誤，她又做了新的衣裳出來，因為樣子不是自己合適的，便只掛在牆上做樣品。因為吸取了顧客的意見，既大方實用，又新穎美觀，銷路更好了。

天一日冷似一日，來買滷水打酒的人也越來越多，生意是格外紅火。每天一到下午，天還沒擦黑，東西就賣空了，讓晚來了的顧客很是失望。

章清亭便跟方德海商量了，又加做了些好銷的東西出來。那老頭也不客氣，直截了當提出要漲工錢。這個章清亭卻不小氣，只要大家都有賺頭，計較什麼？

還有晏博文，這小夥子真沒請錯，又勤快又聰明，練了幾日刀工便上了手，切出來的東西又快又勻淨，比趙玉蘭之前做得還好。而且能寫會算，一人幾乎可以包辦大半個前臺，有了他的幫忙，再加上方明珠這個小掌櫃，章清亭真的省了好多心。

這日下午，天一直陰著，到了傍晚，便淅淅瀝瀝下起雨來。一場秋雨一場涼，氣溫驟然降了好些，凍得還穿著單衣的人們直打哆嗦。只要沒客，張小蝶他們都會躲到庫房做滷水的大火爐前烘著，只有晏博文總在前面站著，叫他進去都是靦腆地笑著搖頭。

眼見天色已晚，越發冷了。路上行人行色匆匆，都往家裡趕，少有進來買東西，章清亭正想說關店算了，卻見趙成材拿了幾把傘，聳肩縮背地過來了。

「你哪來這麼多傘？」

趙成材進門收了雨傘，「這是玉蘭打發銀寶送來的，我見天太冷，讓他先回去，便來接你們了。」一見生意冷清，也道：「這東西剩的也不多了，今兒早些關店吧。」

「正要說呢。」章清亭叫了眾人出來，把店關了。

本來要方德海帶些滷水回去，可他說見了那個就饞酒，到底還是不肯要，只拿了把傘，和方明珠一塊兒家去了。

章清亭叫晏博文跟他們一起回家吃頓熱飯熱菜，可他說有饅頭，烤烤就行，不肯去麻煩他們，只得作罷。

出了門，雨越發大了。五個人，兩把傘，怎麼也勻不過來。章清亭和妹子共傘，他們三個男子擠在一起。等回了家，都打濕了。趙玉蘭早熬好了滾滾的薑湯，喝下之後，趕緊要他們找衣裳換上。

趙家雖然窮點，但舊衣裳還是有幾件的，只是張家幾口就那身上的一身衣裳，可是凍壞了，進了屋就把被子都披上。

趙成材翻箱倒櫃，到底也沒能找出幾件富餘的衣裳來，便把自己一件大棉襖給章清亭披上，他就只能拿件厚點的外套擋擋寒氣了。

章清亭一瞧這可不是個事兒，到明兒全凍病了，那就更麻煩了。之前本說要自己做棉衣，可現在這陡然降溫，眼看來不及了。反正店裡生意好，也不在乎這一點錢，她取了銀子，趕緊叫上張金寶，給張家每人先買件大棉襖回來。

趙成材瞧了，似是想說什麼，到底還是什麼都沒說。

等趙王氏回來時，就見張家幾人各個穿著新棉衣在那兒顯擺，自家卻是連塊布頭都沒瞧見。

趙王氏本來今日就遇到點不順心的事情，這下她可就火了，也不問詳情，當即衝到東廂房裡。卻見章清亭也披了件新棉襖，正在那兒背對著門，比劃著布料又要裁新衣。

趙王氏將門板拍得響，章清亭嚇了一跳，回過頭來，見趙王氏正橫眉毛豎眼睛地瞪著她。

這好不到三天，又是怎麼了？章清亭當下也沒有好氣，索性轉過身去，不去理她。

如此一來，趙王氏更是生氣，氣呼呼衝上前來，把她手上的布料奪下扔到地上，還狠狠地踏上幾腳出氣。

眼見原本乾乾淨淨的布匹頓時弄上幾個泥腳印，章清亭的火一下子也上來，「妳又發的什麼瘋？給我出去！」

趙王氏火氣更足，「這是我家，妳憑什麼趕我出去？妳說妳這人怎麼回事？就這麼一點良心都沒有？這麼多料子，自己做了一件又一件，成天穿得花枝招展地出去，卻讓婆婆穿得破衣爛衫，這像話嗎？這變天了，妳知道冷了，知道你們張家人冷了，就買了棉衣給他們，那我們呢？就活該凍死？」

她越說越覺得自己占住了理，「妳也不好好想想？妳開著那鋪子是妳出的本錢，妳現在也賺著錢了，可那裡頭要沒有我們老趙家給妳撐著，妳怎麼撐得出來？」

「咱們遠的不說，就說前些時，妳店被人砸了，東西拖回來，要不是我在門口幫妳賣，妳不知虧到哪裡哭鼻子去了！還有，妳得罪那個姓薛的，要不是我兒子幫妳出主意，打聽消息，妳現在能開得了店嗎？」

趙王氏理直氣壯，插腰站定，「妳別以為做了點事情就可以吆五喝六的，咱們不說別的，單論一個禮字，妳四裡下打聽打聽，哪家有了好料子，是媳婦先做著穿上身，不孝敬婆婆的？有了錢就只顧著自己家的人，全拿我們當放屁！就算這些料子是妳花錢買的又怎樣？妳能給外人做都不給我做，這走出去說起來，也虧妳好意思！」

「我有什麼不好意思？」章清亭冷笑著駁斥，「您既然也知道這些料子是我買的，我愛送誰就送誰，愛給誰做就給誰做，您管得著嗎？」

「是，我開店確實有你們趙家人在裡頭幫忙，可當初我開店時，是誰吵著鬧著要進來的？我有求過你們嗎？至於張家人，自從進了趙家門，活幹得還少嗎？一樣下地燒飯，別說得好像我們白吃白喝妳的一樣！」

「這些衣料拖回來時，我就說過，送你們每人一身的，我有食言嗎？那天請了你們來，是你們自己沒挑就走了的，怪得誰來？」

「您前幾天是幫忙賣了滷水，可您給我的錢對得上數嗎？我有說過半句嗎？我店裡得罪了人，是秀才幫我想了主意，那是我們之事，該怎麼謝他，我心裡有數。」

「您說我無情，我要是真的無情，您以為您現在能站在這兒橫挑鼻子豎挑眼？做人知足吧，少在這兒得隴望蜀！」

最後一個詞兒趙王氏聽不大懂，想來也不是好話，氣沖沖地道：「我不管妳什麼鼠啊貓的？可是妳得弄清楚一個理兒，妳現在是趙家的人，別再說什麼妳的錢，妳的衣料那些鬼話！這些東西只要進了這個家門，都是姓趙的！有你們張家的，也該有趙家人的一份！」

章清亭冷哼，「我還偏不聽了，怎樣？」

趙王氏怒不可遏，轉身就去找棍棒，「我今天要是不好好教訓妳，妳不知道誰是妳婆婆！」

趙成材剛剛出去了一趟，正捧著大包的棉花進來，卻見這婆媳二人又槓上了，當即把東西一放，先把老娘拉開，「娘，您又要幹什麼。」

趙王氏把兒子一把推開，「成材，你今天要是還護著這小妖精，我連你一塊兒打！」

「娘！」趙成材也急了，「您怎麼回回不分青紅皂白就要打人？打人過癮嗎？您講講道理行不行？」

「你……好啊，你、你反了天了！」趙王氏氣得糊塗，看也不看，就抽出門閂朝兒子打去。

趙成材索性躲也不躲，就站在地上，「打吧打吧，打死拉倒。您氣也出了，我就當還您這條命了！」

趙王氏狠狠打了幾下，卻見兒子避也不避，一時生氣又心疼，拿著門閂又去追打章清亭。

章清亭可不是趙成材，一不是妳生的，二不是妳養的，憑什麼讓妳打？

她見趙王氏亂發瘋，心中氣憤，此時見她往自己面前衝來，腳下使壞，把地上那匹布踢到了趙王氏的腳下。趙王氏一個不防，踩上布匹，腳下打滑，當即就直愣愣往後摔去。

「噯噯！」她兩手在空中拚命揮舞著，想保持平衡，奈何用力過猛，實在是止不住，砰一聲摔到了泥地上，頭還磕上了門檻。

這一下，著實摔得不輕。趙王氏只覺眼冒金星，腦袋發暈，半天都沒回過神來，連章清亭在後頭那麼明顯的捂嘴偷笑都沒察覺。

趙成材見老娘真的摔了，到底還是心疼，趕緊上前扶她。

趙王氏卻半天直不起身，全身疼得厲害，手往後腦杓一摸，全是血。

這可把她自己也嚇了一跳，不會這麼倒楣，就這麼摔死了吧？她還沒享到福呢！

趙成材忙不迭連聲叫趙成棟去請大夫，又叫人來幫忙。

方才婆媳惡鬥，誰都不敢進來瞧熱鬧，這回聽見秀才喊人，才一個個探出頭來。眼見趙王氏摔得頭破血流，都是好氣又好笑。

不一時，大夫請來了，趙王氏還真傷得不輕。頭上磕了個一寸來長的大口子，用了一大碗膏藥才把血止住，還拿布條包了個嚴嚴實實，老腰和屁股也淤青了一大片。

大夫說，這怕是十天半個月都不能下地了，讓在床上好生將養。

章清亭心中無半點同情，這老虔婆確實欠教訓。

瞧完了趙王氏，章清亭把趙成材往前一推，「大夫，您也瞧瞧他吧。」反正大夫都請了，不看也白不看。

趙成材確實也覺得身上疼得慌，撩開衣裳給大夫一看，幾道挨打的傷痕都腫起來有一指多高，很是駭人。

章清亭暗自咬牙，這老虔婆也真下得去手。這還是她親兒子，要是打在自己身上，那該多疼？不免對趙成材很是同情。

兩個傷患各自回屋上藥，趙老實這才道：「我說孩子他娘，妳到底是發的什麼脾氣？成材哪裡招惹妳了，要妳這麼下狠手去打他？」

「全怪那個小妖精！」趙王氏哼哼唧唧仍在磨牙，「要不是她，我能生這麼大的氣嗎？」

「媳婦又怎麼得罪妳了？」

「你瞎啦？沒見他們家人都穿上新棉衣了？憑什麼給他們買，不給咱們買？」

趙成棟聽到，探進頭來，「娘，您就為這個打哥哥呀？」

「這還不值得生氣嗎？」趙王氏捶著床板又火了，卻又頭疼地趴了下去。

趙成棟頓足，「娘，您誤會了。這不是變天了，大嫂一家沒有過冬的衣裳，咱家也沒有多的勻給他們，嫂子怕人凍病了，便去給他們先買了幾件回來，都是最便宜的。就這，哥哥回來也說她了，可嫂子說，她早就打算買了棉花給大家再做好的，見哥哥生氣，就拿錢讓我們現去買了新棉花回來，讓咱們自己選了料子，每人都做兩身全新的，她幫著我們裁。」

趙王氏這下啞口無言了。

連趙老實也數落她：「妳瞧瞧，媳婦兒有怠慢咱們的地方嗎？親家他們沒衣裳，難道妳讓他們光著膀子在外頭晃啊？到時凍病了不一樣要花錢吃藥？不就是件棉衣嗎？值得妳發這麼大脾氣？話也不問清楚，還把成材都給打了。」

「那她……她也沒跟我啊！」趙王氏嘟囔著，自覺理虧。想想確實是自己太性急了些，也沒問個明白就胡亂冤枉人。章清亭倒也罷了，最不該的是把自己兒子也給打了。她心中暗自懊悔，嘴上卻怎麼也不肯認錯。

等到晚上吃了飯，她心裡想起另一樁煩心事，翻來覆去想了半天，還是把趙成棟叫了進來，「去，把你哥嫂都叫進來。」

「娘，您這又是要幹什麼？」

趙王氏不耐煩道：「快去，就說有正經事情要跟他們商量。」

工夫不長，趙成材和章清亭還是來了。

趙王氏示意旁人出去，讓趙成材關了門，這才訕訕問了一句：「成材，你沒事吧？」

「沒事。」趙成材悶悶答了兩個字，瞧見沒外人，想想還是補了一句：「娘，以後有事情，您能不能心平氣和地說話？瞧瞧您自己都多大歲數了，打了我們不要緊，還把自己傷成這樣，有意思嗎？」

章清亭面上不動聲色，心裡笑翻了個兒。

「行了行了，我知道了！」這裡頭可還有章清亭呢，趙王氏趕緊打斷了兒子的抱怨，「叫你們來，是有件正事要跟你們商量。」

「您說。」

趙王氏臉色變了幾變，先弄了一個開場白：「成材，你是老大，又是有媳婦的人了，將來這個家，遲早是要交給你們的。」

章清亭敏銳地聽出不對勁了，趙王氏可不會無緣無故跟她商量事情，她定是遇到麻煩事了，想讓她幫忙。果然，就聽趙王氏說出心底的盤算：「不過，現在呢，既然是我在當家，不管是誰賺的錢，都得交到我這兒來，歸我管。」

做夢！章清亭是堅決不會同意，她也不走，就聽這老虔婆還能說出一番什麼道理來。

趙王氏接著道：「成材，你也別跟我說那些大道理，我聽不懂，也不聽。你娘沒讀過書，就認得一個理兒，這一家子人，就該有飯一鍋吃，有錢一處花。你讓娘別跟你媳婦分你的我的，那行啊，讓你媳婦把錢和店裡的帳全交出來，咱們就算真真正正的一家人，我保證以後不尋你媳婦的不是。」

說來說去，還是為了錢。趙成材簡直是無言以對，為什麼老娘不死心，非要管著章清亭的錢不可呢？

章清亭嗤笑，「那就是說，若是我不把身上的錢和店裡的帳交出來，咱們就不是真真正正的一家人了？」

「是。」趙王氏以為她怕了，答得斬釘截鐵。

「那我就回去了。」章清亭悠然自得地答道：「我還真沒想過要跟您做這樣真真正正的一家人，就現在這樣湊合著過吧。」

趙王氏噎得直翻白眼，媳婦不服她管教，又擺明不跟她一條心，她這婆婆當得有什麼面子？

「成材，你聽聽……這、這像話嗎？」趙王氏氣得被磕傷的腦子更暈了，連話都結巴了。

這讓趙成材怎麼回答？要按他的真實想法，章清亭說的沒錯啊，確實是娘太過分了，憑什麼一天到晚惦記著人家的銀子？

別說章清亭跟他只是掛名夫妻了，就算是真夫妻，這些錢也是她自己從娘家帶來的，憑自己本事賺的，要她拿出來貼補些家用趙成材覺得合理，若是想全部收歸己有，那太過分了。

想到這兒，趙成材下定決心解決這個問題了，「娘，您能允我說一句話嗎？」

「你說。」

趙成材嘆了口氣，「娘，娘子方才的話是過了些。」

趙王氏當即發威，「那你還不快教訓她？」

趙成材卻又道：「但我還是那句話，娘子現在是咱們家的人了，但娘子的錢是她婚前帶來的，現在那店也是她用自己的錢開的，這錢我不會要，也不能要。」

趙王氏聽得猶如晴天霹靂，「你這什麼……這什麼意思？」

章清亭開口道：「意思就是說，相公說我這些錢，開的這個店，全都算我的嫁妝。」

趙成材慎重地點了點頭。

章清亭很是滿意地望著趙王氏，「婆婆，您可聽清楚了，這店既然是我的嫁妝，該怎麼弄全是我自己的事，您就少操這份心吧！」

趙王氏乾張著嘴，半天合不攏。

如果趙成材承認章清亭的錢和店都是她的陪嫁，那麼，這些錢不僅跟趙成材沒關係，跟趙成棟就更沒關係了。總沒哪家說，小叔子可以去分大嫂嫁妝的。

趙王氏不是不知道這個厲害，所以一直想把這份產業收回來，這就算公中的了。日後兩兄弟就算要分家，趙成棟也能占一半的產業。

身為兩個兒子的母親，她當然覺得這樣才公平，難道能見大兒子過得富裕，小兒子貧窮？肯定得一碗水端平。大哥幫扶小弟，那不是天經地義嗎？

這一瞬間，趙王氏腦子裡像炸成了一窩粥，只想著那店要是成了媳婦的嫁妝，那她費心摻和進這份生意裡去還有什麼意思？縱是知道她賺多少錢，又關她什麼事？還有成棟，送進去受苦受累的當學徒不是白費了嗎？

還沒等趙王氏發表意見，只聽兒子在那兒一字一句地道：「從今往後，請娘再不要說要娘子把錢交出來才算是一家人的話了。您說這話只會讓兒子覺得無地自容，若是一家人得用錢來買，肯定不是真心相待的一家人了。」

「娘，咱們家是窮，可您從小就教我們做人要有骨氣，別人的東西再好，只要不是咱們的，一針一線都不能拿。我還記得小時候不懂事，有一回跟人跑去打人家樹上的棗子，後來被您知道，那一頓好打，我至今都記憶猶新。從那以後，我再也沒有拿過別家一樣東西。」

說起往事，趙王氏不覺也有幾分動容。

只聽趙成材苦笑道：「可現在呢？您成天逼著我向娘子要錢，說她是我媳婦，就該聽我的。是，我是她的相公，卻不是她的債主。娘，您這麼逼人，跟逼著我拿刀子去搶錢有什麼區別？您要錢是不是？我現在衙門裡每月也有一兩銀子，到時我全都交給您。您要是嫌不夠，我再去找幾份工做，只求您別再逼我了。您再逼我，我也只能在您面前長跪不起。就算您兒子沒本事，賺不來錢，行嗎？」

話既說到這個分上，趙王氏是當真一點辦法都沒有了，只拿眼睛狠狠剜著章清亭，盼她顧念著夫妻之情，說句算了，把這局面回轉。

可章大小姐呢？一動也不動。

她心裡暗暗感激這呆秀才，他這麼一澄清，這間店就名正言順是她的了，日後等她要離開趙家時，誰都無權過問。

趙王氏瞪了半天，眼珠子都酸了，也不見章清亭有半分動容，心裡更是生氣。這死丫頭還當真是面冷心狠，妳哪怕是不鬆口，多少感動得熱淚盈眶也好，怎麼像個沒事人似的？

這果然是豬殺多了，心腸都變硬了。

「成材，你可想好了？」趙王氏實在忍不住，最後問了一句。沒有出口的話是，那這份財產不僅咱們家沒份，連你自己都沒份了。

趙成材慎重地點了點頭。

那還有什麼好說的？趙王氏沉默了一會兒，忽然開口道：「你妹子的親事定了，是鄰鎮七里鋪一戶孫姓人家。雖是續弦，但那男的也才二十不到，家裡就一個獨子。有田有房，很是過得去，你出去跟你妹子說一聲，臘月裡就完婚。」

趙成材吃了一驚，「娘，什麼人家？怎麼許這麼遠，那人怎麼會二十不到就續弦？」

趙王氏看了章清亭一眼，卻不作聲。

章清亭很是識趣地起身先出去，還順手幫他們關了門。

（未完待續）

漾小說 134

沖喜 1

國家圖書館出版品預行編目資料

沖喜 / 桂仁著. -- 初版. -- 臺北市 :
麥田, 城邦文化出版 : 家庭傳媒城邦分公司發行,
2014.12
冊 ;　公分. --（漾小說 ; 134）
ISBN 978-986-91202-2-7（第1冊 : 平裝）

857.7　　103021525

城邦讀書花園
www.cite.com.tw

作者	桂 仁
封面繪圖	畫 措
責任編輯	施雅棠
國際版權	吳玲緯
行銷	陳麗雯　蘇莞婷
業務	李再星　陳玫潾　陳美燕　枡幸君
副總編輯	林秀梅
副總經理	陳瀅如
編輯總監	劉麗真
總經理	陳逸瑛
發行人	凃玉雲
出版	晴空 城邦文化事業股份有限公司 104台北市中山區民生東路二段141號5樓 電話：（886）2-2500-7696　傳真：（886）2-2500-1966
發行	英屬蓋曼群島商家庭傳媒股份有限公司城邦分公司 104台北市中山區民生東路二段141號2樓 客服服務專線：（886）2-25007718；25007719 24小時傳真專線：（886）2-25001990；25001991 服務時間：週一至週五上午09:00~12:00；下午13:00~17:00 劃撥帳號：19863813；戶名：書虫股份有限公司 讀者服務信箱：service@readingclub.com.tw
晴空部落格	http://blog.yam.com/readsky
香港發行所	城邦（香港）出版集團有限公司 香港灣仔駱克道193號東超商業中心1樓 電話：852-25086231　傳真：852-25789337 E-mail：hkcite@biznetvigator.com
馬新發行所	城邦（馬新）出版集團【Cite (M) Sdn Bhd】 41, Jalan Radin Anum, Bandar Baru Sri Petaling, 57000 Kuala Lumpur, Malaysia. 電話：(603) 9057-8822 傳真：(603) 9057-6622 Email：cite@cite.com.my
美術設計	洸譜創意設計股份有限公司
印刷	鴻霖印刷傳媒股份有限公司
初版一刷	2014年12月02日
定價	250元
ISBN	978-986-91202-2-7